ZEHN TAGE AUSZEIT könnten Anja Romanowa gerade recht sein, um ein paar Dinge in ihrem achtundzwanzigjährigen Leben mit sich zu klären. Etwa ein verwirrendes Dreiecksverhältnis oder ihren missglückten Berufsstart im russischen Außenministerium mit seinen trinkfesten Zynikern. Nur verbringt Anja diese Zeit unfreiwillig mit fünf anderen jungen Frauen: Da ist Maja, die in «Brust- und Po-Tuning» investiert, um reichen Männern zu gefallen, Natascha, die das echte Straflager kennt, oder Irka, die die Alimente für ihre Tochter nicht gezahlt hat. Sie sind zusammen im Moskauer Gefängnis, wegen Ordnungswidrigkeiten. Anja selbst verbüßt eine zehntägige Strafe, weil sie zu einer Demonstration gegen Regierungskorruption aufgerufen hat. Sechs Leben prallen aufeinander, explosiv und oft sehr komisch, in denen sich das heutige Russland spiegelt: Armut und Reichtum, Freiheitsgeist und Putin-Gläubigkeit, traditionelle Rollen und fluide Identitäten – die eine träumt von Buchweizen, die andere vermisst Bali. Und in alldem wird Anja einen Entschluss fassen.

Zart und cool, rau und zornig erzählt Kira Jarmysch davon, wie eine Frau in einer zerrissenen Gesellschaft zu sich findet, erzählt von Willkür und Repression, Freiheit und Aufbruch – mit der Kraft und Wucht einer neuen Generation, der trotz allem die Zukunft gehört.

KIRA JARMYSCH
DAFUQ ROMAN

AUS DEM RUSSISCHEN VON OLAF KÜHL

ROWOHLT · BERLIN

Die Originalausgabe erschien 2020 unter dem Titel
«Невероятные происшествия в женской камере No 3»
bei Corpus, AST Publishing Group.

Deutsche Erstausgabe
Veröffentlicht im Rowohlt · Berlin Verlag, Oktober 2021
Copyright © 2021 by Rowohlt · Berlin Verlag GmbH, Berlin
Copyright © 2020 by Kira Jarmysch
Covergestaltung Anzinger und Rasp, München
Coverabbildung Khakharev Ilya Dmitrievich
Foto der Autorin: privat
Satz aus der Eskorte Latin bei Dörlemann Satz, Lemförde
Druck und Bindung CPI books GmbH, Leck, Germany
ISBN 978-3-7371-0140-0

DAFUQ

TAG EINS Hätte man Anja gefragt, welcher Tag im Gefängnis der schwierigste sei, sie hätte gesagt: der erste. Seine Hauptschwierigkeit bestand darin, dass er nicht enden wollte und irgendwie unstetig war – mal dehnte sich die Zeit wie Gummi, dann raste sie pfeilschnell.

Alles begann mit einer unbequemen Wachstuchmatratze in einer Zelle der Moskauer Polizei. Anja war am Tag zuvor festgenommen worden, doch mit der Flucht vor den OMON-Gardisten, der Wanne, der Personalaufnahme auf der Polizeidienststelle war der Tag so ausgefüllt, dass sie fast nicht bemerkte, wie er zu Ende ging. Erst in der Zelle wurde ihr bewusst, dass sie im Gefängnis gelandet war.

Die ganze Nacht hatte sie sich auf der klebrigen Matratze gewälzt und immer wieder ihr T-Shirt zurechtgezogen, um das Wachstuch nicht mit der bloßen Haut zu berühren. Die Matratze lag auf dem Fußboden, Kissen und Decke gab es nicht, sie konnte keine bequeme Position finden: Die Hand, unter den Kopf gebettet, wurde taub, in Seitenlage tat nach einer Weile der halbe Körper weh. Dass sie überhaupt ab und zu einschlief, merkte Anja nur daran, dass sie immer wieder heftig aufschreckte. Wie spät es dann jeweils war, wusste sie nicht: Die Zelle hatte kein Fenster (nur eine immer brennende funzelige Lampe über der Tür), und das Telefon hatte man ihr weggenommen.

Wenn sie wach wurde, betrachtete sie in Ermangelung anderer Ablenkungen immer und immer wieder die Wand vor ihren Augen: abblätternde Farbe im Ton von Eierschalen, verdächtige Flecken, über deren Ursprung sie lieber nicht nachdachte, hingekritzelte Worte, «Ljocha», «Birjulevo» und «Allahu Akbar».

Als sie ein weiteres Mal wie von einem Schubs wach gerüttelt wurde, begriff Anja, dass es diesmal keine Einbildung gewesen war. Vom Boden her spürte sie ein Zittern – in der Metro fuhren die ersten Züge. Da wurde ihr klar, dass der frühmorgendliche Tag angebrochen war.

Nun kam Leben in die Polizeidienststelle. Anja hörte es durch den Spalt der Tür, die der gutmütige alte Bulle nicht ganz geschlossen, sondern eine Handbreit offen gelassen hatte. Weiter öffnen konnte Anja den Spalt nicht – sie war draußen mit einer Kette gesichert. Anja lag da und lauschte, wie die Polizisten sich im Dienstraum anfluchten, wie das Telefon schrillte, ein Türschloss quietschte, Wasser in der Toilette rauschte. Dann endlich kamen sie und führten auch Anja zu dieser Toilette – der Polizist ließ sie hinein und blieb draußen stehen, um die Tür zuzuhalten.

Anja trat von einem Bein aufs andere und sah sich um. Ihr fiel eine Szene aus *Trainspotting* ein, wo der Held gezwungen ist, etwas aus der schlimmsten Toilette von ganz Schottland zu fischen. Offensichtlich war er nie auf der Polizeidienststelle des Rayons Twerskoj gewesen. Der schartige Fliesenboden war mit flüssigem Unrat bedeckt, am Spülkasten baumelte eine rostige Kette. Dem Klosett, einem Loch im Fußboden, kam Anja dann doch lieber nicht zu nahe. Sie ließ zum Schein das Wasser rauschen und ging wieder raus, ohne den aufgeweichten Rest Seife am Waschbeckenrand auch nur berührt zu haben. Der Polizist brachte sie in die Zelle zurück.

Die Zeit zog sich hoffnungslos in die Länge. Diesmal schlossen sie die Tür fest zu, nun drang kein Laut mehr durch. Anja ließ den Blick über die Wände huschen, die in der Dunkelheit kaum mehr zu erkennen waren, ein zweifelhaftes Vergnügen. Die Gedanken, schwer und träge vom Schlafmangel, wälzten sich mühsam durch ihren Kopf. Anja wusste bald nicht, wie lange sie so dasaß. Es kam ihr vor, als würde sogar ihr Herz langsamer schlagen, als würde sie in einer Art Meditation oder Anabiose versinken. Als die Tür aufging und der Polizist hereintrat, zuckte sie zusammen und wusste nicht gleich, was nun los war.

Man führte sie in die Diensträume und setzte sie auf eine Bank neben eine traurige Zigeunerin, einen betrunkenen Burschen und einen Mann mit blauem Auge. Der Bullen-Opa, der gestern freundlicherweise ihre Tür angelehnt gelassen hatte, nahm die Schachtel mit ihren persönlichen Gegenständen aus dem Schrank.

«Macht euch fertig, gleich geht's ins Gericht», sagte er.

Anja schaltete ihr Telefon ein und sah rasch die Nachrichten durch, schnallte den Gürtel um und fing an, die Turnschuhe zuzuschnüren. Die Schnürsenkel hatte man ihr vor der Nacht in der Zelle abgenommen.

«Wozu die Mühe?», meinte der Bulle, als er das sah. «Sie fahren doch zum Gericht.»

«Na und, darf man da nicht mit Schnürsenkeln rein?» Anja wunderte sich.

«Schon, aber danach im Arrest müssen Sie sie wieder rausziehen», antwortete der Polizist. Anja war gerührt von seiner fürsorglichen Offenheit.

Im Gericht verging die Zeit – andersherum wäre es Anja lieber gewesen – unerwartet schnell: Hier war es endlich hell, frisch, geräumig; plötzlich waren Freunde da, die ihr Kaffee und Caesar Salad brachten, das Telefon wurde ihr nicht mehr weggenommen.

Als Richter erschien ein strenger, grau melierter Mann, dessen Pünktlichkeit Anja bedrückte: Die Sitzung begann ohne Verspätung, die Unterbrechungen dauerten exakt so lange wie von ihm angekündigt. Das gab aber auch Anlass zur Hoffnung. Wenn jemand so streng und unzugänglich wie ein Fels wirkte, durfte man vielleicht erwarten, dass auch seine Beschlüsse leidenschaftslos und gerecht sein würden.

Anjas Verbrechen bestand darin, dass sie auf der Demonstration einem OMON-Bullen in die Hände geraten war. Der hatte sie aus der Menge gezogen und in die Wanne gesteckt. In der Wanne war es lustig und heiß. Hier war sie zusammen mit vielen anderen Festgenommenen, alle redeten durcheinander, spaßten und lachten – die Atmosphäre war eher wie auf einer Party. Anja war die Allererste in der Wanne und hielt das, was hier passierte, für ein großes Abenteuer. Als sie auf dem Revier angelangt waren, hatte sie nicht den geringsten Zweifel, dass sie schleunigst entlassen würde. Mit allen anderen wurde sie in einen Aktenraum gesteckt – groß und voller Stuhlreihen, sodass es an ein Klassenzimmer erinnerte. An einer Wand stand ein Tisch, wie der Lehrertisch, darüber hingen Porträts von Putin (rechts) und Medwedjew (links) samt der russischen Flagge in der Mitte.

Die anderen, die mit Anja festgenommen worden waren, rief man nun einzeln vor an den Tisch und ließ sie gehen, nachdem sie irgendwelche Papiere unterschrieben hatten. Das dauerte, draußen wurde es langsam dunkel, Anja war immer noch nicht an der Reihe. Am Ende war nur noch sie da – vor dem Fenster stand undurchdringliche Finsternis, die Glühbirne an der Decke summte widerlich. Endlich kam ein Polizist herein und sagte, dass Anja über Nacht in der ZFO bleiben müsse – der «Zelle für wegen Ordnungswidrigkeit Festgenommene». Anja sah nicht ein, warum nur sie dableiben musste, und begann zu streiten. Der Polizist sagte, im Unterschied zu den anderen habe sie eine schwerwiegendere Tat begangen und müsse bis zur Gerichtsverhandlung auf dem Revier bleiben.

In der ZFO auf dem Boden liegend, hatte sie sich schwer vorstellen können, dass alles rasch und gut enden würde; hier aber, im Gericht, wo alles so sauber und adrett war und sich sogar die Toilette verriegeln ließ, gewann Anja wieder Zuversicht auf einen glücklichen Ausgang. Als der Richter ihr das Wort erteilte, war es ihr sogar ein bisschen unangenehm, dass sie ihm hart entgegentreten musste. Vielleicht war er ja drauf und dran, sie gleich laufen zu lassen, und sie würde, ohne es zu wollen, einen guten Menschen beleidigen. Nachdem der Richter sie angehört hatte, zog er sich für eine halbe Stunde in den Beratungsraum zurück, kehrte pünktlich wieder und schickte Anja mit undurchschaubarem, leidenschaftslosem Gesicht in den Arrest.

Der Transport in die Anstalt folgte sofort danach. Die zwei Bullen, die Anja hinbrachten, hatten es eilig nach Hause und fuhren deshalb mit Blaulicht am Moskauer Stau vorbei. Wie sie da mit heulender Sirene durch die Straßen raste, kam Anja sich vor wie ein großes Tier in der Verbrecherwelt. Auch dieser Teil des Tages endete dann enttäuschend rasch: Anja sah die Häuser draußen vorbeihuschen und dachte, dass noch die unansehnlichsten Fünfstöcker einen ungeahnten Reiz entfalten, wenn sie dir kurz vor Ende deiner Freiheit gezeigt werden.

Am Arrest angekommen, stellte sich heraus, dass sich Anjas Vollstrecker umsonst so beeilt hatten: Vor den Toren wartete eine ganze Schlange von Polizeifahrzeugen mit Verhafteten.

Wieder hieß es warten. Anfangs stiegen die Bullen einzeln aus, um zu rauchen. Dann zusammen. Dann stieg auch Anja mit aus und stand bei ihnen. Das Gespräch kam natürlich auf die Politik – der ältere erklärte in belehrendem Ton, wie sehr Anja und ihre Mitstreiter mit den ungenehmigten Demonstrationen der Polizeiarbeit schadeten. Nachdem er seine Strafpredigt beendet hatte, kam der Bulle auf das Gerichtssystem zu sprechen und kritisierte es dafür, dass Anja für ihre blöden Demos sitzen – und er sie kutschieren – müsse. Dann ging es gegen die Regierung, diese Diebe: Das Gehalt der Polizisten sinke immer weiter, die Arbeit beim Auseinandertreiben dieser Demos werde immer mehr. Anja erlaubte sich den schüchternen Einwand, dass zwischen dem staatlichen Diebstahl und den Demonstrationen ja ein direkter Zusammenhang bestünde, doch der Polizist brauchte gar keinen Gesprächspartner. Nachdem er all das Chaos ringsum erbarmungslos gegeißelt hatte, nahm er sich den Leiter der Arrestanstalt vor, der sie hier in der Hitze warten ließ und überhaupt ihr listigster und mächtigster Feind sei. Der Bulle fluchte auf ihn, was das Zeug hielt, unter schweigender Zustimmung seines Kollegen, bis sie endlich eingelassen wurden.

Anja war von der ganztägigen Warterei so erschöpft, dass sie schon fast gern in die Zelle gekommen wäre. Aber nichts da. Die beiden Bullen lieferten sie bei den hiesigen Polizisten ab und verdrückten sich, als sie «aufgenommen» wurde.

Die Aufnahmeprozedur war umständlich und zugleich erstaunlich chaotisch. Erst einmal durchwühlten die Bullen die Handtasche mit Sachen, die Freunde ihr ins Gericht gebracht hatten. Sie wusste selbst nicht, was alles darin war, und nahm mit den Arrest-Mitarbeitern neugierig jeden einzelnen Gegenstand in Augenschein. Das hatte sogar etwas Angenehmes, als kramte man Weihnachtsgeschenke aus einem Sack. Die zutage geförderten Gummilatschen oder auch Wurstscheiben waren kein großer Anlass zur Freude, aber nach so einem langweiligen Tag gab man sich mit Kleinigkeiten zufrieden.

Alles wurde geöffnet, aufgeschnitten und durchgeschüttelt, ein Drittel wurde ihr abgenommen, einen weiteren Teil riet man ihr in der Depositenkammer zu lassen, damit sie nicht alles schleppen musste. Auch die Tasche selbst musste in der Kammer bleiben, weil sie mit ihrem Tragriemen eine «Gefahr darstellte». Anja verstand erst gar nicht, was für eine, und fragte naiv nach. Ein pausbäckiger, wichtigtuender Bulle, in dem sie den Chef erkannte, sah sie unter den halbgeöffneten Lidern an und sagte: «Man kann sich weghängen.»

Anja schauderte und beschloss, künftig den Mund zu halten. Außer der Tasche mit den Tragriemen wurden ein Bleistiftspitzer (Klinge!), eine Tüte Sonnenblumenkerne (Müll!), Haarbalsam (undurchsichtig!), Kissen und Decke (ebenfalls undurchsichtig!) und einiges andere für unzulässig befunden, wobei Anja über die Gründe nur mutmaßen konnte. Als man ihr aber befahl, die Apfelsinen wegzuwerfen, konnte sie doch nicht umhin, vorsichtig nachzufragen: «Wieso jetzt die Apfelsinen?»

«Kann man mit Alkohol tränken.»

«Was?» Sie war ehrlich verblüfft.

«Manche injizieren mit einer Spritze Spiritus», erklärte der pausbäckige Bulle erschöpft. «Weiche Früchte und Gemüse akzeptieren wir nicht. Nur Äpfel, Mohrrüben, Zwiebeln. Und Radieschen.»

Als Anja die verstreuten Reste in eine Tüte gestopft hatte,

führte man sie zur ärztlichen Untersuchung. Diese fand in einer kleinen Kammer neben den Diensträumen statt. Dritte waren hier nicht zugegen, doch das Kameraauge oben in der Ecke verriet, dass die Privatsphäre vermutlich nicht gewahrt war.

Die Ärztin war eine aufgedunsene Frau mittleren Alters, die man für nett hätte halten können, hätte nicht dieser Ausdruck unbeschreiblicher Verachtung auf ihrem Gesicht gelegen. Sie maß Anja mit einem erniedrigenden Blick, als wüsste sie von vornherein, was sie da für eine verstockte Übeltäterin vor sich hatte, und befahl ihr, sich auszuziehen.

«Was, ganz?», fragte Anja und schielte zur Kamera.

«Hemd und Jeans. Jetzt dreh dich um. Haben sie dich auf dem Revier geschlagen?»

«Was?!»

«Also nicht ... Und was sind das für blaue Flecken an der Wirbelsäule?»

Anja beugte sich und versuchte, sich selbst über die Schulter zu sehen, natürlich vergebens.

«Was für blaue Flecken?», fragte sie genervt. «Vielleicht vom Liegen auf der Matratze ...»

«Nichts da Matratze. Und dieser Fleck hier, am Bein?»

«Da bin ich neulich vom Rad gefallen, ganz sicher.»

«Vom Rad ist sie gefallen ... Irgendwelche Beschwerden?»

«Nein!», rief Anja hastig. Genau in derselben Sekunde klappte die Ärztin ihr Heft auch schon zu und bewegte sich zur Tür. Sogar mit ihrer Rückseite konnte sie Geringschätzung zeigen.

Dann kam die Daktyloskopie. «Finger abrollen», hieß es.

Man legte Anja ein DIN-A4-Blatt hin, das in Kästchen aufgeteilt war: In die kleinen kamen die Abdrücke der Fingerkuppen, in die zwei großen die Hände als Ganzes. Die Polizistin, eine Blondine mittleren Alters, schmierte Anjas Hände mit Hilfe einer speziellen Rolle mit glänzend schwarzer Farbe ein.

«Sehr gute Farbe, lässt sich leicht abwaschen», versicherte die Frau, als sie Anjas besorgten Blick auffing. Ob sie damit angeben oder Anja beruhigen wollte, blieb unklar.

Als schließlich alles erledigt schien und Anja sich innerlich auf die Zelle gefasst machte, holte der wichtige, pausbäckige Bulle ein weiteres Heft aus dem Nebenraum. Anja stöhnte innerlich auf. Der Bulle ließ sich schwer auf den Stuhl fallen, schlug das Heft auf, sah Anja durchdringend an und fragte: «Wertgegenstände beschreiben?»

«Gern», sagte Anja, «aber welche?»

«Das sagen Sie mir. Meistens das Telefon. Haben Sie eins?»

Anja nickte.

«Geben Sie her. Hat sie einen Reisepass? Aha, da ist er. Hier liegt die Rentenversicherungsnummer, auch ein Wertgegenstand, den wir beschreiben.»

«Augenzeugen rufen?», fragte die blonde Polizistin.

Der wichtige Bulle nickte und begann, mit sorgfältig geschwungener Handschrift in das Heft zu schreiben.

Die Frau verließ die Diensträume – das metallische Klirren aufgerissener Türen begleitete ihren Weg. Anja zählte drei, bis sie sie endlich sagen hörte: «Mädels, kommt, ihr seid Zeugen, gerade hat man euch eine Neue gebracht.» Die Antwort war unverständlich, aber kurz darauf schlurften Gummilatschen durch den Flur – mehrere Personen näherten sich den Diensträumen. Anja machte sich gefasst.

Wie stellte sie sich ihre künftigen Mitinsassen vor? In ihrem Kopf gingen amerikanische Serien und russische Nachrichten durcheinander, deshalb malte sich ihre Phantasie eine Mischung aus hübscher, sportlicher Blondine in orangefarbener Sträflingsuniform und unheimlichem, ausgezehrtem Weiblein mit Kopftuch aus. Anja fühlte, wie ihre Spannung wuchs, je näher das Schlappen kam, und als die erste Figur um die Ecke bog, wäre sie vor Aufregung fast in Ohnmacht gefallen.

Der Polizistin folgten zwei Frauen in den Dienstraum. Anja heftete den Blick auf sie und spürte, wie etwas in ihr riss und nach unten fiel, tief nach unten, und gähnende Leere hinterließ. Sportliche Blondinen kommen ganz offensichtlich nur in Amerika hinter Gitter.

Die erste Arrestantin sah aus, als hätte man sie erst vor kurzem aus dem Keller geholt. Anja fiel ihre krankhafte Magerkeit auf, die knochigen Schultern mit einem Ausschlag von violetten Pickeln, der Brustkorb, aus dem die Rippen hervorstanden. Sie trug ein T-Shirt mit dünnen Riemchen und wirkte im Vergleich zu den Bullen, die bis zu den Ohren in Uniform steckten, fast nackt. Es war sehr unheimlich. Sie ähnelte mehr dem Skelett aus dem Biologieunterricht als einem lebendigen Menschen. Ihr Gesicht war ausgemergelt, gelblich, in dünnen Strähnen fiel der Pony in die Stirn. Die Augen darunter sahen Anja und die Bullen mit satanischem Blick an.

Die Arrestantin hinter ihr sah besser aus (das war keine Kunst), aber ebenfalls alarmierend. Das Seltsamste an ihr war der Gesichtsausdruck – schläfrig und ein bisschen verloren, so als verstünde sie nicht ganz, wo sie sich befand. Auch seltsam war der Aufzug: Anders als ihre halbnackte Gefährtin war sie fast überangezogen, mit Jeans, einem bis zum Hals hochgeknöpften Hemd und Jacke.

«Also, w-was w-wollt ihr jetzt noch von uns?», fragte die erste mit einem wütenden Blick auf die Bullen. Das Stottern ließ sie noch bedrohlicher wirken, fand Anja.

«Ihr seid Augenzeugen», antwortete der Pausbäckige, ohne den Blick von seinen Eintragungen zu heben.

«Ein schwarzes Handy, Apple, welche Serie ist das?»

«Sieben», sagte Anja und musterte die Frauen weiter.

«Sieben, in einem Etui mit Apfel, Ladegerät ... gehört dazu, oder? ... Weiß mit Kratzern am ... Wie nennt man das? Sagen wir, am Sockel. Rentenversicherungsausweis Nummer 133–8096156 ...»

Der Bulle schrieb die letzte Ziffer hin und schob das Heft der Halbnackten zu.

«Prüfen Sie», knurrte er.

Die Halbnackte bückte sich unwillig über den Tisch und überflog die Zeilen. Anja betrachtete schaudernd ihre Schulterblätter, die kurz davor schienen, die Haut zu durchschneiden. Die Jeansfrau stand die ganze Zeit da und starrte mit trübem Blick an die Wand. Sie ignorierte alles, was hier vor sich ging.

«Stimmt schon s-so.»

«Unterschreiben Sie. Name, Zuname und Unterschrift.»

Die Halbnackte unterzeichnete. Die Jeansfrau rührte sich nicht, als hätte sie nichts gehört, dann bekam sie einen Stupser von der anderen, fuhr auf und kritzelte ebenfalls etwas ins Heft.

Die erste Arrestantin drehte sich plötzlich heftig um und schenkte Anja einen sengenden Blick. Der stockte vor Überraschung der Atem. Eine Weile sah die Frau Anja prüfend an, dann erstrahlte sie in einem Lächeln und sagte: «D-du musst k-keine Angst haben. Sind alles sehr gute Mädchen bei uns. N-niemand wird d-dir was tun.»

Anja machte großen Augen. Sie wusste nicht, was sie mehr beeindruckte – diese unerwartete Gutmütigkeit oder die Tatsache, dass der Frau ein Vorderzahn fehlte.

«Vielen Dank, ich habe keine Angst», murmelte Anja.

«Hab keine Angst!», wiederholte jetzt sehr laut die in Jeans und lächelte ebenfalls kindlich fröhlich, mit dem Blick irgendwo an Anja vorbei. Ihr fehlten drei Zähne.

«Ab in die Zelle, Mädels», sagte die Polizistin.

Als die Stimme erklang, trat der Halbnackten sofort tödliche Unzufriedenheit aufs Gesicht, sie drehte sich jedoch wortlos zur Tür. Die Jeansfrau rührte sich nicht und lächelte glückselig weiter.

«Los, du Blöde», zischte die erste und zog die Arrestantin am Ärmel. Die schwankte, als würde sie das Gleichgewicht verlieren, schlurfte ihr dann aber gehorsam hinterher. Ihr Lächeln verschwand die ganze Zeit nicht.

«Wie viele Personen sind denn insgesamt in der Zelle?», fragte Anja nach kurzem Schweigen, als die Frauen verschwunden waren.

«Fünf», sagte der pausbäckige Bulle. Er steckte Anjas Wertsachen in ein gestreiftes Säckchen mit der Nummer 37 und hob nun erst wieder den Blick. Etwas an Anjas Gesicht musste sein Mitleid geweckt haben, denn er fügte hinzu. «Die sind alle ganz normal. Keine Drogenabhängigen, keine Kriminellen.»

Nach der Begegnung mit ihren künftigen Mitbewohnerinnen hatte Anjas Motivation, in die Zelle zu kommen, merklich nachgelassen. Aber ausgerechnet jetzt waren die Aufnahmeformalitäten abgeschlossen. Sie presste die Tüte mit den erlaubten Sachen an die Brust und bewegte sich zur Tür. Den Weg wies ihr ein ganz junger Polizist mit feierlichem und ernsthaftem Gesichtsausdruck.

Auf die Pforte, die in die Tiefe der Arrestanstalt führte, folgte eine zweite, dahinter lag ein grünlich gestrichener Flur. Fenster gab es hier nicht, nur durchdringend weiß leuchtende Glühbirnen an der Decke. Anja hatte den Eindruck, als bewege sie sich auf einem gesunkenen Schiff, das am Meeresboden ruht. Zu beiden Seiten des Flurs befanden sich Eisentüren, jede mit Riegeln und Schlössern befranst. Neben den Türen waren seltsame Vorrichtungen an der Wand befestigt – gut einen Meter lange Rohre mit breiten, offenen Trichtern. Anja warf im Vorbeigehen einen Blick in solch ein Rohr, konnte aber nichts erkennen – darin war es dunkel.

«Und was ist das?», fragte sie den Jungen.

«Das sollen Sie nicht wissen», erwiderte er streng. Es gab eine einzige Frauenzelle, sie lag genau in der Mitte des Flurs. Nummer drei.

«Bleiben Sie hier stehen», sagte der Junge und suchte den Schlüsselbund durch.

Die Schlüssel waren riesig wie Requisiten. Kaum zu glauben, dass mit ihnen echte Schlösser geöffnet wurden und sie nicht nur im Schultheater zum Einsatz kamen. Als er den Schlüssel gefunden hatte, warf der Junge zuerst einen Blick durch das Guckloch in die Zelle, dann sah er Anja streng an, um schließlich mit einer knirschenden Drehung die Tür vor ihr zu öffnen.

Anja nahm einen möglichst selbstbewussten Ausdruck samt aufrechter Haltung an, holte tief Luft und ... bekam sofort einen Hustenanfall. Aus der Tür quollen Wolken von Tabakrauch. Es zwickte in den Augen, der wirkungsvolle Auftritt war hoffnungslos verdorben, aber ein Zurück gab es nicht mehr. Zwinkernd und hustend, die Tüte mit ihren Sachen an sich gedrückt, tat Anja einen Schritt ins Halbdunkel. Die Tür schlug sofort hinter ihr zu, Stille trat ein.

Anja brauchte einige Sekunden, um sich an den Qualm zu gewöhnen. Als sie ihre Augenlider auseinanderbekommen hatte, sah sie sich rasch um – da waren sie.

Mehrere Frauen saßen hinten in der Zelle und sahen sie an. Vom Fenster fiel das Licht in breiten Streifen auf ihre Schultern und Stirnen, wodurch sie nicht wie lebende Menschen, sondern wie steinerne Statuen aussahen. Alle schwiegen und verharrten regungslos, Anja hatte plötzlich den Eindruck, es seien wirklich keine Menschen, sondern Idole, die man da auf die Betten gesetzt hätte. Die Zelle schwamm im Rauch, und die Silhouetten der Idole wirkten verwaschen, wie durch beschlagenes Glas gesehen. Sekunden vergingen, doch die steinernen Götzenbilder rührten sich nicht. Anja spürte, wie alles in ihr kalt wurde.

«Na, erzähl, wie heißt du, wie viel haben sie dir aufgebrummt?», sagte das nächstsitzende Idol.

Und die Finsternis hellte sich auf. Leben kam in die Frauen. Die, die gefragt hatte, zog an ihrer Zigarette, die sie, wie Anja jetzt bemerkte, die ganze Zeit in der Hand hielt. Der Rauch stieg an die Decke. Nun rührten sich gleichzeitig alle Arrestantinnen, jemand hustete, andere veränderten ihre Haltung. Es waren ganz normale Menschen, und Anja spürte einen Stich von Scham dafür, dass sie beinahe in Panik geraten wäre. Die Frauen musterten Anja ganz ungeniert, doch unter diesen neugierigen Blicken taute sie selbst gleichsam auf.

«Anja heiße ich. Zehn Tage.»

«Ah, so viel haben wir fast alle bekommen!», sagte das Mädchen mit der Zigarette.

«Auch für Fahren ohne Führerschein?»

«Nein, eigentlich für eine Demo.»

«Meine Freundin ist auch mal auf eine Demo gegangen!», rief ein anderes Mädchen aus, und als Anja sie ansah, wurde sie für eine Sekunde verlegen: Das Mädchen war dunkelhäutig, und das traf Anja unerwartet, als wäre ein Teil ihrer Phantasien über Gefängnisse plötzlich wahr geworden.

«Ah ... kann man sich hier setzen?», fragte Anja, als sie ihre Geistesgegenwart wiederhatte, und zeigte auf ein freies Bett.

«Setz dich, wo du willst», fauchte das Mädchen mit der Zigarette.

Die Zelle war geräumig und gar nicht mehr so düster, wie Anja im ersten Augenblick gedacht hatte, zum Beispiel waren die Wände in einem zärtlichen Pfirsichton gestrichen, was nicht ganz zu ihren Vorstellungen von solchen Örtlichkeiten passte. Außerdem lief irgendeine Radiomusik – als sie sich umsah, begriff Anja, dass die Laute aus einer vergitterten Öffnung über der Tür kamen. Der Boden war aus Holz, an Möbeln gab es ein schiefes Regalschränkchen in der Ecke, vollgestellt mit Tee- und Keksschachteln, sowie vier schmale Stockbetten. Eine Ecke des Raumes war wohl als «Badecke» gedacht – dort waren die Wände gekachelt, es befanden sich ein Waschbecken und eine kleine Nische in der Wand, die Toilette natürlich. Die Nische reichte Anja bis zur Schulter, und an der niedrigen Tür prangte eine Seite mit den Worten «Wasser anmachen!».

«M-möchtest du Tee?», fragte die Halbnackte, die Zeugin gewesen war.

«Wenn ich darf.»

Die Halbnackte stand auf und wühlte in einem Berg von Decken, die auf dem oberen Bett lagen. Anja sah sich nach einem Teekessel um. Sie hätte sich gewundert, wenn es den in einer Zelle, in der ein Bleistiftspitzer verboten war, gegeben hätte. Derweil zog die Frau eine beschlagene Plastikflasche aus dem Haufen, kippte Wasser in ein Glas und warf einen Teebeutel hinein.

«Ich heiße N-natascha», sagte sie, reichte Anja den Tee und lächelte aufmunternd. Der Tee war gerade noch warm.

Anja murmelte danke und nahm eilfertig einen Schluck. Sie dachte, sie müsste hier Enthusiasmus an den Tag legen, um niemandem zu nahe zu treten – man konnte nicht wissen, welche Regeln hier galten. Die übrigen Frauen schwiegen und sahen sie weiter an. Anja fragte schüchtern: «Und wie heißt ihr?»

«Ich Katja», sagte das Mädchen mit der Zigarette und blies Rauch aus. Sie sprach würdevoll, beinahe unwillig, als wollte sie zu verstehen geben, dass sie nur aus Höflichkeit antworte und ihr alles egal sei. Ihr Blick war so fest und stechend, dass Anja schon wieder ganz anders wurde. Katja hatte hellblaue, fast durchsichtige Augen, ein starker Kontrast zu ihrem Gesicht wie zu ihrer Stimme, und ihr Blick flößte Anja eine diffuse Unruhe ein. Katja hatte nichts direkt Abstoßendes, dennoch zog Anja es vor, ihr nicht zu nahe zu kommen.

«Ich heiße Diana», sagte das dunkelhäutige Mädchen. Sie war groß, fast monumental, trug ein schwarzes Glockenkleid und hatte einen federnden Haarknoten auf dem Scheitel. Sie nahm Katja die Zigarette aus der Hand, zog elegant und reichte sie ihr zurück.

«Und wofür seid ihr hier?», fragte Anja vorsichtig.

«Sie und ich», Diana drehte den Kopf auf Katja, «für Fahren ohne Führerschein. Zehn Tage. Jeder für sich, aber am selben Tag.»

«Und ich habe ein Bu-bullenschwein beschimpft», teilte Natascha mit, goss sich nun auch selbst Tee ein und setzte sich auf das Bett.

«Dafür kommt man auch in den Arrest?», wunderte sich Anja.

«Ja, schon. Ich stand mit meinem M-mann vor dem Laden, er hatte eine B-bierdose in der Hand. War zu! Da kamen die Bullen an, ihr trinkt hier, sagen sie, kommt mit. Ich kenne diese Spielchen gut, habe ich alles schon mitgemacht. Nirgendwo gehen wir mit euch hin, habe ich gesagt. Und p-paar, na ja, *nette Wörtchen*. Da haben sie mich festgenommen, wegen Widerstand.»

«Und du hast schon mal im Arrest gesessen?», fragte Anja.

Natascha lächelte geringschätzig.

«Nicht im Arrest.»

Anja nickte rasch und versuchte, weiterhin einen ganz ungezwungenen Ausdruck zu wahren. Aber ihre Alarmglocken schrillten. Zu gern hätte sie gefragt, wofür Natascha gesessen hatte, aber sie ahnte, dass die Antwort sie nicht erfreut hätte.

«Natascha ist unser gebranntes Kind, sie kann viel Nützliches erzählen», sagte Katja spöttisch und drückte die Zigarette aus. Der kühle Blick ihrer blauen Augen schweifte über die Mitinsassinnen und hielt inne bei der Jeansfrau, die ebenfalls Zeugin bei Anja gewesen war. «Und Irka ist unser exotischer Fall, nicht wahr, Irka? Sie sitzt wegen Alimenten.»

Jetzt guckten alle die Jeansfrau an. Sie hatte bisher geschwiegen, in die Ecke des Bettes gedrückt; nun, unter den Blicken der anderen, lebte sie auf, lächelte und nickte. Dabei hätte Anja schwören können, dass sie die Frage gar nicht mitbekommen hatte. Irkas Zustand weckte in ihr nicht weniger Befürchtungen als Nataschas Vorstrafen, aber sie hatte gar keine Lust, danach zu fragen.

«Ich bin auch wegen Fahren ohne Führerschein hier», ließ sich die fünfte Frau vernehmen, die ein Bett neben Anja saß. Sie wartete kurz, bis alle Aufmerksamkeit bei ihr war, dann fügte sie schmachtend hinzu: «Nur dass ich einen Führerschein hatte.»

Anja drehte sich zu ihr und wollte nun ihren Augen wirklich nicht trauen: Vor ihr saß ein Model. Besser gesagt, richtig definieren konnte Anja ihren Beruf nicht, und zwar deshalb, weil sie solche Mädchen noch nie aus der Nähe gesehen hatte – auf Fotos in Instagram. Das Mädchen wirkte sogar jetzt, einen Meter entfernt in der eingerückten Gefängniskoje sitzend, wie gephotoshopt: die Augen blau, das Haar wie reine Seide, Körbchengröße F. Sie klimperte mit ihren überlangen Wimpern und blies kokett die Lippen auf.

«Was heißt, du *hattest einen Führerschein*?», fragte Anja nach und musterte sie weiter ungeniert.

«Ihrer war abgelaufen», winkte Diana ab, die die Geschichte offensichtlich nicht zum ersten Mal hörte.

«Ich bin die ganze Zeit damit gefahren!», sagte das Model-Mädchen launisch und erklärte Anja gleich darauf mit einem listigen Lächeln: «Sie haben mir den Führerschein vor acht Monaten entzogen, aber ich hab ihn nicht abgegeben, das fehlte noch! Maja heiß ich.»

«Sehr angenehm.»

«Fünf Tage haben sie mir gegeben und mich davor eine Nacht auf der Polizeiwache festgehalten, kannst du dir das vorstellen?»

«Hm.»

«Ich wollte mich umbringen. Sie hatten mir die Tasche nicht weggenommen, und da war eine Kette drin, die hab ich mir um den Hals gewickelt und mich gewürgt.»

Anja machte große Augen und konnte nur «eh-eh ...» stammeln.

«Hab sogar für ein paar Sekunden das Bewusstsein verloren», gab Maja an, unübersehbar zufrieden mit der Wirkung ihrer Worte. «Dann hab ich mir die Venen aufgeritzt. Mann, war ich gestresst!»

«Hm ...»

«Hier, siehst du!» Maja hielt Anja den Arm vor die Nase. Am Handgelenk verlief tatsächlich eine dünne Linie aus verschorften Blutpunkten. «Aber egal, die Bullen haben auch was abgekriegt. Als sie mich verhaften wollten, habe ich einen gebissen! Und später vor Gericht haben sie mir zu verstehen gegeben, ich könnte mich ja freikaufen ... alles klar, Alter?» Anja nickte für alle Fälle. Mehr als das, was Maja sagte, erschreckte sie die Art, wie sie sprach – energisch und hochmütig.

«Aber ich hab nein gesagt. Mein Prinzip: Keinen Rubel für diese Schweine!», schrie sie plötzlich, um in der nächsten Sekunde wieder ihr Lächeln aufzusetzen.

«Oj, sei froh, dass du nur f-fünf Tage gekriegt hast», sagte Natascha unzufrieden und schlürfte am Tee. «Und gut, dass sie dich als S-selbstmörderin nicht gleich in die Klapse gesteckt haben.»

«Hätten sie denn gekonnt?», fragte Maja, auf einmal ganz jämmerlich. Ihre Miene und ihre Intonation wechselten so rasch wie in einem Zeichentrickfilm. Innerhalb einer Minute konnte sie beleidigt, erschrocken, kokett, listig, lieb und zornig sein.

«Klar k-konnten sie, und dort hätte es dir viel weniger gefallen», versicherte Natascha.

Maja wurde still, von dieser Möglichkeit offenbar sehr überrascht. Eine Zeitlang schwiegen alle. Natascha brach die Ruhe durch geräuschvolles Teeschlürfen.

Schließlich stellte Katja die Plastiktasse ab, die ihr als Aschenbecher gedient hatte, schlug sich auf die Knie und teilte mit: «Überhaupt, wir haben gerade *Krokodil* gespielt. Bist du dabei?»

«Ich gucke lieber erst mal zu», sagte Anja schnell. Sie mochte dieses Spiel gar nicht und hatte keine Lust, vor fünf seltsamen Frauen etwas darstellen zu müssen.

«Musst du selber wissen. Rauchst du übrigens? Hast du Zigaretten?»

«Nein.»

«Scheiße, und wir haben nur noch drei», sagte die dunkelhäutige Diana und steckte sich gleich darauf, wenig weitsichtig, eine an.

«Gut, wir schnorren was bei der fünf», versprach Katja. «Und wenn du mich noch einmal das Wort ‹Investition› raten lässt, bring ich dich um.»

Sie lachten beide los. Katja suchte nach einer Tüte. Die fand sich unter Irka, die weiter ungetrübtes Glück ausstrahlte, sogar als die Übrigen sich demonstrativ die Nase zuhielten und riefen: «Pfui, Irka, es stinkt bis hierher!» Katja, die Spielleiterin, mischte die Zettel in der Tüte und hielt sie den anderen hin. Jede Arrestantin zog ein Wort.

Natascha fing an. Sie trat in die Mitte der Zelle, hob die Arme und schloss sie über dem Kopf, wobei sie ihre Nachbarinnen herausfordernd ansah. Keine hatte eine Ahnung. Natascha wurde grimmig. Wieder hob sie die Hände, dann tat sie, als verspritzte sie etwas. Ihre Miene verdüsterte sich dabei so sehr, dass alle kichern mussten. Je länger niemand auf ihr Wort kam, desto wütender wurde Natascha. Sie durchbohrte ihre Mitinsassen mit giftigem Blick und dachte offenbar, dass längst alle begriffen hätten, aber aus Bosheit nichts sagten. Schließlich gab sie es auf und zeigte mit dem Finger an die Zimmerdecke, obwohl das gegen die Regeln war. Maja rief: «Glühbirne!» Zu Anjas Erstaunen war das richtig. Maja erhob sich vom Bett.

In voller Größe verblüffte sie Anja erneut – sie schien so miniaturhaft klein, dass die ungeheure Brust im Vergleich zu ihren übrigen Körperteilen geradezu einschüchternd wirkte. An den Füßen trug sie Laufschuhe mit ziemlich hohem Plateauabsatz. Sie setzte leicht schwankende Schritte, wie ein neugeborenes Rentier. In der Zellenmitte ging sie graziös in die Hocke, streckte den Hintern raus und setzte die Finger an den Kopf, wie Hörner.

«Hase, Hase!», brüllte Katja. Maja erhob sich zufrieden und defilierte zurück zu ihrer Koje.

Rasch wurde klar, dass *Krokodil* nicht Katjas Spiel war. Sie wedelte sinnlos mit den Armen und fluchte anfangs erst leise durch die Zähne, dann lauthals. Die anderen kringelten sich vor Lachen. Katja rief, grölte, fluchte, beschimpfte alle als dumme Hühner und hüpfte sogar auf und ab, was die anderen der Lösung auch nicht näher brachte. Als sie immer rasender wurde, erbarmte Diana sich und meinte, das Wort sei «Big Ben». Sie hatte richtig geraten.

«Wie soll man Big Ben darstellen?», rief Katja. «Das ist schwerer als Investition! Oh-oh-oh, ich könnte morden!»

«Du hättest einfach auf dein T-Shirt zeigen können», Diana zuckte mit den Schultern, sichtbar unbeeindruckt von den Drohungen. Alle guckten auf Katjas Hemd. Katja zog es nach vorn, um besser zu erkennen. Über die Brust war der Big Ben abgebildet. Katja heulte auf und warf sich aufs Bett, Arme und Beine gekreuzt.

Diana erhob sich graziös. Sie war groß und füllig, bewegte sich aber mit beeindruckender Eleganz. Als sie in die Mitte der Zelle geschwebt war, stemmte sie die Arme in die Seiten und schaute die anderen von oben herab an. Anders als Natascha und Katja liebte sie es sichtlich, im Zentrum der Aufmerksamkeit zu stehen. Sie streckte ein Bein zur Seite und zeigte dann mit dem Finger auf sich.

«Big Ben?», sagte Maja unsicher.

«Schwarz?», knurrte Natascha mit Blick auf Dianas Kleid.

«Beinahe, beinahe!», rief Katja schadenfroh, sie lebte sofort auf. Es wurde klar, dass sie sich diesmal das Wort ausgedacht hatte.

Diana ließ hochmütig den Blick schweifen und zeigte erneut auf sich.

«Niger!», punktete Irka, die bisher geschwiegen hatte.

Alle drehten sich zu ihr um. Sie saß da wie zuvor, reglos in der Ecke, sodass Anja sie fast vergessen hätte. Als die anderen sie ansahen, erstrahlte ihr zahnloses Lächeln.

«Du hast bestimmt geguckt, als du auf der Tüte saßst», sagte Katja verärgert und kreuzte wieder die Arme auf der Brust.

Irka erhob sich unbeholfen und schlurfte in die Mitte. Die Augen folgten ihr spöttisch, sodass Anja Mitleid mit ihr bekam. Irka fing an, mit den Armen zu fuchteln. Sie setzte sich auch Hörner auf, tippte mit dem Finger auf die Nachbarinnen, ging in die Hocke, auf alle viere – kurz, sie vollführte eine Vielzahl unterschiedlicher Aktionen, bar jeder Logik. Das Lächeln wich nicht von ihrem Gesicht. Anja hatte den Eindruck, dass sie ganz einfach Vergnügen an der Bewegung hatte.

Die anderen machten eine Zeitlang lustlos Vorschläge, aber nichts stimmte. Bald verloren sie das Interesse.

«Und, w-was hast du gezeigt?», fragte Natascha, als sie Irka von der Bühne zurück aufs Bett gescheucht hatten.

«Einen Igel», antwortete Irka verlegen.

Anja stellte in dem Moment fest, dass sie furchtbar hungrig war – außer dem Caesar Salad im Gericht hatte sie heute nichts gegessen.

«Gibt's hier Abendbrot?», fragte sie hoffnungsvoll, ohne jemanden speziell anzusehen.

«War schon», sagte Katja.

«Und was ist mit Duschen?»

«Kein Wasser.»

Anja seufzte schwer und dachte, dass es ja auch zu viel

verlangt wäre, von so einem langen, erschöpfenden Tag ein anderes Ende zu erwarten.

«Gar keins?», fragte sie für alle Fälle nach. «Und für lange?»

«Jedenfalls kein heißes», erklärte ihr Katja. «Haben sie prophylaktisch abgestellt. Du kannst darum bitten, dass sie dich in die Dusche führen, mit den Neuen tun sie das gewöhnlich. Aber da ist es höllisch kalt. Und normalerweise ist Duschen donnerstags.»

Anja begriff den Sinn der letzten Worte nicht sogleich.

«Was, einmal in der Woche?»

«Ja hast du gedacht, hier ist ein Sanatorium?» Natascha runzelte verächtlich die Stirn. «Gewöhn dich dran. Hier ist alles w-wie im Knast.»

Anja lag auf der Zunge, dass es eigentlich nicht zu ihrem Lebensplan gehörte, sich an das Gefängnis zu gewöhnen, aber aus Respekt vor Natascha sagte sie es lieber nicht. Stattdessen fragte sie: «Und wie ist so der Tagesablauf?»

Die Gefängnis-Spezialistin Natascha übernahm die Erläuterungen.

«Erst Frühstück. Die M-mädels gehen meistens nicht. Und, sollen wir d-dich wecken?»

«Versuchen kann man's», sagte Anja unsicher. So hungrig sie auch war, der Gedanke an Frühstück im Gemeinschaftssaal drückte aufs Gemüt. Schon im Kindergarten war sie zu der Ansicht gekommen, dass man das besser vermied.

«D-dann die Morgenvisite», fuhr Natascha fort. «D-dann bringen sie dich tagsüber zum Telefonieren, das sind fünfzehn Minuten, und zum Spazieren, eine Stunde. Zwischendrin Mittagessen und Abendessen. Na, und dann der Abendrundgang und Feierabend.»

«Und die ganze übrige Zeit?»

«Die ganze übrige Zeit sitzt du hier rum.»
«Ich dachte, man muss arbeiten.»
«Das fehlte noch, ist doch kein G-gulag hier!», lachte Natascha.

Diese Feststellung zusammen mit der vorherigen, dass hier alles wie im Knast sei, verblüffte Anja, doch sie verkniff sich eine Bemerkung.

«Katjucha!», hörte man plötzlich vor dem Fenster einen gedämpften Ruf.

Katja, die wieder rauchte, reichte die Zigarette rasch Diana weiter und war mit zwei Sätzen am Fensterbrett. Die Fenster waren oben unter der Decke, die Fensterbretter lagen entsprechend in anderthalb Meter Höhe. Katja bewegte sich gewandt und blitzschnell. Solange sie saß oder auf dem Bett fläzte, war ihr die Kraft nicht anzumerken, aber als sie nun aufsprang, spürte Anja die Energie, die von ihr ausging.

«Was?», flüsterte Katja laut zum Fenster.

«Was geht?», klang von draußen, dann ein Kichern.

«Das ist D-dimka aus der Fünf», sagte Natascha aufgeregt und stützte sich auf dem Bett auf.

«Frag nach Zigaretten!», rief Diana. Auch sie hatte sich wie unwillkürlich erhoben, rückte ihr Kleid zurecht und glitt majestätisch zum Fenster.

«Habt ihr Lullen?», flüsterte Katja.

Kurze Pause.

«Ja!», bestätigte der unsichtbare Dimka aus der Fünf. Alle außer Maja und Anja spangen nun laut durcheinanderredend von den Betten auf.

«Gebt uns ein paar ab!», sagte Katja und gebot den Mitinsassinnen mit herrischer Geste Schweigen. Irka und Natascha verstummten gehorsam und setzten sich sogar wieder. Nur Diana blieb ungerührt stehen.

«Was tauscht ihr dafür?», fragte Dimka nach einer weiteren Pause.

«Äpfel hätten wir!», schlug Natascha flüsternd vor, vor Aufregung, ohne zu stottern.

«Äpfel», teilte Katja lauter dem Fenster mit.

«Na gut, schickt uns Äpfel und wir euch Lullen.» Sofort wogten die Mädchen vom Fenster zurück und wurden aktiv: Natascha raschelte mit den Tüten, Diana sammelte Äpfel. Katja ging an die Zellentür und schlug laut mit der Faust dagegen. Beinahe sofort öffnete sich das Guckauge, und Anja glaubte etwas darin zu erkennen.

«Geben Sie Äpfel an die Fünf weiter?», fragte Katja frech. Die Antwort verstand Anja nicht. «B-bitte, b-bitte», änderte Katja ihren Ton.

Mit lautem Quietschen ging in der Tür ein Fensterchen auf, und die Blondine schaute herein, die Anja die Fingerabdrücke genommen hatte.

«Was habt ihr, Äpfel?», fragte sie lustlos.

Katja reichte ihr triumphierend die von den Mädchen zusammengestellte Tüte durch das Fenster. Die Frau steckte ihre Nase hinein und fragte: «Keine Nachrichten?»

«Wo wir denen auch so dringend schreiben wollen!», fauchte Katja.

Die Polizistin seufzte und schloss das Fenster. Minuten vergingen.

«Vielleicht behalten die alles für sich, die Hunde?», vermutete Irka. Zum ersten Mal wirkte sie nicht einfach hirnlos glücklich, sondern gespannt.

«Oj, nur d-dich hat n-niemand gefragt!», sagte Natascha ärgerlich.

Endlich quietschte das Fensterchen erneut, und das Gesicht der Polizistin erschien.

«Die Fünf lässt euch Zigaretten bringen. Mädels, denkt nur daran, das ist das erste und letzte Mal, dass ich für euch Postbote spiele.»

«Ja, ja, danke!», rief Katja und lief an die Tür. Als das Fenster wieder zugeklappt war, fügte sie hinzu: «Lustig, das sagt sie jedes Mal.»

Anja kam die Arrestanstalt ein bisschen wie ein Sommerlager für verdorbene Erwachsene vor. Als sie klein war, war sie jedes Jahr ins Kinderlager gefahren und hatte das herrlich gefunden. Die Lager waren wie eine Simulation der großen Welt, in die sie endlich kommen wollte. Sie verachtete die Kinder, die schon in der ersten Nacht heulten und wieder zu Mama wollten. Anja, ganz im Gegenteil, war begeistert von der Aussicht, einen Monat ohne Eltern zu sein. Ihr gefiel dort alles: die Lieder zur Gitarre, die Gespenster in der Nacht, die Abschiedslagerfeuer, alle Feiern, alle Wettbewerbe. Sogar die Hochbetten – unabdingbare Ausstattung all jener Schlafsäle – waren für sie eine Attraktion eigener Art. Für sie gehörten sie zu all dem großen Neuen und Abenteuerlichen dazu.

Das Studentenwohnheim, in dem sie fünf Jahre gewohnt hatte, als sie zum Studieren nach Moskau gekommen war, war die nächste Stufe im Erwachsenwerden. Auch wenn es der realen Welt schon recht nahekam, erinnerte es doch an das Sommerlager – der gemeinsame Alltag, die Illusion des Erwachsenseins, sogar die gleichen Hochbetten. Das war irgendwie noch nicht das wirkliche Leben, sondern eine Demo-Version davon, in der man sich in gefahrloser Umgebung alles Notwendige aneignen konnte.

Anja war der Ansicht, dass dieses langersehnte Erwachsensein für sie mit dem Uniabschluss und dem Umzug in eine eigene Wohnung begann. Seit diesem Augenblick war sie endgültig erwachsen und ging davon aus, dass es aus diesem Zustand kein Zurück mehr gab. Das änderte sich jetzt im Arrest, als sie in der Gesellschaft ihrer Mitbewohnerinnen auf dem Bett saß. Hatten die Kinderlager und das Studentenheim die kleine Anja an die Welt der Erwachsenen herangeführt, so versetzte der Arrest sie wieder in die Position eines Kindes zurück, wo die Freiheit von der Aufsicht begrenzt wurde, romantische Beziehungen über Notizzettel gepflegt wurden und Äpfel als Grundwährung dienten.

Im Schloss knirschte erneut der Schlüssel, und die Tür öffnete sich ungewöhnlich laut. In die Zelle trat der pausbäckige Bulle, den Anja für den Chef hielt.

«Gehen Sie duschen?», fragte er Anja streng.

«Nur kaltes Wasser? Dann nicht.»

«Wie Sie wollen. Hier ist Ihr Bettzeug.»

Mit diesen Worten reichte er Anja etwas, das an eine zusammengerollte Serviette erinnerte.

«Was soll das sein, Bettwäsche?», fragte sie verwundert.

Der Bulle wurde noch strenger.

«Wegwerfwäsche. Morgen kriegen Sie die richtige.» Anja wandte die Serviette in den Händen.

«Kriegst du nicht», teilte Maja mit, sobald der Bulle raus war.

«Das heißt?»

«Sie sagen das nur, hat noch niemand hier gekriegt.»

Jetzt fiel Anja auf, dass bei allen die gleichen seltsamen Servietten auf den Matratzen lagen. Sie wickelte ihre aus. Das «Bettzeug» bestand aus zwei Stück Stoff: eines lang und schmal, das Laken, das andere quadratisch, wie ein Umschlag – der Bezug. Das alles aus einem Material, den Anja bisher nur in Krankenhäusern gesehen hatte – aus so was wurden Überschuhe gemacht. Seufzend bezog sie ihr Bett (genauer gesagt, bedeckte ihre Matratze mit dem «Laken») und streckte den Arm nach der Decke aus, die verknüllt am Kopfende lag.

«Nimm besser eine andere», sagte Katja vieldeutig.

Anja hielt inne und starrte angstvoll auf die Decke: «Was ist damit?»

«Stinkt!», erklärte Irka fröhlich. Sie strahlte weiterhin ungetrübtes Glück aus, schien jedoch eine Spur lebhafter auf die Umgebung zu reagieren.

Anja entschied sich dafür, in ihren Sachen zu schlafen. Auch ihre Mitinsassinnen legten sich hin. Maja schlüpfte, ohne zu zögern, unter die Decke – Anja dachte neidisch, dass ihr Ekel offenbar innerhalb weniger Tage abgeflaut war.

«Oh, Mädels, jetzt irgendwohin, wo's warm ist, in die Dominikanische...», schnurrte Maja träumerisch.

Die strenge Natascha, die auf das obere Bett geklettert war, ermahnte indes Irka, die unter ihr lag: «Ich bring dich um, w-wenn du dich rumw-wälzst. Jedes M-mal werde ich mitten in der Nacht wach, weil das ganze B-bett zittert – nur w-weil du dich von einer Seite auf die andere wälzst.»

Irka lächelte unbeeindruckt vor sich hin.

«Womit berührst du mich da?», fragte Katja Diana.

Ihr Bett stand am weitesten von Anja weg, an der Wand – Katja oben, Diana unten. Diana lag da, hatte die Beine angezogen und massierte konzentriert Katjas Matratze.

«Mit den Füßen. Soll ich aufhören?»

«Nein, nein, mach weiter, ist geil.»

«Wird das Radio hier nie ausgemacht?», fragte Anja. Ihr wurde bewusst, dass sich die ganze Zeit fremde Stimmen in ihre Gedanken mischten, und begriff erst jetzt, dass das Radio keine Sekunde lang stumm gewesen war.

«Nach dem Abendrundgang», sagte Katja. «Obwohl, ein paarmal haben sie es vergessen, da mussten wir klopfen.»

«Und angeschaltet wird es wann?»

«Nach dem Morgenrundgang.»

Den Abendrundgang bekam Anja nicht mehr mit – sie war weggedämmert, kaum dass ihr Kopf das Kissen berührt hatte. Irgendwo in der Ferne hörte sie das Knarren der Tür und Stimmen, dann wurde es schlagartig dunkel – der Hauptstrom wurde ausgeschaltet. Bald darauf verstummte auch das Radio, und die Stille brach so unerwartet herein, dass Anja davon beinahe wieder munter wurde. Sie hörte Maja auf der Nachbarmatratze schnaufen. Anja war auf einmal so wohlig ruhig zumute, als schliefe sie nicht in der Arrestzelle, sondern auf dem weichsten Bett im sichersten Haus der Welt. Dieser endlose Tag ging doch noch zu Ende, und alle seine Ängste blieben zurück. Wie merkwürdig Anjas Nachbarinnen auch wirkten, Angst machten sie ihr nicht, und Anja konnte sich endlich entspannen. Bei diesem Gedanken hob sie die Lider, um den Blick ein letztes Mal über die Zelle schweifen zu lassen. Sie erstarrte.

Irka schlief nicht, sie saß auf dem Bett. Im rosigen Licht der einzigen Glühlampe sah Anja ihre Gestalt, die unnatürlich hoch aufragte. Anja wusste genau, dass Irka eher klein gewachsen war, jetzt aber berührte ihr Kopf fast das Bett über ihr. Wäre sie als Riesin vor ihr gestanden, hätte Anja das weniger Angst eingejagt als dieser kaum fassbare, doch unmögliche, wahnwitzige Anblick. Irka murmelte vor sich hin – Anja sah die fieberhafte Bewegung ihrer Lippen, doch war kein Laut zu hören. Es sah aus wie ein Gebet oder eine Verhexung, und Anja spürte, wie Panik sie überfiel – was da vor sich ging, schien der reine, destillierte Wahnsinn zu sein. In diesem Moment warf Irka die Hände hoch – und darin blitzte etwas auf. Anja klebte an ihrer Matratze. Das war eine Schere – eine unnatürlich phantasmagorisch große Schere, sie konnte unmöglich in diese Arrestzelle gelangt sein, doch jetzt glänzte sie in Irkas Händen. Der Schrecken erfasste Anja so schnell wie ein Waldbrand, sie konnte kaum Luft holen. Jetzt drehte sich Irka langsam zu ihr.

Das war nicht Irka. Das war eine Frau, die ihr ähnelte, nur tausendfach schrecklicher aussah. Sie war so alt, dass ihr Gesicht im Netz der Fältchen fast nicht zu erkennen war – wie bei Ikonen war es zu einem trüben dunklen Fleck verwischt. Zuerst meinte Anja in ihrem Entsetzen, dass die Frau überhaupt keine Augen hätte, aber dann sah sie – die Augen waren geschlossen. Anja konnte sich nicht rühren, sie war gefesselt von absoluter, übermächtiger Angst – wie gern hätte sie die Augen geschlossen und einfach nichts mehr gesehen, aber das ging nicht. Undurchdringliche Stille herrschte, das ungeheuerliche Gesicht mit den geschlossenen Augen war ihr zugewandt, während die Lippen in diesem Gesicht wahnsinnig und schnell raschelten – da wurde Anja klar, dass die Frau sie die ganze Zeit ansah, sie *sah* sie durch ihre geschlossenen Lider. Die Erkenntnis blendete sie, als würde sie aus den Kulissen auf eine gleißend helle Bühne gezogen – in dem Moment wurde Anja wach und schrie unkontrolliert los.

TAG ZWEI Das Klirren der Tür schreckte Anja aus dem Schlaf; sie begriff nicht sogleich, wo sie war. Ihr Blick ging auf eine gestrichene Holzdecke.

«Auf zum Frühstück», sagte eine weibliche Stimme.

Der schläfrige Nebel in Anjas Kopf verflog sogleich. Sie befand sich in einer Zelle der Moskauer Arrestanstalt und erkannte zwischen den Brettern die geblümte Matratze, die auf dem Bett über ihr lag.

Seufzend schloss sie erneut die Augen. Aufzustehen hatte sie überhaupt keine Lust. Nebenan sprang jemand aus der Koje und hüstelte unzufrieden. Das konnte nur Natascha sein, dachte Anja – niemand anders war von morgens an so grimmig. Wasser rauschte, die Toilettentür quietschte, dann schnäuzte sich jemand und fauchte: «Irka, dummes Huhn, hast mich wieder die ganze Nacht nicht schlafen lassen.» Ja, das war Natascha. Anja musste lächeln, weil sie das erraten hatte, und hörte gleich darauf, wie Irka Entschuldigungen brummelte. Schon bei ihrem ersten Wort kamen Anja die Erinnerungen an die vergangene Nacht.

Sie fuhr auf ihrem Bett hoch und spürte, wie ihr innerlich ganz kalt wurde. Durch die halbgeöffneten Lider betrachtete sie die Zelle. Natascha stand in der Mitte des Zimmers und band mit geschäftigem Ausdruck ihr Haar zu einem Schwänzchen, die verschlafene Irka saß auf ihrem Bett und knöpfte sich ungeschickt die Jeansjacke zu. Sie sah ganz normal aus, bei ihrem Anblick kam Anja ihre Angst absurd vor. Sie versuchte, wenigstens einen Hauch, ein Echo jenes dämonischen Wesens zu finden, das ihr erschienen war, konnte aber nichts Bedrohliches entdecken. Sie versuchte sich zu erinnern, was nach ihrem Schrei passiert war, das gelang ihr nicht. Sie musste schlagartig weggetaucht sein – zwischen ihrem Albtraum und dem abrupten Erwachen lagen mehrere Stunden dumpfen, watteartigen Vergessens. Es kam ihr vor, als hätte sie durch ihr Geheul alle aufwecken müssen, doch im diesigen Morgenlicht sah die Zelle so friedlich aus, dass man nicht glauben konnte, in der Nacht wäre hier irgendein Tumult passiert. Wenn niemand sie gehört hatte, musste sie dann nicht alles von Anfang bis Ende geträumt haben?

Die Zellentür wurde weit geöffnet.

«Auf zum Frühstück», sagte der junge Polizist von gestern. «Und nehmt euern Müll mit.»

Natascha näherte sich Anja – die schloss sofort die Lider und stellte sich schlafend.

«K-kommst du zum Frühstück?», flüsterte Natascha, erhielt aber keine Antwort.

Anja hörte, wie sie sich einige Sekunden am Bett herumdrückte und dann ging. Eine Tüte raschelte, Natascha sagte: «Nimm die Flasche, dummes Huhn!», und ging dann mit Irka endlich raus.

Als ihre Stimmen im Flur verhallt waren, holte Anja einige Male tief Luft. Sie musste sich beruhigen, den Kopf frei kriegen und nachdenken. Ja, es gab einen Weg, sich zu vergewissern, ob sie Gespenster gesehen hatte oder nicht: Sie musste Irkas Bett durchsuchen. Es wäre nicht leicht, eine riesige Schere in der Zelle zu verstecken. Noch viel problematischer oder eher unmöglich wäre es, sie überhaupt hier reinzubringen – im Licht des frühen Morgens gewannen Anjas Gedanken deutlich an Schärfe. Dennoch setzte sie sich auf das Bett und sah sich um. Alle schliefen, sie hörte ihre Mitinsassinnen gleichmäßig atmen. Starr vor Angst, erwischt zu werden, aber getrieben von der Furcht, mit einer bewaffneten Verrückten in einem Raum zu leben, schlich Anja sich an Irkas Bett. Sie tastete das Kissen ab, lugte darunter – nichts. Sie hob die Decke an und schüttelte sie vorsichtig – auch nichts. Unter dem Serviettenlaken hätte man nicht mal eine Münze verstecken können. Blieb nur die Matratze. Anja ging auf alle viere und schaute unter dem Bett nach. Durch das Gittergerüst sah man – auch dort nichts.

«Was tust du da?», kam von oben eine Stimme. Anja fuhr erschrocken hoch und stieß mit dem Kopf gegen das Eisengestell. Sie hielt sich den Nacken, kroch hervor und erblickte Maja. Die hatte den Kopf vom Kissen gehoben und schaute ihr mit großen Augen zu.

«Ich hatte den Eindruck, hier raschelt etwas», stammelte Anja.

«Was denn?»

«Na, eine Ratte ...»

«Eine Ratte?»

«Kam mir nur so vor.»

«Und da wolltest du nachsehen?»

«Na ja ...» Anja wurde mit jedem Augenblick weniger überzeugend.

«Und?»

«Offenbar nichts.»

«Wie grauenhaft!», stöhnte Maja und setzte sich auf dem Bett auf. «Wir müssen das sofort melden. Sie sollen Gift auslegen. Sie müssen uns anderswo hinbringen. Sie müssen uns entlassen. Ich bleibe nicht in einem Raum, wo es Ratten gibt!»

«Ich hab sie doch gar nicht gesehen ...»

«Aber gehört! Was konnte da sonst noch rascheln? Eine Maus vielleicht?»

«Ja, vielleicht, eine Maus ...»

«Was für ein Unterschied, Ratte oder Maus? Das ist unzulässig! Ich werde mich beschweren! Ich bleibe hier keine Sekunde länger!»

«Was brüllt ihr so», grölte Katja aus der oberen Koje.

«Anja hat eine Ratte gesehen!», schrie Maja und zeigte auf Anja.

«Was jetzt für eine Ratte?»

«Beruhigt euch doch. Es kam mir nur so vor!», flehte Anja. «Ich glaubte ein Rascheln zu hören und wollte dem nachgehen. Aber ich habe nichts gesehen!»

«Warum hast du denn überhaupt da rumgesucht?»

Gute Frage, dachte Anja düster, doch da fing Maja zum Glück wieder zu klagen an: «Und wenn sie eben da war und weggehuscht ist? Eine Küchenschabe haben wir hier schon gesehen, vielleicht gibt es auch Ratten? Oder Mäuse? Vielleicht war es doch eine Maus?»

«Maja, kreisch nicht so rum!», befahl Katja wütend. Maja verstummte und sah sie ängstlich an. «Jetzt hast du hundert Mal gehört, dass dort nichts war. Lasst mich schlafen.»

«Und wenn aber doch?», flüsterte Maja dramatisch.

«Nein, da war nichts», sagte Anja noch einmal und stand endlich vom Boden auf. Ihr Nacken zog noch.

Sie kehrte auf ihr Bett zurück und hörte, wie Maja sich sorgfältig bettete, die Decke unter sich stopfte, damit nur kein Nagetier zu ihr durchkommen würde. Anja verspürte eine diffuse Unruhe. Die Schere hatte sie zwar nicht gefunden, aber Irka konnte sie ja mitgenommen haben. Unter ihrem Jeanspanzer hätte man auch ein Maschinengewehr verstecken können. Anja seufzte. Nur nicht paranoisch werden, sagte sie sich, das war einfach ein Traum gewesen. Aber die Angst in ihr wurde doch wieder größer, je mehr sie sich zu beruhigen suchte.

Natascha und Irka kamen bald vom Frühstück zurück. Anja beobachtete sie insgeheim, aber Irka sah immer noch so normal aus, wie man sich nur vorstellen konnte. Jede von ihnen kletterte auf ihr Bett, wobei Natascha weiter flüsternd vor sich hin fluchte, während Irka ihr etwas Unverständliches antwortete. Ziemlich bald wurde es still, und wenige Minuten später ertönte ein leises Schnarchen von Irkas Bett. Ein schnarchendes Ungeheuer, das war für Anja keine einfache Vorstellung.

Sie lag da und hörte durch das offene Fenster, wie draußen auf der Straße ein Besen fegte. Wieder kam ihr der Gedanke, dass die Arrestanstalt ein ganz seltsamer Ort sei. Seltsam und sinnlos: Die ganze Strafe besteht darin, dass man sich unter verschärften Bedingungen erholen durfte. Du darfst schlafen, so viel du willst, den ganzen Tag nichts tun, lesen, dich unterhalten, man führt dich zum Hofgang und zum Essen, und das alles soll deiner Besserung dienen.

Die Zeit verging, Leben kam in das Gebäude: Im Korridor hörte man öfter Schritte und Stimmen, laut schlugen Türen, irgendjemand schleppte etwas vor den Fenstern. Immer wieder schaute jemand durchs Guckloch in die Zelle, und das ärgerte Anja fürchterlich – sie kam sich vor wie eine Labormaus hinter Glas, die ständig angeglotzt wird. Am Ende weckte der Lärm auch ihre Nachbarinnen. Als Erste kroch Katja vom Bett. Gähnend band sie sich das Haar zum Pferdeschwanz und nahm Kurs auf den Waschraum. Anders als Natascha und Irka, als sie leise zum Frühstück gingen, nahm Katja keine Rücksicht darauf, ob sie jemanden wecken könnte – sie drehte das Wasser voll auf, plätscherte lange und laut herum, dann fiel ihr die Seife vom Becken, und sie fluchte vernehmlich. Die übrigen Mädchen wälzten sich und wurden ebenfalls wach.

Anja erwartete, dass jemand sie fragen würde, warum sie in der Nacht so gebrüllt habe, aber kein Wort dazu. Dafür klagten sie wieder über Irka, die sich gewälzt und der über ihr schlafenden Natascha keine Ruhe gelassen habe. Es wunderte Anja, dass dieses Thema für alle interessanter war als ihre nächtliche Hysterie. Vielleicht hatte sie wirklich nur geträumt?

Als alle endlich aufgewacht waren und im Sitzen Tee tranken, ging die Zellentür auf. Vier Polizisten kamen herein – drei Frauen und ein Mann. Niemand von ihnen hatte Anja zuvor gesehen, aber diese Bullen gefielen ihr auf Anhieb viel weniger als die von gestern. Drei der Visagen waren völlig versteinert, nur ein Mädchen sah so erschrocken aus, dass man sie eher für eine Gefangene als für eine Wärterin gehalten hätte.

Die Eingetretenen stellten sich im Halbkreis auf, eine der Frauen trat nach vorn. Sie war nicht groß und insgesamt irgendwie rund – das unter den Gürtel gestopfte Hemd betonte den prallen Bauch, die Hose spannte wie auf einer Trommel, ihre Haare kringelten sich. Dabei hatte sie ganz feine, zur Mitte konzentrierte Gesichtszüge – Knopfnase, Augenspalten, Lippen wie Fäden. Das Seltsamste aber war der Ausdruck dieses Gesichts. Es wirkte abwesend, irgendwie leblos. Der würde nicht mal vor dem Spiegel eine Grimasse gelingen, dachte Anja.

Die Frau schlug ein Heft auf, das sie in Händen hielt, dann hüstelte sie. Anjas Nachbarinnen standen wie auf Kommando auf. Nur Maja blieb sitzen.

«Aufstehen!», sagte die Frau. Auch ihrer Stimme fehlte jede Intonation.

Maja erhob sich sehr langsam und stützte sich dabei malerisch am Bett ab. Anja blieb sitzen und sah verständnislos zu den anderen hin.

«Aufstehen!», wiederholte die Frau.

«Wozu?», fragte Anja mit ungespieltem Erstaunen.

«Weil die Gefangenen nach Vorschrift aufstehen müssen. Aufstehen, für alle!»

Anja war so perplex, dass sie gehorchte. Frappierend war nicht nur dieser Befehl, sondern auch der Ton, in dem er ausgesprochen wurde – die Frau hob zwar die Stimme, doch die verriet weder Wut noch Ungeduld. Als hätte kein lebendiger Mensch gerufen, sondern nur jemand den Lautstärkeregler am Radio aufgedreht.

«Name!», befahl die Frau und schaute in das geöffnete Heft.

«Wilkowa!»

«Orlowa!»

«Leonowa!»

«Iwanowa!»

«Andersen», sagte Maja matt.

Anja schwieg und verfolgte das Geschehen mit wortlosem Staunen.

«Name!», wiederholte die Frau, wieder lauter als vorher.

«Romanowa heiße ich», sagte Anja. «Sehen Sie das nicht in Ihrem Heft?»

Ohne sie einer Antwort zu würdigen, schlug die Frau das Heft zu und gab der zweiten maulstarren Polizistin mit stark geschminkten Augen ein Zeichen. Die zog einen schwarzen Gegenstand vom Gürtel, in dem Anja nicht sogleich den Metalldetektor erkannte, und huschte damit zu den Betten. Die Durchsuchung erfolgte in völliger Stille und dauerte ein paar Minuten. Anjas Bett kontrollierte die Frau besonders gründlich, drehte das Kissen um, schüttelte die Decke aus. Anja verspürte sofort ein Aufwallen der Empörung darüber, dass eine Außenstehende ganz ungeniert in ihren persönlichen Raum eindrang, aber sie zwang sich zu schweigen.

Nachdem die Durchsuchung beendet und kein weiteres Wort mehr gefallen war, verließen die Bullen zielstrebig die Zelle. Das erschrocken aussehende Mädchen huschte als Letzte hinaus.

«Pfui, eine ekelhafte Schicht, eine ekelhafte Diensthabende», Katja ruckte mit den Schultern und ließ sich auf Dianas Bett fallen. «Man kann nur froh sein, dass man bald rauskommt. Da braucht man sie nicht mehr lange anzusehen.»

«Wie viele Schichten gibt es hier überhaupt?», fragte Anja.

«Na, ich glaub drei. Morgen kommt der Gute-Onkel-Wachhabende, dann wieder der von gestern, dann wieder diese Alte. Sie ist hier die Einzige, die sich an die Vorschriften hält.»

«Und das ganz heftig», sagte Anja. «Ich finde, sie ist einfach ruppig. Und dazu irgendwie leblos.»

Natascha ging indes zur Toilettennische und verschwand hinter der Tür. Ihr Gesicht war, wie üblich, finster, jetzt aber außerdem sehr konzentriert. Kurz darauf hörte man ein Krachen, dann tauchte sie aus der Nische auf, blies sich den Pony aus der Stirn. In den Händen hielt sie Schüssel und Besen, unter dem Arm einen Schrubber.

«Gut, Zeit zum Aufräumen!», verkündete sie.

Anja verspannte sofort. Sie wusste nicht viel von den hiesigen Regeln, zweifelte aber nicht, dass jetzt gleich sie zum Putzen gezwungen würde. Wie sollte sie sich verhalten – den Lappen verächtlich zurückweisen? Es scherzend abtun? Fluchen? So tun, als liebte sie es, Böden zu schrubben, und sähe nichts Erniedrigendes darin?

Natascha klatschte derweil die Schüssel aufs Waschbecken, lehnte den Schrubber dagegen und ging mit unaufmüpfiger Miene mit dem Besen zu Werke. Die anderen schenkten ihr keine Aufmerksamkeit, sie hoben nur kurz die Beine, wenn sie unter ihren Betten fegte. Anja kam aus dem Staunen nicht heraus, sie meinte das ernst. Als Natascha sich ihrer Koje näherte, hielt sie es nicht aus und fragte schüchtern: «Brauchst du Hilfe?»

«Nein, nein, alles in Ordnung. Ich m-mag es einfach, wenn es sauber ist. Hab ich im Gefängnis gelernt.»

Anja nickte wortlos. Es war natürlich angenehm, sich Phantasien hinzugeben, dieser Ort wäre so eine Art Sanatorium, aber Natascha holte einen geschickt auf den Boden der Realität zurück.

Als sie mit dem Kehren fertig war, ging es ans Wischen. Anja verfolgte bezaubert, wie Natascha mit bloßen Händen furchtlos den schmutzigen Lappen ergriff, ihn ins trübe Wasser tauchte und über den Schrubber legte. Auch wenn die anderen Nataschas Enthusiasmus ignorierten, ließ sie doch darin nicht nach.

Mitten in diesen Putzeifer platzte das Radio hinein – alle schreckten hoch, nur Natascha ließ sich nicht von solchen Kleinigkeiten ablenken und schrubbte weiter. Als sie damit fertig war, erklärte sie zufrieden: «Jetzt k-kann man hier vom Boden essen», und sofort warf sie ihre Latschen ab. Anja zuckte innerlich zusammen.

Es war nicht so, dass die Zeit langsam und wie unabhängig

von Anja verlief. Es gab hier keine Uhr, deshalb konnte sie gar nicht sagen, ob es schon Zeit war, vor Langeweile zu vergehen, oder noch nicht. Im Radio liefen in endloser Tour Schlager, selten von Reklame unterbrochen. Nachrichten gab es keine, die Zeit wurde nicht angesagt. Dem Gefühl nach hätte Anja gesagt, dass jetzt zehn Uhr vormittags sei, doch sie traute sich selbst nicht ganz. Ohne Uhr war das schwer einzuschätzen. Da fiel ihr Sascha ein mit seiner Superfähigkeit: Er konnte ihr sagen «Weck mich um drei», um dann doch von selbst genau eine Minute vorher aufzuwachen. «Wie machst du das?», hatte Anja ihn gefragt. «Du schläfst doch und weißt nicht, wie viel Zeit vergangen ist!» Sascha hatte geantwortet, er sei das von Kindheit an gewohnt, und überhaupt, auf dem Land sei das gängige Praxis – dort beschließen die Leute, um fünf Uhr morgens aufzuwachen, und sie werden um fünf Uhr wach. «Du bist eben eine Städterin, ihr könnt gar nicht mehr ohne Wecker leben», meinte er nachsichtig. Anja konnte diesen Dorfsnobismus nicht ausstehen, aber unbestreitbar: Saschas Zeitgefühl war von gerade mystischer Sicherheit.

Anja schüttelte ihren Kopf, um die Erinnerungen zu vertreiben. So viele Jahre hatte sie sich darauf dressiert, die Gedanken daran zu vermeiden, und normalerweise war es kein Problem. Immer war sie von einer Vielzahl anderer Dinge umgeben, die sie ablenkten. Anja sah sich um – ihre Nachbarinnen schliefen oder lasen. Diana malte mit Flomastern in einem Heft, die Zunge konzentriert zwischen den Zähnen. Sie wirkte geradezu rührend, so stattlich und imposant und mit diesem naiv ungespielten Gesichtsausdruck. Anja griff nach einem der Bücher, die Freunde ihr mitgegeben hatten, schlug es auf und richtete den Blick, ohne den Titel zu lesen, auf die Seite. Die Buchstaben verschwammen, Anja starrte weiter auf die Doppelseite wie in ein geöffnetes Fenster, durch das sie das Zimmer im Wohnheim, das doppelstöckige Bett an der Wand und Sascha sah, der auf diesem Bett schlief. Sie hatte den Eindruck, sie teile sich: Sie war gleichzeitig in der Arrestzelle und dort, im Zimmer mit Sascha. Sie wusste, dass er *dort* aufwachen und zu ihr kommen würde, schläfrig blinzelnd, und sie umarmen. Sie würde kurz warten und die Schultern hochziehen, um sich zu lösen, und er würde in genau derselben Sekunde die Arme öffnen, ohne Unzufriedenheit oder Enttäuschung. Im Laufe der Jahre hatte ihre Beziehung mit Sascha zwischen Liebestaumel und totaler Abkühlung geschwankt, aber sie war nie von übertriebenen Erwartungen belastet.

Anja schloss die Augen und sah, wie sich vor ihr, wie in einem Kaleidoskop, Bilder entfalteten. Das schartige Parkett im Wohnheimzimmer. Saschas rotes, flauschiges Plaid, in dessen Fell die Finger versanken. Das tiefe Summen des Teekessels und immer gleich darauf das hohe Quietschen der Schranktür, wo das Geschirr stand. Die beige, sich ablösende Tapete, deren Blasen Anja gnadenlos mit dem Kugelschreiber durchstach, um dann ein unanständiges Wort daraufzuschreiben. Die goldene 2, schief an der Tür. Sonja. Ihr wilder Pony und die leicht nach oben zeigende Nase. Wie sie mit übereinandergeschlagenen Beinen in der ersten Bank saß und am Kuli kaute. Ihre kastanienbraunen Augen, der Blick – weicher als sanft, wärmer als Feuer. Endlose Eifersucht flutete Anja beim bloßen Gedanken daran.

Sascha gab immer mit dem Ort an, in dem er geboren war: Das winzige Dorf im Gebiet Nowosibirsk war der Mittelpunkt seiner Mythologie, in die er begeistert jeden einweihte. Anja frappierte diese bedingungslose Liebe zur kleinen Heimat schon an sich, noch dazu studierten sie ja am Moskauer Institut für Internationale Beziehungen – dem MGIMO –, wo dergleichen besonders bizarr wirkte. In ihrem Wohnheim, das von armen Olympiasiegern bevölkert war, träumten alle davon, sich unauffällig den typischen MGIMO-Studenten anzuähneln, nur Sascha zog es zu den eigenen Wurzeln. Er liebte es, vor den verhätschelten Moskauern mit Geschichten aus dem rauen sibirischen Leben großzutun – darüber, wie er Holz hackte, wie hemmungslos er Selbstgebrannten trank, wie er mit klapprigen Schigulis zur Disco ins nächste Dorf fuhr. Um einen noch umwerfenderen Eindruck zu machen, wechselte Sascha manchmal in einen Dorfdialekt (Anja vermutete, dass er ausgedacht war). Er war überhaupt ein richtiger Jessenin, ein Mann wie aus dem Bilderbuch, wenn auch brünett, doch seine Strategie brachte ihm merkliche Dividende – die für Exotik anfälligen Mädchen umschwärmten ihn. Anja hatte für Saschas Erzählungen nur eine an Skepsis grenzende Ironie, aber als er ihr im fünften Halbjahr vorschlug, gemeinsam nach Nowosibirsk zu fahren, sagte sie selbstverständlich sofort zu. Ihr war, als hätte sie vor Jahren ein Buch über einen fiktiven Ort gelesen und erhielte jetzt die magische Möglichkeit, dorthin zu fahren und ihn in Augenschein zu nehmen. Sonja war natürlich auch dabei, sie fuhren zu dritt.

Formal gesehen, flogen sie von der Universität zu einer Konferenz, aber in Nowosibirsk blieben sie keine Minute länger als nötig – vom Flughafen ging es zum Bahnhof, dort nahmen sie die Vorortbahn zu Saschas Dorf. Streng genommen war das kein Dorf, sondern ein ganzes Rayons-Zentrum – Anjas Ansicht nach bestand der Unterschied allerdings nur darin, dass es hier eine winzige Grünfläche samt ungestümem Lenin auf dem Sockel gab.

An der Konferenz nahm am Ende einzig Sascha teil, der als Organisator ihrer Reise eine gewisse Verantwortung vor der Universität hatte. Das kostete ihn genau einen Tag. Die restliche Woche waren sie vor allem damit beschäftigt, von den einen Verwandten Saschas zu den nächsten zu ziehen. Sascha war längst zur Legende des Ortes geworden – der Junge, der es auf das MGIMO geschafft hatte. Jeder Zweite erkannte ihn auf der Straße. Bei den kleinen Festen und Empfängen zu Ehren seines Besuchs – sie wollten gar nicht aufhören – fand sich immer ein betrunkener Alter, der sich in Erinnerungen an Saschas Kindheit erging.

Nach einigen Tagen musste Anja zugeben, dass Sascha nicht gelogen hatte. Die blumigen Erzählungen, mit denen er die Mädchen in Moskau bezirzte, stimmten – jedenfalls kamen sie in so manchem Gespräch und manchem Toast zur Sprache. Aber Anja hatte keine Lust, sich geschlagen zu geben, und spielte weiter die Spöttische. Anders Sonja – sie himmelte Sascha von Tag zu Tag mehr an. Auch vorher hatte sie jedes Wort geglaubt, nun aber konnte sie sich tagelang in der Aureole seines verdienten Ruhmes sonnen.

Diese Reise war eine ganz besondere, und Anja kehrte in Gedanken zu ihr zurück. Jeder Morgen begann hier auf die gleiche Weise: Anja erwachte von der Sonne, die ihr direkt ins Gesicht schien, öffnete die Augen und erblickte durch den dünnen Vorhang, der ihren Teil des Zimmers abtrennte, den blauen, blauen Himmel im Fenster. Ihr Bett war sehr hoch, mit einem luftigen weißen Federbett, und Anja rutschte mehr davon herab, als dass sie aufstand. Der Holzfußboden war brennend kühl. Sie zog sich eilig an, wusch sich mit eisigem Wasser, das immer auch die Ärmel nässte und hinter den Kragen rann, und lief auf die Straße. Es war April, alles ringsumher wirkte jung und blendend rein: der riesig hohe Himmel, die mit brüchigem Eis überzogenen Pfützen, der Raureif auf den ersten jungen Grashalmen, die im Sonnenlicht blinkenden Häuser. Anja lief auf der Straße und holte so tief Luft, wie die Lungen fassen wollten. Sie konnte sich an allem gar nicht sattsehen. Aber wie im Kontrast zu dieser lauthals triumphierenden Schönheit fühlte sie selbst sich vernichtend einsam und klein.

Sie lief zu dem Haus, wo Sascha und Sonja übernachteten – Anja schlief nicht dort, weil der Platz angeblich nicht für alle reichte –, und sie frühstückten gemeinsam. Dann gingen sie zu Saschas Schule, wo jeder Lehrer darauf brannte, ihn in seinem Unterricht als lebendes Vorbild für die Bedeutung der Bildung vorzuführen. Sie tranken Tee mit dem Schulleiter, besuchten diesen oder jenen, und dann führte Sascha sie durch die Gegend, zeigte ihnen hiesige Sehenswürdigkeiten wie verlassene Garagen oder Bungee-Seile an einer Steilwand am Fluss.

Nur einmal übernachteten sie zusammen. An diesem Tag waren sie ins Nachbardorf gefahren, um einen weiteren Onkel Saschas die Ehre zu geben. Es wurde ein besonders rauschender und betrunkener Abend – noch bei Tageslicht ging es los, die ganze Nacht wurde gefeiert. Sascha bekam mitten im Gelage plötzlich Lust auf russische Sauna, erklärte, er werde sie allein anheizen, und verschwand. Am anderen Morgen fand man ihn, er hatte sich zur Sauna geschleppt und war dann friedlich auf der Bank eingeschlafen. Solange er im Haus war, wich Sonja ihm keinen Schritt von der Seite. Anja hatte ihnen gebannt zugesehen, bis sie endlich begriff, dass sie das alles nicht länger aushalten würde.

Sie ging raus und setzte sich auf die Veranda. Sofort kam ein riesengroßer weißer Hund zu ihr gelaufen. Er hieß Astra, und alle Gäste wurden als Erstes mit ihm bekannt gemacht: entweder damit man keine Angst vor ihm hatte oder damit er einen nicht aus Versehen totbiss. Astra stupste die

Schnauze an Anjas Stirn, ließ sich umarmen und stand willig da, während Anja Tränen der Eifersucht, der Wut und Enttäuschung vergoss. «Astra, du», flüsterte sie und vergrub ihr Gesicht in dem dichten Hundefell, «wie ist das nur möglich? Wie konnte das so kommen?»

Dann waren hinter ihr Schritte zu hören, Anja fuhr hoch. Der Hund verschwand in der Dunkelheit. Sonja setzte sich neben sie auf die Veranda. Sie war vielleicht zehn Zentimeter entfernt, und Anja kam es vor, sie könnte sich bei dieser Nähe an ihr verbrennen. Anja unterdrückte mit Mühe den Wunsch, sich wegzusetzen, und fragte forsch: «Wo ist Sascha?»

Sonja zuckte mit den Schultern: «Läuft irgendwo rum.» Sie sagte das so weich, dass Anja zum Heulen war. Wütend auf ihre eigene Schwäche, fragte sie hart: «Kannst du überhaupt fünf Minuten ohne ihn aushalten?»

«Ich bin zu dem Schluss gekommen, dass es mir viel wichtiger ist, mit dir zusammen zu sein.»

Anja konnte nicht anders und sah sie an. Sonjas Haar war vergoldet vom Licht, das durch die angelehnte Tür fiel, und ihr Blick war so zärtlich, dass Anja alles in sich schmelzen und einstürzen fühlte. Sie drehte sich rasch weg, zog demonstrativ die Nase hoch und sagte etwas Forsch-Fröhliches. Sonja lachte. Das wunderbare Lachen, das sie früher immer mit Anja gelacht hatte, und in dieser Sekunde schien es, als wäre noch nicht alles zu Ende.

Sie nahm Sonja bei der Hand. Sonja flocht vorsichtig ihre Finger zwischen die ihren. Anja sprang auf, zog Sonja mit sich ins Haus, dann die Treppenstufen hoch. Sie liefen in das erstbeste Zimmer. Dort war es dunkel, dort stand eine aufgeklappte Couch, darauf lag eine Decke. Die Decke roch kaum merklich nach Staub, von unten drangen Gelächter und Rufe hoch. Sonja küsste sie eigentlich nicht – sie berührte eher

Anjas Lippen mit den ihren, Anja riss an ihren Kleidern, spürte, wie sie sich schmerzhaft in ihrer Haut verbiss, und wollte ihr noch mehr weh tun, wollte sie kneifen, hauen, auf die Wange schlagen und sie doch gleichzeitig so fest an sich drücken, wie es ging, sich an ihren Hals schmiegen, sie nie wieder gehen lassen. Sonja atmete rasch, und in Anja donnerte es geradezu von Begeisterung – während ein kleiner Teil von ihr sich das alles von der Seite ansah und nicht zu glauben schien, was da vorging: auf der Couch mit der alten Decke, in diesem gerade von Fremden bewohnten Haus, mitten im sibirischen Wald. Ein mikroskopisch kleiner Punkt auf der Karte, einer von unendlich vielen Orten, wohin sie zufällig geraten war und an den sie nie wieder zurückkehren würde – und jetzt verwandelte sich das auf einmal in das Epizentrum ihres Lebens, wo sie ein Mädchen in den Armen hielt, das sie liebte, und zum ersten Mal seit vielen Monaten fühlte sie sich glücklich.

Das Erwachen danach war düster und erwartungsgemäß verkatert. Sonja war nicht mehr da. Unten klapperte Geschirr. Anja musste sich zusammennehmen, um unter Leute zu gehen – sie wusste, dass gestern niemand etwas bemerkt hatte, aber der bloße Gedanke, dass sie jetzt ein Lächeln aufsetzen und sich mit Dritten unterhalten müsse, war ihr zuwider. Im letzten Moment, als sie sich schon der Küche näherte, aus der Stimmen drangen, besann sich Anja und huschte daran vorbei. Sie konnte gerade einmal einen Blick durch die geöffnete Tür werfen – Sascha saß mit dem Onkel schon wieder vor einem Gläschen, des Onkels Frau wusch ab, Sonja trocknete die Teller.

Anja öffnete die Pforte und schritt eilig auf der Straße entlang. Sie fürchtete, man könnte sie zurückrufen, und ihr fiel kein einziger vernünftiger Grund ein, warum sie weglief.

Zum Glück rief niemand, das Haus verschwand schließlich hinter der Kurve, und Anja ging langsamer.

Das Dorf endete sehr abrupt, von dem befahrenen Weg blieben nur zwei Radspuren übrig. Anja schlenderte völlig ziellos, ohne einen Blick nach links oder rechts zu werfen. In ihrem Kopf blitzten kurze Szenen aus der letzten Nacht auf, von denen ihr sehr warm und ein wenig peinlich wurde. Darauf folgte ein Fetzen früherer Erinnerungen: Sonja sitzt breitbeinig auf der Bank am Tisch und betrachtet wie bezaubert den betrunkenen Sascha. Die in ihr aufwallende Eifersucht war so schmerzhaft, dass Anja die Hand gegen ihre Brust drückte, als wollte sie das Gefühl ersticken. Warum entstehen Gefühle immer im Brustkorb, und wieso können sie überhaupt so einen körperlich spürbaren Schmerz verursachen?

Der Weg führte Anja in ein Birkengehölz auf einem Hügel. In der Nähe sah sie Reste eines niedergebrannten Lagerfeuers in einem Kreis von zerschlagenen Ziegelsteinen, daneben einen Baumstamm. Sie setzte sich darauf und blickte vom Hügel hinab. Von hier aus wirkte das Dorf wie ein Häuflein Spielzeughäuser. Einen Meter vor Anja im gefrorenen Gras lag eine Konservendose mit aufgepultem Deckel, darauf saß ein Schmetterling. Der rührte sich nicht, und Anja betrachtete ihn so lange, bis er vor ihren Augen verschwamm.

Sie dachte an Sonja. Anja stellte sich vor, wie Sonja heute Morgen aufgestanden und leise aus dem Zimmer geschlichen sein musste, um sie nicht zu wecken. Wie sie die Treppe hinabging und Sascha fand. Wie ungezwungen sie mit seinen Verwandten umging und anbot, in der Küche zu helfen. Bestimmt hatte sie nicht einmal einen Kater.

Mit einem Seufzer ließ Anja den Kopf auf die Knie sinken. Sie beneidete Sonja um die Geradlinigkeit, Offenheit und

Klarheit ihrer Wünsche. Während sie selbst auf einem Hügel saß, von Winden umweht, hin und her gerissen zwischen Eifersucht, Liebe, Hoffnung und Zweifeln, trocknete Sonja in der warmen Küche Geschirr ab und wusste genau, wozu sie das tat und was sie wollte.

Anja stöhnte leise auf, als sie daran dachte, wie sie Sonja gestern an der Hand genommen und nach oben gezogen hatte. Wozu war sie ihrer Wärme erlegen? Sie bemühte sich seit langem, nicht mit Sonja allein zu bleiben, denn sie wusste, dass es am nächsten Tag mit einer Enttäuschung enden würde. So wie jetzt. Sie knirschte mit den Zähnen. Sie wollte wütend werden auf Sonja für ihre Herzlosigkeit, weil sie sie betrogen hatte, aber die Wut blieb aus. Sie wusste, dass Sonja nicht von Grausamkeit, sondern reinem Gefühl getrieben war, und dieses Wissen verletzte Anja jetzt nur noch mehr.

Unfähig, diese Gedanken länger zu ertragen, sprang sie abrupt auf. Der erschrockene Schmetterling flatterte hoch und ließ sich dann wieder auf der Dose nieder. Entschlossen marschierte Anja zurück ins Dorf. Flucht löst keine Probleme, und den Folgen der eigenen Taten muss man furchtlos ins Auge sehen. Während sie den Hügel hinabging, schubste der Wind sie böig von hinten. Sie kehrte zu den Menschen zurück, die ihr am nächsten standen, und fühlte sich doch so, als zöge sie in den Kampf.

Wie sie nun hier auf dem Bett in der Arrestanstalt saß, wollte Anja nicht glauben, dass sie so viele Details in Erinnerung hatte: diesen Schmetterling, die Konservendose, den böigen Wind. Es war wie im Kino, aber wie in tiefer Versenkung, sie empfand genau das, was sie damals empfunden hatte. Abgetaucht in ihre Erinnerung, beachtete sie nicht, was in der Zelle vor sich ging, bis rechts über ihr ein Pfiff ertönte.

Anjas Kinovision verflog, doch sie begriff nicht sogleich, was nun geschah. Dafür wurden ihre Mitinsassinnen auf einen Schlag lebhaft und stürzten alle gleichzeitig ans Fenster. Draußen am Gitter hing ein junger Bursche und steckte seine Nase in die Zelle.

«Na, Mädels, was geht bei euch?», fragte er verspielt. Neben seinem Kopf tauchte ein weiterer auf, der sagte: «Gibt's Neue?»

«Ja», sagte Katja hoheitsvoll. Sie legte eine Zeitschrift weg, in der sie gelesen hatte, und sah die Jungs unter halbgeschlossenen Lidern an, spielte Gleichgültigkeit.

Sie wirkte wie eine große Raubkatze, die nur wartet, dass das Opfer seine Wachsamkeit verliert und sich nähert.

«Habt ihr Lullen?»

«Andrjuch, haben wir?», fragte der erste Bursche jemanden in seiner Nähe. Nach einer Pause war ein gedehntes «Neee» zu hören. «Und was für eine Neue? Neue, zeig dich!» – «Was ist das für eine Neue? Zeig dich mal!» Anjas Zellennachbarinnen sahen sie an. Sie hob als Antwort das Buch näher vor die Augen und tat so, als würde sie lesen.

«Sie zeigt sich nicht, wenn ihr keine Zigaretten gebt», teilte Katja mit und schirmte sich wieder mit der Zeitschrift ab.

«Na meinetwegen. Und wo ist Maja? Majalein, zeig du dich wenigstens!»

Maja las ebenfalls, doch als sie ihren Namen hörte, raffte sie sich auf und sah fragend zu Katja. Die zuckte mit den Schultern und hob den Blick nicht von ihrer Zeitschrift.

«Wo ist denn Maja, Kerls?», fragte ein Dritter und wurde sogleich am Fenster sichtbar. Anja dachte, dass ihnen allen sehr unbequem sein musste, wie sie da, Meerkatzen gleich, am Gitter hingen.

«Hier bin ich doch», sagte Maja mit gestellter Verärgerung.

Draußen flehten alle: «Maja, zeig dich, sprich mit uns!»

Maja kletterte scheinbar lustlos auf das obere, leere Bett. Sie war bemüht, sich so graziös wie möglich zu bewegen, rutschte aber aus und wäre fast gefallen, auch wenn sie sich nichts anmerken ließ. «Setz dich näher, näher zu uns!», riefen sie draußen aufgeregt. Natascha, die das Nachbarbett belegte, musterte Maja unwillig. Als sie sah, dass die auf ihre Matratze wechseln wollte, brummelte sie, zog aber die Beine an. Maja setzte sich auf den frei gewordenen Platz, faltete die Hände vor den Knien und nahm eine überaus gesittete Haltung an.

Von draußen kam Beifallsgeheul, noch mehr Leute klammerten sich ans Gitter. Anja fürchtete, dass es ausreißen könnte.

«Wie schön du bist, Majalein!», sagte der erste der Jungs. «Tut dir hier auch keiner was zuleide?»

«Aber nein!», erwiderte Maja kokett und klimperte mit den Augenlidern.

«Und hast du einen Freund?»

«Ja.»

«Verlass ihn und geh mit mir!»

Maja schüttelte den Kopf. Ihr langes, glänzendes Haar wogte.

«Was zierst du dich so, wann kommst du raus?»

«In drei Tagen.»

«Und ich übermorgen, siehst du. Um wie viel Uhr?»

«Wozu willst du das wissen?»

«Na wozu, Majalein, ich hole dich ab, und wir gehen spazieren. Komm, ich geb dir meine Nummer.»

«Die Arrestanstalt ist keine Heiratsvermittlung», sagte Maja belehrend.

Es war erstaunlich – was sie auch sagte, sie lächelte weiterhin derart süß, dass jeder normale Mensch von diesen widersprüchlichen Signalen irritiert sein musste. Dachte Anja, die Jungs vor dem Fenster aber waren gar nicht irritiert, ihnen war offenbar ganz gleichgültig, was Maja sagte.

«Was für schöne Haare du hast, Majalein!», dudelten sie durch das Gitter. «Sind die echt?»

«Ja!»

«Und so schöne Augen! Blau! So eine seltene Farbe!»

«Ja!»

«Und deine Lippen sind so schön, auch echt?»

«Ja!»

«Was prächtig deine Eltern sind, so ein hübsches Mädchen haben sie zustande gekriegt!»

Anja hob das Buch noch näher ans Gesicht, um sich ganz dahinter zu verstecken. Was sie hier sah, löste eine Mischung aus Verlegenheit und Heiterkeit in ihr aus. Die ausgehungerten Jungs versuchten fast, die Zelle zu stürmen, streckten die Arme durch das Gitter und riefen nach Maja, flehten sie an, näher zu kommen. Die aber schlug die Augen nieder und spielte die Unschuld vom Lande, saß in sicherer Entfernung da und rührte sich nicht. Sie erfüllte doch haargenau und geradlinig die Rolle, die allen Kindern beigebracht wurde: Mädchen haben unnahbar, die Jungs draufgängerisch zu sein. Anja hatte noch nie eine solche Bereitschaft gesehen, den künstlichen Spielregeln zu folgen, und das im Verein mit so echter, ungespielter Leidenschaft.

Wer weiß, weil lange Maja noch posiert hätte. Aber schon kam neue Ablenkung. Die Zellentür öffnete sich, und eine der maulstarren Frauen vom Morgen, die, die Anjas Koje durchsucht hatte, fragte boshaft: «Geht ihr telefonieren?»

Alle riefen «Ja-a!» und stiegen von ihren Betten. Man führte sie in den Flur und ließ sie in einer Reihe warten. Als Erste war Diana dran – graziös mit den Hüften wackelnd, bewegte sie sich zu den Diensträumen. Dort stand breitbeinig wie ein Torwart die Roboterfrau vom Morgen.

«Orlowa», sagte Diana.

Die Frau durchbohrte sie mit dem Blick, als wollte sie sich vergewissern, dass sie nicht log, und verschwand im Dienstzimmer. Eine halbe Minute darauf kam sie mit einem gestreiften Beutel zurück – so einem wie dem, in den Anja gestern ihre «Wertsachen» gelegt hatte.

«Telefon, Ladegerät?», setzte sie unfreundlich nach.

«Ja.»

Die Frau griff in den Beutel und wühlte darin herum, ohne den Blick von Diana zu wenden. Anja hatte den Eindruck, sie würde dort gleich kein Telefon, sondern eine Lottozahl hervorziehen. Doch Wunder gab es nicht. Bevor sie Diana ihr Eigentum aushändigte, ließ die Frau sie im Heft unterschreiben.

«Wie lange hat man zum Telefonieren?», fragte Anja flüsternd Natascha, die vor ihr stand.

«S-so f-fünfzehn Minuten oder mehr, wenn sie dich vergessen. Aber diese Schicht vergisst es bestimmt nicht. Ich lass dich vor, bei mir sind bestimmt alle auf Arbeit, geht eh keiner ran.»

Katja, Maja und Irka verschwanden der Reihe nach hinter Diana in der kleinen Kammer, in der Anja gestern von der Ärztin untersucht worden war. Als sie schließlich an der Reihe war, wiederholte sich die Prozedur exakt: Die Frau stand ungerührt da, bis Anja näher trat und ihren Namen nannte, dann holte sie den Beutel und fragte: «Telefon, Ladegerät?»

«Nein, nur das Telefon.»

Die Frau wollte schon die Hand in den Beutel stecken, hielt jetzt aber inne und guckte Anja an. Sie guckte nicht erstaunt, sondern stumpf, als wäre der Sinn von Anjas Worten nicht zu ihr gedrungen.

«Und das Ladegerät?»

«Das brauch ich erst mal nicht.»

«Sicher? Nachher kommst du in fünf Minuten und willst es haben!»

«Ich hab doch gesagt, nein.»

Die Diensthabende zog das Telefon heraus, Anja griff danach – «Erst quittieren».

«Sonst lauf ich euch damit weg, oder was?», sagte Anja gereizt und krakelte etwas ins Heft.

«Egal, Ordnung muss sein!», krähte die Frau, unerwartet die Stimme hebend. Anja nahm ihr das Telefon aus den Händen und ging in die Kammer.

Dort war Telefonieren ganz unmöglich – schwacher Empfang, die Kachelwände hallten, und mehrere Stimmen flossen zu einem einzigen, unverständlichen Dröhnen zusammen. Anja sah in die sozialen Netze – auf Facebook ein Haufen Posts, Fotos, wie die OMON-Leute sie wegschleppen, zornige Äußerungen ihrer Freunde gegen das Regime und in den privaten Mitteilungen viele Aufrufe zum Durchhalten, Losungen wie «Russland wird frei sein!» und die Verheißung schrecklicher Strafen für alle, die an ihrer Festnahme beteiligt waren.

Von dort wechselte Anja zu den Messengern – auch hier wurde ihr vor allem Mut gemacht, aber nicht von Facebook-Freunden, sondern von ihren echten Freunden, die deshalb weniger pathetisch und eher ironisch klangen. Drei Nachrichten von ihrer Mutter – Anja antwortete, die Mitinsassinnen seien ganz in Ordnung, die Bedingungen auch und die Verpflegung überhaupt ausgezeichnet. Auch von Vater fand sie eine Nachricht. Er fragte, wie es ihr gehe und in welchem Arrest sie sitze. Das war seltsam, denn ihr Vater lebte schon seit Jahren im Ausland und interessierte sich überhaupt nicht für Anjas Leben. Anja unterdrückte den Wunsch, mit «Was interessiert's dich?» zu antworten, und schrieb ihm, wie es war. Schließlich war die Aussicht, dass er nach Moskau kommen könnte, verschwindend gering, und die Arrestanstalt war ein sicherer Ort – nicht nur für Fluchtversuche, sondern auch gegen Eindringlinge. Außerdem hatte Anja vor langer Zeit beschlossen, beim Kontakt mit ihrem Vater ein Mindestmaß an Korrektheit walten zu lassen. Das bedeutete, höflich und kurz zu antworten, zum Geburtstag und dergleichen zu gratulieren, keine Fragen zu stellen und niemals über ihre Beziehung zu diskutieren.

Kaum hatte Anja ihre letzte Nachricht abschicken können, ging die Tür zur Zelle auf, und die Roboterfrau sagte: «Telefon abgeben.»

Alle verabschiedeten sich in Eile. Natascha, die die ganze Zeit gelangweilt *Snake* gespielt hatte, gab ihr Handy ohne Zögern ab und ging. Anja gab ihres auch leichten Herzens ab – fünfzehn Minuten Internet waren so hoffnungslos wenig, dass sie nicht einmal das Gefühl bekam, etwas zu vermissen.

«Ich hab gesagt, sie sollen uns Zigaretten rüberschicken», erklärte Katja, als sie wieder in der Zelle waren. «Morgen sollten sie kommen.»

Alle suchten ihre Kojen auf.

«Und ich habe mit meinem Mann gesprochen, jetzt hab ich Sehnsucht nach Hause», sagte Diana träumerisch und streckte sich auf dem Bett aus. Das bog sich unter ihr sichtbar durch. Dann löste sie ihr Haar, es wallte prächtig über das Kissen. «Zu Hause bin ich immer kurz davor, ihn umzubringen, aber nach ein paar Tagen will ich schon wieder zu ihm.»

«Da siehst du, wozu der Knast gut ist!», kicherte Katja. Sie kroch in ihrer Koje hin und her, suchte nach einer bequemen Position.

«Hops da nicht so rum, es staubt», moserte Diana. «Ja, von hier sieht das alles anders aus. Als mein Mann gesessen hat und ich mich zu ihm ins Gebiet Brjansk gequält habe, hatte ich überhaupt keine Sehnsucht nach ihm.»

«Dein Mann hat gesessen?», fragte Maja. Sie hatte sich ein Kissen unter den Rücken gelegt, die Beine zugedeckt und zeigte eine höflich interessierte Miene, als würden sie ein ganz normales Gespräch führen.

«Oh ja, wegen zwei-zwei-acht. Sie haben ihn mit Gras erwischt. Aber das war mein vorheriger Mann, der zweite. Er ist gestorben.»

«Nicht schlecht, oder?», rief Katja aus und drehte sich auf dem Bett schwungvoll zu den anderen. Diana wedelte unten wieder mit den Händen, als müsste sie Staub abwehren. «Noch keine fünfundzwanzig und war schon dreimal unter der Haube!»

«Oj, fünfundzwanzig werde ich doch schon nächste Woche», sagte Diana betrübt. «Und du, Natascha, hast du Sehnsucht nach deinem Mann?»

Natascha zuckte mit den knochigen Schultern. Sie hatte ein Kreuzworträtsel vor sich aufs Bett gelegt und kaute nachdenklich am Kugelschreiber.

«Hier kann ich mich wenigstens von ihm ausruhen!», sagte sie schließlich. «Obwohl, als ich im Lager saß, hatte ich schon Sehnsucht.»

Anja glaubte, jetzt schon lange genug hier zu sein, um eine Frage zu stellen.

«Und wofür hast du gesessen?», erkundigte sie sich vorsichtig.

«Einhundertsiebenundf-fünfzig.»

«Was heißt das?»

«Diebstahl», antwortete Katja für Natascha. Anja unterdrückte einen Seufzer der Erleichterung.

«Und was ist schlimmer, Gefängnis oder Arrest?», setzte Maja ihren Smalltalk fort.

«W-was meinst du w-wohl?», zischte Natascha. Sie pfefferte ihr Kreuzworträtsel ans Fußende des Bettes und ließ sich flach auf den Bauch fallen.

Diana, die eine Zeitlang unverwandt auf die über ihr liegende Matratze, die von Katja, gestarrt hatte, reckte sich und zog einen langen Faden aus ihr heraus. Den wickelte sie um ihren Finger und sagte vertraulich, ohne die anderen anzusehen: «Ich habe mir gerade vorgestellt, hier ist alles wie im Lager. Wie mein Mann erzählt hat. Ich meine, der vorherige. Als sie mich aus dem Gericht hierhergebracht haben, dachte ich: Ich komme hier rein, und man schmeißt mir einen Lappen vor die Füße!»

«Na und?», fragte Maja mit gerunzelten Brauen.

«Na, dieser Test im Gefängnis, nie gehört?»

Maja schüttelte den Kopf. Anja konnte sie verstehen.

«Na, da muss man übersteigen oder sich die Füße abputzen. Ich weiß selbst nicht mehr», gab Diana zu. «Hauptsache, nicht aufheben, nicht einmal fragen, warum er da liegt.»

«Und wenn du ihn aufhebst?», fragte Maja mit sorgender Stimme.

«N-niemand wirft da mit Lappen», unterbrach Natascha sie gereizt und hob den Blick vom Kreuzworträtsel. «Das sind auch alles Menschen. Wenn du dich benimmst, tut dir niemand was. Als ich das erste Mal in meine Baracke kam, war da so eine richtige Gangsterbraut, Wasilissa. Sie rief m-mich zu sich, erklärte die Regeln und sagte: *Ich habe ein Handy, das gebe ich den M-mädchen nachts zum T-telefonieren. Daf-für nehm ich nichts. Und dann fragt sie: Klar? Wiederhol, was ich gesagt habe. Und ich: Nichts. Hast du etwas gesagt? Ich habe nichts gehört.* Und sie sagt: *Bravo. Bist wohl n-nicht zum ersten Mal im Lager, oder hat es dir jemand geflüstert? – Geflüstert*, sage ich, *mein Bruder.*»

«Ich versteh kein Wort», flüsterte Maja Anja zu.

«Na, damit hat sie gezeigt, dass sie den Schließern nichts sagen wird, falls sie gefragt wird. Das hat mir mein Mann auch beigebracht», erläuterte Diana ungeduldig. «Und deine Wasilissa, wofür hat die gesessen?»

«Die hat zwanzig M-menschen umgebracht», erwiderte Natascha gleichgültig, während sie ein Wort ins Rätsel eintrug.

«Zwanzig?», stieß Maja aus.

«Na, nicht alle selbst. Vielleicht erinnert ihr euch? Vor einigen Jahren gab's mal so einen bekannten Fall. Skinheads legten Tschuschen in Moskau um. Einen ihrer eigenen Leute haben sie auch umgebracht, Kopf in der Badewanne abgeschnitten. Erinnert ihr euch nicht? Jedenfalls, die Wasilissa war bei denen in der Bande. Die war sehr klug, hat an der Moskauer Staatsuniversität studiert.»

Eine Zeitlang schwiegen alle, das Gehörte machte wohl Eindruck. Natascha kritzelte weiter in ihrem Kreuzworträtsel, als wäre gar nichts. Diana nahm den Faden vom Finger und wickelte ihn erneut auf.

«Ich frag mich immer, ob solche Leute – Reue verspüren?», sagte sie nachdenklich.

«Weiß nicht», murrte Natascha, ohne aufzublicken. «Hab sie n-nicht danach gefragt.»

Im Schloss krachte der Schlüssel. Für eine Besserungsanstalt war hier ganz schön viel Leben in der Bude, dachte Anja.

In der Tür stand erschrocken die junge Polizistin.

«Geht ihr mittagessen?», flüsterte sie und trat von einem Bein aufs andere.

«Irgendwie früh heute», stellte Katja gähnend fest. Dafür fuhr Irka, die während des ganzen Gesprächs kein Wort verloren und sich wie üblich in eine Ecke des Betts verdrückt hatte, bei der bloßen Erwähnung von Essen hoch.

«Passt genau!», rief sie und war mit einem Satz auf dem Boden.

Anja war von diesem plötzlichen Schwung alarmiert. Ihr nächtlicher Albtraum fiel ihr wieder ein. Auch wenn Irka jetzt gar nichts von einer dämonischen Mörderin hatte, war Anja trotzdem auf der Hut vor ihr, allzu abrupt waren ihre Stimmungsumschwünge. Sie konnte stundenlang reglos mit dümmlichem Grinsen dasitzen, um dann ungewöhnlich heftig auf ein einziges Wort zu reagieren.

Alle waren in kürzester Zeit zum Mittagessen fertig – man musste nur die leere Plastikflasche für das heiße Wasser mitnehmen. Als sie sich zur Tür wandten, sah Anja, dass Maja auf dem Bett sitzen blieb.

«Gehst du denn nicht?»

«Sie geht nie», warf Diana gleichgültig hin.

Anja wandte den Blick zu Maja: «Warum?»

«Ich krieg dieses Zeug nicht runter», antwortete die und zog, um ihrer Traurigkeit Nachdruck zu verleihen, die Decke bis zur Brust.

Anja erschrak.

«Ist das Essen denn so schlecht?!»

«Ach was, ganz normal», winkte Katja ab. Sie stand schon in der Tür. «Die zickt einfach nur rum.»

Anja sah wieder zu Maja hin. Die saß mit einem so traurigen Gesicht da, dass es einem leidtat, sie hier allein zu lassen.

«Komm doch einfach mit», forderte Anja sie auf, «was willst du hier alleine?»

Maja dachte ein paar Sekunden nach, dann kam sie vom Bett herunter und stolzierte auf ihren schwankenden Plateauschuhen den anderen Insassinnen nach.

Diesmal ging es die entgegengesetzte Richtung des Flurs hinab, nicht zu den Diensträumen. Wieder wunderte es Anja, wie man Wände in einem so grauenhaften Grün streichen konnte. Im Licht der weißen Lampen wirkte es geradezu jenseitig.

Der Flur war kurz – sie kamen vorbei an ein paar stabilen Eisentüren, die in weitere Zellen führten, blieben dann vor einem geschlossenen Gitter stehen. Dahinter führte eine Treppe in den ersten Stock. Durch das große Flurfenster fiel Licht. Die junge Polizistin öffnete das Gitter, und sie stiegen nach oben.

Schon das Treppenhaus kam Anja ungewöhnlich hell vor, im Speisesaal aber war sie geradezu geblendet – hier strahlte alles. Weiße Kacheln, weiße Wände, zwei riesige Fenster, aus denen man Pappeln und Plattenbauten erkennen konnte. Der Speisesaal war nicht groß, die Möblierung entsprach dem traditionellen Minimalismus – in der Mitte mehrere zusammengeschobene Tische, an den Längsseiten zwei an den Boden geschraubte Sitzbänke. In einer Wand waren zwei quadratische Fensterchen – die Mädchen strebten einträchtig auf eins davon zu. Anja folgte ihnen.

Durch das Fenster konnte man die Küche sehen, und dort herrschte helle Aufregung. Mehrere Männer schleppten Alukanister, auf die mit roter Farbe etwas geschrieben stand; jemand trug Tabletts mit Bechern. Auf der einzigen Herdplatte dampften gleich drei Teekessel, der vierte, elektrisch, gluckerte daneben auf dem Tisch. Keine einzige Frau war unter den Küchenarbeitern, das fand Anja unerwartet fortschrittlich für einen Arrest. Sie bemerkte das flüsternd zu Diana, die neben ihr stand.

«Aber die arbeiten nicht hier. Die sitzen, so wie wir», flüsterte Diana zurück. «Sie helfen aus und kriegen Nichtigkeiten dafür. Sie werden Essensverteiler genannt.»

«Oh, die Mädchen sind da!», grüßte ein flachsblonder Junge, als er aus der Tiefe der Küche ans Ausgabefenster gekommen war. Er lehnte sich auf das Brett, genau wie das Mütterchen im sowjetischen Märchen. In der Hand hielt er eine Schöpfkelle.

«Was gibt's als Vorspeise?», erkundigte sich Katja, die Hände in die Seiten gestemmt.

«Borschtsch», antwortete der Junge und hob den Deckel der Kanne. Dampf quoll hervor.

Anjas Mitinsassinnen nahmen ihm der Reihe nach Aluschüsseln mit Borschtsch ab und setzten sich an den Tisch. Maja ging gar nicht erst ans Fenster, sie nahm gleich mit betrübtem, aber frommem Ausdruck Platz auf der Bank.

Als Anja an der Reihe war, tauchte der Junge mit geübter Bewegung die Kelle in den Borschtsch und fragte, ohne sie anzusehen: «Neu hier?»

«Ja», sagte Anja und verfolgte, wie er die Suppe in die Schüssel goss. «Und was gibt es außer Borschtsch?»

«Buchweizengrütze mit Klopsen.»

«Darf ich nur Grütze?»

«Ja, bitte.» Er schüttete den Borschtsch zurück und klatschte Buchweizengrütze in dieselbe Schüssel. «Wegen was sitzt du?»

«Wegen einer Demo.»

Der Junge pfiff durch die Zähne.

«Eine Demo? Und wogegen hast du demonstriert?»

«Gegen Korruption.»
«Wart ihr viele?»
«Ja.»
«Und was bringt das ein?»
«Bringt was ein?»
«Na, ihr werdet doch für die Demos bezahlt?»
Der Flachsblonde hielt den vollen Teller in der Hand, machte aber keine Anstalten, ihn ihr zu reichen. Er musterte Anja mit einem herablassenden Lächeln. Sie merkte, dass sie ärgerlich wurde, und sagte nur: «Nein, werden wir nicht.»
«Ach, erzähl nicht. Warum bist du sonst hingegangen?»
Anja nahm ihm behutsam die Schüssel mit der Grütze aus der Hand, um nur ja ihre Wut nicht zu verraten, und fragte zurück: «Und du, wofür sitzt du?»
«Mopedfahren ohne Helm», der Junge zuckte mit den Schultern.
«Dafür kriegt man Arrest?»
«Nein. Die Bullen wollten einfach, dass ich sie besteche, und ich hab ihnen nichts gegeben. Da haben sie geschrieben, ich wäre unter Alkoholeinfluss gefahren.»
«Und da fragst du mich, warum ich auf Demos gegen die Korruption gehe?»
Der Flachsblonde druckste. Anja befand das Gespräch für beendet und ging zum Tisch.
«Nimmst du den ersten Gang nicht?», fragte Irka gierig. Sie löffelte mit solcher Geschwindigkeit, dass sie sich beinahe verschluckte.
«Nein.»
«Lecha, gieß mir noch den Borschtsch für das Mädchen hier ein, sie isst ihn sowieso nicht!», rief Irka zur Küche.
«Sonst noch was?», fragte Lecha ironisch, als er wieder an der Luke erschien.

«Ist dir schade drum, oder was?»

«Na gib her den Teller. Und du, was sitzt du da wie nicht abgeholt?», wandte er sich an Maja. «Soll ich dir was auftun?»

Maja schüttelte den Kopf und sah Lecha mit tragischem Blick an.

«Isst du überhaupt irgendwas?», fragte er mitfühlend.

«So ein Essen kriege ich nicht runter.»

«Ist doch nicht übel, das Essen. Der Borschtsch zum Beispiel ist ganz ausgezeichnet.»

«Aus solchen Tellern kann ich auch nicht essen.»

«Was ist mit den Tellern?», wollte Katja wissen, die fleißig mit ihrem Löffel hantierte.

«Na, sie sind schief. Und überhaupt wie Hundeschüsseln.»

Eine Weile störte nur das Klappern der Löffel die Stille im Speisesaal.

«Und du hast vor, die ganzen fünf Tage nichts zu essen?» Anja sah mit einem schiefen Blick zu Maja. Ihr war jetzt sogar ein bisschen peinlich, dass sie alle so geräuschvoll aßen.

Maja nickte: «Meine Schwester hat mir versprochen, Äpfel zu bringen.»

«Und was isst du so normalerweise, also draußen?», wollte Diana mit vollem Mund wissen. «Kochst du überhaupt?»

Maja war so schockiert von dieser Idee, dass sie verunsichert die Hand an die Brust hob und fragte: «Ich? Natürlich nicht. Ich lasse mir alles kommen. Obwohl, einmal habe ich Pasta gekocht, aber die habe ich auch bei *HelloFresh* bestellt. Wisst ihr, wo man die Zutaten geliefert bekommt und eine Anleitung, wie man sie richtig mischt.»

«*Pasta*, das heißt bei uns Makkaroni, oder?», fragte Katja verächtlich und stand auf, um sich den zweiten Gang zu holen.

«Na, Pasta eben … Kann man bestimmt auch Makkaroni

zu sagen. Was ich noch esse? Austern, zum Beispiel, mag ich. Hummer. Überhaupt Meeresfrüchte, die mag ich sehr.»

«Ja, du wirst es hier nicht leicht haben», resümierte Diana nach kurzer Pause.

Ein älterer Mann im Flanellhemd schlurfte aus der Küche. Er trug ein Tablett mit Bechern und Teekanne.

«Nehmt Tee, Mädels, solange er heiß ist.»

«Diesen Tee trinkt man b-besser nicht», flüsterte Natascha Anja zu. «Ist Gras, kein Tee.»

Katja streckte dem Mann die Plastikflasche hin.

«Gießen Sie uns lieber heißes Wasser ab, Wiktor Iwanowitsch.»

«Machen wir doch gern, natürlich, warum nicht», sagte Wiktor Iwanowitsch gesetzt und schlurfte zurück in die Küche.

«Andrej, gieß den Mädels heißes Wasser ein!»

Eine Minute später erschien in der Küchenluke ein weiterer Essensverteiler. Er trug einen grellgelben Kapuzenpulli mit Reißverschluss und hatte ein so jugendliches und klares Gesicht, dass er wie ein Kind wirkte. Auf das Brett der Luke stellte er die beschlagene, vom heißen Wasser verzogene Flasche.

«Wie alt der wohl ist?», sagte Anja, zu Natascha gebeugt.

Die zuckte mit den Schultern: «So achtzehn, schätz ich.»

«Und wofür ist er hier?»

«Eh», rief Natascha heiser zu Andrej hinüber. «Wofür sitzt du hier?»

«Ohne Führerschein erwischt», antwortete der. Anja hatte den Eindruck, er spreche bewusst mit tieferer Stimme.

Die erschrockene Polizistin, die die ganze Zeit auf einem Stuhl in der Ecke saß, stand auf und fragte schüchtern, ob alle gegessen hätten. Anja hatte sie ganz vergessen.

«Ich muss noch ins Arztzimmer!», erklärte Irka.

«Oh-oh, es geht los», lächelte Diana und leckte den Löffel ab.

«Wozu? Fühlen Sie sich nicht gut?»

«Ich soll dort Tabletten kriegen.»

Die Polizistin sah sich ratlos um.

«Wir werden hier warten», sagte Katja gnädig. «Wir gehen nicht weg. Das Arztzimmer ist ja gleich dort drüben, Sie können uns von da im Auge behalten.»

Anja folgte Katjas Handbewegung – die weiße Tür mit dem roten Kreuz befand sich tatsächlich genau gegenüber dem Eingang zum Speisesaal.

«Was für Tabletten sollen Sie denn kriegen?», fragte die Polizistin Irka.

«Lyrica.»

«Wenn die Ärztin sie Ihnen wirklich verschrieben hat, bringe ich sie Ihnen in die Zelle. Gehen Sie raus.»

«Aber ich brauche sie jetzt! Ich kriege sie immer nach dem Mittag!»

«Ich kläre das und bringe sie Ihnen, falls Sie sie wirklich einnehmen sollen.»

Irka begehrte weiter auf, aber die Übrigen hatten sichtlich keine Lust, ihrer Tabletten wegen einen Aufstand zu machen. Alle bewegten sich die Treppe hinab.

Anja war alarmiert. Sowohl davon, dass Irka irgendwelche geheimnisvollen Medikamente mit seltsamem Namen einnahm, als auch von der Tatsache, dass die Polizistin zweifelte, ob sie wirklich verschrieben worden seien. Sie hätte gern Klarheit gehabt, aber es war ihr wieder zu peinlich, zu fragen.

Maja dagegen kannte derlei Hemmungen nicht.

«Wogegen sind denn deine Medikamente?», sagte sie geradeheraus, kaum dass die Zellentür sich hinter ihnen geschlossen hatte.

«Ich ... na ja ... ich habe Krämpfe», rückte Irka stockend heraus.

Von ihrer plötzlichen Resolutheit, die Anja vor dem Mittag so beeindruckt hatte, war keine Spur geblieben. Irka wirkte bedrückt und apathisch. Sie schlich zu ihrem Bett, hob absichtlich kaum die Füße vom Boden und warf sich hin, um die Arme auf der Brust zu verschränken.

«Oj, mein Beileid», rief Maja aus.

Natascha schnaubte nur verächtlich bei Irkas Antwort, sagte aber nichts. Sie kletterte auf das Bett über Irka, breitete in aller Ruhe die Decke aus, setzte sich bequemer hin und verkündete erst dann mit finsterer Genugtuung: «Sie l-lügt. Es ist eine *Droge*.»

«Pssst!», zischte Irka erschrocken und beugte sich von ihrem Bett zu Natascha hinunter. Anja sah mit großen Augen von Irka zu Natascha.

«Was für eine Droge jetzt?», fragte sie schließlich und wunderte sich selbst über ihre hohe Stimme.

«Ganz normal», antwortete Natascha. Trotz ihrer aufgesetzten Gleichgültigkeit schien sie höchst zufrieden mit dem Effekt, den sie hervorgerufen hatte. «Wird in der Ap-potheke verkauft. Ganz legal.»

«Es ist ein Mittel gegen Epilepsie, aber es kickt», unterbrach Katja und steckte sich eine Zigarette an. Sie kletterte aufs Fensterbrett und blies den Rauch durch das Gitter in den Hof. «Junkies und Alkis werfen das ein, nicht wahr, Irka?»

«Nein, das ist so ein Medikament», erwiderte Irka verstockt. Sie guckte niemanden mehr an, saß einfach da, den Blick auf dem Laken, die Hände wieder auf der Brust gekreuzt.

«Aber dir gibt es einen Kick?»
Irka schwieg einen Moment.
«Ja», gestand sie dann widerwillig.
«Sie hat doch schon selbst damit angegeben, was sie hier für ein krummes Ding gedreht hat», petzte Diana. Sie rauchte jetzt auch und stand neben Katja am Fenster. «Irgend so ein befreundeter Alki hat ihr das reingebracht – weil sie angeblich vor ein paar Jahren einen Unfall hatte und seitdem angeblich Lyrica gegen die Krämpfe braucht.»
«Und was hat es für eine Wirkung?», fragte Maja neugierig.
Sie saß auf ihrem Bett und ließ keinen Blick von Irka.
Auch die anderen guckten. Irka spürte diese Blicke und rieb zerstreut über das Laken.
«Na ja, es ist lustig ...», teilte sie schließlich mit. Es klang nicht sehr überzeugt.
«Du w-weißt ja, was dabei rauskommt», sagte Natascha, in ihre Decke gehüllt. «Das eine Mal quasselst du wie ein Wasserfall, dann läufst du wieder ganz bedätscht rum. Anja hat sie gestern gesehen, als sie uns als Zeugen gerufen hatten. Irka hat kaum ein Wort rausgebracht!»
Das hätte ihr gestern gerade noch gefehlt, dachte Anja – zu wissen, dass ihre Augenzeugin berauscht war.
«Nimmst du das auch im normalen Leben?», forschte Maja weiter.
«Na ja, wenn ich Geld hab. Meistens sauf ich.»
Katja und Diana grölten.
«Und warum säufst du?», Maja gab nicht klein bei. Irka schien ernsthaft nachzudenken. Sie hob die Augen und sah Maja eine Zeitlang an, lautlos die Lippen bewegend.
«Ja, vom Nichtstun, glaube ich», sagte sie schließlich.
Auf Anja machte dieser überraschend gesunde Menschen-

verstand Eindruck, aber Maja konnte so leicht nichts erstaunen.

«Und warum *tust* du dann nichts?»

«Was denn?»

«Ich kann überhaupt nicht verstehen, was das heißt, *nichts tun*. Ich habe ständig was zu tun: wenn nicht Maniküre, dann Massage oder Fitness. Hast du so was nicht?»

«Was hab ich schon zu tun», Irka lächelte schwach. Anja dachte, dass Irka im Vergleich zu den anderen Insassinnen hier noch die Unschuldigste von allen war – sie grinste dümmlich, aber offenherzig, und wenn sie mal ein Gesicht zog, sah sie immerhin aufrichtig verstimmt aus. «Ich habe versucht, Arbeit zu finden, aber ich kann nicht. Deshalb zahl ich auch meiner Tochter keine Alimente. Hab eben keine Arbeit – und fertig.»

«Und bei wem lebt die Tochter? Beim Vater?»

«N-n-ein! Was redest du, beim Vater!», kicherte Irka. «Sie lebt bei meiner Mutter. Meine Mutter ist quasi ihre Pflegerin.»

«Und wie lange zahlst du schon keine Alimente?», verhörte Maja sie weiter.

«Na, wie lange lebt sie schon bei meiner Mutter? Müssen vier Jahre sein. Am Anfang habe ich noch gezahlt, weil ich Arbeit hatte, aber die letzten zwei Jahre nicht mehr. Oder drei. Drei, bestimmt. Aber egal, in einem Monat wird sie achtzehn, dann brauch ich überhaupt nicht mehr zu zahlen!»

«Und deswegen haben sie dich hier reingesteckt?», fragte Anja. Durch ihre Unbedarftheit weckte Irka ihr Mitgefühl. «Hat deine Mutter sich beschwert, dass du nicht zahlst?»

«Ach was», winkte Irka ab. «Beschwert. Das war der Staat, quasi. Er muss das Geld bei mir holen und es meiner Tochter geben. Nur, bei mir ist nichts zu holen. Mutter sagt, gut, dass sie dich eingelocht haben, da säufst du mal zwei Wochen lang nicht.»

«Das heißt, du sitzt hier deine Zeit ab, kommst raus, und das war's mit der *Buße*?», fragte Katja und blies den Rauchkringel aus. «Zu holen ist bei dir ja sowieso nichts.»

«Danach können sie mich noch in ein Lager schicken», erwiderte Irka bereitwillig. «Für ein halbes Jahr. Mutter sagt, das wäre noch besser, dann würde ich ein ganzes halbes Jahr nicht saufen.»

Alle schwiegen.

«Würde dir sowieso ganz guttun», stellte Katja trocken fest.

Irka dachte nach.

«Aber ich hab keine große Lust aufs Straflager», meinte sie schließlich. «Und arbeiten will ich auch nicht, ich fliege sowieso überall raus, weil ich saufe.»

«Aber von irgendwas lebst du doch?», fragte Maja. «Womit bezahlst du denn den Suff?»

«Meistens Freunde. Zum Beispiel habe ich einen, der hat ein Zelt im Hof. Arsen heißt er. Der gibt mir mal ein Bier, mal einen Wodka.»

«Einfach so?», stachelte Diana Irka an. Sie und Katja waren unübersehbar amüsiert von Irkas unerwarteter Redseligkeit und versuchten, ihre Mitinsassin weiter zu Unüberlegtem zu provozieren, um mal so richtig lachen zu können.

Diana und Katja wirkten auf Anja wie zwei böse Schülerinnen, die eine gequälte Kameradin drangsalieren. Dann schaute sie Maja an – die war genauso böse, sie verstellte sich nur besser. Sie hörte Irka zu und spielte gesteigerte, äußerst höfliche Aufmerksamkeit, letztlich das andere Extrem des offenen Spotts. Nur Natascha saß auf ihrem Hochbett und schwieg mit finsterem Gesicht. Sie beteiligte sich nicht mehr am Gespräch, reagierte nur noch mit schiefem Gesicht auf einzelne Äußerungen. Was Natascha am meisten ärgerte, war ihr nicht anzusehen – die Unbedarftheit von Irkas Antworten oder die schiere Tatsache, dass sie überhaupt existierte.

Irka bot inzwischen einen immer bemitleidenswerteren Anblick – die allgemeine Aufmerksamkeit beflügelte sie derart, dass man sie eigentlich sofort hätte retten wollen. Denn ganz offenbar hielt sie das Interesse der anderen für ehrlich und echt.

«Nein, natürlich nicht einfach so», sagte sie. «Ein Bier krieg ich zum Beispiel, wenn ich ihm einen blase.»

In der Zelle wurde es totenstill. Katja, die in diesem Moment den Stummel im Becher ausdrückte, versteinerte.

«Was?», fragte sie nach einigen Sekunden verdattert.

«Ich sage, ein Bier zum Beispiel kriege ich, wenn ich ihm einen blase», sprach Irka lauter.

Wieder schwiegen alle.

«Und Wodka?», fragte Diana schließlich.

«Wodka, wenn wir normal bumsen.»

«Du schläfst mit ihm für eine Flasche?», fragte Maja. Erstaunlicherweise wahrte sie den Anschein höflichen Interesses.

«Einmal hat er mir fünfhundert Rubel gegeben. Aber da hatte ich noch was anderes getan!»

«Keine Einzelheiten!», jaulte Diana auf. Sie warf sich auf die Matratze (die quietschte durchdringend), packte das Kissen und versteckte den Kopf dahinter.

«Und ich schlafe mit ihr noch fast im selben Bett!», schrie Natascha, jetzt ernsthaft böse.

Katja lehnte am Fenster und sagte mit unsäglichem Abscheu, der schon wieder an Entzücken grenzte: «Irka, du bist ja ein feines Nüttelchen!»

Irka kicherte. Anja fiel wieder ihr zahnloser Mund auf.

«Manchmal kriege ich auch mehr. Einmal sind wir zu dritt rausgefahren – da habe ich in einer Nacht zweitausend verdient!»

«Rubel?», wollte Maja sofort genauer wissen.

«Na ja.»

«N-na ganz b-bestimmt keine D-dollar! D-du siehst sie doch, wer will denn mit der überhaupt b-bumsen?»

«Ich kann das nicht mit anhören», sagte Katja und sprang vom Fensterbrett. «Wann haben wir endlich Ausgang, man braucht frische Luft. Und du, dir macht das gar nichts aus?»

«Was meinst du?»

«Du bumst für eine Flasche Bier!»

«Lieber mach ich's, wenn ich Geld dafür kriege!», versicherte Irka.

Mit weiterhin angewiderten, angeekelten Mienen erörterten sie jetzt die Amoralität Irkas und verloren allmählich das Interesse an ihr selbst. Irka versuchte noch einige Male, mit neuen Einzelheiten ihrer Biographie Aufmerksamkeit zu heischen, aber die anderen waren schon zu sehr mit dem kollektiven Tadel beschäftigt. Irka gab es bald auf, und Anja, die nicht an der Zerstreuung der anderen teilnahm, steckte ihren Kopf wieder in das Buch. Jetzt bemerkte sie endlich, dass sie Dostojewski las.

Danach zog sich die Zeit wirklich langsam dahin. Nichts passierte, auch die Gespräche verplätscherten allmählich. Anja war zuerst froh, dass sie sich auf das Buch konzentrieren konnte, entdeckte aber bald ein neues Problem. Das Radio machte lesen unmöglich. Wenn sich ausländische Lieder noch irgendwie ignorieren ließen, fraßen sich die russischen doch ins Gehirn und erschwerten jeden Gedanken. Anja wälzte sich auf dem Bett in dem hoffnungslosen Versuch, eine Position zu finden, die ihr rettende Stille schenken würde, aber das gelang natürlich nicht. Draußen ging immer mal wieder jemand an der Zelle vorbei, andere Türen krachten, man hörte Stimmen, doch sie und ihre Nachbarinnen waren ganz offensichtlich von allen vergessen.

Eine Gruppe Gefangener wurde auf den Innenhof geführt – Anjas Mitinsassinnen horchten zunächst auf, sanken dann wieder in sich zusammen. Zigaretten bekamen sie nicht, und die Lobpreisungen auf Maja hatten sie satt. Maja verriet auch selbst kein Interesse mehr daran und zeigte sich den Verehrern nicht einmal. Zudem hatte sie im Schränkchen einen zerlesenen Krimi von Jo Nesbø gefunden, den frühere Insassen dagelassen hatten. Jetzt fläzte sie sich auf dem Bett, runzelte das Stirnchen und blätterte selten einmal eine Seite um. Anja beobachtete sie insgeheim und war sich immer noch nicht klar, ob sie Maja schön fand oder nicht. Ohne Zweifel zog sie die Blicke auf sich, die Frage war nur, ob durch die Regelmäßigkeit ihrer Gesichtszüge oder durch ihre aufreizend puppenhafte Unnatürlichkeit.

Als Nächstes nach dem Radio begann Anja dann ihr Kissen, die Matratze und die Bettkonstruktion als solche zu hassen – es war unmöglich, bequem darauf zu liegen. Kaum dachte sie, sie hätte endlich die ideale Position gefunden, störte sofort wieder etwas. Das Kissen rutschte durch das Gitter am Kopfende; die Metallstäbe pikten in den Rücken. Man lag sich fast die Seite wund. Der Hals schlief ein. Das obere Bett nahm das Licht weg. Als schließlich die maulstarre Frau mit den geschminkten Augen in die Zelle kam und sie zum Hofgang holte, empfand Anja plötzlich unbezähmbare Zuneigung zu ihr.

Der Spazierhof verfehlte dann Anjas Erwartungen so radikal, dass keine Zuneigung das mildern konnte.

Das als Hof zu bezeichnen, war schon mal wild übertrieben. Der Ort, an dem sie mit ihren Mitinsassinnen gelandet war, erinnerte eher an einen Raum mit durchsichtigem Dach. Eine Wand dieses Zimmers war die Mauer der Arrestanstalt. An diesen «Hof» gebaut lagen drei weitere – zusammen bildeten sie ein schmales, langes Rechteck, auf dem der Gefangene auf und ab spazieren sollte. Unter den Füßen Asphalt, über dem Kopf ein Gitter, darüber ein durchsichtiges Kunststoffdach. Zwischen Mauern und Dach ein schmaler Schlitz, durch den frische Luft in dieses merkwürdige Zimmer kam. Viel brachte das nicht, denn sogar jetzt, als die Sonne langsam unterging, war es auf dem Hof so heiß wie in einem Treibhaus. Anja stellte sich schaudernd vor, wie es hier um die Mittagszeit sein musste.

Die einzige Bank hier stand unter ihren Zellenfenstern – offensichtlich kletterten die Jungs erst da hinauf und klammerten sich dann ans Gitter. Auch die Fenster von anderen Zellen gingen auf den Hof hinaus. Anja sah sich die Wand an – überall war die Cremefarbe unberührt, nur unter ihren Fenstern sah man die schwarzen Spuren von Schuhen.

Natascha schritt entschlossen zur Bank, hob sie allein an und trug sie zur gegenüberliegenden Wand, in den Schatten. Die anderen trotteten ihr nach, nur Katja blieb stehen und warf eine merkwürdig aussehende Tüte von einer Hand in die andere – sie war prall vollgestopft, die Henkel zusammengebunden. Katja hatte sie unter ihrem Bett in der Zelle gezogen. Als sie Anjas Blick auffing, sagte sie: «Das ist unser Ball. Spielst du?»

«Na gut ...»

«Diana, komm, spiel mit. Heiße Kartoffel. Irka, du auch?»

Irka sprang sogleich bereitwillig dazu.

«Du bist der Hund», zügelte Katja sie.

«Warum jetzt wieder ich», nölte Irka, «ihr werft immer so hoch, und ich kann ihn nicht fangen.»

Katja hörte nicht auf sie und schleuderte Diana den «Ball» zu. Die warf ihn weiter zu Anja. Irka, im Dreieck zwischen ihnen stehend, machte einen schwächlichen Versuch, ihn abzufangen. Anja warf die Tüte zu Katja und begriff nicht ganz, warum sie mitspielte. Der «Ball» flog langsam und schwer. Katja gab ihn Diana weiter, und Diana sagte: «Ich will nicht mehr Heiße Kartoffel. Lasst uns *Rausschmeißer* spielen», und im selben Augenblick warf sie die Tüte gezielt auf Irka. Die jaulte auf, die Tüte hatte sie in der Seite getroffen, und gackerte sofort weiter. Katja hob die Tüte vom Boden und warf sie ebenfalls auf Irka.

«Ich bin raus», sagte Anja und ging zur Bank. Von dort aus verfolgte sie, wie Diana und Katja Irka weiter mit dem staubigen «Ball» malträtierten und die immer nur aufschrie und loslachte.

«Ah, die Mädels auf dem Hofgang!», sagte jemand im Fenster gegenüber.

Anja konnte die Gesichter hinter dem Zellengitter nicht richtig erkennen, aber dem hörbaren Aufruhr nach zu urteilen, sammelten sich dort immer mehr Zuschauer.

Maja, die neben ihr saß, nahm blitzartig Haltung an und stellte den Kopf elegant schräg, als folgte sie dem Spiel.

«Oj, Majetschka, meine entzückende, auch hier», rief es süßlich vom Fenster her.

«Es geht los», sagte Natascha bissig. Neben Maja zu sitzen war jetzt, wie in einem Schaufenster ausgestellt zu sein – man wurde von Begierde überschwemmt. Anja hielt das nicht lange aus, stand auf und ging zur gegenüberliegenden Wand, wo man sie von den Fenstern nicht sehen konnte. Maja dagegen genoss das Theater und tat so, als würde sie den allgemeinen Irrsinn gar nicht bemerken. Jemand bat sie, sich umzudrehen – Maja stand auf und drehte sich fließend um ihre eigene Achse, wobei sie versuchte, so verführerisch wie möglich auszusehen. Die ganze Zeit behielt sie den Ausdruck unschuldiger Begriffsstutzigkeit auf dem Gesicht, so als wäre ihr eigentlich völlig unklar, wozu jemand sie rundum betrachten wollte.

Nach nicht einmal zwanzig Minuten im Hof träumte Anja schon von der Zelle mit dem ewig dudelnden Radio und dem Folterbett. Zum Glück war sie damit nicht allein – Katja hatte es endlich satt, *Rausschmeißer* zu spielen, trat ans Gitter, das ins Innere der Arrestanstalt führte, und forderte lauthals, sie wieder zurückzulassen.

«Ich kriege mein Medikament nicht», flennte Irka, als sie in die Zelle geführt wurden.

«Was für ein Medikament?», fragte der hartfressige Polizist, der morgens beim Rundgang war.

«Lyrica, gegen Krämpfe.»

«Hast du es verschrieben bekommen?»

«Ich bekomme es jeden Tag. Und die Frau, die uns zum Mittagessen gebracht hat, hat versprochen, es zu bringen.»

«Ich frag mal», sagte der Mann finster.

Im weichen Abendlicht wirkte die Zelle fast gemütlich – oder gewöhnte sich Anja schon langsam an sie? Als sie sich auf dem Bett zurechtgelegt hatte, kam ihr der Gedanke, dass man diesen Aufenthalt mit einiger Übertreibung auch als Downshifting bezeichnen könnte.

Maja hatte indes ihre Plateauschuhe abgeworfen, war in die Mitte des Raums getreten, hatte Luft geholt, den Fuß einen breiten Schritt vorgesetzt und erstarrte in dieser Pose, die Hände über den Kopf gehoben.

«W-was m-machst du?», fragte Natascha erschüttert von

ihrem Bett herab. Von dort hatte sie eine besonders gute Aussicht.

«Yoga», antwortete Maja, ohne sich zu rühren.

Alle richteten ihre Blicke auf sie, sogar Katja, die es sich gerade auf dem oberen Bett bequem gemacht hatte, setzte sich wieder auf, um besser zu sehen.

Maja stand regungslos einige Sekunden da, dann änderte sie ihre Stellung – stützte sich mit Armen und Beinen auf den Boden und streckte den Hintern so weit wie möglich heraus. In dieser Haltung verharrte sie eine Zeitlang, ließ sich dann auf alle viere herab und hockte sich auf die Fersen, den Körper nach vorn und die Stirn auf den Boden gedrückt.

«Betest du, oder was?», fragte Katja, die den Blick nicht von ihr wandte.

«Das ist die Kindspose», hörten sie Majas dumpfe Stimme. «Das hilft zu entspannen.»

«Blödsinn», befand Natascha. Maja richtete sich auf und strich die Haare aus der Stirn.

«Gar nicht, es ist richtig geil. Besonders am Strand. Wellen, Sonnenuntergang, keine Menschen ... Ich will demnächst nach Bali fahren, dort haben sie gute Detox-Programme.»

«W-was für Programme?»

«Na, wenn du alle Schlacken aus deinem Organismus spülst. Du trinkst bestimmte Cocktails, um dich zu reinigen, und dann machst du noch Spa. Ich fahre jedes Jahr für ein paar Tage. Du nimmst sofort ab, erholst dich, regenerierst.»

«Wenn du weiterhin nichts frisst, nimmst du besser ab als auf Bali», gackerte Katja.

«Und ich hab meine Tabletten doch nicht bekommen», nölte Irka, niemand schenkte ihr Beachtung.

Der Tag neigte sich dem Ende zu. Anja kam endlich zu

ihrem Buch und ärgerte sich sogar kurz, als man sie zum Abendessen führte. Diesmal gab es Plow – zu Anjas Überraschung lecker, wenn auch sehr salzig. Das Essen in solchen Anstalten hatte sich Anja überhaupt als eine Mischung aus Kindergarten und «Ein Tag im Leben des Iwan Denissowitsch» vorgestellt, deshalb war sie jetzt zum zweiten Mal verblüfft, dass die Mahlzeit essbar war. Maja, die ihnen abermals Gesellschaft leistete, schaute stoisch zu, wie sie ihr Mahl verdrückten. Wiktor Iwanowitsch versuchte, ihr wenigstens Tee einzuflößen, doch sie blieb standhaft.

«Aus solchen Bechern kann ich nicht trinken», sagte sie, «da ist sogar der Henkel heiß.»

«Dann warte doch, bis er abkühlt!», lachte Wiktor Iwanowitsch. «Wenn du nichts isst, fällst du bald ganz vom Fleisch!» Maja kniff die Lippen zusammen, ein wohlerzogenes Lächeln, in dem Nachsicht für seine Beschränktheit mitschwang.

«Und ich hab immer noch keine Tabletten!», nörgelte Irka erneut. «Normalerweise kriege ich sie morgens, und heute habe ich sie bis jetzt nicht.»

Im selben Augenblick öffnete sich die Tür mit dem roten Kreuz, die vom Speisesaal aus zu sehen war, und eine Alte im weißen Kittel trat heraus. Anja stellte fest, dass die Ärztin von gestern, die sie untersucht hatte, ihr nur deshalb so unfreundlich vorgekommen war, weil sie dieser noch nicht begegnet war. Das Weiblein war klein, bucklig und sehr alt, sie trug kurze, flammend rote Haare. Langsam schlurfte sie auf die Mädchen zu und bedachte sie mit einem so wütenden Blick, dass die sofort zu essen aufhörten.

«Wer wollte hier Lyrica?», fragte die Alte und musterte alle finster, den Polizisten eingeschlossen.

«Ich», sagte Irka und hielt mit dem Löffel Plow auf halbem Weg zum Mund inne.

Das Weiblein durchbohrte sie eine Weile mit dem Blick, ohne ein Wort zu sagen. Irka ließ langsam den Löffel in den Teller zurücksinken.

«Dann komm. Sonst jemand Beschwerden?», knirschte die Alte. Alle schüttelten einhellig den Kopf.

Sie bewegte sich langsam zu der Tür mit dem Kreuz zurück. Irka sah hilflos zu ihren Mitinsassinnen, dann zum Polizisten, konnte aber bei niemandem eine Absicht erkennen, ihr beizustehen. Also erhob sie sich und schleppte sich hinterher, wobei sie einen sicheren Abstand zu wahren versuchte. «Tür zu!», schrie die Alte sie an, als Irka den Arztraum betreten hatte. Irka warf einen letzten, jämmerlichen Blick zurück und schloss die Tür.

«Bei der möchte ich nicht in Behandlung sein», murmelte Diana.

«Die kippt ja mittendrin aus den Latschen», stimmte Katja zu, und sie und Diana kicherten.

Irka kam zurück, als alle aufgegessen hatten und auf das Teewasser warteten. Sie sah immer noch etwas erschrocken aus, aber zufrieden.

«Und, eingew-worfen?», sagte Natascha verächtlich und gab ihr, ohne die Antwort abzuwarten, die Flasche in die Hand. «Dann halt.»

Anja warf immer wieder einen Blick auf Irka, um herauszufinden, ob ihr Gesicht einen bevorstehenden Anfall von Wahnsinn ankündigte, konnte aber nichts dergleichen feststellen. Irka sah nicht seltsamer aus als sonst.

In der Zelle schlug Diana vor, «Assoziationen» zu spielen: ein ganz merkwürdiges Spiel, bei dem jemand einen Gegenstand nennen und der Nächste in der Reihe sofort sagen musste, was ihm dabei einfiel. Wer länger als drei Sekunden nachdachte, war raus. Katja war es, die über die Zeit wachte – mit feierlicher Langsamkeit zählte sie «Eeeiiins ... zweeeiii ...», aber bis «drei» kam sogar Irka auf irgendeine Idee. Nur Natascha weigerte sich von vornherein, sie erklärte, mit ihrem Stottern könnte sie die Worte nicht so schnell aussprechen.

«Zimmerdecke!», sagte Diana.

«Weiß», antwortete Katja und setzte fort: «Bild!»

Irka schwieg.

«Eeiinns ... zweeiii ... zweieinhalb ...»

«Das ist, na wie heißt es ... Museum.»

«Und?»

«Was?»

«Weiter!»

«Immer noch ich?»

«Ja!», riefen sie im Chor, und Irka artikulierte zaghaft: «Schränkchen.»

«Aus Holz. Hm, Kissen», sagte Anja.

«Weich! Himmel!»

«Bewölkt. Haus!»

«Aus Ziegeln. Datscha!»

«Schere!», sagte Irka.

Anja zuckte zusammen und sah sie an. Das Zimmer verblasste mit einem Schlag, der einzige helle Fleck darin war Irka, die sinnlos vor sich hin grinste. Irgendwo am Rand, im Dunkeln riefen die anderen «Weiter, weiter!», aber Anja sah sie nicht einmal.

«Warum hast du ‹Schere› gesagt?»

Irka wandte sich um und sah sie an.

«Ts, das ist vielleicht eine Frage. Sie ist doch anormal», war Katjas Stimme zu hören.

«Warum hast du ‹Schere› gesagt?», wiederholte Anja.

Aus Irkas Gesicht, das eben noch ungetrübte Freude ausgestrahlt hatte, waren alle Gefühle gewichen. Die Lippen lächelten weiter breit, doch der Ausdruck war ohne Leben.

«Ich habe ihm gleich gesagt: Das, was er will, mache ich nicht», flüsterte sie.

«Wer?», flüsterte Anja zurück.

«Er sagte, wenn ich mit ihm zu seinen Freunden auf die Datscha fahre, gibt er mit zehntausend. Aber als wir dort waren, verlangte er Sachen von mir, die ich nicht tun wollte.»

«Wovon redet sie?», wunderte sich Katja.

«Da hat er gesagt, wenn ich nicht im Guten will, dann eben im Bösen. Er hat mich mit den Händen ans Bett gefesselt und ist nach unten gegangen.»

Irka stockte immer wieder, doch jetzt herrschte in der Zelle absolute Stille. Niemand sagte etwas. Anja hörte irgendwo weit draußen ein Auto hupen.

«Ich dachte, er würde jetzt gleich mit seinen Freunden kommen und ich könnte nicht weglaufen», sagte Irka tonlos. «Ich begann, an dem Seil zu nagen. Er blieb lange weg, aber ich hörte ihn unten. Am Anfang war ich ganz betrunken, aber als er mich gefesselt hatte, bin ich sogar ein bisschen nüchtern geworden... Aber dann», fuhr Irka nach einer Pause fort, «konnte ich mich doch befreien, während er weg war. Ich wollte durchs Fenster springen, hatte aber Angst, das war im ersten Stock. Dort standen alle möglichen Schränke und Kommoden. Ich zog sie auf, und in einem fand ich eine Schere und Faden. Und in dem Augenblick hörte ich jemanden hochkommen, offenbar allein. Ich war so erschrocken. Ich lief ihm entgegen. War doch noch betrunken. Ich dachte, ich könnte ihn mit der Schere erschrecken und an ihm vorbeilaufen.»

Irka verstummte wieder.

«Und, bist du?», fragte Diana ruhig. Anja spürte die Spannung, die sich in der Zelle verdichtet hatte.

«Nein», sagte Irka, «er sah mich und wich zurück. Vor Überraschung, glaube ich. Und stürzte. Die Treppe runter.»
«Wie jetzt?», fragte Katja.
«Ja, hingefallen. Seine Freunde kamen angelaufen, schrien, und ich sah, dass er am Kopf blutete. War wahrscheinlich gegen eine Stufe geschlagen. Da hab ich nicht länger gewartet. Zurück ins Zimmer und raus aus dem Fenster. War mir dann auch egal. Hab nicht mal blaue Flecken bekommen. Nach Moskau kam ich zu Fuß, als der Morgen dämmerte.»
«Und die Schere?», fragte Anja ahnungsvoll.
«Die Schere hab ich weggeworfen, als ich zum Fenster lief», antwortete Irka. Nachdem sie ihre Erzählung beendet hatte, setzte sie wieder ihr harmlos-dümmliches Lächeln auf.
Maja machte Augen, als sähe sie Irka zum ersten Mal.
«Und dieser Typ, ist der gestorben?», brachte sie über die Lippen.
Irka zuckte vieldeutig mit den Schultern.
Katja wurde hart.
«Gib's zu, du hast dir das alles ausgedacht?», fragte sie streng. Irka schüttelte den Kopf. «Das ist doch Trash: eine Datscha, ein Typ, du ans Bett gefesselt, beinahe vergewaltigt, und dann geht da einer aus Versehen drauf. So was gibt es nicht!»
«Ehrenwort!», erregte sich Irka. «Genauso war es!»
«Welcher Kerl braucht dich überhaupt!»
«Arsen», mischte Diana sich giftig ein. «Für ein Bier!»
Katja und sie grölten los, wie üblich.
«Die hat's am Kopp und denkt sich das alles aus!», zischte Natascha angewidert. «Pfui!»
«Ich denk mir das nicht aus!»
«Ja, ja, erzähl du nur!»

Während die anderen weiter über Irka herzogen, beugte Maja sich plötzlich zu Anja herüber und flüsterte: «Warum hast du denn nach der Schere gefragt?»

Anja war so darauf aus, ihre Erlebnisse mit jemandem zu teilen, dass sie schon den Mund öffnete, als ihr plötzlich klarwurde, dass sie die Antwort unmöglich aussprechen konnte: ‹Ich hatte einen Albtraum von Irka und der Schere, und dann sprach sie das Wort *Schere* aus, und ich erkannte darin eine unheilvolle Verbindung.› Klang irgendwie nicht überzeugend.

«Ich hab mich einfach über die komische Assoziation gewundert», sagte Anja.

Das Gespräch nahm erst eine andere Richtung, als Katja und Diana ausgewitzelt hatten und Irka so gekränkt war, dass sie nichts mehr sagte. Anja warf ab und zu einen Blick zu ihr, als hoffte sie, etwas Ungewöhnliches an ihr zu bemerken, aber da war nichts. Sie wusste selbst nicht, ob sie Irka nun glaubte oder nicht, aber die nagende Unruhe verließ sie nicht – allzu merkwürdig war dieser Zufall mit der Schere. Ihr war klar, dass jeder, dem sie davon erzählt hätte, ihr einen Vogel zeigen würde. Dennoch wurde sie diese nebulöse Unruhe nicht los.

Als in der Zelle das Licht gelöscht wurde, schloss Anja lange die Augen nicht – sie lag auf der Lauer. Ihre Nachbarinnen atmeten gleichmäßig in den Betten, Irka schnarchte sowieso los, sobald ihr Kopf das Kissen berührt hatte. Anja starrte gebannt ins Halbdunkel, um ja nicht den Augenblick zu verpassen, wenn eine Teufelei wie die von gestern wieder anfinge. Doch ringsumher herrschte völlige Stille. Nur selten tropfte der Wasserhahn, rauschte in anderen Zellen das Wasser; Anja bemerkte gar nicht, wie sie einschlief.

TAG DREI Im Halbschlaf spürte sie, dass jemand sie ansah. Der Blick war so zudringlich, dass er sogar die Schicht des Traums durchdrang. Anja versuchte aufzuwachen, konnte aber nicht – der Traum hielt sie fest, und sie lag da, ohnmächtig, unfähig, sich zu rühren. Anja hatte den Eindruck, etwas ziehe sie immer tiefer und tiefer auf den Grund, und der fremde Blick laste auf ihr, lasse sie nicht nach oben schwimmen. Sie nahm ihren ganzen Willen zusammen, riss sich los – und öffnete weit die Augen. Sie atmete so heftig, als wäre sie wirklich gerade aus dem Wasser aufgetaucht.

Da war niemand, und niemand sah sie an. Alle Nachbarinnen schliefen, nur Maja las ihren Jo Nesbø von gestern. Ihr Püppchengesicht war so ruhig wie eine Wasserfläche an windstillem Tag – es spiegelte keine einzige Emotion. Sie saß auf dem Bett, hielt eine Seite mit der Hand und wickelte gedankenverloren eine Haarsträhne auf den Finger.

Anja war so froh, sich aus ihrem quälenden Traum gerissen zu haben, dass sie trotz der frühen Stunde nicht vorhatte, weiterzuschlafen. Stattdessen setzte auch sie sich auf dem Bett auf und fragte: «Spannend?»

Maja runzelte die Stirn: «Nicht besonders. Ich dachte, das wäre so was wie *Schneemann*. Hast du *Schneemann* gesehen? Da gab es so was von Action, aber hier passiert schon vierzig Seiten lang nichts.»

«Vielleicht kommt's noch.»

«Vielleicht ... Und du, was bist du so früh wach?»

Anja zuckte mit den Schultern: «Konnte nicht schlafen.»

«Ich kann hier auch nicht schlafen! Schreckliches Bett, so hart. Ich habe zu Hause eine orthopädische Matratze, die ist auch ziemlich hart, aber nicht so! Und das Kissen hier, wie ein Pfannkuchen. Und die Decken? Alle dreckig und stinken! Wie kann man sich mit so was zudecken?»

Maja redete sich immer mehr in Fahrt, dann brach sie plötzlich mitten im Wort ab. Sie sah aus, als sei ihr plötzlich etwas eingefallen, über das sie angestrengt nachdachte. Angesichts ihres konzentrierten Gesichts hielt Anja selbst unwillkürlich den Atem an – ihr schien, dass Maja sie gleich überraschen würde. Das tat sie auch – sie holte tief Luft und fing fast im selben Augenblick, ohne Vorwarnung, wie auf Knopfdruck, heftig an zu heulen.

Anja war Majas phänomenale Stimmungswechsel langsam gewohnt, aber diesen abrupten Umschwung hatte sie nicht erwartet. Schluchzend, unter Tränen, stöhnte Maja: «Und dazu bin ich schwanger!»

«Schwanger?» Anja erschrak und wusste nicht, was tun – trösten? Gratulieren?

«Ja ... Ich glaube!»

«Was heißt, du glaubst?»

«Weiß nicht ... Ich hab's im Gefühl!»

Anjas Schrecken ließ nach.

«Und hast du sonst noch Gründe, das zu glauben?»

«Ich weiß nicht», sagte Maja wieder und schniefte, «aber ich habe den Eindruck. Ich war gerade unterwegs zum Arzt, als sie mich anhielten.»

«Ah, in ein paar Tagen kommst du raus und gehst hin», versuchte Anja ihr Mut zu machen.

«Und wenn ich dann wirklich schwanger bin?»

«Willst du denn nicht?»

«Natürlich nicht! Guck mich doch an! Was soll ich damit? Ich habe mir gerade erst die Brust machen lassen, das verdirbt mir die ganze Figur!» Sie schluchzte erneut los.

«Ich glaube, alles wird gut. Wenn du keine guten Gründe zu der Annahme hast ...»

«Ich habe sogar eine Abmachung mit meiner Schwester!», unterbrach Maja sie schniefend. «Wenn ich einmal Kinder will, wird sie für mich Leihmutter sein.»

«Du meinst es ja ganz schön ernst», murmelte Anja ratlos.

«Na ja, sie mag Kinder und achtet nicht besonders auf sich. Und ich kann nicht. Ich habe so viel in mich reingesteckt, ich darf nicht schwanger werden. Außerdem, bevor man schwanger wird, muss man erst heiraten. Und ich habe noch nicht die Absicht, für mich ist es zu früh.»

Die Erörterung ihrer Lebenspläne trocknete Majas Tränen langsam. Sie sprach jetzt sachlicher.

«Aber Kinder überhaupt – das ist gut, natürlich. Und notwendig. Ich plane zwei – einen Jungen und ein Mädchen. Habe sogar schon die Namen. Den Jungen werde ich Max nennen. So einen internationalen Vornamen will ich. Er wird Fußballer werden.»

«Und das Mädchen?», fragte Anja.

«Das Mädchen Nicole», verkündete Maja. «Und sie wird nichts tun, nur das Leben genießen. Ich finde, das ist die einzige Aufgabe der Frauen.»

«Eine sehr moderne Einstellung.»

«Na und? Meine Mutter hat sich das ganze Leben auf drei Arbeitsstellen krumm gerackert. Meine Schwester auch – solange sie noch in Ischewsk wohnte. Sie hat sogar einmal zu mir gesagt: Ich werde nicht so wie du, ich steh darüber. Na und – kaum habe ich sie nach Moskau geholt, hat sie gesehen, wie ich hier lebe, und jetzt will sie selbst jemanden kennenlernen.»

«Wie lebst du denn eigentlich?», fragte Anja behutsam, doch im selben Augenblick ging die Luke in der Zellentür auf, und der Polizist grummelte: «Frühstück, auf geht's.»

Alle ringsum atmeten heftiger, rührten sich. Natascha schien nur auf das Signal gewartet zu haben – mit einem Satz war sie herabgesprungen und plumpste mit den Fersen hart auf den Boden. Irka setzte sich auf und rieb mit den Fäusten die Augen. Diana seufzte und drehte sich zur Wand.

«Oh, unsere Prinzessin, so früh w-wach? V-vielleicht gehst du sogar frühstücken?», fragte Natascha Maja.

Die blies wie auf Signal wieder Trübsal: «Nein ... Grießbrei ess ich nicht ...»

«H-am wir schon verstanden, du isst nur *Lobster*!», lächelte Natascha und bewegte sich zum Waschbecken.

«Falsch», flüsterte Maja ganz ernsthaft zu Anja. «Nicht nur Lobster.»

«W-wasser!», jaulte Natascha plötzlich auf.

Vor Schreck wäre Anja fast vom Bett gefallen. Diana und Katja fuhren in ihren Kojen hoch.

«Was ist?! Brennt's?», brüllte Katja heiser und drehte sich suchend um.

«Aber nein, Wasser! Es gibt Warmwasser!»

Erst jetzt bemerkte Anja, dass der offene Hahn fauchte und zischte und einen rostigen Strahl ausspuckte, sodass es nach allen Seiten spritzte.

«Hurra!» Diana ließ sich anstecken, sprang vom Bett und stürzte zum Waschbecken wie zum heiligen Quell. «Das heißt, heute wird geduscht! Endlich mal!»

«Pff, die spinnen ja», sagte Katja, rückte Decke und Kissen zurecht und ließ sich aufs Bett zurückfallen.

«Große Sache, Wasser – und die brüllen rum.»

«Oj, du kannst immer nur meckern! Dabei freust du dich selbst», rief Diana. Sie wartete, bis das Wasser aus dem Hahn klarer war, und hielt genüsslich die Hände darunter.

Katja zog sich die Decke über den Kopf und war tonlos zu vernehmen: «Trotzdem nicht dasselbe wie zu Hause.»

«Natürlich nicht», gab Diana zu. «Aber mir ist inzwischen alles recht.»

Statt eines Spiegels war über das Waschbecken eine kleine quadratische Folie geklebt, in der man bei gutem Willen das eigene Bild erkennen konnte. Diana schaute hinein und glättete ihre Locken.

«Ich persönlich freu mich erst, wenn ich wieder in meiner eigenen Badewanne bin», teilte Katja mit. Diesmal klang ihre Stimme heller – sie hatte ein Loch in die Decke gemacht und sprach dort hindurch.

«In meiner Wanne werde ich, glaub ich, drei Stunden lang liegen …», stimmte Diana zu, die immer noch vor dem improvisierten Spiegel zugange war.

«Ich habe mir kurz vor dem Arrest noch ein klasse Shampoo gekauft, denkt ihr, ich hab mir damit einmal den Kopf waschen können?», Katja blieb bei ihren Themen. «Hier hätten sie es mir weggenommen, es ist nicht durchsichtig. Aber hier hätte ich auch nicht gewollt, lieber zu Hause, unter humanen Umständen. Ich träume schon eine Woche davon, mir die Fußnägel zu schneiden, so weit ist es gekommen!»

Dianas Laune schlug um.

«Ja, Dusche, das hier heißt natürlich nur so. Kein Gestell, keine normale Creme. Pfui, Katja, die ganze Stimmung hast du verdorben!»

Katja kicherte rachsüchtig.

«Oj, Mädels, wenn's nur bald nach Hause geht!», sagte Diana. Anfangs hatte sie dem Gespräch hingerissen zugehört, jetzt war ihr die Laune auf einen Schlag verdorben, wie so oft. «Ich habe zu Hause so eine schöne rosa Badewanne! Ich hab die Wohnung ja erst vor kurzem gekauft, sie sind gerade mit der Renovierung fertig. Ich hab mich nicht mal eingewöhnen können. Sobald ich raus bin, werde ich den ganzen Tag in der Wanne sitzen!»

«*Du* wirst es sicher schwer haben in dieser Dusche», bemerkte Diana skeptisch mit Blick auf Maja. Sie hatte das Waschbecken freigegeben und machte der knurrenden Natascha Platz. «Hast du wenigstens Shampoo?»

Maja winkte ab: «Was denkst du, ich geh doch hier nicht unter die Dusche. Ich warte bis zu Hause.»

«Wir h-haben jetzt warmes Wasser, was w-willst du mehr?», sagte Natascha, die sich das Gesicht gewaschen hatte. «Jemand w-wird dir schon Shampoo abgeben!»

«Das bringt mir nichts. Seid mir nicht böse, aber für meine Haare brauche ich ein spezielles. Und unbedingt Balsam und einen vernünftigen Kamm, einen Föhn und ein Glätteisen.»

«Was, ringeln sich deine Haare?», fragte Anja einfühlsam.

«Aber nein, einfach damit sie normal liegen.»

«Gewichse!», sagte Natascha erst recht erbost. Sie ärgerte sich sichtlich über Majas Raffinesse, wandte sich vom Waschbecken ab und nahm sie jetzt direkt ins Visier: «Du b-bist hier nicht im F-fünfsternehotel, kapier das mal! Gefängnis ist Gef-fängnis!»

«Versteh ich ja», erwiderte Maja versöhnlich. «Aber ohne das kämme ich mir nicht mal die Haare.»

«Wie oft wäschst du dir den Kopf?», fragte Katja. Sie hatte

den Versuch aufgegeben, noch mal einzuschlafen, setzte sich auf und steckte sich eine Zigarette an.

«Jeden Tag.»

«Und wie lange brauchst du für die Frisur?»

«Na, vierzig Minuten mindestens.»

«Vierzig Minuten. Jeden Tag», pfiff Diana durch die Zähne. Sie ging an ihr Bett und nahm Katja die Zigarette aus der Hand. «Ich würde das nicht aushalten.»

«Und ich versteh das überhaupt nicht», sagte Katja verächtlich. «Ich packe meins zum Schwanz zusammen und fertig. Hab keine Zeit, den halben Tag dafür zu verschwenden.»

Die Tür öffnete sich krachend.

«Frühstück», sagte der Bulle. Irka sprang sofort an die Tür und knöpfte sich unterwegs das Jeanshemd zu. Beim Essen kannte sie kein Zögern. Der Polizist ließ sie in den Flur. Natascha folgte murmelnd, die Flasche fürs heiße Wasser unter den Arm geklemmt.

«Vielleicht sollten wir auch?», sagte Katja, nahm Diana die Zigarette ab und ließ nachdenklich den Rauch aufsteigen. «Man hat keine Lust aufzustehen, aber heute hat Natascha sowieso alle geweckt.»

«Ich habe beschlossen, erst am letzten Tag zu gehen», erwiderte Diana. «Zur Feier, sozusagen.»

«Was wirst du als Erstes tun, wenn du rauskommst?»

«Mein Mann holt mich ab, den werd ich erst mal abknuddeln. Und dann, wenn wir nach Hause kommen, knuddele ich Barsik ab. Ich habe so eine Sehnsucht nach ihm, das glaubst du nicht. Dann esse ich Buletten. Oder Puffer. Weiß noch nicht. Mein Mann kocht gut, ich werde ihm vor meiner Entlassung sagen, was ich möchte. Dann in die Badewanne. Und dann gleich mein Protztag. Ich glaube, ich hab mir in diesen zehn Tagen das Feiern so abgewöhnt, dass ich in einer halben Stunde voll sein werde.»

«Du hast Geburtstag?», fragte Anja.

«Einen Tag bevor ich rauskomme. Stell dir vor, ich werde im Arrest fünfundzwanzig! Als die Richterin mir zehn Tage aufbrummte und mir klarwurde, dass mein Geburtstag auf den Knast fällt, hab ich vor Gericht fast einen Tobsuchtsanfall bekommen. Jetzt ist mir das schon egal. Und dafür gibt es was zu erinnern!»

«Oj, ich werde mich auch vollfressen», sagte Katja träumerisch, streckte sich auf dem Bett aus und schaute an die Decke. «Zuerst geht's zu McDonald's. Einen doppelten Cheeseburger, hm ... Und Farmkartoffeln ... mit Käsesoße! Verdammt, ich könnt verrecken, ich bin verrückt nach dem Zeug von McDonald's. Und dann nach Hause und gleich zu Olka.»

«Und wer ist Olka?», meldete sich Maja.

«Olka ist meine Freundin.»

«Oho ... du gehst mit einem Mädchen?»

«Ja, und, hast du Probleme damit?» Katja hob sich auf die Ellbogen und richtete ihre blauen Augen durchdringend auf Maja.

«Nein, ich hab nur gefragt. Wollte schon immer mal wissen, wie das läuft bei ... na ...» Maja stockte.

«Bei den Lesben? Sag's doch, was druckst du herum. Ich bin ja keine richtige Lesbe. Früher hatte ich nur Jungs. Und jetzt Olka.»

«Und wie kam das? Ich frag mich das nur. Ich bin nicht ... wie sagt man?» Maja runzelte das Stirnchen. «Na ja, gegen Schwule. Nicht homophob. Ich verstehe nur nicht, wie das – mir haben mein ganzes Leben nur Männer gefallen.»

«So ist das nun mal», sagte Katja träge und fläzte sich wieder auf dem Bett. «Die Frage ist nicht, ob Männlein oder

Weiblein, sondern was für ein Mensch. Dir gefallen doch auch nicht alle durch die Bank? Du begegnest einem Menschen und weißt sofort, der passt besser zu dir als alle anderen. Als ich Olka kennengelernt habe, wusste ich sofort – das ist meins. Sie ist so ruhig, so still. Mit ihr kann ich einfach chillen.»

«Und du hast dich auf den ersten Blick in sie verliebt?», fragte Maja. Sie wirkte jetzt wie ein Kind, das ein Märchen erzählt bekommt.

«Also zusammen waren wir ganz schnell. Dabei verliere ich meist keine Zeit.»

«Und wie reagiert man auf der Straße auf euch?», fragte Diana, die sich aufs Bett gelegt hatte. Sie sah nach oben, als unterhielte sie sich mit Katjas Matratze.

«Na ganz normal.»

«Gibt's da nicht solche Blödhammel, die was von Propaganda schreien?»

«Pfff, das hätte noch gefehlt», sagte Katja verächtlich. «So einer soll mir nur was sagen, der kann froh sein, wenn er heil wegkommt.»

«Bei uns in Ischewsk lebte auf dem Hof ein Junge, alle dachten, er wäre schwul. Einmal haben ihm Jungs aufgelauert und ihn so verprügelt, dass er ins Krankenhaus kam», berichtete Maja. «Ich hab so was nie verstanden. Schlagen darf man niemanden, nicht mal Schwule! Der hatte auch überhaupt nichts getan, nur seine Haare weiß gefärbt.»

Anja ging ein Bild aus der Vergangenheit durch den Kopf: Sie ist mit ihrer Mama im Bus zum Friedhof, zur Großmutter. An dieser Fahrt war nichts Besonderes, außer Anja selbst. Seit einiger Zeit fühlte sie sich nicht mehr wie sie selbst, wie die, die sie kannte und liebte, sondern sie fühlte sich wie eine

Fremde, für die sie sich schämte. Diese Scham zehrte schon seit Wochen an ihr, aber jetzt, vor dem Friedhof, steigerte sie sich bis ins Unerträgliche. Sie kam sich vor wie die Heldin eines Fantasy-Films, die plötzlich entdeckt hat, dass sich ein bösartiger Alien in ihr eingenistet hat. Diejenige, die sie vorher gewesen war, gab es nicht mehr, an die Stelle des guten Menschen war ein neuer, unangenehmer getreten, den Anja jetzt bis ans Ende ihres Lebens mit sich herumschleppen und verstecken musste. Wenn man sich im Bett unter der Decke verkroch, war das irgendwie zu schaffen, aber damit auf den Friedhof zu fahren, diesen Ort mit seiner Aureole von düsterer Feierlichkeit und sogar einer gewissen Heiligkeit, war unerträglich.

Damit ihre Mama nichts merkte, hatte sich Anja zum Fenster weggedreht. Abgelenkt von der Landschaft, zog sich die Scham in ihr zu einem kleinen, beunruhigenden Klumpen zusammen, den man kurz ignorieren konnte, aber kaum stolperte Anja in ihren Gedanken erneut über ihn, rollte dieser Klumpen durch ihren ganzen Körper. Anja versuchte, sich vorzustellen, was passieren würde, wenn sie auf dem Friedhof wäre. Natürlich, es würde sich nicht die Erde auftun und kein Donner grollen, das wusste sie, doch vielleicht wäre sie darüber sogar froh gewesen: besser das als diese ständige, heimliche Selbstkasteiung, der sie sich unterzog.

Anja wusste nicht, wann der Alien sich in ihr eingenistet hatte. Diesen Moment hätte sie ja spüren müssen, aber Anja kam es vor, als sei sie unmerklich in die neue Realität hineingeglitten, und als sie das begriff, war der Alien längst in ihr.

Sie und Zhenja hatten sich vor einigen Monaten im Englischkurs kennengelernt, und am Anfang war sie ihr nicht einmal sympathisch. Zu frech war sie – in der ersten Stunde guckte sie ganz dreist bei Anja ins Heft und tippte mit dem

Füller auf einen Fehler, obwohl niemand sie darum gebeten hatte. Überhaupt fiel Zhenja ständig allen ins Wort, sie lachte zu laut und rauchte in der Pause. Anja hielt sich anfangs von ihr fern und setzte sich in der nächsten Stunde sogar weiter weg – aber genau an dem Tag hatte Zhenja ihr Lehrbuch vergessen, und sie wurden doch wieder zusammengesetzt. Zhenja schien kein Gespür für Anjas Distanzierung zu haben: Sie drängte sich im Gespräch auf, wollte wissen, welche Filme sie guckt, und als sich herausstellte, dass sie auch noch in der Nähe wohnte, bot sie an, sie nach dem Unterricht nach Hause zu bringen. Anja war siebzehn, Zhenja einundzwanzig, sie hörte die Band «Nächtliche Scharfschützinnen» und trug ein Piercing in der Augenbraue.

Einmal kam sie nicht zum Unterricht. Anja war verblüfft, wie sehr sie das plötzlich bedrückte – sie hatte nicht geahnt, dass sie schon so an ihr hing. In der nächsten Stunde fehlte Zhenja wieder. Bisher war Anja voll Vorfreude auf die Begegnung in die Klasse gekommen, die wie erleuchtet war für sie. Jetzt dagegen lag sie leer und seelenlos da, als wäre aller Zauber aus ihr gewichen.

Beim dritten Mal hatte sie nicht mehr viel Hoffnung, und Zhenja kam tatsächlich wieder nicht. Anja sah ihren leeren Stuhl und dachte, bald werde sie sich auch daran gewöhnen. Sie hatte nicht einmal Zhenjas Nummer, um ihr zu schreiben, ob was passiert war. Sie hätte den Lehrer fragen können, doch Anja spürte einen unklaren Unwillen dagegen – irgendwie wollte sie nicht, dass jemand etwas von ihrem Interesse ahnte. Vor dem Fenster ging die Sonne unter, und die Wand gegenüber der Klassentür wurde von sattgelbem Licht übergossen. Der Anblick beruhigte Anja. Sie schaute das an wie ein Portal, und dann öffnete es sich wirklich: Eine schwarze Silhouette zerschnitt das makellos gelbe Feld und wurde im Näherkommen größer. Anja guckte wie hypnotisiert. Sie wusste, wen sie gleich zu Gesicht bekommen würde, wollte aber den Augenblick nicht vorwegnehmen. Die Freude über die Begegnung war riesig, und doch durfte man sich erlauben, die Erwartung voll auszukosten, diese makellose gelbe Wand und den darauf wachsenden Schatten weiter zu genießen. Zhenja betrat die Klasse, und freudige Wärme erfüllte Anja augenblicklich. Sie sah Zhenja näher kommen, ihren verwaisten Stuhl einnehmen und das Schulbuch aufschlagen. Bestimmt war das der Moment, in dem Anja erkannte, dass ein Alien in ihr lebte, aber damals beunruhigte sie das noch in keiner Weise – zu der Zeit gab sie sich einfach nur diesem seligen Glücksgefühl hin.

An jenem Abend jedoch begann das mit ihrer Zerrissenheit. Einerseits war Anja verliebt und glücklich. Sie freute sich auf jede Unterrichtsstunde, lief mit Zhenja zum Rauchen in die Pause, lud sich alle Songs der «Nächtlichen Scharfschützinnen» herunter, telefonierte stundenlang mit ihr und schaute bald auf alle anderen herab: Sie hielt es für einen unerhörten Erfolg, einen Gewinn in der Lebenslotterie, dass Zhenja sich unter allen anderen für sie entschieden hatte. Andererseits war Anja verstört – ihr war, als hätte ein ganz anderer Mensch ihre Stelle eingenommen, den weder die Umgebung noch sie selbst am Ende billigen konnte. Es war ihr peinlich, Verliebtheit für eine Frau zu empfinden, sie hatte Angst, dass jemand davon erfahren könnte. Solange sie mit Zhenja zusammen war, schien das Glück ihr ein logisches und richtiges Gefühl zu sein, aber kaum blieb sie allein, empfand sie es als wild und widernatürlich. Dieser Widerspruch zehrte an Anjas Kräften. Und dann kam der Friedhof. Im Bus fühlte sie sich an dem Tag besonders lasterhaft, wie ein Makel an der ganzen Menschheit.

«Ich war mit Olka mal in einer Bar bei uns im Viertel», erzählte Katja weiter, «und so ein besoffener Typ hat uns angemacht. Eh, Mädels, darf man mal zugucken, ich würde sogar als Dritter mitmachen. Diese Art. Pervers, mit einem Wort.»

«Und du?», fragte Diana.

«Hab ihm eine reingehauen», Katja zuckte mit den Schultern und fügte stolz hinzu: «Und dem Wirt habe ich gesagt, er soll ihn nicht mehr reinlassen. Der ist ein Kumpel von mir, er sagte: Kein Problem, Katja, wenn der noch einmal ankommt, kann er seine Zähne in der Streichholzschachtel mitnehmen.»

«Ich bin mal mit einem Typen gegangen», sagte Maja. «Der schlug mir Sex zu dritt vor. Ich hab ihn sofort verlassen. Ich versteh das nicht – wenn du schon eine Frau hast, wozu brauchst du noch eine? Und wenn du eine andere willst, heißt das ja, du findest die erste gar nicht so toll.»

«Ich hätte nichts dagegen», gab Diana an und setzte sich auf dem Bett auf. «Ich find das scharf. Es geht ja nicht um Betrug, es ist eine neue Erfahrung.»

«Ach, nichts dagegen!», sagte Katja ungläubig. Sie ließ sich vom Bett runterhängen und sah Diana an. «Du würdest deinem Mann erlauben, irgendeine hergelaufene Alte zu vögeln, vor deinen Augen?»

«Wieso denn gleich *meinem Mann* und wieso *vögeln*?», sagte Diana verschnupft. «Ich sehe das als freies, gemeinsames Experiment.»

«Ich finde, es ist trotzdem Betrug. Da bin ich ganz streng», sagte Maja. «Wenn ich herausbekommen würde, dass mein Mann mich betrügt, würde ich ihn sofort verlassen. Ich hatte so was sogar schon mal: Damals ging ich mit einem Typen. Eigentlich da hab ich erst seinen Vater kennengelernt und wollte mit dem was anfangen, aber das hat irgendwie nicht gefunkt. Mit dem Sohn fand ich sofort eine gemeinsame Sprache. Das war so ein ansehnlicher, sportlich. Überhaupt, wie ich es mag. Wir hatten eine so stürmische Affäre, dass er mir nach drei Wochen vorschlug, bei ihm einzuziehen. Ziemlich schnell, dachte ich erst, aber er hat mir sehr gefallen. Das war so ein Süßer, zu jedem Rendezvous brachte er mir einen Riesenstrauß Rosen.»

«Und, du bist zu ihm gezogen, und er hat dich betrogen?», fragte Katja geringschätzig. Sie stützte ihren Kopf auf die Hand.

«Ungefähr so, ja, ich zog zu ihm, und da ging alles los. Alles Geld steckte er in Alkohol und Gras. Fast jeden Abend kamen Freunde von ihm, und er bekiffte sich bis zum Umkippen. Ich mag so was überhaupt nicht, ich bemühe mich um eine gesunde Lebensweise. Aber vor seinen Freunden wollte ich nichts sagen, und er entschuldigte sich am anderen Morgen immer bei mir und schwor, er kriegt das auf die Reihe, kann angeblich nur sein Leben nicht so rasch ändern.»

«Und du hast das geglaubt?», fragte Diana.

«Na ja, er sagte, er habe immer allein gelebt und sei daran gewöhnt. Aber ich hätte nun sein Leben verändert und er wolle dem unbedingt gerecht werden», seufzte Maja. «Der war überhaupt so lieb, als er das sagte. Sogar heute, wo ich das erzähle, merke ich, dass ich immer noch ein bisschen Sehnsucht nach ihm habe, obwohl er natürlich das letzte Arschloch war.»

«Ja, und wie weiter?»

«Wir lebten ein paar Wochen so. Dann habe ich mal etwas gesucht und im Badezimmer in einer Schublade nachgeguckt. Die hatte ich früher nie ganz rausgezogen, und jetzt, na ja, Zufall. Da fand ich eine Zahnbürste, ein Haargummi und eine Packung Damenbinden, checkt ihr's? Er war auf

Arbeit. Ich war den ganzen Tag genervt, und abends, als er kam, fragte ich ihn: Was soll das heißen? Du hast immer gesagt, du hast vorher mit keinem Mädchen zusammengelebt. Da wollte er sich rechtfertigen, so in der Art, *das war nichts Ernsthaftes, die hat ein paar Nächte übernachtet, alles längst vorbei*. Ich darauf: Wenn es vorbei ist, warum hebst du dann die Sachen auf? Oj, sagt er, ich wusste ja nicht mal, dass das noch da liegt.»

«Typisch männliche Ausrede!», rief Katja. «Wenn du sie an die Wand drückst, faseln sie, sie hätten überhaupt nichts gewusst und nichts gemerkt. Ach wie gut, dass ich mit Kerlen Schluss gemacht habe!»

«Ich hätte, mit einem Wort, auch damals schon alles schnallen müssen, wollte ihm aber noch eine Chance geben. Zumal er nach diesem Vorfall sogar ein paar Tage lang nichts rauchte und ich dachte, vielleicht hat er wirklich aufgehört. Am nächsten Tag war er wieder auf Arbeit. Mir war so langweilig, dass ich dachte, ich mach ein Selfie. Fotografierte mich vor dem Spiegel – und auf Instagram. Mit Geotag *Wohnanlage Weißer Schwan*. Da war sein Haus. Und denke mir, mal sehen, was für Selfies sonst so von hier gepostet werden. Gehe auf den Geotag und sehe das letzte Foto – irgend so eine Muschi hat sich da im Spiegel fotografiert. Ich gucke genauer hin, und – stellt euch vor – es ist derselbe Spiegel! In seiner Wohnung. Die Couch, die Wände sind die gleichen! Und das Foto ist vor zwei Tagen gemacht. Da hatte ich mal nicht bei ihm übernachtet, weil ich zu meiner Mutter fuhr.»

«Dann war er echt ein Arsch», stimmte Diana zu.

«Und was hast du gemacht?», wollte Katja wissen.

Maja warf ihr Haar zurück, ließ triumphierend den Blick schweifen und erklärte stolz: «Also ich hab diese Muschi einfach angeschrieben. So und so, sage ich, ich gehe mit ihm, wir leben sogar zusammen. Was soll das also heißen, und was suchst du in seiner Wohnung? Und was glaubt ihr – stellt sich heraus, dass sie auch geglaubt hat, er würde nur mit ihr gehen. Sie war regelmäßig bei ihm, und er hat ihr kein Wort von mir gesagt. Kurz gesagt, er hat uns angeschmiert wie zwei olle Kühe.»

«Und weiter?»

«Alles Weitere haben wir auf Insta besprochen und beschlossen, ihm eine Lehre zu erteilen. Sie kam her, und wir haben zusammen seine Wohnung aufgemischt. Jetzt nichts echt Fatales, vielleicht hat er ja Beziehungen, und solche Probleme brauchen wir dann auch nicht, aber einen Saustall sondergleichen haben wir dort angerichtet! Alle Sachen aus den Schränken raus und durcheinandergeschmissen. Dann haben wir gemeinsam auf ihn gewartet. Das Gesicht hättet ihr sehen sollen, als er von der Arbeit kam. Freut mich bis heute. Ich hab ihm hinterher sogar in die Fresse gespuckt. Damit du weißt, was das heißt, sage ich, lügen und betrügen.»

«Wow», äußerte Diana respektvoll.

«Genau deshalb hab ich mit den Kerlen aufgehört», erinnerte Katja wieder. «Von denen ist nichts anderes zu erwarten.»

«Sind aber nicht alle so.»

«Mehr oder weniger alle! Habt ihr überhaupt einmal einen einzigen ehrlichen Kerl getroffen?»

Maja und Diana überlegten. Anja beobachtete sie mit anthropologischem Interesse, aber genau in dem Augenblick kamen Natascha und Irka vom Frühstück zurück.

«Irka hat d-drei T-teller Grießbrei gegessen», teilte Natascha mit und stellte die Heißwasserflasche auf das Regalschränkchen. «Ich hab gesagt, wenn sie rauskommt, w-wird sie nicht mehr durch die Tür passen.»

«Zwei, nicht drei!», stellte Irka klar und fügte schuldbewusst hinzu: «Normalerweise fress ich nicht so viel. Wenn man säuft, hat mein keinen Appetit. Aber hier sitz ich schon fast zwei Wochen auf Entzug, da hat mich die Fresssucht befallen!»

«Hör mal, Irka, vielleicht hat deine Mutter recht – ein halbes Jahr in der Strafkolonie, da würdest du dich vollschlagen und das Saufen lassen?», lächelte Katja.

«Ich will aber nicht in die Kolonie», klagte Irka.

Alle lachten.

Der Morgen verging: Zunächst tranken alle Tee und konnten sogar Maja überreden, vom «Bär im Norden» zu naschen, Diana hatte eine ganze Konfektschachtel im Schränkchen gefunden, zurückgelassen von einer früheren Arrestantin. Dann ging Irka daran, etwas mit dem Bleistift auf ein Blatt zu zeichnen, das Diana ihr aus dem Heft gerissen hatte, und Natascha fing wieder an, sauber zu machen. Anja las, fing aber immer wieder Gesprächsfetzen auf, die sie ablenkten. Da teilte zum Beispiel Diana mit, ihr Lieblingssänger sei Filipp Kirkorow. Was ausnahmslos alle erschütterte.

«Bist du bescheuert?», fragte Katja. «Das ist doch ein Opa! Der muss sechzig sein! Der gefällt nicht mal mehr meiner Mama!»

«Na und», sagte Diana verstockt, «aber er hat schöne Augen! Und sieht überhaupt aus wie ein richtiger Mann.»

«Der z-zieht sich an wie ein W-weib!», rief Natascha, die vor lauter Empörung sogar vom Fußboden abließ und nun dastand – einen Arm hochgereckt, den anderen auf den Schrubber gelehnt – wie Peter der Große am Steuerrad.

«Das ist Showbusiness, da ziehen sich alle so an!», beharrte Diana. «Filipp entwickelt sich außerdem weiter – habt ihr den Clip zu *Mood color blue* gesehen?»

«*Filipp, oj, ich kann nicht mehr, Filipp!*», Katja grunzte vor Lachen.

«Oj, in dem Clip ist noch die Buzova aufgetreten, die gefällt mir!», freute Maja sich.

Anja hörte die meiste Zeit nur zu, aber als ihr das selbst bewusst wurde, nahm sie sich zusammen und setzte ein Lächeln auf. Sie wollte auf keinen Fall als Zimperliese gelten und hätte sogar gern an diesen erstaunlichen Diskussionen teilgenommen, doch leider, leider hatte sie diesen Clip nie gesehen und Kirkorow selbst das letzte Mal in dem bauchigen Fernseher bei den Eltern, Silvester 2004.

Das Fensterchen in der Tür ging auf, und jemand rief fröhlich: «Aufstehen zum Rundgang!» Auf dem Flur hörte man Türen knarren und laute Unterhaltung.

«Heute ist eine gute Schicht», stellte Natascha zufrieden fest, während sie Schüssel und Schrubber wegräumte. «Fertig, jetzt kann man vom Boden essen!»

Vier Personen betraten die Zelle: der junge, pausbäckige Bulle, ein etwas älterer mit dichten schwarzen Brauen, eine große, rothaarige Frau, die einem Fuchs ähnelte, und ein kleiner Alter.

«Tag, Mädels», sagte der Alte. Er hatte eine überraschend tiefe und sonore Stimme. Er sprach wie der Weihnachtsmann im Frühstücksfernsehen für Kinder. «Wie steht's?»

«Gut, gut!», alle lächelten, Irka kicherte sogar kokett.

«Gibt's Beschwerden? Vorschläge?»

«Nein, nein!»

«Kann man heute in die Dusche?», platzte es Diana heraus.

«Dusche?», sagte der Alte und sah zuerst die Rothaarige, dann die zwei Männer an. «Dusche ist morgen dran, Mädels.»

«Aber es gibt Wasser, Warmwasser!»

«Ja, wenn das so ist», meinte der Diensthabende. «Aber erst nach dem Mittagessen, Mädels, und ganz schnell.»

«Hurra, Hurra!»

«Jetzt lasst mal kurz durchzählen. Damit nicht eine abgehauen ist. Oder umgekehrt, zugelaufen.»

Alle lachten, und Anja stellte erstaunt fest, dass sie selber grinste. Dieser Alte wirkte im Vergleich zu den vorherigen Bullen so nett und menschlich, dass man schon vor Dankbarkeit einfach lächelte.

«Wilkowa!»

«Hier!»

«Orlowa!»

«Hier!»

«Leonowa!»

«Hier!»

«Iwanowa!»

«Hier!

«Andersen!»

«Hier!», sagte Maja und ließ die Wimpern klimpern.

«Und Romanowa?»

«Hier», sagte Anja. Der Alte klappte das Heft zu, und Anja fuhr fort: «Ich würde gern einen Antrag auf Berufung stellen. Kann ich das über Sie tun?»

Alle drehten sich zu ihr. Irka kratzte sich das Knie mit dem Bleistift und starrte sie an.

«Sie wollen Beschwerde gegen Ihren Arrest einlegen?», vergewisserte sich der Diensthabende vorsichtig.

«Ja.»

«Und wofür sind Sie hier?»

«Wegen einer Demonstration.»

«Ah, eine Politische?», der Alte entspannte sich. «Na, dann

richten Sie den Antrag an das Gericht, wo Sie verurteilt worden sind, wir schicken es hin.»

«Wann?»

«Na heute, wozu warten. Wir sind nicht interessiert daran, Sie hier unnötig festzuhalten.» Er lachte.

«Geben Sie mir ein Blatt Papier?», fragte Anja. «Sonst hätte ich nur ein Heft.»

«Ja, sicher, warum nicht. Nastja, bringen Sie dem Mädchen Papier?»

Das Fuchsmädel nickte ruckartig.

«Na gut, wenn keine weiteren Fragen sind, dann haben Sie jetzt Ruhe», sagte der Alte und drehte sich zur Tür. Die übrigen Polizisten gehorchten seinem kaum merklichen Wink und folgten.

Als die Tür sich hinter ihnen geschlossen hatte, verschränkte Katja die Arme vor der Brust und funkelte Anja an: «Was für eine Berufung willst du jetzt einlegen?»

«Dagegen, dass ich ungesetzlich festgenommen wurde.»

Irka lachte gluckernd: «Ungesetzlich, hahaha!»

«Blöde Kuh, vielleicht sitzt sie wirklich ungesetzlich!», meinte Katja.

Irka ließ ab und ließ mit leerem Blick den Bleistift über ihre Jeans fahren.

«Sie hat zum F-frühstück schon Lyrica gekriegt», erklärte Natascha mit Blick auf Irka.

Anja hatte den Eindruck, die Stimmung im Raum habe sich unmerklich verändert. Die anderen Mädchen wussten zuerst nicht, wie sie auf die Nachricht von der Berufung reagieren sollten, und warteten auf ein Zeichen von Katja. Kaum hatte diese Irka abgekanzelt, entspannten sich alle. Die Berufung wurde stillschweigend für zulässig befunden und Anja selbst als ein Mensch, der das Recht darauf hatte.

«Ja wirklich, warum wird man heutzutage für Demonstrationen überhaupt festgenommen?», philosophierte Diana und ließ sich aufs Bett fallen. Das quietschte.

«Heutzutage kann man überhaupt für alles in den Bau kommen», zuckte Anja mit den Schultern. «Und das war quasi eine ungenehmigte Demo ...»

Katja, die immer noch in der Mitte des Raums stand, drehte sich um: «Wie jetzt, müssen Demonstrationen genehmigt werden?»

«Ja, eigentlich schon.»

«Und wogegen hast du demonstriert?»

«Gegen die Korruption. Gegen die Regierung.»

«Und wo muss man das genehmigen lassen?»

«Beim Bürgermeisteramt.»

«Das heißt, man muss die Demo gegen die Regierung von der Regierung genehmigen lassen?», fragte Katja und stemmte die Arme in die Hüften. «Hat man so was gehört?»

«Ich kack ab ... Genehmigen die denn überhaupt mal was?»

Katjas Empörung war so ungespielt, dass Anja lächeln musste.

«In letzter Zeit – nein, deshalb gehen alle einfach so auf die Straße.»

«Ja, kein Wunder, dass sie euch einlochen, wer hört schon gern schlecht über sich reden», sagte Diana. Sie stand auf, nahm sich einen Keks vom Schränkchen und biss geräuschvoll ab. Trotz des Kauens blieb ihr Gesicht nachdenklich und sogar leicht erhaben. «Eine Freundin von mir ging auf eine Demo und hat mich eingeladen. Ich wäre fast mitgegangen. Macht ihr noch mehr? Vielleicht komme ich nächstes Mal mit, wenigstens mal gucken, wie das so ist.»

«Da nehmen sie dich genauso hops!», krächzte Natascha.

Sie setzte sich auf ihrer Aussichtsplattform auf und sah von dort feindselig auf die stehenden Mädchen hinunter.

«Das haben sie schon, ich hab keine Angst mehr!», lachte Diana.

«Ich v-verstehe das nicht», fuhrt Natascha fort und schaute von einer zur anderen. «W-wozu sind diese Demos gut? Habt ihr irgendw-was erreicht?» Und mit bösem Seitenblick auf Anja: «Am besten gleich Revolution, oder? Lasst doch die Leute in Ruhe leben!»

«Ich will keine Revolution», entgegnete Anja. «Ich will gut leben.»

«Und jetzt, lebst du etwa schlecht?» Vor Empörung verging ihr sogar das Stottern. «In Russland war das Leben noch nie so gut wie heute. Guck dir unsere Eltern an, guck dir an, wie es in den Neunzigern war! Himmel und Erde! Wir sollten dankbar sein!»

«Mir gefallen unsere Machthaber nicht», sagte Katja hochmütig und verschränkte wieder die Arme auf der Brust. Und obwohl sie von unten zu Natascha aufsah, wirkte ihr Blick einschüchternd. «Ich bin beim letzten Mal nicht wählen gegangen, auch meine Mutter nicht. Ändert ja sowieso nichts, also wozu. Meine Mutter hat das ganze Leben als Lehrerin gearbeitet, jetzt kriegt sie ein paar Kopeken als Rente. Und die da oben stopfen sich die Taschen voll.»

«Stopfen sich die Taschen voll!», kicherte Irka, ohne den Blick zu heben, und malte weiter auf ihren Jeans herum.

Anja war nicht sicher, ob Irka das Gespräch verfolgte – es schien, dass sie einfach sinnlos einzelne Wendungen nachsprach, die ihr gefielen.

«Du halt sowieso die Klappe!», schrie Natascha und hüpfte auf dem Bett auf in der Hoffnung, sie könnte die unten sitzende Irka damit erschrecken. Die hob nicht einmal den Kopf.

«Mir jedenfalls gefällt Putin», sagte Maja träumerisch und wickelte sich eine Locke um den Finger. «Er ist ein so starker Führer. Alle haben jetzt Respekt vor uns ... Mensch, Mädels, vielleicht sollte ich in die Politik gehen?»

«Du?», Katja wunderte sich.

«Warum denn nicht? Es gibt so eine Abgeordnete, hab den Namen vergessen, die spielt in Filmen mit und arbeitet in der Duma. Das könnte ich auch machen. Ich würde mir dann die Richterin greifen, die mich hier reingebracht hat, und die auch in den Knast stecken!»

Das Türfensterchen ging auf, und das Gespräch erstarb.

«Wer wollte Papier?», fragte das Fuchsmädchen.

Anja griff nach dem Stapel und ging an ihren Platz. Sie hatte keine Ahnung, wie sie die Berufungsbeschwerde formulieren sollte, aber alle beobachteten sie jetzt mit solchem Respekt, dass sie das kaum zugeben konnte.

«Ich würde auch eine Beschwerde schreiben», seufzte Maja, «aber die landet ja sowieso erst mal beim Falschen! Und ich komme sowieso übermorgen raus.»

Unter ihren aufmerksamen Blicken suchte Anja nach einer bequemen Position auf dem Bett, glättete dann das Papier auf dem untergelegten Buch und schrieb in die obere rechte Ecke: «An das Bezirksgericht Twerskoj von Moskau. Absenderin: Anna Grigorjewna Romanowa», und dann in die Mitte «Berufungsbeschwerde».

«Und, glaubst du, sie lassen dich raus?», Katja, die sie vom Fenster aus beobachtete, konnte nicht an sich halten. Sie hatte rauchen wollen, aber feststellen müssen, dass keine Zigaretten mehr da waren.

«Glaub nicht, aber ich versuch es wenigstens.»

«Sag mal, Diana, vielleicht sollten wir auch so was schreiben?»

«Warst du vielleicht mit Führerschein am Lenkrad?»
«Nein, ohne.»
«So wie ich. Also wozu eine Beschwerde?»

Anja wühlte in ihrer Tüte und fand den Gerichtsbeschluss, den man ihr nach der Sitzung ausgehändigt hatte. Nach kurzem Nachdenken schrieb sie die Begründung um und fügte hinzu: «Ich halte meinen Arrest für ungesetzlich und fordere die Überprüfung des Beschlusses.» Unterschrift und Datum.

Mit einem Husten ging das Radio an.

«Bescheuert», sagte Diana wütend. «Früher habe ich so gern Musik im Auto gehört, jetzt wird mir übel davon.»

«Immer die Ruhe, vielleicht spielen sie gleich *Mood color blue*», stichelte Katja.

Natascha streckte sich auf dem Bett aus und teilte mit: «Mir w-wurde in der Strafkolonie ein Fall erzählt, wo sie den besonders schweren Übeltätern den ganzen Tag ein Lied aus *B-buratino* vorgespielt haben.»

«Davon kann man echt durchdrehen. Mir reicht schon dies hier.» Katja ging in der Zelle auf und ab und dehnte sich. «Vielleicht spielen wir was?»

«Keine Lust», antwortete Diana lahm.

Alle gingen eigenen Beschäftigungen nach – Irka nahm Anja die restlichen Blätter ab und fing an, sie vollzuzeichnen, Natascha löste Kreuzworträtsel, Diana las, Katja zog sich in ihre Koje zurück und drehte das Gesicht zur Wand. Maja machte einen weiteren Anlauf zur Bezwingung von Jo Nesbø.

Anja trat an die Zellentür und klopfte behutsam. Das Guckloch ging so schnell auf, als hätte der Polizist draußen nur darauf gewartet.

«Ich habe die Beschwerde geschrieben. Nehmen Sie mir die ab?»

Der junge Pausbäckige öffnete das Fensterchen und sagte

etwas, das sie nicht verstand. Anja stellte verärgert fest, dass es so tief unten lag, dass ein Mensch von normaler Größe sich bücken musste, um etwas zu verstehen.

«Schicken Sie es auch gleich ab?», fragte sie in die Luke.

«Ich gebe sie an die Leitung. Wenn möglich, schicken die sie ab.»

Anja kehrte auf ihr Bett zurück und schlug ein Buch auf. Sie brauchte nur eine Zeile zu lesen, schon hämmerten die Lieder, die vorher dezent im Hintergrund blieben, auf ihren Kopf ein. Wehmütig dachte sie an eine Entdeckung, die sie noch im Studentenwohnheim gemacht hatte: Einige Menschen sind unempfindlich gegen Licht, andere gegen Lärm. Leider gehörte sie nie zu den Letzteren.

Einige Zeit darauf wurden sie zum Telefonieren geführt. Diesmal reduzierte sich das Ritual der Handyausgabe auf eine kürzere Prozedur. Alle bekamen zur gleichen Zeit ihr Handy und wurden in die Zelle gelassen. Anja rief ihre Mutter an, bemühte sich um einen unbekümmerten Eindruck und erzählte, wie gut das Leben im Arrest sei. Ihre Mutter fragte besorgt, ob ihr auch nichts angetan werde, und Anja beruhigte sie. Um sie herum drängten sich die Mitinsassinnen und riefen in ihre Telefone, Anja hätte hier nicht offen sprechen können, und wenn man sie hier mit Füßen treten würde.

Am Ausgang wartete das Heft, in dem das Handy zu quittieren war, sowie ein Zettel von unklarer Bedeutung.

«Was ist das?», flüsterte Anja Katja zu.

«Damit quittieren wir das Essen. Das gibt es jeden Tag, gestern haben sie es nur vergessen.»

Der diensthabende Alte streckte Anja den Zettel zum Unterschreiben hin, und sie las: Neben dem Namen aller Inhaftierten stand die Zahl 136,95.

«Was bedeutet das?», Anja zeigte mit dem Kuli auf die Zahl.

«Das bedeutet, dass Sie gestern für hundertsechsunddreißig Rubel gegessen haben», erklärte der Alte.

Anja hob die Augen und sah ihn erschüttert an: «Für den ganzen Tag?»

«Das ist immer so», winkte Diana ab. Sie nahm der erstarrten Anja das Blatt ab und unterzeichnete neben ihrem Namen. «Du isst hier jeden Tag für exakt einhundertsechsunddreißig Rubel und fünfundneunzig Kopeken. Wir sind das schon gewohnt.»

Anja ließ den Blick von ihren Zellennachbarinnen zum Diensthabenden und zurückwandern.

«Und da fragst du noch, warum ich hier nichts esse!», stellte Maja fest.

Zum Mittag gab es Erbsensuppe. Belastet von ihrem neuen Wissen, löffelte Anja sie ohne Neugier. Sie war sogar lecker, nur wieder sehr salzig. Auf dem Boden der Schüssel schwamm ein einsamer Brocken Soja.

«Und du isst wirklich nicht?», fragte der flachsblonde Lecha Maja. Sie schüttelte den Kopf. «Achtest wohl auf deine Figur?»

«Auf meine Figur brauche ich nicht zu achten», erwiderte Maja mit einem gezierten Lächeln. «Ich habe gute Gene. Ich bin nur einfach anderes Essen gewohnt.»

«Daran zweifle ich nicht», sagte Lecha.

Kaum waren sie in der Zelle zurück, fragte Diana, die während des Mittags argwöhnisch zu Maja hingeschielt hatte, fordernd: «Das ist nicht wahr, oder?»

Maja klimperte mit den Augen: «Was?»

«Dass du wegen deiner Gene so eine Figur hast?»

«Ah ..., das! Nein, natürlich nicht. Ich habe mir die Brust

vergrößern lassen und den Hintern. Und einiges andere hab ich auch gemacht! Aber ein Mann braucht das nicht zu wissen, nicht einmal so einer.»

«Hab ich gleich gewusst», sagte Diana zufrieden. «Kaum hab ich dich gesehen, dachte ich – den Hintern hat die sich bestimmt aufspritzen lassen, der kann einfach nicht echt sein.»

Am Fenster warf sie einen Blick in die Zigarettenschachtel, zerknüllte sie wütend und pfefferte sie aufs Fensterbrett.

«Ja, sicher, aber ich werde doch nicht jedem Kerl erzählen, dass er nicht echt ist», stellte Maja vernünftig fest. «Ich bin mal mit einem Typen gegangen, der hat wirklich geglaubt, ich hätte blaue Augen.»

«Und, hast du nicht –?» Katja stutzte und setzte sich auf Dianas Bett.

«Woher denn, das sind Linsen! Ich hab mir viel Mühe gegeben, damit er nichts merkte. Wenn wir zusammen übernachtet haben, habe ich gewartet, bis er einschläft, und sie erst dann herausgenommen.

Und morgens bin ich früher raus, hab mich gewaschen, Zähne geputzt, mein Haar in Ordnung gebracht, die Linsen eingesetzt und mich in netter Pose wieder hingelegt. Da wird er wach und sagt: Maja, du schläfst sogar wie ein Engel!»

«Wahnsinn!», staunte Diana. «Wozu hast du das getan?»

«Weil ein Mann mich immer in voller Aufmachung sehen sollte, er soll denken, so bin ich in echt!»

«Scheiß, ich kriege morgens kaum den Kopf vom K-kissen hoch, und die macht gleich großen Fassadenputz!», sagte Natascha. Auch sie kletterte nicht nach oben in ihre Koje, sondern ließ sich bei Irka nieder. Natascha saß krumm da, und Anja fand, sie ähnele einem trübsinnigen Raben.

«Ich hab überhaupt nie verstanden, warum ich mich für

jemand aufhübschen soll», warf Katja hochmütig ein und rückte an ihrem Pferdeschwanz. «Ich sage: Haare zusammen und los, wozu für jemand anders gut aussehen!»

«Hast du denn nicht manchmal Lust, dich schön zu machen, ein Kleid anzuziehen?», fragte Maja träumerisch.

«Ich? Ein Kleid? Das fehlte noch. Schönmachen – ja, ab und zu schon, aber für mich selbst.»

«Ich ja eigentlich auch für mich selbst. Aber ich möchte, dass alle anderen mich auch nur schön sehen.»

«Na gut, und was hast du sonst noch gemacht?», fragte Diana neugierig. Sie setzte sich im Türkensitz neben Katja und umarmte das Kissen, wie ein Kind.

«Wie jetzt?»

«Du sagst, nicht nur Brust und Hintern. Also, was noch?»

«Ach so, zuerst habe ich mir die Nase machen lassen. Die Nase ist das Wichtigste vom Gesicht. Das sage ich auch immer zu meiner Schwester. Die hat vielleicht einen Zinken! So einen hab ich auch gehabt. Ich hab fast ein Jahr für die Rhinoplastik gespart.»

«Wofür?», fragte Natascha.

«Die Nasenform verändern. Ich lass jetzt übrigens bald noch eine zweite OP machen. Dann die Jochbeine. Aus den Wangen habe ich mir das Buccalfett entfernen lassen.»

«Pfui!», jaulte Katja und verzog das Gesicht. «Ich weiß nicht, was das ist, aber aus den Wangen, das ist ekelhaft!»

Diana dagegen bekam glänzende Augen.

«Ich hab davon gehört, ja!», sagte sie angeregt. «Ja, Wangenknochen hast du jetzt wie Angelina Jolie, klar.»

«Ich weiß», antwortete Maja von oben herab. «Das Weitere sind Kleinigkeiten: Wimpern, Lippen. Die Haare habe ich mir verlängern lassen.»

«Du hast verlängerte Haare?», fragte Anja.

Sie saß auf ihrem Bett und sah Maja von hinten. Sie hatte sehr schönes Haar, Maja selbst fasste ab und zu hinein, legte es von einer Schulter auf die andere und wickelte es um die Finger, wobei es glänzte. Dann lachte sie auf.

«Na natürlich. Hast du gedacht, ich hätte wirklich solche? Alle zwei Monate lasse ich sie verlängern. Was noch? Ja, Botox hab ich mir in die Achselhöhlen gespritzt.»

«Was?», staunte Katja.

«Damit man nicht schwitzt. Was guckt ihr alle so? Ein normales Verfahren. Der Muskel zieht sich dort nicht mehr zusammen, und kein Schweiß wird abgesondert. Aber ehrlich gesagt, wie das funktioniert, weiß ich nicht.»

«Aber wozu?»

«Na, es ist praktisch. Und man braucht keine Deos mehr. Dadurch hab ich vielleicht schon gespart. Obwohl, ehrlich gesagt, eher nicht ... Und das war's, nur noch Brust und Hintern. Die Brust wollte ich am Anfang nur straffen. Ich habe von Natur aus Größe D. Aber mein Chirurg und ich haben beschlossen, es wäre schön, wenn ich mir so kleine Implantate einsetzen lasse. Die hab ich inzwischen schon satt und will sie entfernen, aber meine Haut neigt zur Vernarbung. Die Narben sind geblieben. Ich will sie nicht noch mal aufschneiden.»

«Wie erklärst du deinen Männern dann, dass bei dir alles echt ist, mit diesen Operationsnarben?», fragte Diana.

«Die Narben habe ich anfangs mit Toner bestrichen, damit sie nicht auffielen, aber der geht so leicht ab. Jetzt sage ich einfach, ich hätte sie bloß gestrafft. Wenn es keine Vergrößerung ist, gilt das als normal.»

«Wo gilt das?», fragte Anja. Sie hatte den Eindruck, dass Maja in einer anderen, einer Parallelwelt lebte und nur ständig vergaß, das zu erwähnen.

Maja drehte sich zu ihr und stutzte kurz.

«Na, bei den Typen», sagte sie, als würde dieses magische Wort ihr ganzes Leben erhellen.

«Und was hast du so für Typen?», fragte Katja gleichgültig.

«Verschieden. Meistens solche Geschäftsleute. Einen Politiker mal.»

«Und wo lernst du sie kennen?»

Maja seufzte lächelnd. Sie war unübersehbar amüsiert von den ignoranten Mitinsassinnen, denen man alles erklären musste, gleichzeitig gefiel es ihr sehr, hier die Erfahrenste zu sein.

«Einfach so geht das nicht – das passiert nicht einfach im Restaurant, erst recht nicht auf der Straße. Auf Instagram auch nicht. Mein ganzer Posteingang ist vermüllt mit Nachrichten wie *Majetschka, fahr doch mit mir nach Thailand, ich bezahle alles*, aber so was lese ich gar nicht erst. Meistens sieht mich ein Typ auf einem Foto oder irgendwie in real. Dann versucht er es über Bekannte und will, das sie ihn mir empfehlen. Ohne Empfehlung läuft nichts. Eine Freundin schreibt mir dann: Da ist so einer, der möchte dich kennenlernen, guter Kerl, macht dies und das.»

«Und einfach so lernst du überhaupt niemanden kennen?», fragte Diana neugierig. Sie schien das Gespräch wirklich zu interessieren.

«Einmal, in Dubai», gestand Maja seufzend. «Dort gibt es eine riesige Shopping-Mall, da hatte ich mir eine Handtasche ausgesucht. Im Gucci-Laden, und dort hat mich dieser Typ entdeckt. Er bot mir an, die Tasche zu bezahlen. Ich war einverstanden, da sagt er: *Zu dieser Tasche brauchen Sie bestimmt auch Schuhe.* Kurz gesagt, er hat mir einen ganzen Berg Sachen gekauft, und dann hat er mich zum Abendessen eingeladen. Das hab ich angenommen. Er ist zwar noch am selben

Abend geflogen, sodass wir uns gleich wieder getrennt haben. Schade eigentlich, er hat mir gefallen.»

Katja hob ironisch eine Braue.

«Und bezahlen die Männer oft im Geschäft für dich?»

«Ach wo, so ein völlig Fremder, das war nur das eine Mal», winkte Maja ab. «Im Restaurant bestellen sie häufig was für mich, und die Kellner bringen es uns, wenn ich mit einer Freundin zum Beispiel da bin. Aber ich sag ja, das ist nicht meine Art, jemanden kennenzulernen. Da kann einem ja weiß Gott wer über den Weg laufen. Ich bevorzuge Überprüfte.»

«Das alles klingt ein bisschen ... merkantil», bemerkte Anja vorsichtig.

Maja zuckte mit den Schultern: «Ich zwinge sie ja nicht, mir was zu kaufen. Ich bekomme einfach oft Geschenke. Ich mag es, wenn ein Mann großzügig ist. Und überhaupt, wie sollen sie um mich werben und Sympathie zeigen ohne Geschenke?»

«Und jetzt, hast du da jemanden?»

«Nichts auf Dauer. So ab und zu, nichts Ernsthaftes, eben nur ab und zu Rendezvous. Von solchen habe ich, na, vielleicht vier. Gut, drei sehe ich mehr oder weniger regelmäßig und noch einen, den ich bis jetzt nur einmal getroffen habe.»

«Und sie wissen, dass du gleich mehrere hast?», fragte Katja.

Maja kicherte.

«Natürlich falle ich nicht gleich mit der Tür ins Haus, aber sie verstehen alle, dass ich frei bin, solange nichts zwischen uns abgesprochen ist. Am Anfang war mir das nicht klar, ich dachte, wenn mich einer zum Rendezvous eingeladen hat, bin ich gleich zu irgendwas verpflichtet. Kurz nachdem ich nach Moskau gezogen bin, habe ich einen Typen kennengelernt, der hat mich zum Abendessen eingeladen. Der war unheimlich groß, und ich hatte Angst vor ihm. Ich dachte, er würde mich zwingen, irgendwas zu tun. Aber das war ein süßer Hase, er hat mich nach dem Restaurant nach Hause gebracht, sich verabschiedet und war weg. In der Wohnung mache ich die Tasche auf – und finde einen Batzen Geld. Hatte er mir in meiner Abwesenheit unbemerkt reingetan, fünfzigtausend Rubel! Ich bin fast in Tränen ausgebrochen!»

«V-vor Scham?», fragte Natascha.

«Nicht doch, vor Glück! Damals war das für mich eine Masse Geld, dabei war ich doch nur mit ihm Abendessen gewesen!»

Katja musterte Maja missbilligend.

«Und so was gilt bei euch da als normal – jemandem Geld zustecken?», fragte sie. «Für mich wäre das eine Beleidigung.»

«Na ja, so klammheimlich kam das nie wieder vor», sagte Maja offen. «Aber dieser Typ hatte einfach Mitleid mit mir, glaube ich. Ich war ja auch so ein kümmerliches Huhn damals, furchtbar!» Sie lachte auf, aber niemand stimmte ein. «Wir haben uns danach noch ein paar Monate lang getroffen, jedes Mal hat er mir eine Kleinigkeit geschenkt – ein iPhone zum Beispiel oder Ohrringe. Also, Kleinigkeiten waren das für ihn, das sehe ich heute, damals kam mir das alles irre teuer vor!»

«Und das alles einfach so, fürs Abendessen?», fasste Katja nach einigem Schweigen nach. Alle sahen Maja erwartungsvoll an.

«Aber nein, ich hab natürlich schon beim zweiten Treffen mit ihm geschlafen», antwortete sie unbekümmert. «Wie auch sonst, ich war ihm doch dankbar!»

Längeres, vielsagendes Schweigen folgte.

«Und du schläfst m-mit denen allen?», fragte Natascha schließlich.

«Nein, klar, nur mit wem ich will. Wenn mir ein Typ nicht gefällt oder ich was Größeres mit ihm vorhabe, dann nicht. Mich zwingt doch niemand, alles freiwillig.»

«Und wovon lebst du?»

«Ja, davon eben.» Maja reckte trotzig den Hals. «Aber ich bin sehr sparsam und lege immer was zurück. Auf meine Wohnung habe ich mehrere Jahre lang gespart, auch auf das Auto. Und Schönheit kostet ja.»

«Und wie viel?», fragte Diana.

«Oj, ist länger her, dass ich eine OP gemacht habe, die Preise haben sich verändert. Aber so ein, anderthalb Millionen bestimmt.»

«Anderthalb Millionen?» Katja pfiff. Sie ließ die Beine vom Bett baumeln und beugte sich nach vorn, als sähe sie Maja zum ersten Mal und wollte genauer hinschauen. «Anderthalb Millionen? Wie viel Jahre muss man dafür sparen? Du arbeitest doch auch nirgendwo!»

«Na und, wenn jeder Ficker von ihr täglich sein Scherflein dazugibt, dann hat sie das bald zusammen!», sagte Natascha. Aber auch ihr war anzusehen, dass die Summe sie beeindruckte.

«Ach die Geschenke, das ist doch Kleinkram», versicherte Maja. «Der Hauptteil ist der Unterhalt.»

Katja musterte sie noch ein paar Augenblicke und ließ sich dann zurück an die Wand fallen, als hätte sie es aufgegeben.

«Was heißt das jetzt?», fragte sie.

«Wenn du einem Typen besonders gut gefällst und er dir auch, dann kann man Unterhalt vereinbaren. Das heißt, du triffst dich exklusiv mit ihm.»

«Und er?»

«Er sorgt eben für dich. Du hast ja keine anderen Einkommensquellen.»

Diana kicherte nervös, dann fragte sie: «Und wie viel verlangst du Unterhalt im Monat?»

«Oj, ich möchte nicht über mich sprechen!», antwortete Maja mit einem verschlagenen Lächeln.

«Aber wie viel wäre denn so normal, wenn man sich nicht zu billig verkauft und nicht übertreibt?»

«Normal? Eine Million im Monat, denke ich, ist normal.»

«Wie viel?» Katja war platt.

«Eine Million. Was guckt ihr denn alle wieder? Überlegt mal selbst: eine normale Handtasche – hundert Riesen, Schuhe – noch mal hundert Riesen. Und zurücklegen muss man auch was – der Unterhalt läuft ja nicht ewig, man muss an die Zukunft denken.»

«Eine Million im Monat ... Eh, Alte, habt ihr gehört?» Jetzt stand Katja vor Verblüffung vom Bett auf. Ihr Blick war fassungslos.

«Weniger kommt natürlich auch vor», sagte Maja beschwichtigend. «Hängt davon ab, wie gut du aussiehst und wie verliebt der Typ in dich ist. Und von seinen Möglichkeiten natürlich, aber mit Hungerleidern plag ich mich nicht ab.»

Majas Worte zeitigten die gegenteilige Wirkung. Katja begann, nervös in der Zelle auf und ab zu laufen.

«Mir will das nicht in den Kopf. Wo leben all die Leute, die einer Muschi mal eben eine Million im Monat hinblättern?»

Das nahm Maja persönlich: «Was heißt mal eben? Und überhaupt, was wundert euch daran? Ich finde, das ist eine normale Situation – du gehst mit einem Typen, er zahlt für dich. Ist das bei euch nicht so? Wenn ihr ins Restaurant geht, dann zahlt ihr doch auch nicht für euch selbst! Und hier ist es genauso. Der Mann muss für dich sorgen. Außerdem, in eine Frau investieren lohnt sich.»

«Warum?»

«Na, das ist wie ein schönes Auto!», erklärte Maja. «Oder eine Armbanduhr. Die Typen brauchen, dass ihr Status auf Anhieb sichtbar ist, und nichts unterstreicht den so sehr wie die Gesellschaft einer luxuriösen Frau. Deshalb muss ein echter Mann ständig in sein Mädchen investieren, damit sie ihm keine Schande macht!»

Katja hielt im Gehen inne und sah Maja sprachlos an. Diana knüllte ihr Kissen zusammen und wiederholte perplex: «Investieren?»

Anja wusste nicht, was Diana mehr verblüffte: die Bedeutung von Majas Ausdruck oder dass sie so ein schwieriges Verb benutzte, doch in diesem Augenblick betrat der junge Polizist die Zelle, und das Gespräch brach ab.

«Andersen, wer ist das?», fragte er.

«Ich!», fuhr Maja auf.

«Sie haben Besuch von Ihrer Schwester, kommen Sie.»

Maja quietschte vor Glück und war schon verschwunden.

«So was», sagte Katja mit Blick auf die wieder verschlossene Tür. «Eine Million Rubel im Monat! Irgendwo in meinem Leben bin ich falsch abgebogen.»

«Mich hat mehr geärgert, dass sie sich als Frau wie eine Sache betrachtet!», sagte Diana. «So was macht mich echt wütend!»

«H-handtaschen, Schuhe, Rhinoplastik ... p-pfui!», motzte Natascha und kletterte auf ihr Bett. «Reicht mir für heute mit euren Gesprächen, ich geh schlafen.»

«Ich muss was trinken», sagte Katja. «Schade, dass wir nur Tee haben. Noch jemand Interesse?»

Anja streckte ihr das Glas entgegen.

«Oj, was hast du da mit den Händen?», fragte Katja erstaunt, als sie ihre Handgelenke sah.

Anja verspürte den vertrauten Wunsch, die nicht existierenden Ärmel herunterzustreifen.

«Nichts. Auch Neigung zur Vernarbung», witzelte sie und stellte das Glas rasch auf dem Tischchen ab, um die Hände hinter dem Rücken zu verbergen. Katja musterte sie weiter eindringlich: «Was bist du, eine Selbstmörderin? Wir haben wohl noch nicht genug Irre in der Zelle ...»

«Ich bin keine Selbstmörderin», gab Anja bissig zurück. Diana schob den Kopf aus dem Bett.

«Was hat sie denn mit den Händen?»

«Narben! Zeig mal!»

«Lass! Da gibt's nichts zu gucken. Ich hatte einen Unfall und hab mich an Glas geschnitten.»

Katja, ungläubig, goss ihr heißes Wasser ins Glas.

«Unsere Zelle, na ja», sagte sie, ohne sich an jemand Bestimmtes zu wenden. «Sind alle ganz speziell!»

Diana und sie lachten laut.

«L-lasst mich schlafen!» Nataschas Stimme unter ihrem Kissen.

Allmählich beruhigten sich alle und sagten nichts mehr – einige schliefen, andere lasen. Anja ließ eine Spalte zwischen Decke und ihrem Kopf und tat so, als würde sie schlummern. In Wirklichkeit betastete sie im Halbdunkel unter der Decke die Arme vom Ellbogen bis zum Handgelenk und zurück – die Finger glitten über unversehrte Haut, stockten an den Narben. Die waren mehr als zehn Jahre alt, und Anja kannte sie auswendig, doch sie erschrak bis heute darüber, in einer Mischung aus Angst, Selbstmitleid und Ekel.

Sich die Arme aufzuschneiden, hatte sie gründlich geplant. Mehrere Wochen dachte sie darüber nach und suchte sorgfältig nach einem Instrument. Es schien klar, dass man dafür eine scharfe Klinge braucht, nur, wo fand man die? Aus einem Rasiermesser herausbrechen? Von einem Brieföffner? Diese Varianten hielt sie für unseriös, sowohl was den potenziellen Schaden als auch was die Würde des Akts anging. Auch ein gewöhnliches Messer war nicht geeignet. Anja besah sich sämtliche Küchenmesser, die im Haus waren, fand sie aber alle zu wenig scharf, um einen dünnen, tiefen Schnitt in die Haut zu machen. Eines hätte gepasst, doch es war so riesig, dass Anja fürchtete, sie könnte sich damit die ganze Hand abschneiden. Sie bekam schlechte Laune, als alle zugänglichen Varianten erwogen waren: Sich die Venen aufzuschneiden, schien ein Klacks zu sein, deshalb hatte sie über die Mechanik des Vorgangs gar nicht nachgedacht – dabei verbargen sich darin unvorhergesehene Probleme.

Damals war sie in ihren ersten Semesterferien nach Hause gefahren – im Februar, ihre Heimatstadt im Süden war trist und verschlammt. Die Wohnung, in der sie aufgewachsen war, kam ihr winzig vor. Als Kind glaubte Anja, sie wohne in einem riesigen Haus mit endlos hohen Decken, riesigen Bücherregalen und Gemälden, die in unerreichbarer Höhe hingen. Als sie die Wohnung das erste Mal nach der Rückkehr aus Moskau betrat, hatte sie das Gefühl, ein Puppenhaus zu betreten. Sie wanderte durch die Zimmer und fühlte sich wie Gulliver. Die Türrahmen waren so niedrig, dass Anja im Reflex den Kopf einziehen wollte, wenn sie hindurchging. Jedes Regal ließ sich mit der Hand erreichen; die Bilder hingen auf Augenhöhe. In den Zimmern, die ihr einst geräumig erschienen waren, fühlte sie sich jetzt wie ein Elefant im Porzellanladen.

Und nicht nur die Wohnung – die ganze Stadt war kleiner geworden. Als Kind hatte sie gemeint, hier herrschten riesige Entfernungen, jetzt wirkte alles zum Greifen nahe. Die Straßen waren menschenleer. Die Häuser standen vereinzelt. Es war völlig uninteressant, in die Stadt zu gehen, sie hatte auch keine Freunde mehr hier. So saß sie meist tagelang zu Hause und las. Nur selten fuhr sie mit Mutter ins Zentrum, um etwas zu erledigen. Die Einsamkeit wirkte reinigend auf sie. Allmählich schwand das große Rauschen der Begegnungen und Zufälle, das die – in Moskau zurückgelassenen – Menschen und Erlebnisse in ihr erzeugten. Je stiller alle anderen Gedanken wurden, desto hartnäckiger wurde dieser eine: woher eine Klinge nehmen?

Die Antwort ergab sich von allein. Eines Abends kam sie mit ihrer Mutter aus einem Geschäft. Sie blieben in der Unterführung an einem Kiosk stehen, um Batterien zu kaufen. Dort gab es alles Mögliche, und Anja entdeckte in der Auslage eine winzige Schachtel mit Rasierklingen. So fein, klein und schwarz, dass Anja augenblicklich das Herz in die Hose rutschte. Das war es, was sie brauchte.

Im Beisein der Mutter konnte Anja die Klinge nicht kaufen. Die nächsten zwei Tage kehrte sie ständig in Gedanken zu ihnen zurück. Der Kiosk schien in ihrer Vorstellung geradezu zu leuchten, der Rest der Stadt versank in Dunkelheit. Das Problem bestand darin, dass Anja sich die ganzen Ferien hindurch bisher demonstrativ geweigert hatte, grundlos aus dem Haus zu gehen – Verabredungen hatte sie keine, das Wetter war schlecht, es gab nichts zu besorgen. Sich jetzt einen glaubwürdigen Grund für die Fahrt ins Zentrum auszudenken, war nicht einfach. Dabei machte Anja der bloße Gedanke an den Besitz dieser schwarzen Schachtel schwermütig. Klar, es gab noch andere, nähere Unterführungen mit weiteren Kiosken und Schachteln, doch Anja quälte sich mit dem Wunsch nach dieser einen.

Schließlich erbettelte sie von ihrer Mutter geradezu eine Aufgabe in der Stadt und fuhr los. Der Kiosk war geöffnet, da lag die Schachtel. Bis über die Ohren errötend und ohne den Verkäufer anzublicken, zeigte sie darauf. Und als die Schachtel in ihre Hand gewandert war, verspürte Anja eine solche Befriedigung, dass sie praktisch blindlings loslief: Ihr schien, man müsste ihr ihre Absichten ansehen. Die Klingen steckte Anja in die Tasche und rührte sie weder im Bus noch den ganzen Tag zu Hause an. Der Moment, in dem sie die Schachtel zum ersten Mal öffnete, kam ihr derart intim vor, dass sie dabei nicht gesehen werden wollte. Erst spät in der Nacht, als ihre Mutter schon schlafen gegangen war, holte sie sie hervor. Darin lagen, einzeln in rauchgraues Papier eingeschlagen, fünf ganz dünne, silbrige Klingen. Man sah auf den ersten Blick, wie scharf sie waren. Anja wickelte sie mit angehaltenem Atem der Reihe nach aus, wie Geschenke, betrachtete sie und legte sie zurück – ihre Zeit war noch nicht gekommen. Dann versteckte sie sie im Rucksack und schlief mit einer erregenden Vorahnung ein.

Wann es ihr in den Sinn gekommen war, sich die Arme aufzuschneiden, erinnerte sich Anja nicht, sie wusste aber genau, woher die Idee stammte. Vor fast einem Jahr, als sie noch nicht an der Uni war, noch daheim wohnte und zum Englischkurs ging, hatte Zhenja sie einmal wieder nach Hause gefahren. Sie erzählte von einer alten, unerwiderten Liebe – Anja fing jedes Wort auf und glich es mit ihren eigenen Gefühlen für Zhenja ab. Egal, wovon Zhenja sprach – von skurrilen, lustigen oder rührenden Dingen –, sie redete immer mit der gleichen, belanglosen Intonation. Diesmal sagte sie: «Da begriff ich, dass ich so auf den anderen fixiert war, dass mir nur noch eins helfen konnte: etwas Schlimmes, Böses zu erleben. Zum Beispiel, schwer krank zu werden. Dann könnte ich wieder anfangen, an mich selbst zu denken.»

Anja staunte. Sie war nie so von einem anderen Menschen abhängig gewesen und verstand nicht, wie das war – sich selbst etwas Böses zu wünschen. Sie konnte überhaupt nicht verstehen, wie man unter einem Gefühl derart leiden konnte, dass man es um jeden Preis beenden möchte. Ihr eigenes Gefühl belastete sie nicht mehr – die Fahrt zum Friedhof hatte etwas in ihr verändert. Wie als Reaktion auf das hochkonzentrierte Schamgefühl hatte Anja eine Art Immunität dagegen entwickelt. Es war, als hätte sie sich auf einen hohen Berg gequält und rollte jetzt abwärts – leicht, unbeschwert, angstlos. Von nun an war alles richtig: Sie selbst war normal, wenn auch ungewöhnlich, ihre Liebe zu Zhenja war natürlich, wenn auch unerwidert. Noch nie im Leben hatte Anja sich auf diese Weise beflügelt gefühlt, und so konnte sie sich nicht vorstellen, freiwillig auf so ein Gefühl zu verzichten.

Zhenja dagegen kam ihr wahnsinnig tiefgründig vor, und Anja erlaubte sich schon lange nicht mehr, auch nur ein Wort von ihr zu hinterfragen. Sie nahm alles von ihr als unverbrüchliche Wahrheit – man brauchte es nicht zu ergründen, musste es sich einfach merken.

Einige Monate danach fuhr sie glücklich und voller Zuversicht nach Moskau: Dort erwartete sie das selbständige Leben, das sie sich als endlose Abfolge von Feiern und Abenteuern vorstellte. Das Gefühl für Zhenja verblasste damals – oder besser gesagt, es wuchs in die Tiefe und verlor alle Merkmale der Liebe. Anja spürte weder Eifersucht, Sehnsucht noch Zerrissenheit, sie fühlte sich auch nicht zur Treue verpflichtet. Geblieben war ihr nur eine gleichmäßige, heitere Wärme. Sie empfand diese Zuneigung jetzt als ihre beste Charaktereigenschaft, als unzerstörbaren moralischen Kern, aus dem ihre Persönlichkeit wuchs.

In Moskau fand Anja sich augenblicklich in einer neuen Realität. Dieses Leben hatte nichts mit dem ruhigen Gleichmaß gemein, das sie aus der Heimatstadt gewohnt war. Nicht dass alles durcheinandergewirbelt wäre, doch das Ungestüm, mit dem immer neue Ereignisse und Erlebnisse auf Anja einstürzten, ließ sie buchstäblich nicht zu Atem kommen.

Wie sich zeigte, war sie völlig unvorbereitet auf das selbständige Dasein. Nicht dass Anja im Alltag nicht zurechtgekommen wäre, aber das Leben der Erwachsenen erwies sich schnell als eine unglaubliche Vielfalt sich überschlagender, widersprüchlicher Beziehungen, die sie nicht zu steuern vermochte. Zu Hause war Anja immer allein gewesen – irgendwo in der Nähe die Mutter und ein paar Freundinnen, Schulkameradinnen, die sie für wenige Stunden am Tag sah. Mit niemandem hatte sie näheren Kontakt. In Moskau wurde sie gerade verschluckt von neuen Begegnungen und Eindrücken.

In einer Art Abwehr der Realität dachte Anja nun, dass alles, was in der Heimatstadt zurückgeblieben war, auch richtig und klar sei – sie selbst eingeschlossen. Dasjenige dagegen, was ihr Leben in Moskau ausmachte, schien schmerzhaft, verworren und ausweglos. Zu allem Überfluss schrieb dann auch noch Zhenja, dass sie bald heiraten werde – Anja traf das wie ein Donnerschlag. Die vergessene Eifersucht flammte auf, blendend und heftig. Das verletzte Anja umso mehr, als Zhenja eigentlich, dachte sie, schon Vergangenheit sei – Anja verliebte sich in Moskau in einen Kommilitonen. All diese widersprüchlichen Gefühle rissen sie hin und her; sie meinte, ihre Konturen zu verlieren, wie auf einem unscharfen Foto. Sie musste sich unbedingt zusammenreißen, auf sich selbst konzentrieren.

Damals kamen ihr Zhenjas Worte wieder in den Sinn, und in ihnen lag die Lösung: Anja benötigte ein Unglück, um sich ihre eigene Bedeutung wieder zu vergegenwärtigen. Aufs Schicksal wollte sie sich nicht verlassen – da konnte man lange warten, und das wäre überhaupt denn vielleicht doch übertrieben. Was Anja brauchte, war ein planbares und kontrolliertes Unglück. Nach einiger Überlegung befand sie, das Aufschneiden der Venen sei die beste Lösung. Es tut weh, man kriegt Angst, und es blutet – ein ausgezeichnetes Trampolin, um sich von überflüssigen Quälereien zu lösen und auf sich selbst zu konzentrieren. Einen Selbstmord hatte Anja dabei überhaupt nicht vor. Sie vergewisserte sich sogar im Internet, dass der gefahrlose Schnitt quer, nicht längs am Arm verläuft. Anja wollte sich einen spürbaren, aber reparablen Schaden zufügen.

Endgültige Gestalt hatte die Idee kurz vor den Ferien angenommen, deshalb musste die Umsetzung verschoben werden. Sich ihrer Mutter mit verbundenen Händen zu zeigen, wäre weitaus selbstmörderischer gewesen als der Schnitt in die Venen selbst.

Als sie endlich im Besitz der Rasierklingen war, zählte Anja die Tage bis zur Abfahrt. Ab und zu sah sie im Rucksack nach, ob das kostbare Schächtelchen noch darin sei. Der Gedanke an das, was sie zu tun beabsichtigte, machte ihr so große Angst und beunruhigte sie in ebensolchem Maße, dass der wohltuende Effekt unverzüglich eintrat: Schon bald beschäftigte sie nichts anderes mehr als diese Aufregung.

Nach dem Abschied von ihrer Mutter, im Zug sitzend, begriff Anja, dass sie nicht länger warten durfte. In Moskau sollte sie erst am nächsten Mittag ankommen, das schien unfassbar lange. Da war auch ein zweiter Gedanke, aus irgendeinem Grunde fand sie: Im Studentenheim ankommen, sich im Zimmer einschließen und dann die Haut ritzen – das wäre allzu prätentiös. Als würde sie es darauf anlegen, dass man sie findet und rettet. In Wahrheit hatte Anja überhaupt kein Bedürfnis nach Zuschauern. Sich die Venen aufzuschneiden war eine notwendige Operation, die am besten abgeschirmt von allen durchgeführt wurde.

Der Zug setzte sich in Bewegung. In der Platzkarten-Klasse herrschte das übliche Tohuwabohu – die Leute stopften ihre Taschen unter die Bänke, zogen sich um, breiteten Matratzen aus. Diese Geschäftigkeit kontrastierte sehr mit Anjas meditativer Ruhe, sodass sie sich für die anderen geradezu unsichtbar fühlte. Die Zugbegleiterin ging durch den Wagen, kontrollierte die Fahrkarten, gab Wäsche aus. Anja bezog ihre Liege sofort, später würde ihr nicht danach sein. Sie wartete ab, bis das hektische Durcheinander sich gelegt hatte, packte die Schachtel mit den Rasierklingen fest in der Hand und schlüpfte auf die Toilette.

Der Zug quietschte und ruckelte und sprang auf den Schienennähten. Anja hatte schon immer gefunden, dass das Gerüttel auf der Toilette stärker zu spüren war als im übrigen Waggon. Das Toilettenpedal war kaputt, die Abflussöffnung ließ sich nicht schließen, eisige Luft wehte von dort herein. Anja krempelte den linken Ärmel hoch – der Zug machte einen klirrenden Ruck, und sie wurde gegen die Tür geworfen. So blieb sie stehen, mit dem Rücken daran gelehnt, suchte sie das Gleichgewicht. Der Zug rumpelte durch die Dunkelheit. Ohne weiter nachzudenken, zog Anja die Klinge über das Handgelenk. Nichts geschah: Die Klinge fuhr einen Millimeter über der Haut. Anja versuchte es erneut – wieder nichts. Ihr Instinkt wollte sie davon abhalten, sich selbst Schmerz zuzufügen – umso quälender wurde aber die Erwartung dieses Schmerzes. Wütend strich Anja die Klinge mit aller Kraft quer über das Gelenk. Sofort erfasste ein brennender Schmerz die ganze Hand. Anja beobachtete, dass die Haut wie in Zeitlupe auseinandertrat und der klaffende Schnitt sich mit Blut füllte. In Wirklichkeit war er ganz winzig, doch er verlieh Anja nun Entschlossenheit: Sie zog mit der Klinge noch mehrmals über die Hand und drückte sie tiefer und tiefer.

Der Zug ruckte erneut, und Anja fiel die Klinge aus der Hand. Ihr war heiß, Wangen und Stirn brannten. Das Blut tropfte auf den Boden, die Hand schmerzte fürchterlich, und Anja tat sich selbst plötzlich sehr leid. Sie streckte die verletzte Hand in die Luft, mit der anderen hob sie die Rasierklinge auf und wusch sie, taumelnd vom Gerüttel oder von der Erschöpfung, die sie plötzlich überkam. Sie riss ein Stück Toilettenpapier ab und versuchte, das Blut zu stillen. Es hörte nicht auf. Anja riss noch ein Stück ab, sie biss vor Schmerz die Zähne zusammen und wischte vorsichtig die Hand ab. Die Schnitte füllten sich sofort wieder mit Blut, das über das Gelenk lief.

Anja bekam einen Schreck. Was, wenn sie es übertrieben hatte und die Blutung nicht aufhören würde? Der bloße Gedanke daran, dass sie Hilfe brauchen könnte und jemandem erzählen müsste, was geschehen war, erfüllte sie mit Entsetzen. Sie riss jetzt hektisch Papier ab und legte es auf die Hand in der Hoffnung, die Blutung zu stillen. In dem Moment klopfte es an die Tür. Anja wurde heiß, und die Panik machte alles nur schlimmer. Sie verbrauchte fast die ganze Rolle Toilettenpapier, aber Besserung trat nicht ein. Jetzt wurde hartnäckiger an die Tür gehämmert. Anja gab auf, umwickelte die Hand mit Papier, zog den Pulloverärmel darüber und öffnete schwankend die Tür. «Na endlich!», schrie ein Kerl und fegte sie beinahe aus dem Weg, als er in die Toilette drängte.

Die aufgeschnittene Hand vorangestreckt, schleppte Anja sich zu ihrer Bank, legte sich hin, wickelte sich ins Laken. Vom Ellbogen bis zur Hand hinab brannte es. Anja schaute verstohlen auf ihren Ärmel und stellte erleichtert fest, dass das Blut bislang nicht durchs Toilettenpapier drang, die Blutung also offenbar zum Stillstand gekommen war. Sie ringelte sich zusammen, wiegte die verwundete Hand und fühlte sich als der unglücklichste und einsamste Mensch auf der Welt.

Am anderen Morgen stellte sie fest, dass sich der improvisierte Verband nicht einfach schmerzlos abnehmen ließ. Doch war das im Vergleich zu den gestrigen Ängsten ein zu vernachlässigendes Problem: Anja war am Leben und fühlte sich eigentlich ganz gut. Im Licht des Tages kam ihr die ganze Geschichte auf einmal peinlich dumm vor.

Anja bewegte sich auf die Toilette und rollte das Papier ab. Die Hand, die sich über Nacht beruhigt hatte, brannte sofort wieder. Der Schweiß brach ihr aus, als sie die letzten Schichten löste, aber sie schaffte es. Die Hand sah nicht besonders gut aus. Die verschorften Schnitte fingen auch wieder an zu bluten, die Haut ringsum war gerötet und geschwollen. Wieder bemitleidete sie sich selbst bis zu Tränen, gab aber nicht auf – sie zog den Ärmel zurecht (er kratzte auf der Haut wie Schmirgelpapier) und ging Tee holen.

Der Morgen leuchtete so glänzend frisch, dass Anja sich allmählich entspannte. Draußen vorm Fenster zogen raubereifte Bäume und über die Hänge verstreute Häuschen vorbei, der Schnee blinkte in der Sonne, auf der Nachbarliege spielte ein kleiner Junge mit seinem Auto, wie rührend, ein Löffel klingelte fröhlich auf der Untertasse. Anja freute sich immer mehr auf die Ankunft in Moskau. Unaufhörlich verglich sie ihren Zustand mit dem ersehnten Ergebnis ihres

Tuns: War es ihr denn nun gelungen, sich von überflüssigen Problemen abzulenken und auf sich selbst zu konzentrieren, funktionierte Zhenjas Rezept? Eine Antwort fand sie nicht, doch ihre Stimmung war so gehoben, dass die Wirklichkeit für sie in strahlendem Licht leuchtete. Alles, was kommen sollte, versprach rein und schön zu sein. Im sonstigen Leben hätte Anja eine derartige Exaltiertheit für unnatürlich gehalten, jetzt zweifelte sie nicht daran, dass sich darin die therapeutische Wirkung zeigte.

Schon in den ersten paar Stunden im Studentenwohnheim schaffte sie es, sich vom Wächter beim Rauchen an verbotenem Ort erwischen zu lassen; sie stritt sich mit dem Kommilitonen, in den sie verliebt war; musste zu ihrem Ärger erfahren, dass Sonja ein paar Tage später von zu Hause eintreffen würde; und trank in Gesellschaft einiger eher unangenehmer, älterer Studenten, die sie kaum kannte. Anjas Vorsatz, Klarheit in ihr Leben zu bringen, löste sich in dieser hereinbrechenden Unordnung auf.

Nachdem sie aus der Gruppe geflohen war, saß Anja allein im Raucherzimmer und trank übel gelaunt Wein aus der Flasche. Rein und schön konnte in der Zukunft gar nichts sein, wenn sie selbst so verdorben und niederträchtig war. Mit benebelndem Sadismus brütete sie Selbstvorwürfe aus. Als sie wieder nach dem Feuerzeug griff, ertastete sie in der Tasche die Schachtel mit den Klingen, die sie noch nicht ausgepackt hatte. Ohne nachzudenken, zog Anja eine heraus und schnitt sich damit über die gesunde Hand, noch einmal und noch einmal. Diesmal ohne komplizierte Gedanken, sie wollte sich einfach nur Schmerz zufügen, reinhauen, bis sie Sterne sieht, vom Panzer überrollen lassen, Hauptsache, diese Schicht von Hass auf sich selbst durchbrechen. Das Blut tropfte auf den Fliesenboden, aber Anja unternahm nichts dagegen – sie saß auf dem Fensterbrett, mit herabhängender Hand an den Rahmen gelehnt. Diesmal hätte sie sich nun doch sehr gewünscht, dass jemand sie in diesem Zustand fände, am besten ein Bekannter, noch besser besagter Kommilitone.

Natürlich kam niemand. Ihr Rücken schlief ein. Das Blut kam zum Stillstand. Anja stieg vom Fensterbrett und ging taumelnd auf ihr Zimmer.

Am nächsten Tag erwachte sie mit einem Kater, aber erstaunlich nüchtern. Beide Hände schmerzten schlimm, doch nun hatte Anja es satt, sich selbst zu bemitleiden. Sie ging zur Apotheke und behandelte die Schnitte mit Wasserstoffperoxid. Die Klingen warf sie in einen Müllcontainer auf der Straße. Sie räumte im Zimmer auf, zog alle warmen Sachen an und lüftete eine Stunde lang gegen den Zigarettenrauch. Zum Rauchen ging sie sonst gewöhnlich auf die Straße, nicht auf die Treppe, wie es alle heimlich taten.

Als sie an ihrer Zigarette zog, dachte Anja daran, dass Narben bei ihr immer blieben. Sogar gewöhnliche blaue Flecken gingen schwer weg, von tiefen Schnitten zu schweigen. Ihr war deshalb weder peinlich noch selbstmitleidig zumute – die vergangene Nacht hatte jedes Gefühl einer höheren Symbolik zunichtegemacht, die Anja den Ereignissen bisher zuschreiben wollte. Schnitte waren einfach nur Schnitte, und Anja wusste, dass sie nicht mehr wichtig sein würden, sobald sie aufhörten zu brennen.

Die folgenden Jahre sollten zeigen, dass Anja ihre Unbekümmertheit schwer überschätzt hatte. Sie fragte sich durchaus, was jemand von ihr denken mochte, wenn er die Narben sah, und lernte rasch, sie zu verstecken. Es war gar nicht so schwer, offenbar auch, weil viele Menschen so mit sich selbst beschäftigt waren, dass sie keinen Blick für derartige Kleinigkeiten hatten. Das ersparte Anja aber keineswegs quälende Minuten, zum Beispiel beim Arzt oder im Sommer in der Metro, denn wenn man sich im vollen Waggon an der Stange festhält, kann man den Arm nicht verstecken. Einige Male war dasselbe passiert wie heute. Es gab durchaus Leute, die über Beobachtungsfähigkeit verfügten.

Geräuschvoll ging die Zellentür auf, und Maja kam herein. Man schenkte ihr erst Beachtung, als sie laut schniefte.

«Was ist, weinst du?», Diana ließ ihre Zeitschrift sinken.

Anja kam unter der Decke hervor und sah, dass Maja rot und verheult war. Statt zu antworteten, schluchzte sie nur.

«Was ist los?», fragte Katja und setzte sich aufs Bett.

«Ich will nach Hause!», brachte Maja unter Tränen hervor. Sie stand mitten in der Zelle und knetete eine weiße Tüte in den Händen.

«Wohin hat man dich gebracht? Was ist mit dir passiert?»

«Meine Schwester war da!», flennte Maja noch lauter.

Natascha gab eine Art Brüllen von sich, drehte sich in ihrer Koje um und schlug wieder das Kissen über ihren Kopf.

«Du kommst doch schon übermorgen nach Hause», sagte Katja verständnislos. «Was hat deine Schwester gesagt? War sie dich besuchen?»

«Ja-a», flennte Maja und rieb sich die Augen mit der Faust. «Äpfel hat sie gebracht ...»

«Oh, Äpfel!» Irka strahlte und vergaß ihre Zeichenübungen.

«Und dann hat sie euch Zigaretten gebracht ... Ich habe sie darum gebeten.»

Diese Nachricht elektrisierte alle, auch Natascha kam wieder unter ihrem Kissen hervor und warf Maja einen etwas gnädigeren Blick zu.

Maja gab Anja einen Apfel, den anderen wusch sie für sich

und biss traurig hinein. Die anderen steckten sich Zigaretten an.

«Lächeln!», sagte Irka zu Maja und machte es vor. Maja schaute längere Zeit auf ihren zahnlosen Mund und brach wie auf Kommando erneut in Tränen aus.

«Was ist d-denn nur m-mit dir los?», entrüstete sich Natascha.

«Dazu bin ich noch schwanger!»

Anja verdrehte die Augen.

«Was? Was?», lärmten alle durcheinander.

Maja heulte zur Antwort nur noch lauter.

«Weißt du wenigstens, von wem, du Glucke?», fragte Katja.

«Ja ...»

Diana blies elegant den Rauch aus und stellte fest: «Dich hätte man überhaupt nicht hier reinbringen dürfen, wenn du schwanger bist.»

Diese Information traf Maja wie ein Schlag. Sofort fasste sie sich. Die Tränen versiegten. Maja sah aus, als wäre ihr eine Erleuchtung gekommen.

«Wirklich, stimmt das?»

«Aber um das zu beweisen, braucht man eine Bescheinigung, und die hast du nicht», meinte Anja.

Maja sank in sich zusammen.

«Vielleicht bin ich ja auch nicht schwanger, klar», sagte sie nachdenklich. «Im Allgemeinen habe ich ein Gespür für solche Sachen. Als wir noch in Ischewsk wohnten, wollte meine Schwester unbedingt ein Kind von ihrem Freund. Sie hoffte, dass sie dann heiraten würden. Jeden Monat dachte sie, diesmal hat's bestimmt geklappt. Und ich sagte immer: Nein, nein, es ist noch nicht so weit. Und jedes Mal stellte sich heraus, dass ich recht hatte. Sie wurde böse und behauptete, ich hätte sie behext. Da wurde ich selbst sauer, hab ihr ein Haar ausgerissen, einen Knoten reingemacht und gesagt: Schau, jetzt hebe ich den Zauber auf, jetzt kriegst du ein Kind! Und was denkt ihr, sie wurde fast sofort auf der Stelle schwanger.»

«Und, haben sie geheiratet?» Diana blies skeptisch den Rauch von oben herab.

«Ach wo, natürlich nicht. Getrennt haben sie sich, als sie im sechsten Monat war. Er hat eine Zeitlang mitgeholfen, dann hat er sich verpisst.»

«Hab ich euch gesagt – die Männer sind alle Schweine!», sagte Katja schadenfroh.

Eine Stunde später wurden sie zum Hofgang geführt, in denselben tristen, pferchartigen Raum. Anja hielt nach jeder möglichen Ablenkung Ausschau, aber leider gab es hier keine Überraschungen. Ihre Mitinsassinnen drängten sich einträchtig rauchend auf der Bank – die Zigaretten machten sie offenbar immun gegen die Langeweile. Anja bereute, dass sie das Rauchen vor langer Zeit aufgegeben hatte – es war fast unerträglich, ohne Tabak im Arrest auszuharren, aber wenn man doch welchen bekam, was für ein Glück!

Sie trat auf der Stelle und kam auf die Idee, ein bisschen Gymnastik zu machen. Drei Tage nur rumsitzen war anstrengender, als sie sich vorgestellt hatte. Eigentlich lud der stickige, schwüle Hof nicht gerade zum Sport ein, aber es war doch irgendwie im Freien, und Übungen schienen hier nicht ganz abwegig. Die Vorstellung allerdings, damit schnell eine ganze Reihe von Zuschauern an die Fenster zu locken, erstickte ihren Vorsatz im Keim.

Um Bewegung zu bekommen, beschloss sie, wenigstens von einem Ende des Hofs zum anderen zu gehen (die Länge war sein einziger Vorzug), stellte aber bald fest, dass sogar harmloses Gehen das Interesse der männlichen Gefangenen weckte. So kam Anja zu dem Schluss, dass der Hofgang sogar noch quälender war, als in der Zelle zu sitzen – im Hof blieb man nur unbehelligt, wenn man vor den eigenen Fenstern stand und sich möglichst wenig rührte.

Aus dieser Situation erlöste sie schließlich das Fuchsmädchen. Sie ließ sie in den Bau ein und fragte: «Geht ihr duschen?»

Alle johlten los, und das Mädchen fügte hinzu: «Der Reihe nach. Eine Kabine ist außer Betrieb.»

In der Zelle schnappten sie sich Handtuch, Shampoo und saubere Kleidung. Zu jeder anderen Zeit wären der winzige Handtuchlappen, den sie mit der Bettwäsche erhalten hatte, das nach Zigarettenrauch stinkende Wechselhemd und das Seifenstückchen ein zweifelhaftes Vergnügen für Anja gewesen, mittlerweile aber hatte sie jede Art von Snobismus abgelegt. Von allen Zellengefährtinnen zeigte allein Maja sich fest entschlossen, keine halben Sachen zu machen und tatsächlich zu warten, bis sie zu Hause wäre. Sie setzte sich mit Leidensmiene aufs Bett und öffnete ihren Jo Nesbø.

Alle sammelten sich an der verschlossenen Tür, und Katja klopfte laut. Das Fuchsmädchen öffnete sofort und befahl: «Erst einmal vier Personen.»

«Ich, ich, ich, ich!», riefen die anderen und hüpften in den Flur. Anja blieb in der Zelle zurück.

«Sie kommen danach», erklärte die Polizistin und schloss die Tür.

Anja kehrte seufzend auf ihr Bett zurück. Das Warten auf die Dusche hatte auch einen Vorteil – sie würde dort allein sein. Anja streckte sich aus und lauschte, wann Geräusche im Flur die Rückkehr der anderen ankündigen würden.

Die ohnehin träge Zeit kroch wie eine Schildkröte. Um nicht nur dazuliegen, ging Anja ans Waschbecken. Wunderbar warmes Wasser kam aus dem Hahn. Sie stand eine Weile so da, ließ das Wasser über die Finger rinnen und stellte sich vor, dass sie bald unter der Dusche wäre. Dann warf sie einen blinzelnden Blick in die Spiegelfolie über dem Becken.

Einen Meter hinter ihr stand Maja. Anja sah zunächst nur ihr Gesicht – unnatürlich weiß, mit geschlossenen Augen. In der ersten Sekunde erschrak sie nicht mal: Sie schaute Maja an und wartete, dass sie ihre Augen öffnen und etwas sagen würde. Mehrere Sekunden vergingen, nichts änderte sich. Anjas Blick wanderte von Majas Gesicht hinunter und erkannte ihre ganze Gestalt – in dem Moment lief es ihr kalt den Rücken herunter.

Maja stand aufrecht und regungslos wie eine Statue, die Arme angewinkelt, die Handflächen nach oben gerichtet, nur ihre Finger bewegten sich. Es war, als betaste sie etwas Unsichtbares – aber trotz ihrer fließenden Bewegungen war da nichts Graziöses – Maja schien etwas zu bewegen, die Finger kramten in der Leere, bogen sich auf unmenschliche, unheimliche Weise. Das schwarze Haar fiel über Majas Schultern und Brust, verhedderte sich auch in den blinden, wuselnden Fingern, schlängelte zwischen ihnen. Die Bewegung dieser Hände war abstoßend und hypnotisierend zugleich – Anja schauderte vor Ekel und sah dennoch weiter hin, unfähig, den Blick abzuwenden oder die Augen zu schließen.

Und dann riss sie gegen diesen kolossalen Widerstand ihren Blick los und erkannte, dass Majas Haare *im Wortsinne flossen*. Sie hüllten ihren Körper in einen undurchdringlichen schwarzen Kokon ein, sodass nur noch das schneeweiße Dreieck ihres Gesichts zu sehen war, sie fielen bis zum Boden, wo sie sich in einem See auflösten – und dieser See kroch langsam und zäh in verschiedene Richtungen. Vor Schreck konnte Anja kaum mehr Luft holen, sie starrte nur weiter wie gebannt. Alles in Maja schien getrennt zu existieren – ihr Gesicht war friedlich und glatt wie eine Maske, es schien gar nicht zu ihr zu gehören, gleichzeitig bewegten ihre Finger sich in einem fort, und das Haar floss nach unten und breitete sich auf dem Boden aus – Anja wurde klar, dass dieser schwarze Fleck in der nächsten Sekunde ihre Füße erreichen würde. Diese Vorstellung war so unerträglich, dass ihr schwarz vor Augen wurde – sie wandte sich heftig um, geradezu blind vom Schrecken, wollte nur noch, dass das alles aufhöre, irgendwie, möglichst bald.

Hinter ihr war niemand. Maja saß auf ihrem Bett, ins Büchlein vertieft. Sonnenlicht flutete die Zelle, und alles war so friedvoll und ruhig wie am Morgen nach dem Sturm.

Anja griff den Waschbeckenrand, um nicht zu stürzen, sie glaubte, gleich ohnmächtig zu werden. Maja sah auf, und Anja beobachtete losgelöst, wie der Schrecken auf ihrem eigenen Gesicht sich Maja mitteilte.

«Anja? Ist dir schlecht? Soll ich dir helfen?»

Maja sprang zu ihr, fasste sie unter dem Arm und setzte sie aufs Bett.

Ich verliere den Verstand, dachte Anja, als sie Majas Hand in der ihren sah. Ihre Finger waren völlig normal.

«Warst du jetzt eben bei mir?», fragte sie und wunderte sich selbst, wie entfernt ihre Stimme klang.

«Was? Wann?»

«Gerade eben, als ich am Waschbecken stand. Bist du zu mir gekommen?»

Majas Blick huschte suchend über ihr Gesicht.

«Woher denn, Anja, ich saß doch auf dem Bett. Du standst überhaupt nur ein paar Sekunden am Waschbecken und bist gerade beinahe hingefallen. Ist was passiert?»

«Mir war schwindlig.»

«Warum fragst du dann, ob ich zu dir gekommen bin? Kam dir das so vor?»

Anja schüttelte den Kopf.

«Soll ich den Arzt rufen?» Maja hielt Anja noch immer bei der Hand und schaute erschrocken.

«Nein, nein, es geht mir schon besser. Mir war nur schlecht. Ich setz mich einen Augenblick, dann geht alles vorbei.»

«Vielleicht Tee? Oder Wasser?»

«Alles gut, ich muss mich nur setzen.»

Maja, nicht ganz überzeugt, ließ von ihr ab und setzte sich auf ihr Bett, aber Anja nahm war, wie sie immer wieder besorgt von ihrem Buch zu ihr herblickte.

Etwas ist mit mir passiert, dachte Anja. Zwei Schreckensvisionen an zwei Tagen, eine davon am helllichten Tag, das war zu viel. So etwas kannte sie nicht. Sie war ganz bodenständig, fern von Halluzinationen, exaltierten Erleuchtungen und mystischen Geschichten, wie Kinder sie sich zur Nacht erzählen. Davon, dass man den Traum nicht von der Realität unterscheiden könne, las sie nur in Büchern, geglaubt hatte sie so was nie. Die Tatsache, dass ihr an zwei Tagen so viel Teuflisches erschienen war, machte ihr mehr Angst als das Teufelszeug selbst – zeugte es doch vor allem davon, dass etwas mit ihr nicht stimmte.

Anja sah zu Maja hinüber. Ihr war, so wie Irka tags zuvor, jetzt nichts Übernatürliches anzumerken. Überhaupt wirkte alles ringsherum gewöhnlich bis zum Gehtnichtmehr: die in der Sonne glänzenden Bettgestelle, die zerdrückte Keksschachtel auf dem Schränkchen, die auf Dianas Bett verstreuten Flomaster. Anja konnte nicht fassen, wie dieser Ort, dem jede Art von Geheimnis abging, derartige Visionen in ihr hervorrufen konnte.

Allmählich beruhigte sich ihr rasender Puls. Anja atmete ruhiger. Fast gleichzeitig kam die Scham: Sie würde gleich zum Duschen gehen, und Maja würde hier ihren Zellengefährtinnen erzählen, dass sie gerade fast in Ohnmacht gefallen war. Und die Ohnmacht war ja nicht einmal das Schlimmste – Hauptsache, niemand erfuhr, was in dem Moment in Anjas Kopf vor sich gegangen war.

Ihre Nachbarinnen kehrten frisch und glücklich aus der Dusche zurück. Sogar Natascha lächelte und schien mit dem Leben versöhnt.

«Kommen Sie?», fragte das Fuchsmädchen.

«Aber sicher», sagte Anja und stand auf. Möglichst rasch wollte sie das Geschehene von sich waschen.

«Und Sie?»

Maja schüttelte den Kopf.

Die Dusche war über den Gang. Der Zutritt war durch die übliche Gittertür verschlossen, hinter der ein kleiner Umkleideraum lag. Von da ging eine massive Tür ab, die zu einer weiteren Umkleide vor der Nasszelle führte. Das Fuchsmädchen ließ Anja ein, verschloss das Gitter hinter ihr und sagte: «Wenn Sie fertig sind, rufen Sie, ich lasse Sie raus.»

Anja schloss die schwere Tür hinter sich und atmete auf. Es war ein Erlebnis, zum ersten Mal seit zwei Tagen wieder ganz allein zu sein. Sie setzte sich auf die Bank und ließ den Kopf auf die Knie sinken. Seltsam: Es war ihr nicht besonders schwergefallen, die ganze Zeit mit den Nachbarinnen in einem Raum zu sein, aber erst jetzt, in der Stille und Einsamkeit hinter mehreren Türen, fühlte sie sich zum ersten Mal entspannt.

Die Dusche war dämmrig und kalt, dafür erstaunlich sauber. Die Wandfliesen schimmerten bläulich, die neuen Wasserhähne glänzten wie Eis. Durch die angelehnte Lüftungsklappe drang Straßenlärm. Anja schaute aus dem Fenster – diese Seite des Gebäudes war weder aus der Zelle noch aus dem Speisesaal zu sehen. Nach wenigen Metern begann der Zaun des Arrestgebäudes, der Streifen dazwischen war von hohem Unkraut zugewachsen. Dicht hinter dem Zaun verliefen die Straßenbahngleise, Anja hörte die Tram rumpeln und sah nur ihre Fühler über den Zaun ragen. Die Sonne glühte, Vögel sangen, Kinder riefen. Da draußen blühte ein blendend heller, satter Sommer, während sie hier in einem dumpfen Kachelloch hockte.

Das heiße Wasser hellte ihre bedrückte Stimmung auf. Anja hätte sich am liebsten für eine Woche im Voraus gewaschen, so eine zauberhafte Wohltat war diese Dusche. Bald waren auch alle Sorgen verflogen – so, wie sie jetzt war, sauber und wie neu, würde sie nie mehr ein schizophrener Wahn überfallen, dachte Anja.

Bis zum Abend trübte nichts ihre Zufriedenheit: Das Abendessen schien ihr zum ersten Mal nicht versalzen, die Lieder aus dem Radio beinahe schön, der Zigarettenrauch – überhaupt nicht nervend. Katja waren, wie sie gestern versprochen hatte, noch zwei Schachteln Zigaretten geschickt worden, deshalb rauchten jetzt alle fast ohne Unterbrechung. Anja blieb duldsam: Sie fand die Nachbarinnen mit ihren vom Duschen zottligen Frisuren anrührend lustig, und die Stimmung in der Zelle wurde so häuslich, als wären hier alle freiwillig zusammengekommen. Nach dem Abendbrot trank Anja bereitwillig Tee, aß «Bär im Norden», lachte laut und spielte sogar eine Runde *Krokodil* mit. Alle Einbildungen ließen von ihr ab, sie war eben einfach mit ihren Nerven am Ende gewesen. Anja verspürte einen ungewöhnlichen Kräftezuwachs. Der Arrest erschien ihr plötzlich wie ein Abenteuer ganz eigener Art. Sie malte sich aus, wie sie rauskommen, sich mit Freunden treffen, abends Wein mit ihnen trinken und von diesen zehn Tagen erzählen würde – und die Freunde würden natürlich begeistert sein und über ihre Abenteuer staunen. Vor dem Einschlafen stellte Anja sich ihre Wohnung vor, was sie zuerst tun wollte, wenn sie zurück wäre, wohin sie gehen und wem sie schreiben würde. Das war so mitreißend und schön, dass sie vollkommen beruhigt und restlos glücklich einschlief.

TAG VIER Anja schlief die ganze Nacht tief. Nichts schreckte sie auf – die Nachbarinnen lärmten nicht, an das Bett war sie schon gewöhnt, Albträume hatte sie keine mehr. Nur gegen Morgen wurde es plötzlich kühl – schlafend verkroch Anja sich tiefer unter die Decke, sie träumte sogar, wie sie aufsteht, eine zweite Decke vom oberen Bett holt und sich damit zudeckt. In Wirklichkeit fröstelte sie weiter unter der ersten.

Als sie erwachte, war längst Tag. Sie hatte nicht gehört, wie sie zum Frühstück gerufen wurden, wie Natascha und Irka gingen und zurückkamen. Als sie unter der Decke hervorlugte, stellte sie fest, dass alle außer Diana aufgestanden waren. Vom offenen Fenster her zog es kühl und feucht.

«Guten Morgen», sagte Anja mit schlafrauer Stimme und setzte sich auf. Sie zog die Decke über die Schultern. «Vielleicht machen wir das Fenster zu?»

«Ich rauch nur noch eben auf», sagte Katja. Sie hockte im Türkensitz in der oberen Koje, im hochgeknöpftem Kapuzenpulli, und klopfte die Asche ihrer Zigarette in einen Plastikbecher mit etwas Wasser.

«Das ist vielleicht ein Sommer dieses Jahr», sagte Maja launisch. Wie Anja hatte sie sich sitzend in ihre Decke gehüllt, nur der Kopf und die Hand mit dem aufgeschlagenen Buch guckten heraus.

Irka und Natascha schien die Kälte nichts auszumachen.

Sie lagerten auf den unteren Betten. Irka, wie üblich in Jeansklamotten, zeichnete etwas auf den Resten von Anjas Papier. Anja sah Nataschas nackte knochige Schultern, sie schien etwas zu flechten, irgendwelche weißen Bänder in ihren Händen.

«Ist dir nicht kalt?», fragte Anja schüchtern. Sie schauderte bei Nataschas bloßem Anblick.

«Schon», erwiderte Natascha konzentriert, ohne von ihrer Beschäftigung abzulassen. «Aber wenn wir die Fenster ganz zumachen, ersticken wir am Rauch. Besser so.»

«Und was machst du?», fragte Anja wieder und folgte Nataschas Handbewegungen.

«Ich f-flechte eine Schnur.»

«Wozu?»

«Diese blöde Kuh hat uns die F-flasche kaputt gemacht.» Natascha wies mit dem Kopf auf Irka.

«Selbst blöde Kuh», gab die zurück und zeichnete weiter.

Heute hatte sie ganz offensichtlich kein Lyrica bekommen.

«An Rotzfäden hing deine Flasche«, sagte Katja träge und warf die Kippe in das Glas.

Sie stellte den Behelfsaschenbecher aufs Fensterbrett und lehnte das Fenster bis auf einen schmalen Spalt an. Wärmer wurde es dadurch natürlich nicht, musste Anja bedauernd feststellen.

«Wenn sie sie richtig getragen hätte, wäre der Henkel nicht gerissen», beharrte Natascha.

«Und woraus flichst du das?» Anja fiel ein, dass sämtliche Dinge, die auch nur entfernt an Schnüre erinnerten, in der Zelle verboten waren.

«Aus Bettwäsche.»

«Aus unserem Ball. Du weißt schon, aus der Tüte, mit der wir *Rausschmeißer* gespielt haben. Wir haben sie mit Bettwäsche gestopft, mit solchen Lappen», erklärte Katja. «Und jetzt macht Natascha daraus ein Seil. Im Knast werden die Leute komisch. Das hast du in der Strafkolonie gelernt, oder?»

«Dort machen sie ‹Wege›, ja», gab Natascha zu. «Seile kann man überhaupt überall gebrauchen.»

«Und woraus machen sie die, wenn man nichts reinbringen darf?»

«Sie ribbeln Kleider auf. S-socken zum Beispiel.»

«Aber wozu?», Maja wunderte sich. Sie schnappte jeden Gesprächsfetzen auf, wenn er sie nur von ihrem Buch ablenkte.

«Na, zum Beispiel, um was weiterzugeben. Durch ein Loch in der W-wand. Oder durch die Latrine.»

«Durch was?»

«Die Latrine. In einer Kabine wirfst du was ins Loch, spülst es runter, in der anderen fischen sie's wieder raus.»

Maja machte untertassengroße Augen. Anja war kurz davor, ihr aufmunternd auf die Schultern zu klopfen.

«Fertig», sagte Natascha zufrieden und hob ihr Werk hoch, damit alle es sehen konnten. Sie hatte so etwas wie ein Einkaufsnetz aus dünnen Zöpfen geflochten und die Plastikflasche hineingesetzt.

«Talentiert!», lobte Katja.

«So kann man sie jetzt bequem tragen», erwiderte Natascha gutmütig, ohne sich provozieren zu lassen. Die Flasche stellte sie vorsichtig neben dem Bett auf den Boden.

Draußen kam ein Geräusch wie von kleinen Steinchen. Alle wandten sich zum Fenster. Dicke Regentropfen fielen auf das Plastikdach des Innenhofes. Maja wickelte sich noch fester in ihre Decke ein, ohne ihre besorgte Miene abzulegen. Natascha steckte sich eine Zigarette an, lehnte sich entspannt an das Bettgestänge (Anja bekam bei der bloßen Vorstellung, die Metallrohre würden ihre nackte Schulter berühren, eine Gänsehaut) und sagte: «Bei uns in der Zone, wenn man in den Karzer kam, wo es kalt war, haben sich einige mit Zeitungen gewärmt.»

«Was?», meinte Katja, die ebenfalls rauchte und zu Anjas Bedauern das Fenster wieder weit aufriss. «Wie das?»

«Zugedeckt. Von Zeitungen wird einem sofort heiß. Frag mich nicht, wie das funktioniert.»

«Und warum habt ihr euch nicht mit der Decke zugedeckt?», fragte Maja. In ihrer Stimme mischten sich Mitgefühl und Ungläubigkeit. Auf Nataschas Erzählungen gab sie nicht mehr viel.

«Weil es keine Decken gab, war ja Karzer. Da gibt es überhaupt nichts. Die Pritsche wird frühmorgens an die Wand geschnallt, damit du dich tagsüber nicht hinlegen kannst. Nur Zeitungen bringen sie dir, wenn du welche bestellst.»

«Wie schrecklich! Und dich haben sie da auch reingesteckt?»

«Mich nicht. Aber ich hab's von anderen gehört. Überhaupt ein scheußlicher Ort – im W-winter kalt, im Sommer irre heiß, zum Aufhängen.»

Alle verstummten. Majas Gesichtsausdruck änderte sich plötzlich, wie so oft, wenn ihr etwas in den Sinn kam, und sie fragte beunruhigt: «Gibt's hier auch einen Karzer?»

«Natürlich», antwortete Katja ernsthaft. «Für Leute, die dumme Fragen stellen.»

«Nein, wirklich? Und wir haben noch nicht mal Zeitungen hier!»

«Ist ja auch nicht Winter», sagte Anja aufmunternd.

«Ach was, hier gibt's keinen Karzer», sagte Natascha und warf die Kippe in den anderen, näheren Becher. «Der hätte gerade noch gef-fehlt.»

Maja legte ihr Buch weg, wickelte sich fester in die Decke und klagte: «Was für absurde Diskussionen! Wenn mir jemand vor einer Woche gesagt hätte, dass ich über solche Dinge sprechen werde, ich hätte es nicht geglaubt.»

Katja kicherte schadenfroh.

«So lernst du dazu. Kommst raus und kannst bei den Typen angeben, wie du fünf Tage abgesessen hast!»

«Hör bloß auf! Ich sage niemandem ein Wort davon! Ich werde das vergessen wie einen bösen Traum, wenn ich raus bin.»

«Und du, Natascha, wirst du es jemandem erzählen?», fragte Katja.

Natascha hob die knochigen Schultern und antwortete unlustig: «W-wozu jemandem davon erzählen?»

«Aber was macht es dir aus, du hast doch schon im Straflager gesessen.»

«Na und? Wo ich s-sitze, geht niemand was an.»

«Und du, Irka, wirst du was erzählen?»

«Mich fragt niemand», knurrte Irka.

«Und du?» Katja schaute Anja mit ihrem stechenden Blick an.

«Oh ja!», sagte Anja. «Ich werde ganz bestimmt davon erzählen!»

Alle drehten sich zu ihr.

«Wozu?!», staunte Maja. «Ich verstehe nicht, wie man davon sprechen wollen kann.»

«Ich habe doch nichts Böses getan. Im Gegenteil. Bin auf einer Demo gewesen, und dafür haben sie mich in den Arrest gesteckt. Ich finde, über so was muss man unbedingt reden, damit alle wissen, was bei uns vorgeht.»

«Ach ja, du bist ja hier die Politische», fauchte Katja und streckte sich wie eine Katze. «Lichtfigur, nicht so wie wir.»

Anja hörte aus ihrer Stimme keine direkte Drohung, nur eine winzige Andeutung, war aber innerlich sofort auf der Hut.

«Und du, wirst du was erzählen?», fragte sie.

«Ich? Natürlich nicht. Bin ich blöd?»

«Und was sagst du auf der Arbeit?», fragte Maja.

«Ich sag, ich war krank.»

«Gut, dass ich nicht arbeite», seufzte Maja. «Ich erzähle allen, ich bin in Urlaub geflogen und habe das Handy absichtlich ausgeschaltet, um meine Ruhe zu haben.»

Das Gespräch stockte. Katja hatte offenbar das Interesse daran verloren und sah sich suchend nach neuer Ablenkung im Raum um. Als sie nicht fündig wurde, senkte sie den Blick nach unten auf die schlafende Diana und rüttelte am Bett: «Wie lange kann man pennen, Alte?»

«Lass», knurrte Diana, ohne die Augen zu öffnen.

«Alle sind schon wach, gleich ist Visite. Ah, da kommen sie auch schon!»

Die Tür öffnete sich, und mehrere Personen betraten die Zelle. Es war dieselbe Schicht wie bei Anjas Aufnahme im Arrest – sofort erkannte sie den pausbäckigen Wichtigtuer, der ihre Wertsachen beschrieben hatte. Hinter ihm die Blondine, die Anjas Fingerabdrücke genommen hatte, und eine weitere Frau, die sie zuvor nicht gesehen hatte, die jedoch auf Anhieb Eindruck machte.

In der Zelle, die bei bewölktem Himmel noch einmal düsterer wirkte, schien diese Frau zu leuchten. Sie trug eine gelbe Bluse, einen engen schwarzen Rock und violette High-Heels-Sandalen. Das helle Haar fiel ihr weich und wellig auf die Schultern. Sie verströmte den paradiesischen Duft von Reinlichkeit und Blüten. Ganz zweifellos entstammte sie einer anderen Welt – einer Welt, in der die Menschen sich duschen, wann sie wollen, in der sie Waschmaschinen zur Verfügung haben, sich schminken und nicht rauchen.

Während der pausbäckige Polizist die Namen aufrief, musterte die Frau die Arrestantinnen mit distanzierter Freundlichkeit. Sie wirkte keineswegs beklommen, obwohl Anja glaubte, solche Damen müssten bei der bloßen Erwähnung des Gefängnisses in Ohnmacht fallen. Als der Appell beendet war, ließ die Frau einen liebenswürdigen Blick über alle gleiten und fragte:

«Gibt es irgendwelche Beschwerden gegen die Haftbedingungen?»

Alle schüttelten mürrisch den Kopf. Anja merkte erstaunt, dass ihre Mitinsassinnen nicht im Geringsten von dieser wohlriechenden, schönen Besucherin beeindruckt waren.

Maja sagte plötzlich: «Ich habe eine.»

Die Frau lächelte aufmunternd: «Ich höre.»

«Ich will mich darüber beschweren, dass ich hier widerrechtlich festgehalten werde», sagte Maja schroff.

Die Frau schien verwundert. Kaum sichtbar hob sie die eleganten Brauen und fragte nach: «Widerrechtlich, das heißt? Sind Sie ohne richterlichen Beschluss hier?»

«Vor Gericht war ich, aber man hätte mich überhaupt nicht einsperren dürfen.»

«Und warum sind Sie hier?»

«Fahren ohne Führerschein. Nur ich hatte eben einen Führerschein.»

Der pausbäckige Bulle tat einen Schritt nach vorn, offenbar um einzuschreiten, doch eine fast unmerkliche Kopfbewegung der Frau genügte, und er wich zurück. Sie wartete einen Augenblick und fragte Maja dann: «Haben Sie ihn den Polizeibeamten vorgezeigt, als man Sie festnehmen wollte?»

«Natürlich!»

«Aus welchem Grund hat man Sie dann festgenommen?»
«Gesetzwidrig! Sie haben gesagt, der Führerschein wäre ungültig.»
«Aber wenn Sie einen ungültigen Führerschein hatten, ist es das Gleiche, als wenn Sie gar keinen hätten.»
«Doch! Er ist mir damals widerrechtlich entzogen worden.»
«Warum?»
«Es war ein fingierter Unfall!», erklärte Maja triumphierend. «Vor acht Monaten. Ich habe das damals sofort begriffen und gar nicht erst angehalten. Bin weitergefahren.»
«Also Fahrerflucht?»
«Ich sage doch, ein fingierter Unfall. Aber deshalb haben sie meine Fahrerlaubnis ungültig gemacht. Natürlich bin ich trotzdem weiter damit gefahren, und als sie mich anhielten, habe ich sie sofort vorgezeigt.»
«Hören Sie ... wie war noch Ihr Name?»
«Maja.»
«Maja, dass Sie Ihren Führerschein noch in den Händen hielten, bedeutet nicht, dass er gültig war.»
«Aber ich bin bis dahin ausgezeichnet damit gefahren!»
Die Frau war ratlos.
«Und niemand hat Sie angehalten?»
«Manchmal. Aber selten. Ich fahre sehr gut. Nie bei Rot.»
«Aber Sie verstehen, dass es gegen das Gesetz verstößt, mit einem ungültigen Führerschein zu fahren?»
«Aber sie haben ihn wegen dieses fingierten Unfalls ungültig gemacht, gegen das Gesetz! Vor allem hatte ich ihn dabei, und im Urteil heißt es: Ich hatte gar keinen.»
Katja und Diana kicherten.
Die Frau rieb sich die Schläfe.
«Es ist unerheblich, aus welchem Grund Ihre Fahrerlaub-

nis für ungültig erklärt wurde. Fahren durften Sie damit nicht. Falls Sie sonst keine Beschwerden haben ...»

«Außerdem hält man mich schon einen Tag zu lange fest», teilte Maja mit.

Die Frau seufzte kaum hörbar.

«Warum zu lange?»

«Ich habe fünf Tage bekommen, aber sie haben den Tag auf dem Polizeirevier nicht mitgerechnet.»

«Das ist sehr bedauerlich, aber da kann ich Ihnen leider nicht helfen. Ich soll mich nur um Ihre Beschwerden im Zusammenhang mit dem Aufenthalt im Arrest kümmern.»

«Und was raten Sie mir?»

«Sie können Widerspruch gegen Ihre Arrestdauer einlegen.»

«Aber ich komme schon morgen raus, wozu da noch Widerspruch», sagte Maja.

Die Frau ließ noch einmal den Blick durch die Zelle gleiten: «Nun, wenn es keine weiteren Beschwerden gibt ...»

«Überhaupt hätte man mich gar nicht in den Arrest stecken dürfen.»

Die Frau schloss für eine Sekunde die Augen und öffnete sie dann wieder. Maja war immer noch da.

«Warum hätte man das nicht tun dürfen?»

«Ich bin schwanger.»

Katja grunzte.

«Sind Sie wirklich schwanger?», fragte die Frau verwirrt.

«Mhm.»

«Haben Sie dem Gericht eine ärztliche Bescheinigung vorgelegt?»

«Nein.»

«Warum nicht?»

«Weil ich keine hatte.»

«Aber Sie haben eine? Oder woher wissen Sie sonst, dass Sie schwanger sind?»

«Sie g-glaubt», sagte Natascha giftig.

Die Frau guckte von ihr zurück zu Maja.

«Sie ... glauben?»

«Ja, aber in solchen Sachen irre ich mich nicht.»

Die Frau stand einige Sekunden schweigend da und wandte sich dann auf wippenden High Heels zur Tür.

«Kann ich denn hier mal zum Arzt? Und mir eine Bescheinigung ausstellen lassen?»

Ohne sich noch einmal umzudrehen, verließ die Frau die Zelle. Die Polizisten folgten ihr und schlugen die Tür zu.

«Versuchen schadet nicht», philosophierte Maja.

«Wer war das?», fragte Anja.

Katja winkte müde ab: «Ach, die Staatsanwältin. Sie kommt regelmäßig und fragt, ob es Beschwerden gibt. Als ob das was ändern würde.»

Noch vor wenigen Tagen war Anja das alles so fremd gewesen – Polizisten, Staatsanwälte, Gerichte und Gefängnisse –, inzwischen wusste sie selbst, dass der Staatsanwältin die Beschwerden ganz wurscht waren, ja dass es sinnlos und gefährlich war, sich zu beschweren – wenn es einem nicht sogar schadete, helfen tat es jedenfalls nicht. Woher hatte sie dieses unterschwellige Wissen? Anja war wütend auf sich selbst. Sie beabsichtigte nicht, sich an diese Hilflosigkeit zu gewöhnen. Zehn Tage waren eine winzige Haftdauer, Anja wollte sie bis ans Ende ihres Lebens als amüsantes Missverständnis betrachten. Sie war ein Fremdkörper in der Arrestanstalt und hatte nichts mit den übrigen Inhaftierten gemein.

Dann wurde ihr mit einem Mal diese Selbstzufriedenheit peinlich. Sie war also zu gut für diesen Ort? Das hieß doch, dass die anderen insgesamt nicht gut genug waren. Selbst wenn sie aus den harmlosesten Gründen hier waren, Anja war insgeheim doch überzeugt, dass sie zu jenem *Menschenschlag* gehörten, der eben einfach mal so im Arrest *landet*. Sie selbst war dagegen ganz zufällig hier – ein Mädchen aus gutem Hause, mit guter Ausbildung, gutem Ruf. Deswegen war Anja ihr Aufenthalt hier auch nicht peinlich – jedermann musste doch sofort klar sein, dass in ihrem Fall ein absurdes Missverständnis vorlag.

Verstohlen musterte Anja ihre Nachbarinnen. Die erschreckende Wahrheit war, dass sie sie alle, sogar die sympathischsten unter ihnen, für schlechtere Menschen hielt als sich selbst. Dieser freche, unstatthafte Gedanke ließ sie leicht erröten. Zum Glück konnte niemand wissen, woran sie dachte, und aussprechen würde Anja es nicht. Sie fühlte sich hier quasi als Paradiesvogel und versuchte deshalb, möglichst wenig aufzufallen, wenigstens äußerlich. Innerlich kam es gerade darauf an, sich nicht anzuähneln.

Der Radiolautsprecher über der Tür wurde wach, doch statt der üblichen Musik erklang eine Frauenstimme. Die ganze Zelle erstarrte und schaute wie gebannt auf den Quell der Laute.

«Was soll das?», fragte Diana. Sie wollte sich gerade den Pullover überziehen und hielt mit einem im Ärmel steckenden Arm inne. Der Pulli hatte ein Leopardenmuster, und Diana mit ihrer dunklen Haut und der Wolke schwarzer Haare sah darin sehr ethnisch aus.

«Nachrichten, glaube ich», sagte Anja unsicher.

«Vladimir Putin ist auf dem Gipfel in der Republik Südafrika eingetroffen», teilte die Frauenstimme mit.

«Nach-rich-ten?», syllabierte Katja und stierte den Lautsprecher an. «Was ist das jetzt, Schikane?!»

Sie war mit einem Satz vom Bett an der Tür, wie von Wölfen gehetzt.

«Seid ihr dort jetzt völlig übergeschnappt?», brüllte Katja und hämmerte gegen das Eisen. «Schaltet normales Radio ein!»

Das Guckloch ging auf, und eine männliche Stimme fragte ärgerlich: «Was soll das Gebrüll?»

«Nachrichten aus, sage ich! Wir wollen wieder Musik!»

«Radio ist dasselbe für alle. Euch gefällt es nicht, jemand anders vielleicht schon!», bellte der Polizist und ließ den Deckel des Gucklochs fallen. Man hörte ihn schaukeln. Schritte entfernten sich.

«So ein Arsch», sagte Katja.

«*Euch gefällt's nicht, jemand anders schon*», sprach Diana empört nach. «Wem kann dieser Dreck gefallen?»

Anja freute sich sehr über die Nachrichten, doch sie hütete sich, das laut zu sagen. In der Hinsicht verstand man hier offenbar keinen Spaß.

Ihre Nachbarinnen legten sich murrend auf die Betten. Anja legte sich auch hin und hörte zu. Die künstlich gehobene Stimme der Sprecherin, die üblichen Formulierungen der Meldungen, Währungskurse – das alles war für sie der unwiderlegbare Beweis, dass es außerhalb der Arrestanstalt ein anderes, normales Leben gab und sie, Anja, es nicht für immer verloren hatte. Die Nachrichten machten ihr ebenso Hoffnung wie das Parfüm der Staatsanwältin.

Im Innenhof klirrte die Tür – die erste Zelle wurde zum Spazieren geführt. Anja lag mit geschlossenen Augen da und lauschte auf die Geräusche. Männerstimmen verbreiteten sich augenblicklich über den Hof, dann quietschte die Bank unter dem Fenster, das Gitter knarrte, jemand sah in ihre Zelle herein und fragte verspielt: «Na, Mädels, wie steht's?»

«Verficktes Radio», antwortete Katja böse.

«Verstehe», sagte der Junge eilfertig. «Wir haben geklopft, dass sie's ändern sollen, aber so ein Furzer sagte, *anderen gefällt es.*»

«Bei uns genauso», teilte Natascha mit.

Eine Pause trat ein, in der die Sprecherin besonders deutlich zu verstehen war. Anja öffnete die Augen.

«Mieses Wetter da draußen?», fragte Diana vom Bett her.

Durch das erneut aufgerissene Fenster wurde es sofort wieder kalt in der Zelle.

«Arschkalt. Von uns sind nur vier raus. Dir wird es erst recht nicht gefallen.»

«Warum?» Diana verstand nicht.

«Na, weil du ...», der Junge wurde verlegen und machte eine kryptische Handbewegung. «Dort, wo du herkommst, ist es vermutlich warm.»

Diana machte schmale Augen.

«Ich bin in Moskau geboren, du Affe. Mein Vater war eben Kubaner.»

«Hm», murmelte der Junge und wechselte rasch das Thema. «Und Majalein, wo ist die?»

«Wärmt sich auf.»

«Und habt ihr Neue?»

«Nein.»

«Uns haben sie einen gebracht. Usbeke. Ist mit einem fremden Auto gegen den Baum gekracht.»

«Geklaut, oder wie?»

«Nein, wieso geklaut? Eine Liebesgeschichte. Er hat sich an ein Mädchen rangemacht, das ihm gefiel, wollte ihr helfen. Sie saß ohne Geld da, er verschaffte ihr einen Job in der Autowerkstatt, wo er selbst arbeitete. Das Mädchen säuft, während er gar nicht trinkt, Moslem, logisch. Und dann lässt sie sich mit einem anderen Mechaniker ein, sie kaufen Wodka und hauen ab. Der Usbeke ist so sauer, dass er zum ersten Mal im Leben was trinkt. Setzt sich in die Kutsche, die er gerade am Reparieren ist, tritt aufs Gas – und ran an den ersten Baum.»

Katja zischte: «Wenigstens an den ersten. Sonst wäre es Autodiebstahl gewesen. Jetzt kann er sich rausreden.»

«Vielleicht ja, vielleicht auch nicht», erwiderte der Junge tiefsinnig. «Habt ihr Lullen?»

«Nimm, dort liegen sie.»

Der Junge sprang runter, und Anja hörte das Fenster zuklappen. Erleichtert arbeitete sie sich unter der Decke hervor, doch die Freude währte nicht lange – Katja steckte sich eine Zigarette an und öffnete das Fenster erneut.

«War lange kein Neuer mehr bei uns», stellte Diana fest, die ebenfalls rauchte.

«Und ich komme morgen raus!», teilte Irka mit, die für eine Sekunde den Kopf aus ihrem aufgestellten Jeanskragen schob.

«Wird auch Zeit», knurrte Natascha. Sie nutzte das geöffnete Fenster, um sich ebenfalls eine Zigarette anzustecken. «Um w-wie v-viel bist du dran?»

«Zwei Uhr zehn.»

«Ich auch morgen, aber erst fünf Uhr nachmittags», seufzte Maja. Sie saß, bis zum Hals eingemummelt, auf dem Bett und flocht an ihrem Zopf.

«Am heftigsten ist es, abends rauszukommen», bemerkte Katja und klopfte die Asche ab. «Eigentlich alles vorbei, und trotzdem hockst du noch den ganzen Tag hier rum und quälst dich. Ich mach hier um neun Uhr fünfzehn 'ne Fliege.»

«Und ich gerade abends», sagte Natascha mürrisch und kratzte sich den nackten Rücken. Mit wütendem Blick auf den Radiolautsprecher fügte sie hinzu: «Die nerven, die Nachrichten!»

Sie tat ein paar energische Schritte zur Tür und trat mehrere Male mit ihrem rosa Pantoffel dagegen.

«Radio aus!», brüllte Natascha. Niemand antwortete ihr.

«Habt ihr nie versucht, es kaputt zu machen?», wollte Anja wissen. Sie störten die Nachrichten nach wie vor keineswegs, doch die Aussicht auf bald wieder Schlager verlieh ihr Entschlossenheit.

«Hier ist doch eine Kamera», sagte Katja und zeigte auf eine schwarze Halbkugel oben in der Deckenecke. «Nachher hängen sie dir noch Sachbeschädigung an. Geht auch gar nicht, da ist ein Gitter vorgeschraubt.»

«Was, ihr glaubt, die gucken uns jetzt zu?», fragte Maja besorgt.

«Klar.»

«Und sogar wenn wir ... na ... auf der Toilette?»

Alle schwiegen.

«Glaub nicht», sagte Diana unsicher. «Mein Mann hat gesagt, die Kameras stehen so, dass sie diesen Winkel nicht erfassen.»

«Und unter der Dusche?»

Erneutes Schweigen.

«Gut, dass ich nicht duschen gehe», folgerte Maja, als sie die Gesichter der anderen sah.

«Wov-vor hast du Angst?», fragte Natascha verächtlich. Düster wie eine Gewitterwolke löste sie sich von der Tür und ließ sich wieder auf Irkas Bett platschen. «Du hast doch schon alle möglichen Rhinop-plastiken gemacht und f-fickst mit Kerls für Geld.»

«Ich f- schlafe nicht für Geld mit ihnen!», empörte sich Maja.

«Überhaupt ist das, was du gestern erzählt hast, so was wie Begleitservice», bemerkte Diana vieldeutig und warf ihre Zigarette weg.

Maja biss die Lippen zusammen und schüttelte den Kopf. Ihr Gesicht verriet, dass sie die Nase voll hatte von dieser unheilbaren Begriffsstutzigkeit.

«Zwischen mir und denen, die bei *Freizeit* arbeiten, ist ein großer Unterschied.»

«Die *wo* arbeiten?», wollte Anja wissen.

«Bei *Freizeit*. Das ist so eine Seite, wo man Prostituierte bestellen kann.»

«Aha ...»

«Dort sind sie verpflichtet, mit den Typen zu schlafen. Jemand bestellt dich und Schluss, da hast du nichts zu melden. Bei mir läuft das anders. Ich treffe mich, mit wem ich will, und entscheide selbst, ob ich mit ihm schlafe oder nicht. Ich bin dem Typen überhaupt zu nichts verpflichtet. Ich kann ins Restaurant gehen – und dann tschüss, auf Wiedersehen.»

«Und sagst du oft *tschüss, auf Wiedersehen* nach dem Restaurant?», fragte Katja skeptisch.

«Nicht sehr oft», gab Maja zu. «Aber ich kann! Bei mir ist alles freiwillig.»

«Die M-mädchen bei deiner *Freizeit* machen's auch freiwillig», fauchte Natascha. «Sie p-posten ihre Fotos auch selbst.»

Maja wollte etwas antworten, doch in dem Moment verstummte das Radio. Alle sahen synchron zu ihm hoch. Der Lautsprecher verschluckte sich an einigen Lauten, dann folgte ohrenbetäubende Musik. Die Lautstärke wurde gleich wieder heruntergedreht.

«Endlich!», rief Natascha. Selbst wenn sie sich freute, blieben ihre Brauen gerunzelt.

Das Guckloch an der Tür ging auf.

«Romanowa!», rief der pausbäckige Polizist herein.

«Was?», fragte Anja verwundert.

«Fertig machen, es geht zum Gericht!»

«Was jetzt für ein Gericht?»

«Sie haben Beschwerde eingereicht? Also los. Ihr Konvoi wartet schon.»

Der Deckel schlug klirrend zu.

«Gar nicht übel. Erst gestern geschrieben, heute schon zum Gericht», sagte Katja anerkennend, als wäre dieses Tempo Anjas Verdienst.

«Ich hätte auch gestern eine schreiben sollen!», ärgerte sich Maja. «Vielleicht hätten sie mich heute rausgelassen. Nur einen Tag früher, aber immerhin!»

«Sie lassen niemand vorzeitig raus», sagte Natascha unheilvoll. «Bei uns in der Strafkolonie war auch eine, die hat Beschwerde eingelegt. Half nichts. Danach ging es ihr sogar schlechter.»

Anja hatte inzwischen die Jeans angezogen und ihren Kapuzenpulli übergeworfen. Sie blickte in die Spiegelfolie über dem Waschbecken, sah ihr zerknittertes Gesicht und das zerwühlte Haar. Aus irgendeinem Grund glaubte sie, das Gericht sei ein so erhabener Ort, dass man sich dafür unbedingt zurechtmachen müsse, deshalb kämmte sie sich und band das Haar zu einem Schwanz zusammen. Andererseits, dachte sie, während sie die Turnschuhe anzog, wenn das Gericht dich widergesetzlich in den Arrest steckt, dann hast du alles Recht, dir nicht besonders viel Mühe zu geben.

«Können Sie dir auch noch mehr aufbrummen?», fragte Maja, die Anjas Vorbereitungen verfolgte.

«Eigentlich nicht», antwortete Anja, selbst nicht recht überzeugt.

Irka kicherte. Alle drehten sich zu ihr, aber sie war schon

wieder mit ihrer Zeichnung beschäftigt. Gerade zog sie ein paar besonders wütende Striche und kratzte mit dem Bleistift laut über das Papier.

«Wenn sie dich heute rauslassen, werde ich dir das nicht verzeihen!», drohte Katja und gackerte gleich drauflos. «Ein Witz!»

Die Tür ging auf, der pausbäckige Diensthabende erschien. «Fertig? Auf geht's.»

Gehorsam verließ Anja die Zelle.

«Wenn Sie es nicht zum Abendessen schaffen, heben wir was für Sie auf», teilte der Bulle ihr sachlich mit, während er die Zelle verschloss. «Mittagessen eher nicht, oder?»

«Ach wo», Anja zuckte mit den Schultern.

Sie folgte dem Diensthabenden zum Ende des Korridors. Nach wenigen Sekunden war ihr klar, dass niemand hier im Arrest an ihre plötzliche Freilassung glaubte. Sie musste schmunzeln, sagte aber nichts. Sie selbst bezweifelte genauso, dass sie heute entlassen würde – das wäre eine allzu phantastische Wende –, aber völlig unterdrücken ließ sich die Hoffnung auch nicht. Vor ihrem geistigen Auge erstand die heldenhafte Szene, wie sie noch im Gerichtssaal befreit wird und die Bullen ihr blamiert aus dem Weg treten.

Es waren genau zwei – reglos warteten sie im Eingangsbereich der Arrestanstalt. Ein junger mit roten Haaren und Augenbrauen, die auf dem sonnengebräunten Gesicht fast unsichtbar waren, der andere älter, mit dem grauen Schnurrbart eines Walrosses. Beide spielten absolute Teilnahmslosigkeit. Der junge kaute auf einem Gummi.

«Habt ihr die Papiere?», fragte der Diensthabende.

Die Geleitpolizisten nickten, ließen gleichgültige Blicke über Anja huschen und gingen wortlos auf die Straße.

Auch im Gesicht des Diensthabenden nichts als reines

Desinteresse. Sie fühlte sich wie ein unbeseelter Gegenstand, ein Paket, das von Hand zu Hand gereicht wird.

Draußen war es nasskalt, ein böiger Wind schlug ihr den Regen ins Gesicht. Trotz ihres Hoodies fror sie sofort. Ihre Begleiter eilten zum Wagen, ohne den Ausdruck unerschütterlicher Amtswürde abzulegen, Anja trippelte hinterher. Der junge Rothaarige setzte sich ans Lenkrad, der alte Schnauzbart daneben. Anja kletterte zähneklappernd auf den Rücksitz.

«Ein Wetterchen», knurrte der Alte, steckte sich eine Zigarette an und drehte gegen die Logik das Fenster herunter. «Was dagegen, wenn ich rauche?»

«Aber nein», sagte Anja, erstaunt, dass sie überhaupt gefragt wurde.

«Rauchst du auch?»

«Nein.»

«Richtig so. Ruiniert die Gesundheit. Ich rauche schon so viele Jahre, dass aufhören sinnlos ist, aber du fang lieber gar nicht erst an.»

Der junge Begleiter hatte derweil gewendet und fuhr durch das offene Tor vom Hof. Anja schmiegte sich an die Fensterscheibe. Sie hatte den Eindruck, schon in den drei Tagen hoffnungslos der Welt da draußen entwöhnt worden zu sein. Sie wollte alles auf einmal aufnehmen – Häuser, Menschen, Autos. Schon allein für diese Fahrt zum Gericht hatte sich die ganze Berufungsaktion gelohnt.

Die Stadt war trüb und menschenleer. Der Polizeiwagen fuhr durch stille, grüne Straßen, huschte vorbei an Aushängeschildern von Geschäften und vereinzelten, in Mäntel gehüllten Passanten. Anja wartete die ganze Zeit auf einen Ausbruch von Euphorie angesichts dieser kostbaren Alltagswirklichkeit, so wie bei den Nachrichten oder dem Parfüm der Staatsanwältin, aber nichts dergleichen packte sie. Die Landschaft da draußen wirkte trostlos und grau. Als sie auf die Hauptstraße kamen und sich in den Strom der Autos fädelten, wandte sich Anja enttäuscht vom Fenster ab.

Die Stadt aus einem Geländewagen der Polizei zu betrachten, war überhaupt nicht so faszinierend wie gedacht; eine Illusion von Freiheit kam nicht auf. Die Stadt wirkte wie eine Kulisse, die neben der Strecke aufgebaut worden war.

Trotzdem war die Fahrt natürlich angenehmer, als in der Zelle zu sitzen. Anja war sowieso gern unterwegs – ob mit dem Pkw oder im Bus. In solchen Fahrzeugen fühlte sie sich eins mit dem umgebenden Raum: Riesig erstreckte er sich in alle Richtungen, während du, winzig klein, mitten durch sein Herz rast. Im Zug merkte man das nicht so – wenn so ein Gefährt über die Erde kriecht, ist die Bewegung im Innern nicht zu spüren, die Gleise lassen keine Hoffnung auf Überraschungen. Flugzeuge waren noch schlimmer – praktisch ein Zimmer, in der Luft aufgehängt, und vor dem Fenster weißblaues Nichts. Flugzeuge betrachtete Anja als reine Gebrauchsgegenstände. Autos dagegen – das war die wahre Attraktion.

Die Idee, per Anhalter zu reisen, war ihr schon im ersten Semester gekommen. Anja fand das sehr romantisch und mutig, sie wollte es unbedingt versuchen. Als ihr selbständiges Leben in Moskau begann, machte sie sich überhaupt daran, aktiv alles auszuprobieren, was dem gesunden Menschenverstand als verwerflich galt.

Beim ersten Mal ging es mit Freunden nach Tula. Das war eine sinnlose Reise. Zuerst nahm der Fahrer eines «KamAZ» sie zehn Kilometer weit mit, dann las eine mürrische Frau mit Sonnenbrille sie mit ihrem Jeep auf. Sie sprach die ganze

Fahrt kein Wort, Anja und ihre Freunde waren zu verlegen, um ein Gespräch anzufangen – so erreichten sie im Grabesschweigen ihr Ziel. Die erwartete Offenbarung blieb aus, aber Anja führte das auf die zu kurze Strecke zurück, beim nächsten Mal musste man eine weiter entfernte Stadt aussuchen.

Das konnte nichts anderes als Petersburg, Piter, sein. In diesen zwei Wörtern – «Anhalter» und «Piter» – erschöpfte sich damals für Anja die Vorstellung von Romantik und Freiheit. Die Reise nach Petersburg hatte dann auch schon mehr von einem Abenteuer. Hin und her geworfen auf dem Sitz des Brummis, sah Anja in der Dunkelheit der Nacht die Klumpen der Bäume vorbeiwischen. Über ihrem Rücken hing ein Lautsprecher, aus dem die ganze Fahrt lang Chansons jaulten. Anfangs amüsierte sie das sogar, aus sozusagen ethnographischer Sicht, aber nach einigen Stunden malte Anja sich nur noch aus, wie sie den Lautsprecher mit allem Drum und Dran aus der Halterung reißen, ihn zerstampfen und die Reste aus dem Fenster schmeißen würde. Piter erreichten sie gegen Morgen. Der Fahrer ließ sie an der Ringautobahn raus und donnerte weiter in sein Lager.

Das Taxi ins Stadtzentrum kostete dann halb so viel wie die ganze Zugfahrt von Moskau nach Sankt Petersburg. Anja nahm das als amüsante Facette, die ihrem Abenteuer in keiner Weise abträglich war. Was die meisten Menschen beim Trampen als sinnstiftend empfanden – die Kostenlosigkeit – interessierte Anja überhaupt nicht. Für sie war das Wichtigste das Gefühl der Unabhängigkeit: Man brauchte sich nicht an einen Fahrplan oder eine bestimmte Strecke zu halten. Man verließ das Haus, und die Reise begann – vielleicht nicht die allerschnellste, gewiss aber die interessanteste. Wenn sie wieder einmal in einem Laster durchgerüttelt wurde und auf die vorüberziehenden Wiesen draußen schaute, musste Anja daran denken, wie zugänglich die Welt doch eigentlich war – im wahrsten Sinne des Wortes. Als sie in ihrer Kindheit *Herr der Ringe* las, begeisterte sie besonders die Leichtigkeit, mit der die Helden das heimische Nest verließen und auf Reisen gingen. Anja hatte damals ihre Mutter und die Schule, deshalb konnte sie nicht einfach wegfahren, jetzt aber, auf dem Randstreifen irgendeiner holprigen Straße – hinter sich die Wand des Waldes, vor sich spiegelebene Felder –, fühlte sie sich als Heldin ihrer eigenen Kindheitsphantasien.

Schon bald hatte sie Regeln und Rituale für das Trampen entwickelt. Zum Beispiel brach Anja immer nachts auf. Das schien zeitlich am effektivsten zu sein – für die Fahrt gingen die vermeintlich weniger wertvollen Nachtstunden drauf, die Zeit am Tage blieb für die wirklich wichtigen Eindrücke. Das Paradoxe war, dass für Anja das Unterwegssein selbst ja der allerwichtigste Reiseeindruck war; dessen ungeachtet hielt sie an ihrer Tradition fest. Das nächtliche Reisen hatte etwas Rebellisches: Statt in ihrem Bett zu schlafen, wie anständige Leute, jagte sie im Laster durch den Raum.

Das hatte auch Nachteile – obwohl, gar nicht Nachteile, eher zusätzliche Angstreize. So hatte Anja gelesen, dass viele Anhalter sich vor dem Zeitraum zwischen zwei Uhr nachts und sechs Uhr morgens fürchten – weil angeblich die Fahrer da nicht gern anhalten und man nicht mehr mitgenommen wird. Anja ließ sich zwar von derartigen Befürchtungen beeindrucken, im Endeffekt passierte ihr das auf all ihren Fahrten aber nie; dennoch empfand sie jedes Mal, wenn sie draußen das erste Tageslicht dämmern sah, Erleichterung – wieder einmal geschafft!

Natürlich plagten sie auch weniger exotische Ängste. Nachts wirkte alles gefährlicher als am Tage. Am Anfang einer jeden Reise nagte die üble Ahnung an ihr, dass diesmal nun wirklich etwas Schlimmes passieren würde. Doch nichts geschah, und die Angst verflog immer nach dem ersten Auto. Dennoch hielt sich Anja an die Sicherheitsregeln: niemals in ein Auto zu steigen, in dem mehrere Personen sitzen, und wenn man mit Begleiter reist, sich unterwegs niemals zu trennen.

Schon bald mied sie Personenkraftwagen. War bei den Lkws alles klar – wohin sie fuhren, wozu und was man erwarten durfte, konnte man bei den Autos nie etwas voraussagen. Einmal zum Beispiel war da ein junger Kerl, bei dem einzusteigen auf den ersten Blick ein verhängnisvoller Fehler zu sein schien – er war riesengroß, muskelbepackt, kahlgeschoren, die Arme volltätowiert, mit beringten Fingern. Die ganze Fahrt summte er mit der Band «Spleen» mit, gab Anja duftende Äpfel zu essen und führte philosophische Gespräche. Ein andermal kam ihr ein ausgemergelter Fahrer in mittleren Jahren unter, der, kaum hatte Anja die Tür geöffnet, müde mitteilte, er nehme sie nur mit, wenn sie ihm einen blase. Wenn man lange irgendwo gestanden hat, freut man sich über jede Gelegenheit (außer man muss dafür einen blasen), aber seit jener Zeit brachten anhaltende Pkws Anjas Herz jedes Mal zum Stolpern.

Ein Brummi ist etwas ganz anderes, und Anja hoffte jedes Mal, dass gerade sie mitgenommen würde. Das Trampen hatte ohnehin etwas vom Angeln – die gleiche Spannung beim Warten, der gleiche Triumph, wenn einer anbiss. Um einen Laster zu erwischen, musste man die richtigen Stellen kennen – am besten einen Straßenabschnitt mit breitem Randstreifen ohne Schlaglöcher, Pfützen, Barrieren oder Schilder. Sie hielt es für sinnvoller, hinter einer Kurve zu stehen (die Fahrer gingen vom Gas) und hinter Kreuzungen (so konnte man Fahrzeuge aussortieren, die in die falsche

Richtung fuhren). Manchmal ging Anja mehrere Kilometer weit eine Straße entlang, um einen geeigneten Platz zu finden – über ihr die Sterne und Straßenlaternen, zu den Füßen Flaschen und Kaugummipapier. Sobald eine gute Stelle gefunden war, begann sie zu winken. Wenn die Laster vorbeidonnerten, bebte die Luft. Manchmal hupten sie zum Gruß, und Anja winkte zurück. Kraftfahrzeuge erschienen ihr wie beseelte, vernunftbegabte Wesen: die Pkws flink und fies, die Laster schwerfällig und ungelenk, dafür sehr gutmütig. So ein Ungetüm zum Anhalten zu bewegen, war für Anja eine Art Zauberkunststück. Gelang es, dann kamen sie wegen des langen Bremsweges gewöhnlich erst in einiger Entfernung zum Stehen, und Anja musste rennen. Wenn sie die Kabine erreicht hatte, war sie immer wieder beeindruckt, wie hoch die Fahrertür lag.

Drinnen gefiel es Anja immer gut. Je nach Fahrer war es mehr oder weniger gemütlich: Bei manchen gab es Vorhänge und Teppich, bei anderen Gläser mit Gurken, und an der Frontscheibe baumelte eine Girlande ausgeblichener Wimpel mit nackten Frauen. Die Ersteren bezauberten Anja durch ihre Ähnlichkeit mit einem wirklichen Zuhause, dafür ging es bei den Letzteren viel demokratischer zu.

Die Fahrer zerfielen auch in zwei Gruppen – diejenigen, die plaudern wollten, und diejenigen, die stumm blieben wie Fische. Die zweite Kategorie blieb Anja ein Rätsel – sie verstand nicht, warum sie dann überhaupt Anhalter mitnahmen. Schlichte Menschenliebe war wenig wahrscheinlich, aber andere Erklärungen fand sie auch nicht. Es gab im Übrigen nicht viele davon.

Mit der ersten Kategorie gab es keine Probleme – meist begannen sie das Gespräch von sich aus. Alle Fernfahrer wollten Folgendes wissen: womit Anja sich beschäftigt; wohin sie unterwegs sei; ob sie einen Freund habe; ob der sie allein auf solche Reisen gehen lasse und keine Angst habe, dass ihr unterwegs ein Serienmörder begegne. «Also, ich bin ja normal», sagte ihr jeder Fahrer. «Aber heutzutage ist es gefährlich, man weiß nie, auf wen man trifft!»

Auch Anja hatte einen Fragenkatalog bereit (Wohin fahren Sie? Wohin geht Ihre Tour üblicherweise? Und was war Ihre längste Strecke?) sowie eine Frage, die man auf keinen Fall stellen durfte – was transportieren Sie. Auch wenn Anja diese Frage für eine völlig harmlose Fortsetzung des Gesprächs hielt, begriff sie bald, dass die Fernfahrer anders dachten. Sie alle hatten panische Angst vor Raubüberfällen, und ein Mitfahrer, der sich für ihre Ladung interessierte, machte sich schlagartig verdächtig. Straßenräuber, das klang für Anja nach Mittelalter, aber offensichtlich verändert sich die Welt viel langsamer, als man dachte.

Sie traf auf ganz unterschiedliche Fahrer – einen Matrosen der Pazifikflotte, einen Afghanistan-Veteranen, einen, der ihr einreden wollte, er stamme aus einem altrussischen Fürstengeschlecht, einen ehemaligen Geschichtslehrer, eine ganze Reihe Dreher und Fräser. Sie alle diskutierten mit ihr über Politik, die Straßen und Familienwerte, schenkten ihr Tee ein, kauften ihr Piroggen und Eis, und einer drängte ihr zum Abschied einen halben Eimer Himbeeren auf, an denen er sich, wie er sagte, völlig überfressen hatte. Keiner von ihnen war ein Serienmörder (auch wenn Anja, ehrlich gesagt, bei einigen leichte Zweifel hatte). Sie begriff, dass das mehr eine Frage ihres Glücks war als der hohen moralischen Qualitäten ausnahmslos aller Fernfahrer, dennoch glaubte sie sich zu der Schlussfolgerung berechtigt, dass die Menschen meist besser sind, als sie von sich selbst denken.

Anjas wichtigste Versicherung war, dass sie niemals allein

trampte. Erstens glaubte sie mit dieser Vorsichtsmaßnahme das Schicksal gnädig zu stimmen, zweitens war es anders einfach langweilig. Sie wollte ihre Erlebnisse mit jemandem teilen, sonst blieben sie irgendwie unvollständig.

Meistens fuhr Sonja mit. Die erste Fahrt nach Tula hatte sie verpasst und bereute das sehr (ebenso wie Anja, für die das Trampen ja der Gipfel der Romantik war). Noch mehr wollte sie auf keinen Fall verpassen, und anfangs zog gerade das Anja an ihr an: Sonja schien ebenso abenteuerlustig zu sein wie sie selbst.

Anja war ihr schon am ersten Tag an der Universität begegnet – sie studierten in derselben Gruppe. Sonja saß vorn im Hörsaal, hatte die Beine auf einen Stuhl gelegt und kaute an einem Bleistift. Ihr welliges, kastanienbraunes Haar war zu einem kurzen Zopf geflochten, und als sie ihr das Profil zuwandte, sah Anja die leicht nach oben weisende Nase. Sonja trug einen prächtigen geblümten Rock und einen schwarzen Kapuzenpulli. Dieser Rock, ihre Pose und die selbstvergessene Art, mit der sie am Bleistift kaute, hatten etwas so direkt Bezauberndes, dass Anja den Blick nicht abwenden konnte. Einmal drehte Sonja sich um und sah sie an – bevor Anja zur Seite blicken konnte, stellte sie noch fest, dass sie dunkle und sehr warme Augen hatte.

Einige Tage lang begegneten sie sich an der Universität regelmäßig, sprachen aber nicht miteinander, bis sie sich zufällig im Wohnheim über den Weg liefen – in dem sie, wie sich herausstellte, beide wohnten. Sonja kam mit einer Schüssel Weintrauben über den Flur. Als sie Anja sah, freute sie sich dermaßen, als wären sie längst gut befreundet. Anja machte diese Herzlichkeit leicht verlegen.

Die Weintrauben aßen sie zusammen. Sonja plapperte wie ein Wasserfall und überschüttete Anja mit Fragen. Sie wollte alles wissen: Anjas Lieblingsfilme, ihre Meinung zu den ersten Vorlesungstagen, woher sie kam, was sie las, warum sie diese Fakultät gewählt hatte. Über sich selbst sprach sie auch, doch Anja bemerkte das fast gar nicht unter dem Schwall der Fragen. Sie ging, betäubt von Sonjas Neugier. Genau die zog sie wieder zurück: Sonja war lebendiger und unermüdlicher als alle anderen, vor allem aber unterhielt sie sich mit Anja, sie fühlte sich unaufhörlich im Zentrum der Aufmerksamkeit. Sonja interessierte sich so detailliert, hartnäckig und erschöpfend für ihr Gegenüber, dass sie allein alle anderen ersetzte. Anja hatte den Eindruck, sie stehe auf einer Bühne und im Saal folge ihr nur Sonja, hasche nach jeder Bewegung von ihr. Eine dankbarere Zuschauerin konnte man sich nicht vorstellen.

Nach wenigen Tagen waren sie ein Herz und eine Seele und unterhielten sich ohne Pause. Anja hatte das Gefühl, sie würde zum ersten Mal seit achtzehn Jahren richtig sprechen. Zu niemandem hatte sie dieses sofortige, entwaffnende Vertrauen gefunden – mit Sonja wollte sie offen bis zur Unanständigkeit sein. Angst hatte sie keine, denn Sonja teilte und billigte immer jeden ihrer Gedanken. Es war berauschend, einem Menschen zu begegnen, der dich so gut versteht. Was immer Anja auch vorschlug – einen Spaziergang im Park, eine Klettertour aufs Dach oder Trampen – Sonja war ohne Zögern bereit. Sie war wie eine auf Anja geeichte Antenne und schwang auf jedes Wort von ihr mit.

Anja war so geblendet von dieser unerwarteten Ähnlichkeit, dass sie es nicht gleich begriff. Sonjas Anteilnahme war keine Sache von angeborener Abenteuerlust, sondern Leidenschaft für sie, Anja. Wenn Sonja Vergnügen daraus zog, dann nur deshalb, weil sie ihre Gesellschaft genoss. Diese Entdeckung kam wie ein Blitz aus heiterem Himmel und belastete Anja anfangs sehr. War es dadurch doch plötzlich so, dass sie die ganze Zeit die Sympathie eines Menschen ausnutzte und ihn zu Dingen brachte, von denen er von sich aus vielleicht gar nicht begeistert war. Anja war geknickt und hatte Schuldgefühle – sie vermochte Sonjas Gefühle nicht zu erwidern. Sie selbst interessierte sich zu der Zeit viel mehr für einen bestimmten Kommilitonen – ganz zu schweigen von Zhenja, ihrer großen platonischen Liebe, an die sie von Zeit zu Zeit durch Phantomschmerzen erinnert wurde.

Aber Sonja erwartete nichts – selbstvergessen folgte sie Anja weiter. Bisweilen ertappte die sie bei einem verzückten Blick. Anjas Schuldgefühl schwand. Schließlich, so sagte sie sich, war Sonja ein erwachsener, eigenständiger Mensch und für ihre Entscheidungen selbst verantwortlich. Offensichtlich kam ihr diese Freundschaft sehr gelegen. Je mehr sich ihre Beziehung verfestigte, desto natürlicher erschien es Anja, dass Sonja zu ihr aufschaute, während sie zwar gefühlvoll, aber eben doch ein wenig auf sie herabschaute.

Eines merkte Anja nicht: Indem sie Sonjas Aufmerksamkeit als gegeben nahm, geriet sie selbst in deren Abhängigkeit. Je mehr diese sich für sie begeisterte, desto größer wurde Anjas Bedürfnis, für sie schön zu sein. Jeder Abend, den sie allein verbringen musste, wurde ihr zu lang. Die Gedanken in ihrem Kopf schienen übereinander zu stolpern oder tot und hohl herumzustehen, solange sie nicht in Sonjas Anwesenheit ausgesprochen waren. In allem bedurfte Anja ihrer Teilnahme. Gemeinsam per Anhalter zu fahren, wurde zu ihrer Lieblingsbeschäftigung. Mit niemand sonst war es so interessant und lustig wie mit Sonja, und mit niemand sonst fühlte sie sich so sicher.

«Das heißt also, du veranstaltest Demonstrationen?», fragte der alte Bulle und betrachtete Anja im Rückspiegel.

Die Frage erwischte sie kalt – Anja war so in Gedanken vertieft, dass sie vergessen hatte, wo sie sich befand. Sie benötigte ein paar Sekunden, um in die Wirklichkeit zurückzufinden.

«Und Sie lösen sie auf, oder?», fragte sie zurück.

Der Bulle lächelte: «Ich? Nie im Leben. Mich schicken sie nicht zu Demonstrationen und werden es hoffentlich nie tun.»

«Warum hoffentlich?»

«Langweilig dort. Du stehst in einer Absperrkette, irgendwelche Idioten toben da rum und schreien.» Der Bulle schielte listig in den Rückspiegel, neugierig auf ihre Reaktion.

«Und Gefangene zum Gericht zu fahren ist unterhaltsamer?»

«Ich arbeite ja noch nicht lange im Konvoi. Bisher hab ich's noch nicht über.»

«Ich finde, das einzig Amüsante ist, Verbrecher zu fangen», sagte Anja boshaft. «Demonstrationen auflösen und dann die Demonstranten zum Gericht kutschieren, das ist nichts.»

«Ganz normale Arbeit. Ich suche mir ja nicht aus, wen ich fahre. Ich transportiere, wen ich zugeteilt bekomme. Heute einen Verbrecher, wie du sagst, morgen dich.»

«Wenigstens stimmen Sie mir zu, dass ich kein Verbrecher bin.»

«Du?» Er warf einen launigen Blick in den Spiegel und steckte sich wieder eine an. «Na ja, aus gerichtlicher Sicht eine Gesetzesbrecherin. Aus meiner Sicht ein ganz normales Huhn, dem man das Hirn gepudert hat. Hättest als Kind mal öfter den Riemen kriegen sollen, dann würdest du dich jetzt nicht auf den Plätzen rumtreiben.»

Anja seufzte und bemühte sich um Selbstbeherrschung.

«Wer hat mir denn das Hirn gepudert?», fragte sie.

«Na euer Internet. Dort schreiben sie alles Mögliche, und ihr glaubt es.»

«Und Sie finden, dafür gehört man zehn Tage in den Bau?»

«Gesetz ist Gesetz. Bei uns entscheidet das Gericht. Ich persönlich würde dich laufen lassen – man sieht, dass du normal bist und ganz zufällig in die Sache reingeraten. Aber der, der das Ganze angezettelt hat, der dürfte nicht mit zehn Tagen davonkommen.»

«Was angezettelt?», fragte Anja. «Das Demonstrieren?»

«Ja. Umstürze planen. Den Leuten das Hirn pudern. Ist doch klar, warum ihr mit Plakaten durch die Straßen rennt – euch ist langweilig, euch geht's zu gut.»

«Ihrer Meinung nach demonstrieren die Leute also, weil es ihnen zu gut geht?»

«Solche wie du, ja.» Der Bulle schnippte die Zigarette raus und schloss das Fenster. «Ihr seid jung, gesund, euch geht's toi, toi, toi, da wollt ihr die Helden spielen. Die andere Frage ist, wem das nützt? Wer zündelt und zieht solche Dummchen wie dich mit hinein?»

«Und wer ist das?»

«Na überleg mal. Russland hatte immer viele Feinde, die es mit solchen Methoden zerstören wollten. Einen haben sie uns schon geschickt, im verplombten Waggon.»

Anja musste das erst einmal verdauen.

«Also sind Sie Monarchist?», fragte sie unsicher.

«Ich? Ich bin für Putin», sagte der Bulle gekränkt.

«Wir sind da», sagte der junge Polizist und stellte den Motor ab.

Sie stiegen aus; Anja verbrannte sich wieder am eisigen Wind. Vor grauem Himmel wuchs das graue Gerichtsgebäude empor. Bei diesem Wetter wirkte es besonders erhaben und unheilvoll. Innen strahlte alles in elektrischem Glanz – Licht spiegelte sich im Marmor der Säulen, den gewienerten Fußböden und dem riesigen Spiegel an der Wand. Der Spiegel zog Anja magnetisch an. Zum Glück führte ihr Weg daran vorbei, und sie vertiefte sich begierig in ihr Spiegelbild. Kein Vergleich mit der Folie über dem Waschbecken in der Zelle. Es war verblüffend, sich selbst plötzlich so klar und detailreich zu sehen. Verblüffend und traurig zugleich: In der Spiegelfolie sah Anja viel sympathischer aus als jetzt. Sie hatte ein erschöpftes Gesicht und Ringe unter den Augen.

Die Bullen führten Anja durch die leeren Korridore, die sich schlängelten wie Gedärm. Jede neue Windung wurde von einem Blumenkübel am Boden markiert. Auf einer Seite des Flures zog sich eine Reihe gleichförmiger, nummerierter Türen dahin, auf der anderen – gleichförmige Sitzbänke. Nur selten begegneten sie Menschen. Die saßen schweigend auf den Bänken und sahen Anja hinterher. Die Schritte der Polizisten hallten unanständig laut durch die vollkommene Stille.

Vor einer Tür mit der Nummer 265 blieben sie stehen und drückten die Klinke. Daneben hing eine elektronische Anzeigetafel – sie leuchtete jetzt blau und verriet nichts weiter. Die Tür war verschlossen. Der ältere Polizist, das Walross, ließ sich mit seinem Seufzer auf die Bank gegenüber plumpsen, der Junge blieb stehen.

«Na, warten wir ab», erklärte der Ältere überflüssig.

«Wie spät ist es?», fragte Anja. Eine Uhr vermisste sie fast ebenso sehr wie den Spiegel.

«Kurz nach eins», sagte der Junge.

«Und wann ist die Sitzung?»

«Um eins.»

Anja seufzte und setzte sich ebenfalls auf die Bank. Statt

der erhofften Abwechslung brachte dieser Ausflug zum Gericht auf einmal nur noch größere Langeweile. In der Zelle konnte man wenigstens lesen oder sich unterhalten, hier dagegen, im leeren Flur unter der Aufsicht von zwei Polizisten, gab es gar keine Beschäftigung.

«Kannst du wenigstens erklären, wogegen ihr demonstriert?», fragte der alte Polizist. Er maß sie mit gespielter Lässigkeit. Anja sah, dass ihm in Wirklichkeit ebenso langweilig war, und unterdrückte einen nächsten Seufzer.

«Festgenommen wurde ich auf einer Demo gegen die Korruption.»

«Das heißt was?», fragte der Polizist gereizt. «Wollt ihr die Regierung stürzen?»

«Das bedeutet, wir sind gegen die Diebereien der Beamten.»

Der Polizist überlegte einige Sekunden, dann schnaubte er: «Toller Grund zum Protestieren.»

«Sie haben ganz offensichtlich prinzipiell etwas gegen Demonstrationen», stellte Anja höflich fest. «Aber Sie werden wohl nicht bestreiten, dass Stehlen schlecht ist?»

«Nein. Aber was für einen Sinn hat es, dagegen zu demonstrieren?»

«Was würden Sie vorschlagen?»

«Gar nichts.»

«Das klingt sehr resigniert, besonders von einem Polizisten.»

«Ich persönlich bin gegen Diebstahl. Egal welchen», sagte das Walross wichtigtuerisch und verschränkte die Arme über dem Bauch. «Ich selbst habe im Leben nie auch nur eine einzige Kopeke gestohlen. Aber unser Volk ist nun mal so – was nicht niet- und nagelfest ist, nehmen sie mit. Ich hatte einen Freund, der hat in den Neunzigern im Betrieb gearbeitet und dort nachts immer Dieselkanister mitgehen lassen. *Wozu machst du das?*, sage ich zu ihm. *Du kannst doch nicht mal was damit anfangen, sie stehen bei dir in der Garage herum!* Er hat sie nicht mal verkauft. Und er sagte zu mir: *Ist doch egal, vielleicht kann ich es mal gebrauchen!*»

«Und die Moral von der Geschichte?», fragte Anja müde.

«Die Moral ist, dass uns das im Blut liegt. Man sagt es nicht gern, aber es ist die Wahrheit. Alle stehlen. Auch die Beamten, natürlich. Hauptsache, sie tun mehr Gutes, als sie Schaden anrichten. Heute zum Beispiel haben wir ein gutes Leben. Ich bin unserer Regierung sehr dankbar dafür. Und wenn sich da jemand was abgezwackt hat – was will man machen? Woher weiß ich, dass ich an seiner Stelle anders gehandelt hätte? Du kennst die Redewendung: Richtet nicht, auf dass ihr nicht gerichtet werdet!»

«Passt wie die Faust aufs Auge», schnaubte Anja. Das Walross sah sie begriffsstutzig an. «Sie haben doch eben selbst gesagt, dass Sie nie eine Kopeke gestohlen hätten. Warum glauben Sie, dass das unter anderen Verhältnissen anders gewesen wäre?»

«Weil ich einfach keine Gelegenheit hatte», schmunzelte der Polizist. «Wenn ich gekonnt hätte, hätte ich mich vielleicht doch nicht zusammengerissen.»

«Jetzt sind Sie aber allzu selbstkritisch», bemerkte Anja.

Das Walross wurde ernst.

«Ich sage, wie es ist. Alle denken, sie sind Heilige, solange sie nicht in Versuchung kommen. Deshalb sind eure Demos so verlogen. Wenn nicht noch schlimmer. Ihr seid makellos – aber versucht mal, ein Land zu regieren, und dann noch so eins wie unseres!»

«Du redest ja so, als gäbe es bei uns in der Regierung niemanden, der stiehlt», warf der junge Polizist ärgerlich ein.

Der Alte und Anja sahen ihn verblüfft an. Der Junge runzelte die Stirn, blickte zu Boden und wippte mit den Schuhen.

«Schau einer an, ein Oppositioneller!», sagte das Walross und fasste seinen Partner ins Auge, als sähe er ihn zum ersten Mal. «Nächstes Mal gehst du vielleicht auch auf eine Demo von denen, *gegen die Korruption*?»

Der junge Polizist wippte wieder vor und zurück, ohne den Blick von seinen Schuhen zu heben.

Danach saßen sie schweigend. Anja sah von Zeit zu Zeit den jungen Bullen an in der Erwartung, er würde seinen revolutionären Gedanken weiterentwickeln, doch der verlor kein Wort mehr. Bei diesem rundlichen, naiven Gesicht mit dem hellroten Bürstenschnitt wäre Anja nie auf die Idee gekommen, dass er zu solcher, nach polizeilichen Maßstäben, Unverfrorenheit fähig wäre. Der erste Eindruck täuscht doch oft.

Sie bekam Hunger. Im Arrest gab es jetzt vermutlich gerade Mittagessen. Anja dachte fast wehmütig an ihre Zelle. In dem leeren, hallenden Gerichtspalast fühlte sie sich verloren und ungemütlich.

Schritte tönten um die Ecke, gleich darauf erschien ein schnauzbärtiger Mann in Richterrobe. Sehr aufrechte Haltung, undurchdringliches Gesicht. Beim Gehen bauschte die Robe sich an seinen Füßen. Er sah aus wie ein Zauberer.

«Zu ein Uhr?», fragte er leise und sah die Polizisten streng an. Die nickten hektisch. «Gleich kommt die Sekretärin und lässt Sie in den Saal, warten Sie einen Augenblick.»

Mit diesen Worten wandte er sich zielstrebig um (die Robe wogte um seine Beine), sah Anja aufmerksam an und verschwand in der nächsten Tür.

«Schau an!», knurrte der alte Bulle und sah ihm nach.

Die Sekretärin – ein Mädchen im enganliegenden Kleid –

erschien tatsächlich nach fünf Minuten. Sie schloss die Saaltür auf und warf ein unfreundliches «Treten Sie ein!» über die Schulter.

Dieser Saal war ganz anders als der, in dem Anja vor einigen Tagen verurteilt worden war. Der hatte mit seinen gelbgrünen Wänden und wackligen Bänken eher an ein Klassenzimmer erinnert. Dieser hier war dämmrig und feierlich. An der Wand prangte ein riesiges, mit rotem Samt bezogenes Wappen von Moskau. Die Tische waren massiv, die Stühle hatten hohe Lehnen. Drei von ihnen standen, Thronen gleich, auf einer speziellen Erhöhung. Das waren, so verstand Anja, die Plätze der Richter. Sollte ihre Beschwerde gleich von drei Personen verhandelt werden? Statt aber eingeschüchtert zu sein, fühlte sie einen Stich Enttäuschung. Wenn man wegen ihrer blöden Beschwerde so einen beeindruckenden Prozess aufzog, gab es keine Hoffnung auf Erfolg – man würde sie abweisen, nur um ihr die Grenzen aufzuzeigen.

Anja nahm an einem der Tische Platz – der zweite gegenüber war für den Staatsanwalt bestimmt, doch der war in solchen Sachen, wie sie aus dem ersten Prozess wusste, nicht vorgesehen. Die Bullen nahmen nach erstem Zögern im Zuschauerbereich Platz. Die Sekretärin raschelte in ihren Papieren, ohne ihnen Beachtung zu schenken. Alle schwiegen. Bei der ersten Verhandlung waren wenigstens noch Anjas Freunde dabei gewesen, und im Saal war Leben. Jetzt bekam sie mehr und mehr das Gefühl, sie hätte durch ihre Berufung einen ganzen Apparat in Bewegung gesetzt – das Personal hergerufen, das Gericht aufgemacht und seine Lampen angeschaltet, den Richter seine Zauberrobe anziehen lassen, die Sekretärin das enge Kleid – und sie alle warteten jetzt gehorsam auf das unsichtbare Zeichen für den Einsatz in diesem ihr gewidmeten Stück.

Die Tür neben den Thronen öffnete sich, und der schnauzbärtige Richter trat ein. Er hatte offensichtlich die ganze Zeit im Nebenzimmer gewartet. Niemand sonst kam dort heraus, und Anja begriff erleichtert, dass er doch allein sein würde.

Der Richter ging zum mittleren Thron, rückte seine Robe zurecht und nahm Platz. Dann zauberte er eine Halbbrille mit dünnem Goldgestell hervor und setzte sie auf. Seine Ähnlichkeit mit einem Zauberer wurde immer größer. Er fasste den Saal ins Auge und ließ den Blick besonders lange auf Anja ruhen. Sein Gesichtsausdruck war unlesbar.

«Zunächst die Personalien», sagte er schließlich.

Eilfertig sprang die Sekretärin auf und legte ihm die geöffnete Akte vor.

«Wie heißen Sie?»

«Anna Grigorjewna Romanowa.»

«Anna Grigorjewna, Sie müssen aufstehen, wenn Sie antworten», sagte der Richter sanft.

Anja erhob sich rasch. Auf keinen Fall wollte sie diesen Richter unnötig reizen.

«Wo sind Sie gemeldet?»

Anja sagte es.

«Und Sie wohnen?»

Anja antwortete.

«Ausbildung?»

«Moskauer Staatliches Institut für Internationale Beziehungen», hörte Anja sich sagen.

«Also Hochschulabschluss», korrigierte der Richter geduldig und notierte etwas in seinen Papieren. Anja wurde verlegen, als hätte sie eine Prüfungsfrage falsch beantwortet.

«Und Familienstand?»

«Ledig.»

«Dann setzen Sie sich. Haben Sie im jetzigen Stadium irgendwelche Anträge?»

Anja schüttelte erschrocken den Kopf.

«Nach den Akten in der Sache...»

Die nächsten zwanzig Minuten las der Richter vor. Anja hörte aufmerksam zu. Ihr Fall, aus seinem Mund, klang sehr bedeutend und vor allem völlig absurd. Jedes Kleinkind hätte wissen müssen, dass man Anja dafür nicht einsperren durfte. Auch dem Richter war das offenbar klar, denn er las nachdenklich und ohne Eile, betonte besonders die Worte «das Gericht der ersten Instanz». Es war klar, dass er keinen Respekt vor diesem Gericht hatte. Auch Anja verachtete es aus ganzem Herzen.

Nachdem er zu Ende gelesen hatte, sah der Richter über seine Goldrandbrille auf sie herunter und fragte: «Anna Grigorjewna, bestätigen Sie, dass Sie auf der Demonstration waren?»

«Ja», Anja bestritt gar nicht erst.

Der Richter neigte kaum merklich den Kopf, Anja verstand und erhob sich.

«Und waren Sie an seiner Organisation beteiligt?»

«Nein. Das hat das Gericht der ersten Instanz nur festgestellt, weil ich auf VKontakte über diese Demo geschrieben habe. Ein einziges Mal.»

«Und wussten Sie, dass die Demonstration nicht genehmigt war, als Sie darüber schrieben?»

«Ich hab das vor hundert Jahren geschrieben, als ich zum ersten Mal las, dass sie geplant ist. Ich hab es weitergepostet und ‹wichtig› dazugeschrieben. Ich hab keine Ahnung, ob sie damals genehmigt war.»

«Und später haben Sie die Nachricht nicht entfernt?»

«Nein», Anja wurde nervös. «Warten Sie, es geht doch

nicht darum, ob ich einen Post auf meiner Seite hatte oder nicht. Sondern darum, dass ich prinzipiell nichts mit der Organisation von Demos zu tun habe. Ich weiß nicht mal, wie das geht.»

Der Richter nickte nachdenklich. Es war nicht klar, ob er Anja zustimmte oder ob ihre kriminelle Energie ihm die Sprache verschlug. Als er dann sprach, klang seine Stimme so müde, dass Anja sich Vorwürfe machte: Sie hatte den Mann völlig erschöpft.

«Haben Sie noch etwas hinzuzufügen?»

«Nein... Das heißt, ich möchte nur noch einmal sagen, dass die Sache von der Polizei fingiert war, und das Gericht der ersten Instanz hat das so aufgegriffen. Sie haben uns aufs Revier gebracht und einfach nicht gewusst, was sie mit mir anstellen sollen. Alle anderen haben sie am Ende laufen lassen, nur bei mir haben sie beschlossen, dass ich die Demo durch einen Repost auf VKontakte organisiert hätte. Bestimmt mussten sie einfach jemanden verhaften, um nachzuweisen, dass sie was unternommen haben. Ich weiß nicht, wodurch ich persönlich negativ aufgefallen sein könnte. Es ist doch lächerlich, dass man durch einen Repost eine Demonstration organisiert haben soll, sehen Sie das nicht auch so? Ich hatte vielleicht zwanzig Views bei diesem Post, auf den Screenshots in den Akten sollte man das nachprüfen können. Und nicht ich habe mir diese Demo ausgedacht... Auch wenn ich das sehr unterstütze. Aber ebenso gut hätten sie jeden anderen beschuldigen können. Jedenfalls, ich hoffe, dass Sie das akzeptieren und mich freilassen.»

«Nun», sagte der Richter und erhob sich. «Das Gericht zieht sich zur Beratung zurück.»

Seine Robe wallte, und er verschwand hinter der Innentür. Als sie zugeschlagen war, trat erneut Stille ein.

Anja sah sich um. Die Sekretärin blätterte in den Papieren auf ihrem Tisch.

«Wird es lange dauern, wissen Sie das?», fragte Anja sie. Die zuckte nur die Schultern, ohne sie eines Blickes zu würdigen.

«Ist das Gericht heute überhaupt geöffnet? Irgendwie so leer hier bei Ihnen.» Anja hatte Lust, sie zu provozieren.

«Nein, geöffnet», murmelte die Sekretärin.

«Und wissen Sie nicht, ob ...» Die Sekretärin kramte ihre Papiere zusammen und verließ mit wütendem Absatzgeklacker den Saal.

Anja ließ sich an die Stuhllehne zurücksinken. Ihr Bedürfnis, jemanden zu ärgern, wurde übermächtig.

«Und Sie müssen immer die ganze Zeit dabei warten?», fragte sie die Polizisten. Die sagten nichts. «Ich finde das viel langweiliger, als bei Demos in der Absperrung zu stehen.»

Die Tür sprang so heftig auf, als würde sie mit dem Fuß aufgestoßen, und der Richter eilte zielstrebig an seinen Platz. Beide Bullen sprangen gleichzeitig auf. Anja dachte zuerst, er hätte etwas vergessen.

«Steh auf», flüsterte ihr der Walross-Bulle zu.

«Was?»

«Steh auf, sage ich!»

Anja erhob sich gehorsam und ließ ihren verständnislosen Blick von den Polizisten zum Richter gleiten. Der ratterte etwas herunter, mit dem Blick in die Akte. Anja konnte die Worte nicht auf Anhieb verstehen.

«Moskauer Stadtgericht ... mit dem Richter Krjutschkow ... das erstinstanzliche Gericht hat entschieden ...»

«Was jetzt, liest er schon den Beschluss?», flüsterte Anja verwirrt und wandte sich erneut zu den Polizisten um.

«Psst!»

Anja drehte sich wieder zum Richter zurück. Er ratterte weiter, ohne den Kopf zu heben, machte nur gelegentlich kurze Pausen, um Luft zu holen. Was genau er sagte, war fast nicht zu verstehen. Von würdevoller Zurückhaltung war nichts geblieben. In seiner Robe und der Halbbrille ähnelte er jetzt nicht mehr einem imposanten Zauberer, sondern einer Zeichentrick-Krähe.

«Angesichts aller oben dargelegten Tatsachen hat das Gericht beschlossen, die Beschwerde abzuweisen und den Beschluss unverändert zu belassen», sprach der Richter und schlug geräuschvoll die Akte zu.

«Ist der Beschluss Ihnen verständlich?»

«Mir?», fragte Anja zurück, völlig perplex.

«Ja, Ihnen.»

«Nein.»

«Was verstehen Sie nicht?»

«Wie konnten Sie ihn so schnell niederschreiben?»

«Haben Sie Fragen zur Sache?»

«Sie sind ja nicht einmal fünf Minuten weg gewesen!»

«Wenn Ihnen alles verständlich ist ...»

«Wenn Sie wenigstens eine halbe Stunde dort gesessen und so getan hätten!», rief Anja empört. «Was soll überhaupt Ihr Gericht, wenn Sie nicht einmal den Anschein wahren?»

«Der Beschluss wird Ihnen in der Kanzlei im Erdgeschoss ausgehändigt», sagte der Richter kühl und verließ, ohne sie noch einmal anzusehen, den Saal.

«Haben Sie so was schon mal gesehen?», fragte Anja erschüttert die Bullen.

Die schwiegen, nur der Junge schien kaum hörbar zu seufzen. Ihre Gesichter verrieten weder Mitleid noch Schadenfreude.

«Gehen wir runter», sagte der alte Polizist behutsam.

Die Kanzlei war, versteht sich, geschlossen, und Anjas Konvoi nahm wie üblich auf den Bänken an der Tür Platz. Das Warten war diesmal noch zermürbender. Anja dachte wieder sehnsüchtig an das Mittagessen im Gefängnis und fünf Minuten später sogar an das Bett in der Zelle. Die Bänke hier waren so unbequem, als sollten sie einem die Tristesse des Gerichts so richtig einbläuen.

«Wo ist hier die Toilette?», fragte Anja.

«Geh mit ihr», warf der alte Polizist dem jungen träge zu. «Ich warte hier, falls jemand kommt.»

Im Vergleich zu den Sanitärzellen auf dem Polizeirevier und im Arrest wirkte die Gerichtstoilette auf Anja wie aus einem Palast. Ihre Begeisterung war ihr sogar ein wenig peinlich, doch in ihrer Situation schienen ihr das glänzend weiße Waschbecken, die Papierhandtücher und die Flüssigseife geradezu luxuriös. Im Vorraum strebte Anja sogleich auf den Spiegel zu und ging daran, ihr Bild Zentimeter für Zentimeter zu studieren. Jetzt, da sie, wie gestern unter der Dusche, endlich wieder allein war – der Polizist ging draußen auf und ab –, wurde ihr wieder klar, wie anstrengend es war, ständig unter Beobachtung zu stehen.

Als sie sich endlich vom Spiegel gelöst hatte und voller Bedauern in den Flur trat, sagte der Bulle: «Wir sind hier ja beim Ausgang, ich gehe schnell eine rauchen.»

Anja hatte keine große Lust auf die kalte Straße, aber vor der Tür der Kanzlei zu sitzen, war noch weniger verlockend. So folgte sie gehorsam dem Polizisten. Draußen ging er ein paar Schritte an der Hauswand entlang um die Ecke, bis er ausgerechnet unter einem Aufkleber mit durchgestrichener Zigarette stehen blieb und sich eine anzündete.

«Haben Sie keine Angst vor einem Bußgeld?», fragte Anja,

um etwas zu sagen. Noch war ihr die Lust, die anderen zu provozieren, nicht völlig vergangen.

Der Polizist zog ein Gesicht und winkte ab: «Die Kamera hier ist schon seit einem halben Jahr kaputt.»

Anja sah das schwarze Auge an der Wand.

«Kein Dreck funktioniert hier», fuhr der Polizist fort. «Guck doch, wie schnell sie dich verurteilt haben. Was glaubst du wohl, warum?»

«Warum?»

«Weil der Beschluss schon vorher feststand. Sie kopieren hier alles, nur den Namen ändern sie.»

Anja guckte ihn ungläubig an. Er nahm einen tiefen, raschen Zug und wirkte aufgewühlt.

«Gestern haben wir einen gefahren, auch von der Demo. Was glaubst du? Genau dasselbe. Fünf Minuten – und zurück in die Zelle. Schon die Fahrt dauert länger. Zum Teufel.»

«Warum arbeiten Sie dann hier?», fragte Anja vorsichtig. Sie fürchtete, er könnte sie aufs Glatteis führen.

«Werd ich dir sagen», antwortete der Bulle und spuckte auf den Boden. «Ich bin jetzt sechsundzwanzig. Als ich anfing, wurden wir gerade von Miliz in Polizei umbenannt. Was haben sie uns nicht alles versprochen! Reorganisation! Zulagen, irgendwann eine Wohnung. Und was kam? Ein Dreck. Keinerlei Zulagen. Von Wohnung zu schweigen. Aber ich dachte mir trotzdem: Macht nichts, wenigstens brauche ich nicht zur Armee. Und rate mal, was kam?»

Die Abwesenheit des älteren Kollegen löste ihm offenbar die Zunge. Anja begriff, dass der Polizist gar keine Antwort von ihr erwartete, und beschränkte sich darauf, ihn mit fragendem Gesichtsausdruck anzusehen.

«Nichts. Nicht mal das. Acht Jahre bei der Polizei, und es wird nicht mal auf den Wehrdienst angerechnet. Deshalb warte ich jetzt nur noch, bis ich siebenundzwanzig bin, dann hält mich hier nichts mehr.»

«Und was wollen Sie dann tun?» Anja spürte einen Anflug von Mitgefühl.

Nun zuckte der Bulle nicht, nein, er ruckte geradezu mit den Schultern, um damit den höchsten Grad von Geringschätzung zum Ausdruck zu bringen: «Weiß nicht. Eine Ausbildung wäre nicht schlecht. Bin ja gleich nach der Schule hierher. Oder ich komme zu euch.»

«Was heißt zu uns?», fragte Anja. Der Polizist warf den Stummel weg (auf dem Boden lagen eine Menge davon, die Kamera musste wirklich schon länger kaputt sein), zog eine neue Zigarette und sah Anja zum ersten Mal in die Augen.

«Zur Opposition», sagte er ernsthaft. «Als ich hier gerade anfing und wir in Polizei umbenannt wurden, dachte ich, jetzt wird alles neu. Ich habe für Putin gestimmt, für Einiges Russland, alles guten Glaubens. Habe gewartet, dass sie ernsthafte Reformen anpacken. Am Ende ist dann doch nur der Name geändert worden. Was ihr da bei euren Demonstrationen sagt, ist alles richtig. Ich geh da jetzt natürlich nicht hin, aber vielleicht fang ich irgendwann an. Sie lügen und stehlen. Wir brauchen eine neue Ordnung im Land.»

Anja ertappte sich, wie sie den Polizisten mit ganz anderen Augen ansah. Er nahm erneut einen tiefen Zug – die Glutspitze der Zigarette war nur noch einen Zentimeter von seinen Fingern weg – und erklärte: «In Russland gab es nur einen einzigen normalen Herrscher. Unter ihm herrschte Ordnung. Und es gab keinen Diebstahl.»

«Nämlich?»

«Stalin.»

Anja wollte zu einer Antwort ansetzen, schloss den Mund aber tonlos wieder.

«Wir haben den Krieg gewonnen, die Industrie aufgebaut», fuhr der Polizist ungerührt fort. «So einen wie ihn bräuchten wir heute – er würde diese Ratten aus dem Kreml jagen und die Sache anpacken.»

Nachdem er aufgeraucht und den Stummel zu Boden geworfen hatte, fasste er zusammen: «Also vielleicht kündige ich und komme zu euch. Wir sind, wie man sagt, Geistesverwandte. Es wird Zeit, die Dinge selbst in die Hand zu nehmen.»

Schweigend betraten sie das Gerichtsgebäude.

Die Kanzlei hatte endlich aufgemacht, und der ältere Bulle erwartete sie schon mit dem Beschluss in der Hand. Eine Flügeltür am Ende des Marmorvestibüls öffnete sich, heraus drangen Stimmengewirr und Essensgeruch – offenbar die Kantine. Anjas Magen knurrte. Sie dachte sehnsüchtig an die Instantnudeln, die sie sich in der Zelle zubereiten würde, an den Tee in dem heißen Plastikbecher. Hauptsache, das Kochwasser vom Mittag war noch nicht abgekühlt.

Im Auto sprach keiner ein Wort, und Anja musterte verstohlen den kurzgeschnittenen Scheitel des Fahrers. Sie war noch immer perplex von seiner rasanten Verwandlung, erst vom gewöhnlichen Bullen zum anständigen Ausnahmepolizisten, dann zum blutrünstigen Stalinisten. Die Liebe zu Stalin war für sie eines der irrationalsten Dinge auf der Welt, besonders bei jemandem ihres Alters. Sie versuchte sich vorzustellen, was ihn dazu gebracht haben mochte, fand aber keine logischen Gründe – einzig ein Geflecht von in sich widersprüchlichen, schmerzhaften, geradezu abergläubischen Überzeugungen, die ganze Generationen in dieser absurden Liebe zusammenschweißte.

Dann dachte sie darüber nach, woher ihre eigenen Überzeugungen kamen, für die sie letzten Endes im Arrest gelandet war – und stellte erstaunt fest, dass sie das gar nicht so genau wusste. Sie machte sich selbst gern vor, irgendwie schon immer so gewesen zu sein, aber sie wusste letztlich, dass das nicht stimmte. Früher hatte sie sich sogar, weil Anja sich nicht für Politik interessierte, mit ihrer Mutter gefetzt.

Die war der Meinung, jeden müsse interessieren, was im Land vor sich geht. Sie erzählte gern, dass sie wenige Stunden vor Anjas Geburt in der Entbindungsklinik Sacharows Rede gehört hatte. Man schrie ihn nieder, wollte ihn am Weiterreden hindern. Darüber habe sie sich so aufgeregt, dass sie nicht niederkommen wollte, solange offen war, wie das ausging. Seither glaubte sie, dass Anja, beseelt von einem derart starken Moment elterlicher Opposition, die Leidenschaft für die Politik mit der Muttermilch eingesogen haben müsse. Und war dann sehr verstimmt, als die Tochter keinerlei Leidenschaft dieser Art an den Tag legte.

Anja entdeckte sie tatsächlich erst im letzten Semester an der Universität. Sie fing gerade an, im Außenministerium zu arbeiten – wie alle anderen musste sie vor dem Diplom ein Praktikum absolvieren. Das Außenministerium gefiel Anja sehr: die geheimnisumwitterte Erhabenheit; die hohen Decken, knarrenden Treppen, schweren Türen; sie mochte es, mit den Schreibkräften Tee hinter dem Schrank in deren Arbeitszimmer zu trinken; mochte es, vom obersten Stock auf die von Autos geflutete Ringstraße hinabzusehen oder am späten Abend durch das Ministerium zu schlendern, wenn die Kabinette leer und die Flure dunkel waren. Und sie fasste den Vorsatz, nach dem Studium hier zu arbeiten. Genauer gesagt, nicht direkt hier – sie hoffte, irgendwohin weit weg zu kommen, an eine Botschaft in einem afrikanischen Land. Zu der Zeit belastete sie alles: die Universität, das Wohnheim, Sonja, Sascha. Sie konnte nicht mit ansehen, wie die beiden sich ineinander verliebten. Anja verstand selbst nicht recht, was sie jetzt überhaupt noch mit ihnen verband, da Sonja sich für Sascha entschieden hatte; aber den Kontakt einfach abbrechen konnte sie auch nicht. Eine resolute Geste war nötig. Den Kontinent zu wechseln, schien ihr als symbolischer Akt machtvoll genug.

Anfang Winter sollten die Duma-Wahlen stattfinden, zum Frühling dann die des Präsidenten. Es waren nicht die ersten Wahlen in Anjas Leben – die ersten hatte sie vier Jahre zuvor verpasst, weil Politik für sie damals nicht mal eine Randerscheinung im Leben war, vielmehr ein Paralleluniversum, mit dem sie keinerlei Berührungspunkte hatte. Solche Punkte nahm sie erst im letzten Universitätsherbst wahr, als Anja entdeckte, dass dieses Paralleluniversum sich gleichsam ausgedehnt hatte und auf ihr eigenes übergriff.

Im Außenministerium würden natürlich alle wählen gehen. Im Wohnheim sprach man über die Wahlen. Bei VKontakte tauchten unter lustigen Bildchen auch politische auf.

Anja begriff noch nicht genau, was vor sich ging, doch die allgemeine Erregung übertrug sich auf sie. Irgendwo draußen, wo genau, konnte Anja nicht sehen, bahnte sich etwas Wichtiges an. Sie erinnerte sich, wie sie als Kind mit ihren Eltern zur Wahl gegangen war: an die Wahlkabine, den Vorhang, den an einer Schnur baumelnden Kugelschreiber, die feierliche Stimmung und ihren Neid – die Eltern waren so erwachsen und bedeutend, dass man ihnen extra Blätter gab, während sie, Anja, nichts bekam. Jetzt war sie endlich groß genug und hatte Anspruch auf ein eigenes Blatt Papier. Dieser Gedanke war sehr schmeichelhaft.

Für wen sie stimmen würde, darüber machte Anja sich keine Gedanken; eigentlich egal, Hauptsache, nicht für die Regierungspartei. Anja hatte ihr gar nichts Spezielles vorzuwerfen, aber wenn in diesem Land etwas nicht in Ordnung war, so befand sie, dann war das vor allem die Schuld dieser Partei. Es gab noch eine weitere Überlegung. Die Wahl war für Anja trotz allem ein eher zweifelhaftes Vergnügen, und sie hatte nicht vor, es durch regierungsfrommes Abstimmen noch überflüssiger zu machen. Wozu überhaupt hingehen, wenn man nichts verändern will?

An einem sonntäglichen Dezembermorgen machte sie sich mit Sonja und Sascha auf die Suche nach ihrem Wahllokal. Es befand sich zwischen schwarzen, kahlen Bäumen in einer heruntergekommenen, rosa gestrichenen Schule. Man markierte Anjas Namen auf der Liste und reichte ihr, als feierliche Bestätigung ihrer Volljährigkeit, den langersehnten Wahlzettel. Anja las ihn mehrmals durch – aus Angst, sie könnte das Kreuz an der falschen Stelle machen, obwohl das fast unmöglich war. Als sie das Papier in den Schlitz der Urne warf, empfand sie etwas zwischen Stolz und Enttäuschung – in diesem bemerkenswerten Augenblick war sie zum verantwortungsvollen Bürger geworden –, aber es war so blitzartig gegangen, dass Anja den Moment gar nicht richtig auskosten konnte.

Die einzige Informationsquelle war für sie immer die Seite von Yandex gewesen – die Top Five der Schlagzeilen nahm sie als erschöpfende Zusammenfassung dessen, was in der Welt so los war. An diesem Abend ging Anja wohl zum ersten Mal nur deshalb ins Internet, um ganz bewusst Nachrichten zu lesen. Sie fühlte sich als Mitwirkende bei wichtigen Ereignissen.

Anfangs meinte sie noch, es hätte keine Überraschung gegeben – die Regierungspartei hatte gewonnen, und das war zwar ärgerlich (schließlich war Anja höchstpersönlich tätig geworden, um sie zu stürzen), aber absolut zu erwarten.

Doch die Tage vergingen, und um sie herum verdichtete sich spürbar jene Erregung, die sie zuvor nur nebelhaft geahnt hatte. Das entnahm Anja den besagten Yandex-Schlagzeilen, aus denen das Thema Wahlen gar nicht mehr verschwand; den Witzen im Netz über die wundersame Veränderung der Stimmenanteile, der Verachtung für die Ergebnisse, die alle äußerten: angefangen von ihrer Mutter bis hin zu Mitarbeitern des Außenministeriums. Die Unzufriedenheit nahm unterschiedliche Formen an, zu spüren aber war sie überall, und Anja wurde davon gereizt und unruhig: als würde einen der Lärm draußen vor einem offenen Fenster stören, das man aber partout nicht zumachen konnte, weil das, was auf der Straße vorging, am Ende auch einen selbst betraf.

Dann las sie auf Yandex, dass eine Demonstration gegen die gestohlene Wahl angekündigt war – und hier packte die Wut schließlich auch sie selbst. Anja begriff überhaupt nicht, wie das kam. Die bloße Ankündigung der Demonstration machte in ihr den Mangel an Empörung wett, den sie zuvor verspürt hatte, als sie lustlos die Nachrichten verfolgte, zugleich aber nicht wie früher die Entschlossenheit besaß, sie am Ende schlicht zu ignorieren. Sich tatenlos und passiv über den Verrat der Machthaber zu grämen, war witzlos. Kaum hatte sich nun die Möglichkeit zu handeln eröffnet, loderte in Anja der Zorn auf.

Anjas Freunde teilten ihren plötzlichen Enthusiasmus nicht. Sascha, immerhin der Einzige, der sich vorher wenigstens ein bisschen für Politik interessiert hatte, sagte, er sei verabredet und könne nicht zur Demo gehen. Sonja, die ihr Fähnlein stets nach Saschas Worten hängte, hatte ebenfalls was vor, meinte aber, an für sich sei die Demo eine gute Sache. Sonja fiel das bestimmt nicht leicht, sicher rang sie innerlich schwer nach einem Kompromiss zwischen Anja und Sascha.

Der gleichwohl fadenscheinig blieb, denn natürlich neigte Sonja einer Seite zu und versuchte nur, Anja nicht allzu sehr zu verletzen oder zu enttäuschen. Am Ende ging Anja allein zur Demo.

Sie erinnerte sich, dass der Metro-Waggon völlig überfüllt war. Anja konnte sich nicht vorstellen, dass all diese Menschen zur Demonstration wollten, und grübelte, was los sein mochte, war heute vielleicht Feiertag? Schulferien? Eine große Touristengruppe?

Als der Zug am Tretjakowski-Platz hielt, stiegen die meisten mit Anja aus. Die Bahnsteighalle voller Menschen. An jeder Säule stand ein Polizist. Überall sah Anja Leute mit Plakaten, es war lärmend laut, ein Mädchen neben ihr erkannte jemanden in der Menge und stürzte ihm fröhlich kreischend entgegen. Auf der Rolltreppe vor ihr fuhr eine Familie – Mama, Papa mit einem kleinen Mädchen auf den Armen, das eine zweibommelige Mütze trug. Ums Handgelenk hatte das Mädchen einen blauen Ballon am Band, der im Luftzug auf und ab hüpfte. Die Kleine sah Anja von oben an und strahlte übers ganze Gesicht. Alles wie Silvester, dachte Anja.

Für den Weg draußen wollte Anja das Handy-Navi benutzen, merkte aber sofort, dass das gar nicht nötig war. Die Menschenmenge quoll aus der Metrostation in eine Richtung. Anja brauchte einfach nur mitzugehen. Einzelne kleine Schneeflocken rieselten.

Sie kam auf die Uferstraße. Von rechts wehte ein böiger Wind. Geradeaus, über den Fluss, sah man die Insel, zu der sie wollte. Zuerst erkannte Anja die gleichsam abgenagten Bäume, erst dann das vielfarbige Meer unter ihnen. In der ersten Sekunde begriff sie nicht, was das war – doch es waren Menschen, viele Menschen mit Plakaten und Flaggen. Ihre Vielzahl kränkte Anja beinahe – hatte sie doch geglaubt, dass nur sie allein über diese Demo Bescheid wüsste. Als wäre das ihr ganz persönliches Geheimnis, ihr Abenteuer. Jetzt sah sie die lebendige, wogende Menge und war böse, dass die alle vor ihr gekommen waren, freute sich, dass sie nicht allein war, wunderte sich, war stolz und neidisch, alles auf einmal. Sie verlor keine Minute und eilte über die Brücke.

Auf der Insel war eine Bühne aufgebaut, Musik ertönte. Anja versuchte, näher heranzukommen. Sie sagte «Entschuldigung» zu allen, an denen sie vorbeidrängte, und bekam nur «Macht nichts, macht nichts» zu hören. Die ganze Zeit in der Menge traf sie auf keinen einzigen mürrischen Menschen; alles war durchdrungen von Feiertagsstimmung und einer Art federnder, schäumender Fröhlichkeit – Anja kam es vor wie Silvester, eigentlich sogar besser, weil losgelöst vom Datum.

Sie verstand so gut wie nichts von dem, was auf der Bühne gesagt wurde. Viel mehr interessierten sie die Menschen um sie herum. Außerdem waren ihr fast alle Redner unbekannt: Anja erkannte nur den Moderator und Schewtschuk von der Band DDT. Sie hörte, wie ein Brief verlesen wurde – Bewegung kam in die Menschen, Anja begriff nicht, warum, nur einzelne Worte drangen zu ihr. Der politische Teil machte überhaupt keinen großen Eindruck auf sie; es war fast so wie in ihrer Kindheit, wenn sie bei Familienfeiern die Unterhaltungen der Erwachsenen über sich ergehen lassen musste.

Hierherzukommen hatte sich zweifellos schon deshalb gelohnt, um die Nähe der guten, wohlgesonnenen Leute hier zu spüren. Anja war trunken von der allumfassenden Vereinigung. Anfangs war es ihr peinlich, wenn sie von weitem eine Losung skandieren hörte – sollten diese tollen Menschen jetzt tatsächlich im Chor irgendwelche Verse rufen? Sie stand da und hörte zu, wie der Schrei an Kraft gewann, über die Insel rollte und sich vor ihr aufbaute, wie eine Woge; aber als sich die Frau neben ihr anschloss und mitrief und auch die Leute hinter ihr riefen, wurde Anja selbst von dieser Woge mitgerissen. Beim nächsten Mal gefiel es ihr schon: Die Unaufhaltsamkeit, mit der unbekannte Worte zu ihr getragen wurden, an Kraft und Verständlichkeit zunahmen, war quälend und zugleich wunderschön.

Dieser Tag machte solchen Eindruck auf sie, dass sie bei der nächsten Demonstration sofort entschlossen war: Diesen beweglichen Feiertag wollte sie wieder erleben. Mit der Zeit ließ zwar die trunkene Euphorie nach, Anja aber ging weiter hin, aus Prinzip – und nach mehreren Aktionen dieser Art fühlte sie sich schon als alterprobte Revolutionärin; da auf einmal das Banner des Kampfes hinzuwerfen, wäre schändlich gewesen. Mit der Zeit wurde daraus eine Art Pflichtgefühl. Als die Demos aus der Mode kamen, entdeckte Anja plötzlich die unerschütterliche Entschlossenheit in sich, auch dann noch hinzugehen, wenn niemand anders es tat. Das war die Art von Heroismus, hinter dem nicht viel mehr als Sturheit steckte. Es war wohl erst mehrere Jahre später, dass Anja zum ersten Mal nicht um der Demo selbst willen, sondern aus Empörung über die Ungerechtigkeit demonstrieren ging – zu der Zeit aber bedeutete ihr die Politik längst mehr, als einfach nur auf den Barrikaden zu stehen.

Anja sah den stoppligen Nacken des jungen Polizisten vor sich und versuchte, sich vorzustellen, was wohl wäre, wenn sie damals im Winter nicht zur Demonstration gegangen wäre. Aber vielleicht war die Demo auch egal, und sie sollte sich lieber fragen, was wäre, wenn sie damals nicht zur Wahl gegangen wäre? Oder kein Praktikum im Außenministerium gemacht hätte, wo das politische Leben, anders als in ihrem Freundeskreis im Wohnheim, wenigstens ansatzweise eine

Rolle spielte? Jede Frage rief eine neue hervor, und mit einiger Phantasie ließ sich die Vorherbestimmung ihres politischen Schicksals wohl tatsächlich auf ihre Mutter und Sacharow zurückführen. Doch Anja war keine Fatalistin und gab sich mit der Schlussfolgerung zufrieden, dass es den einen, entscheidenden Umbruch in ihrem Leben nicht gegeben hatte – nein, jeder einzelne Schritt hatte sie ein Stück weiter auf den richtigen Weg gebracht.

Als sie sich der Arrestanstalt näherten, verschlechterte sich das Wetter endgültig. Der heulende Wind und die über den Himmel jagenden lila Wolken hatten etwas Dämonisches. Sie stiegen aus dem Auto, und Anja rannte vor den Polizisten weg zum Gebäude – ein Zuschauer hätte meinen können, sie hätte es eilig, in ihre Zelle zurückzukommen.

«So kalt», erklärte sie der erstaunten Polizistenblondine, die sie am Eingang in Empfang nahm.

Die Bullen folgten. Das Ritual ihrer Rückkehr dauerte nur ganz kurz – das Walross reichte der Blondine die Gerichtsdokumente und wandte sich ohne ein Wort zum Ausgang. Im letzten Moment drehte der junge Polizist sich um und winkte Anja zurückhaltend zum Abschied.

In der Zelle wurde sie sofort mit Fragen überschüttet.

«Und? Haben sie was nachgelassen?», rief Katja vom Hochbett.

Sie saß da wie am Morgen – Schneidersitz, die Zigarette in der einen Hand, in der anderen den Aschenbecher.

«Und wir haben gedacht, du würdest gar nicht mehr zurückkommen», sagte Maja gedehnt.

Auch sie saß auf ihrem Bett, beugte sich, als Anja hereinkam, nach vorn und griff nach dem Gestell am Kopfende. Alle schauten Anja an, sogar Irka, die jetzt viel frischer und freundlicher aussah als am Morgen – offenbar hatte sie ihr Lyrica bekommen.

«Nein. Unverändert. Gibt's heißes Wasser?», fragte Anja hoffnungsvoll.

Natascha erhob sich wortlos, zog die Flasche aus ihrem Kokon in der Decke und ging zum Schränkchen, um Tee zu holen. Anja folgte ihr, ein wenig enttäuscht, dass man sie nicht alles selbst machen und die warme Flasche in Händen halten ließ. Natascha warf den Teebeutel in das Glas, goss heißes Wasser darauf und wollte die Flasche schon auf dem Boden abstellen, hob sie dann aber wieder auf Augenhöhe und besah sie genauer.

«Das wird bald reißen», sagte sie besorgt. Anja ging ungeduldig zum Schränkchen und nahm sich Tee.

Das Glas war warm, leider nicht kochend heiß.

«Mach dir eine Stulle, bist bestimmt hungrig», sagte Natascha zerstreut, während sie die Flasche begutachtete.

Anja ließ sich nicht lange bitten.

«Bald gibt's Abendbrot», munterte Diana die kauende Anja auf. Maja seufzte sofort tragisch, um alle an ihr freiwilliges Fasten zu erinnern.

Ein Windstoß riss das angelehnte Fenster auf. Der Flügel knallte gegen die Wand und sprang zurück, die Scheibe klirrte, blieb aber heil. Alle zuckten zusammen.

«So eine Scheiße!», ärgerte Katja sich, schnippte den Stummel in den Becher und schlug das Fenster zu. «Es geht noch ganz kaputt, und wir verrecken.»

«Sehr kalt!», bestätigte Irka glücklich. In ihrem luftdichten Jeansanzug sah sie nicht besonders verfroren aus.

«Wenn das Fenster gesprungen wäre, würde man uns sicher umziehen lassen», mutmaßte Maja.

«Umziehen, wohin denn? Ins Männerhaus?»

«Und wie sollen wir rauchen?», fragte Diana träge von unten, als Katja den Fenstergriff umdrehte.

«Eben gar nicht. Gesunde Lebensweise, schon mal gehört?»

Diana drehte sich fauchend zur Wand. Das Bett quietschte.

Immer wieder stürzte der Wind sich auf das Plastikdach im Hof. Jede Böe rüttelte daran, das Fensterglas klirrte. Anja verzog sich mit dem Buch unter die Decke, lugte ab und zu nach draußen: Wütend peitschte der Sturm die Pappeln. Der Himmel hatte sich verdunkelt, als wäre schon Abend, das Licht in der Zelle wirkte dagegen besonders gelb.

«Bestimmt gibt's Gewitter», konstatierte Katja tiefsinnig.

Maja funkelte sie an und winselte: «Ich hab Angst vor Gewitter!»

«Wie kann man vor Gewitter Angst haben? Du bist doch nicht zehn», wunderte Diana, die sich wieder zu den anderen gedreht hatte.

«Als Kind hat man mich mal allein zu Hause gelassen, da kam ein Gewitter, und ich habe gesehen, wie der Blitz in einen Baum eingeschlagen hat. Bis heute habe ich Angst, ich könnte selbst getroffen werden», jammerte Maja.

«*In* einem Gebäude?», fragte Katja verächtlich.

Die nächste Böe riss am Hofdach, dass es schepperte. Maja verkroch sich mit einem Klagelaut unter ihre Decke.

«Vielleicht *Krokodil* oder *Stadt*?», fragte Diana nach einer Pause.

Die Wahl fiel auf *Krokodil*. Anja spielte auch diesmal nicht mit, schaute nur ab und zu von ihrem Buch auf. Ihre Spannung löste sich: Draußen tobte das Unwetter, die Zelle hier kam ihr gemütlich, beinahe häuslich vor. Das Butterbrot im Magen versöhnte sie mit der Welt.

Auf dem Hofdach prasselte wieder der Regen, fast im selben Moment flackerte ein Blitz auf. Maja blickte ängstlich hinaus, aber niemand außer Anja nahm Notiz davon. Mangels Zuschauern wandte Maja sich enttäuscht ab. Der Regen trommelte immer lauter, dann hörte man ein Krachen – etwas war auf das Dach gefallen. Diesmal drehten sich alle zum Fenster.

«Ein Ast, vermutlich», zuckte Diana mit den Schultern.

«Ein richtiger Orkan», munkelte Katja mit Blick in das Dunkel da draußen.

Dort knarrte, stöhnte und schepperte alles, in der Anstalt dagegen blieb es reglos und still. Man hörte weder Stimmen noch Schritte auf dem Korridor, niemand läutete am Tor, guckte durch den Spion, keine Tür quietschte. Man hätte meinen können, Anja und ihre Mitinsassinnen wären die einzigen lebendigen Wesen in einem verlassenen Gebäude. Als sich der Schlüssel im Türschloss drehte, klang das so betäubend laut, dass alle hochfuhren.

«Geht ihr Abendessen?», fragte der junge Polizist streng. Er gab sich viel Mühe, erwachsen zu wirken.

Die Treppe hinauf zum Speisesaal war nicht beleuchtet, das große Fensterrechteck im Treppenhaus schimmerte dunkelblau. Darin zeichnete sich die schwarze Silhouette eines Baumes ab – jetzt riss der Wind daran und drückte seine Zweige gegen das Fenster. Wieder zuckte ein Blitz auf, erleuchtete für eine Sekunde die Stufen und die Köpfe von Anjas Mitinsassinnen. Donner grollte.

«Ich habe Angst», flennte Maja wie auf Kommando und schmiegte sich an Anja.

«Wärst besser in der Zelle geblieben.»

«Ach wo, allein in der Zelle ist es noch schlimmer!»

Im Speisesaal ging Anja ans Fenster – von hier aus konnte man endlich sehen, was da draußen vorging. Dort tobte wahrhaftig ein Orkan. Büsche wurden zu Boden gedrückt, Laub wirbelte, schwarze Pfützen runzelten sich vom Wind und glänzten im Licht der Straßenlaternen. Noch ein Blitz zuckte auf. Der Donnerschlag folgte fast direkt über dem Dach der Anstalt.

«Werden wir hier nicht alle überschwemmt?», fragte Katja skeptisch, hockte sich auf die Bank und knallte ihre Schüssel auf den Tisch.

Zum Abendessen gab es Buletten mit Püree. Anja hatte den ganzen Tag ans Essen gedacht und eilte zum Vergabefenster.

Andrej, in seinem gelben Kapuzenpulli wie ein Küken, tat das Essen auf.

«Und, wie war die Berufung?», fragte er Anja und gab ihr großzügig Püree aus der riesigen Kanne.

«Erfolglos. Woher weißt du?»

«Deine Weiber haben's erzählt. Ich studiere Jura, da interessiert mich das.»

Anja löste ihren hypnotisierten Blick von dem riesigen Löffel: «Und wo studierst du?»

«Moskauer Staatsuniversität», hauchte er und stellte die volle Schüssel auf den gekachelten Rand.

«Bist du wegen Fahren ohne Führerschein hier?»

«Ähem. Ich war bei Freunden im Studentenwohnheim und bin mit dem Auto ein Haus weitergefahren, Alk besorgen. Als ich zurückkam, haben sie mich erwischt. Keine zehn Meter vor der Einfahrt!»

«Mach dir nichts draus», wollte sie ihn trösten. Andrej mit seinem kindlichen Äußeren wirkte so wehrlos, dass ihr Beschützerinstinkt erwachte. «Sieh es einfach als Abenteuer! Jetzt ist doch Sommer, an der Uni wird das gar nicht auffallen!»

Andrej wollte noch etwas sagen, befand aber dann wohl, dass er genug geklagt habe, und nickte nur traurig.

Anja setzte sich an den Tisch und stieß genüsslich den Löffel in die Bulette. Das Essen dampfte. Zum ersten Mal an diesem Tag fühlte sie sich zufrieden. Sie hob den vollen Löffel, kam aber nicht bis zum Mund, denn in diesem Moment geschahen mehrere Dinge gleichzeitig.

Andrej sagte: «Bitte, das gekochte Wasser», und hob die Flasche an Nataschas geflochtenem Henkel hoch. Er wollte das Wasser schwungvoll auf die Kante stellen, doch die Schnur riss, die Flasche prallte gegen die Kante, Wasser schwappte und verbrühte Andrej. Er schrie wie besessen. Dicht vor dem Fenster krachte ein Donnerschlag, als hätte er sich angeschlichen. Die Deckenlampe klirrte und erlosch. Der Speisesaal lag im Dunkeln.

In der ersten Sekunde erstarrte Anja, den erhobenen Löffel vor den Lippen. In der plötzlichen Finsternis sah sie nichts, starrte nur verwirrt in Andrejs Richtung – und dort tauchte unerwartet seine Silhouette aus dem Dunkel auf. Andrej stand in voller Größe und ganz ruhig da. Anja sah deutlich sein Gesicht – es war ausdruckslos und so glatt wie ein Friedhof. Sie verstand nicht, wie er so ruhig sein konnte, er hatte doch eben noch vor Schmerz geschrien. Sie wollte ihm schon zurufen, da schien ihr, dass im Dunkeln hinter Andrej noch jemand stand. Sehr langsam trat die Dunkelheit gleichsam auseinander, und neben dem Jungen wurden zwei weitere Gestalten erkennbar. Anja dachte zunächst, es seien andere Essensverteiler. Doch je mehr ihre Augen sich ans Dunkel gewöhnten, desto deutlicher sah sie, das waren Unbekannte – ein grauhaariger Mann und ein junges Mädchen mit asiatischen Zügen. Sie standen so regungslos da wie Andrej und blickten Anja aus leeren Gesichtern an.

Langsam ließ sie den Löffel sinken, und in dem Moment zuckte erneut ein Blitz, der den Speisesaal für eine Sekunde in grelles Licht tauchte.

Der ganze Raum war voller Menschen. Sie drängten sich um den Tisch, beugten sich über Anja, umringten sie von allen Seiten, und hinter jeder Reihe von Köpfen sah sie weitere – eine Armee von Menschen, die sie leidenschaftslos anblickten. Da waren Kindergesichter, entstellte Gesichter, schöne, alte, böse, hässliche, gute – eine ganze Galerie von leichenblassen Schädeln, Wangen und Stirnen. Anja wankte auf der Bank, hatte nicht die Kraft, auch nur einen Laut von sich zu geben, und spürte an den Schultern, dass auch direkt hinter ihr jemand stand. Sie starrte auf die schweigenden Menschen, wollte sich um keinen Preis umdrehen – und merkte doch, wie sie unwillkürlich langsam den Kopf wandte. Ihr stockte der Atem. Zur Stille ringsum trat eine innere hinzu – ihr Herz schien stehen zu bleiben. Sie sah nach hinten –

In diesem Moment donnerte es erneut gewaltig, die Deckenlampe bekam Strom und leuchtete auf, man hörte Andrej im Küchenraum heulen. Ihre Zellengefährtinnen saßen mit entsetzten Gesichtern am Tisch, und der junge Polizist streckte die Arme aus, wie im komischen Versuch, jemand Unsichtbaren zu packen. Wie verrückt starrte er die Lampe an und hatte offenbar keine Ahnung, was tun. Anja wusste es auch nicht – aber ein Impuls riss sie von der Bank hoch und trieb sie in die Küche.

Andrej heulte und betrachtete seine Beine, die Hose heruntergelassen – an den Oberschenkeln leuchteten riesige dunkelrote Flecken. Anja lief zu ihm, sah sich dann nach einem Kühlschrank um, aber in der Anstaltsküche gab es keinen.

«Gibt es hier Eis?», brüllte sie zum Polizisten im Speisesaal; der kam nun selbst in die Küche gerannt.

«Raus mit Ihnen!», herrschte er Anja erschrocken an.

«Ich frage, ob Sie Eis haben? Er braucht etwas Kühles!»

«Raus hier, Sie dürfen hier nicht sein!»

Andrejs Heulen wurde leiser. Anja sah ihre Zellengefährtinnen, die mit aufgerissenen Augen hinter dem Polizisten standen.

«Andrej, du musst dir was Kühlendes drauflegen», sagte Anja so sanft wie möglich, «wo wird hier das Geschirr gespült, wo gibt's kaltes Wasser?»

Andrej zeigte wimmernd mit dem Finger auf eine Tür, die nach hinten in den vom Speisesaal nicht einsehbaren Küchenbereich führte.

«Komm, da gehen wir jetzt hin», Anja nahm ihn vorsichtig an der Hand. Der Polizist wollte sich ihnen in den Weg stellen, aber Anja fuhr ihm mit gleichgültigem Blick über das Gesicht und sagte knapp und ohne einen Zweifel, dass er sich fügen würde: «Rufen Sie einen Arzt.»

Im nächsten Raum waren nur ein Tisch und ein langes, über die ganze Wand gehendes Waschbecken mit mehreren Hähnen. Anja drehte kaltes Wasser auf.

«Das muss auf die Brandwunden.» Sie sah Andrej an. Er war kurz vorm Weinen, erwiderte aber ihren Blick und nickte. Er schöpfte Wasser mit der Hand und benetzte seine Haut. Sofort heulte er wieder auf.

«Kalt!», knirschte er durch die zusammengebissenen Zähne und spritzte sich sofort selber Wasser auf die Beine. Das Wasser rann über die Knie in die Hose.

Mit klappernden Latschen kam die Ärztin in die Küche gerannt. Es war die Frau, die Anja bei der Aufnahme untersucht hatte. Der Polizist trippelte hinterher.

«Was ist passiert?», rief sie.

«Verbrühung, mit heißem Wasser», sagte Anja kurz. Andrej goss sich wie besessen weiter Wasser über die Beine.

«Eis, schnell!», kommandierte die Ärztin ins Ungefähre und rannte hinaus. Anja hörte, wie sie ihr Sprechzimmer im Flur aufschloss und dort mit irgendwelchen Türchen klapperte. Eine halbe Minute später war sie mit einem Päckchen Eis in der Küche zurück.

«Es gibt nur eins, leg es abwechselnd auf!», befahl sie Andrej. Der nahm gehorsam das Eis in die Hand und legte es erst auf das eine, dann gleich auf das andere Bein. «Jetzt komm mit mir.»

Andrej tat kleine Schritte hinter ihr her – schneller konnte er in der heruntergelassenen Hose nicht. Anja spürte ein Lachkitzeln in der Nase. Das war immer ihre Reaktion auf aufwühlende Erlebnisse – während die anderen heulten, konnte sie vor Lachen nicht an sich halten. Dieses untypische Verhalten war anderen nicht leicht zu erklären, und um sich zu beherrschen, wandte Anja den Blick ab.

«Ja, zieh doch die Hose aus!», rief die Ärztin und bückte sich sogleich, um an einem Hosenbein zu ziehen. Andrej befreite sich von dem Kleidungsstück und schritt betont forsch zum ärztlichen Sprechzimmer. Offenbar weinte er nicht mehr.

Als sie hinter der Tür des Praxisraums verschwunden waren, starrten die anderen ihnen noch eine Weile nach. Schließlich gewann der junge Polizist seine Fassung wieder. Er blickte von Anja zu ihren Gefährtinnen und befahl energisch: «In die Zelle!»

«Und essen?», maulte Irka. Sie war wirklich durch nichts aus der Fassung zu bringen.

«Gegessen habt ihr.»

«Und Teewasser?», fragte Natascha.

Niemand sagte etwas. Diana schielte zu ihrer Flasche, die auf dem Boden lag.

«Kriegt ihr nachher gebracht», brummte der junge Polizist. «Los jetzt, ab.»

Nach kurzem Zögern wandten sie sich zum Ausgang, nur Irka seufzte und warf einen wehmütigen Blick auf den verlassenen Tisch.

Auf der Treppe begegneten sie Lecha und Wiktor Iwanowitsch, die eine riesige Alukanne schleppten. Die Mädchen machten solche Gesichter, dass die Essensverteiler innehielten und Lecha unsicher fragte: «Was ist denn passiert?»

«Wo treibt ihr euch rum?», fuhr der Polizist sofort dazwischen. Offenbar war ihm seine Verwirrung von eben unangenehm, und er versuchte, seine Autorität durch gesteigerte Strenge wiederherzustellen. «Lasst einen allein zurück, der nicht mal eine Flasche halten kann!»

«Wir sollten das Essen von unten holen ... Das Abendbrot hat ja nicht mal angefangen, die Mädchen wurden zu früh gebracht ...»

«Geht weiter», knurrte der Polizist die Mädchen an. Schweigend schlichen sie an den Essensverteilern vorbei, die ihnen verständnislos nachsahen. Anja war die Letzte.

Die Silhouette des Baumes im Treppenhausfenster stand reglos, nur die Blätter zitterten unter den Tropfen. Offenbar war das Gewitter abgeflaut, jetzt pladderte draußen der Regen. In völliger Stille betraten die Arrestantinnen ihre Zelle. Als die Tür hinter ihnen zufiel, spürte Anja eine derart wüste Leere im Kopf, dass ihre Beine nachzugeben drohten.

«Habt ihr das gesehen?», fragte sie.

«Toll, Anja, du hast die Nerven nicht verloren», lobte Katja zurückhaltend und ging zum Regalschränkchen. «Scheiße, hab ich Hunger.»

«Nein, als das Licht ausging, habt ihr *das* gesehen?»

«Was?»

«Na, die Menschen.»

«Ich bin sooo erschrocken, als das Licht ausging!», blökte Maja und faltete gebetsartig die Hände auf der Brust. «Ich hab überhaupt Angst im Dunkeln, und dann noch das Gewitter. Was ist da überhaupt passiert?»

«Na, Stromausfall», sagte Diana und schnippte mit dem Feuerzeug. «Aber alles ziemlich heftig – dieser Donner, und dann brüllt auch noch der Typ los. Wie im Kino, alles auf einmal. Machst du eine Stulle? Mir bitte auch!»

«Habt ihr die Menschen gesehen, als das Licht ausging?», rief Anja gereizt.

«Was jetzt für Menschen?», fragte Katja. Sie nahm Brot aus der Tüte, legte Käse darauf und reichte es Diana.

«Ich persönlich habe nichts gesehen», sagte Maja. «Aber ich war so erschrocken, dass ich sofort die Augen zugemacht habe. Was für Menschen meinst du?»

Anja sah sie ratlos an.

«Ich weiß nicht, wen du da gesehen hast. In der Dunkelheit konnte man doch gar nichts erkennen. Und wie lange hat das gedauert – ein paar Sekunden?», mümmelte Diana mit der Stulle im Mund. Ihr Bett beulte sich leicht durch, als sie sich setzte.

«Mist, nicht mal Tee trinken kann man jetzt», knurrte Katja. «Alles wegen dir, Natascha! Schöne Sachen haben sie dir im Straflager beigebracht.»

«Ich hab alles richtig gemacht, der ist einfach ein T-tölpel», schnappte Natascha zurück. Sie hatte sich unter die Decke verzogen und das Kreuzworträtsel aufgeschlagen. «Hat es falsch angefasst, da ist es gerissen.»

Allmählich zogen sich alle auf ihre Betten zurück. Anja

hatte noch kurz überlegt, sich auch eine Stulle zu schmieren, legte sich dann aber gleich hin. Der Appetit war ihr vergangen, schade, nachdem sie sich so sehr aufs Abendbrot gefreut hatte.

Anja lag da und hörte den Regen auf das Hofdach tropfen. Er trommelte nicht mehr, er pochte nur noch leicht. Ihre Nachbarinnen diskutierten, brachen von Zeit zu Zeit in Lachen aus, dann rauchten sie und machten das Fenster weit auf. Das Rauschen des Regens wurde vernehmlicher.

Es ließ sich nicht leugnen: Seit Anja hier war, gingen jeden Tag unerklärliche Dinge mit ihr vor. Sie hätte gern zugegeben, dass sie ein bisschen durcheinander war – das wäre wenigstens eine rationale Erklärung gewesen. Anderenfalls hätte sie an weiß der Teufel was glauben müssen. Das Problem war, dass Anja sich empörend gesund fühlte: Sie hatte einen klaren Kopf und die unerschütterliche Gewissheit, dass alle von ihr gesehenen Dinge auch wirklich waren. Kein Traum, kein Produkt ihrer Einbildung, kein Schattenspiel. Nur, was war es dann?

Anja dachte an diese Wand von gespenstischen, regungslosen Gestalten um sie herum und bekam bei der bloßen Erinnerung eine Gänsehaut. Wer waren all diese Menschen? Warum waren sie ihr erschienen? Keinen von denen, außer Andrej, hatte sie je im Leben gesehen.

Anja drehte sich auf die andere Seite und sah verstohlen zu ihren Nachbarinnen. Irka war friedlich am Zeichnen. Anja musterte sie eindringlich, versuchte Züge an ihr auszumachen, die etwas Dämonisches verrieten, aber vergeblich, Irka hätte nicht harmloser aussehen können. Ebenso Maja – sie hatte sich wieder ihren Krimi vorgenommen, saß da und wickelte wie gewohnt eine Locke um ihren Finger. Kein Hauch von Bedrohung ging von ihr aus.

Anja wälzte sich seufzend auf den Rücken und starrte auf die geblümte Matratze über ihr. Sie hatte sich immer für eine Person von gesundem Menschenverstand gehalten. Nichts auch nur annähernd Mystisches hatte je ihr Leben gestreift. Sie war nicht abergläubisch, hielt nichts von Astrologie, Schicksalsvorstellungen oder Parallelwelten. An Gott glaubte sie auch nicht. Von diesen Überzeugungen auch nur ein Stückchen abzuweichen, wäre für Anja wie ein Verrat an sich selbst gewesen, da hätte sie sich schon lieber für geisteskrank gehalten. Die Symptome zumindest waren ja ähnlich: Vor Erschöpfung oder Stress hatte sie Halluzinationen gehabt, Dinge gesehen, die niemand anders sah. Dass sie selbst sich für absolut zurechnungsfähig hielt, besagte noch nichts. Auch Wahnsinnige hielten sich ja in der Regel für völlig gesund.

Der Gedanke war nun auch nicht gerade tröstlich, doch Anja fühlte sich nach diesem Tag auf einmal so erschöpft, dass sie keine Kraft mehr hatte, sich Sorgen zu machen. Vielleicht musste sie sich nur mal richtig ausschlafen. Einfach raus hier und in ihr normales Leben zurück, dann würde das alles vergehen. Über diese Gedanken sank sie in tiefen Schlaf.

TAG FÜNF

Das Erste, woran Anja nach dem Aufwachen dachte, war: Zwiebel. Violette, knackige, kernige Zwiebel mit papierdünner, brüchiger Schale. Mit welchem Genuss sie die jetzt essen würde. Sie würde ein Stück abbeißen, wie von einem Apfel. Anja stellte sich das Knacken vor, den Geruch, den leicht süßlichen Geschmack – und ihr lief sofort der Speichel im Mund zusammen. Erstaunlich, was fünf Tage Gefängnis mit einem Menschen anstellen. Sie musste heute in der Telefonierzeit ihren Freunden schreiben und darum bitten, dass sie Zwiebeln in die Anstalt schicken. Konnten die eine so bescheidene Bitte abschlagen?

Anja setzte sich auf und fasste die Zelle ins Auge. Alle schliefen noch. Um die Kälte nicht hereinzulassen, hatten ihre Nachbarinnen abends das Fenster dicht geschlossen, jetzt stand die Luft reglos und schwer. Anjas Decke stank nach Zigarettenrauch. Sie stand rasch auf und öffnete die Lüftungsklappe. Zurück auf dem Bett, zog sie die Decke lustlos wieder über sich, Hauptsache, sie war in den Bezug gewickelt und berührte ihre Haut nicht. Der Wasserhahn tropfte gleichmäßig.

Anja war auf einmal ungeheuer gereizt – wegen der verrauchten Decke, des tropfenden Wasserhahns, des schmutzigen Fußbodens, auf dem sie gerade zwei Schritte barfuß und auf Zehenspitzen hatte machen müssen. Aus welchem Grund saß sie hier überhaupt im Arrest, wie eine Verbrecherin? Sie bekam plötzlich heftiges Selbstmitleid. Während andere ihr Leben genossen, war sie durch einen dummen Zufall in Haft, fror sich hier einen ab, und eine Zwiebel war der Gipfel ihrer Träume. Fast hätte sie vor Wut geweint.

Das Wasser tropfte aufdringlich. Anja verlor die Geduld, stand erneut auf und schob die Seifenschale halb unter den Hahn. Kurze Zeit war das Tropfen still, fing aber bald wieder an, nur in einer höhnend veränderten Tonart. Anja steckte den Kopf unter das Kissen.

Sie versuchte, sich vorzustellen, was sie nach ihrer Entlassung tun würde. All die Arresttage zuvor hatte diese Ablenkung funktioniert. Heute tat sie es nicht – Anja war zu sauer darauf, dass sie als völlig Schuldlose selbst von ganz normalen Dingen nur träumen konnte.

In der Zelle nebenan wurde gewaschen, Wasser rauschte in den Rohren. Einige Minuten später quietschte die Tür zum Hof. Während sie so auf die Geräusche von draußen lauschte, fragte sich Anja, wie es dort wohl im Winter war, wenn der Schnee auf dem Plastikdach lag und den Himmel verdeckte. Vermutlich wie in so einem halbdunklen Zimmer, nur sehr kalt. Trotzdem musste es im Winter in der Arrestanstalt besser sein als im Sommer – zumindest würde einen dieses Gefühl, kostbare Lebenszeit zu verlieren, nicht so quälen.

Solange Anja studierte und im Wohnheim lebte, versuchte sie, jeden Sommer in Moskau zu verbringen. Die anderen fuhren am Semesterende nach Hause und hockten dort bis September. Anja fand es unmöglich, so viel Zeit in ihrer Heimatstadt zu vergeuden. Um ihre Mutter nicht zu kränken, fuhr sie natürlich immer ein, zwei Wochen zu ihr, doch sogar diese wenigen Tage verging sie vor Langeweile.

Nach den ersten Winterferien, in denen sie sich keinen

Grund hatte ausdenken können, um ins Zentrum der Provinzstadt zu fahren, machte Anja es sich zur Regel, wenigstens allein spazieren zu gehen. Im Februar war es feuchtkalt und schlammig, im Sommer besser, wenn auch Geschmackssache: Tagsüber brannte die Sonne, dass einem die Augen weh taten, und der Asphalt wurde weich wie Knetgummi. Keine Menschenseele war auf der Straße, Anja aber verließ stets furchtlos das Haus. Diese Ausfälle boten ihr eine Möglichkeit, heimlich zu rauchen. Weitere Ablenkung fand sie auf dem Markt, in den Läden und bei den Ärzten – es kam schließlich sogar so weit, dass sie regelmäßig ihren Vater besuchte.

Er lebte am anderen Ende der Stadt mit seiner neuen Familie, und sein Kontakt mit Anja beschränkte sich schon seit Jahren auf ungefähr eine Skype-Nachricht alle zwei Monate. Diese betraf vor allem seine anderen Kinder: Vater überschüttete Anja mit Fotos und Geschichten von ihren wunderbaren Erfolgen. Anja war nicht begeistert davon, aber in niedriger Frequenz ließen sich die langweiligen Neuigkeiten ertragen; als wohlerzogenes Mädchen wollte sie ihren Papa ja nicht durch mangelndes Interesse verletzen. Hätte man sie direkt gefragt, ob sie ihren Vater liebte, sie hätte, ohne zu überlegen, «Ja» gesagt, Sehnsucht nach ihm hatte sie allerdings überhaupt keine.

Die Eltern hatten sich scheiden lassen, als Anja neun war. Die Scheidung nahm sie erstaunlich wenig mit. Ihr Vater war ständig auf Arbeit und hatte deshalb auch vorher nicht viel Zeit mit Anja verbracht. Seine endgültige Abwesenheit kam so unmerklich, dass sie sich nach zwei Wochen gar nicht mehr erinnerte, dass Mama und sie irgendwann anders gelebt hatten.

Ungeachtet dieser ganz ehrlichen Unbeschwertheit, verwendete Anja die nächsten paar Jahre darauf, aus ihrem Vater eine Ikone zu machen. Mama nahm in ihrem Leben so viel Raum ein, dass sie locker für beide Eltern stehen konnte, deshalb hatte Anja umso mehr das Bedürfnis, sich ihren Vater – in gewissem Sinne einen Extra-Elternteil, einen Bonus-Elternteil – als jemand ganz Außergewöhnlichen vorzustellen. Jahr für Jahr setzte sie sich nach den einzelnen Eindrücken, Erinnerungen und Details in ihrem Kopf die Ikone ihres famos außergewöhnlichen Papas zusammen. Das war nicht sehr schwierig, denn wenn man nicht genau hinschaute, entsprach ihr Vater dem durchaus: Er war gutaussehend, reich und gebildet, er mochte Jazz und tauchte gern, er erklärte Anja, wie Raumschiffe und Aqualungen gebaut sind, diskutierte mit ihr über Literatur und Politik, brachte ihr Zeichnen und Angeln bei. Er sah Anja zwar regelmäßig, aber nicht sehr oft, deshalb war jede Begegnung mit ihm für sie ein Erlebnis.

Gerade weil diese Begegnungen so rar und wertvoll waren, entwickelte Anja Nachsicht für ihren Vater. Von einem so schwer fassbaren, unerhörten Menschen konnte man schwerlich die Erfüllung der elterlichen Grundpflichten erwarten. Es kam schon mal vor, dass er ihren Geburtstag vergaß und ihr einen Monat danach eine elektrische Zahnbürste schenkte (das war am zwölften) oder eine Puppe (zum fünfzehnten). Nie fragte er nach, wie es ihr ging. Wenn Anja von der Schule erzählte, nickte er, ohne zuzuhören. Sie merkte das alles und ignorierte es geflissentlich. Sie wollte sich ihr Bild des idealen Vaters nicht verderben lassen, auch nicht von ihm selbst.

Dann legte er sich diese andere Familie zu und andere Kinder, und seine Zerstreutheit gegenüber Anja verstärkte sich. Sie trafen sich noch seltener, was in einem gewissen Sinne für sie sogar eine Erleichterung war, denn ihr Vater hatte dadurch weniger Gelegenheit, sein eigenes Bild unabsichtlich zu beschädigen. Dieses Bild verfestigte sich in Anjas Vorstellung im Laufe der Jahre: Ihr Papa weckte starke Gefühle, ja Stolz in ihr, aber den Kontakt zu ihm suchte sie nicht.

Als sie nach Moskau gezogen war, reichte ihre Beziehung nicht mehr über das Formale hinaus. Wenn Anja ihn einmal im Jahr besuchte, sah sie sich seine Filme vom Diving in Indonesien an, war gehörig begeistert von ihrem kleinen Halbbruder und erzählte so gut wie nichts von sich selbst. Das schien ihr der gerechte Preis dafür zu sein, dass sie weiter ein so gutes Verhältnis zu ihrem großartigen Vater hatte. Bisweilen nagte dann doch das Gefühl der Zurücksetzung in ihr – sie verbat sich aber, darauf zu achten. Wenn ihr Vater ein Bilderbuchvater war, dann musste sie eine Bilderbuchtochter sein – nicht schimpfen, nicht einschnappen, nicht zu viel Aufmerksamkeit verlangen, sich aufrichtig über den kleinen Bruder freuen, auf die Frage «Wie geht's?» immer mit «Gut» antworten, nicht mehr.

Direkt unter dem Zellenfenster hörte sie einen Besen schaben, der kratzte sie in die Gegenwart zurück. Das Tor zur Arrestanstalt ging mit kurzem Quietschen auf, und ein großes Fahrzeug, vermutlich ein Müllwagen, fuhr aufs Gelände. Warum hatte ihr Vater gefragt, in welcher Anstalt sie sitze?

«Aufstehen zum Frühstück!», meldete die Blondine, die Anjas Fingerabdrücke genommen hatte, durch die Luke.

In Nataschas und Irkas Bett wurde es rege – Anja hörte, wie Natascha sich fluchend in der oberen Koje umdrehte und gereizt die Nase hochzog. Irka dagegen sprang so zielstrebig auf, als hätte sie nur auf das Signal gewartet.

«Hurra!», erklärte sie mit lautem Flüstern und zahnlos lächelndem Mund. «Heute komm ich raus!»

«Wenigstens eine gute Nachricht», knurrte Natascha von oben. Ihrem Ton nach nervte Irkas Entlassung sie immerhin weniger als die vorausgegangene Zeit mit ihr. Wobei es ja kaum etwas auf der Welt gab, das Natascha nicht genervt hätte. Irka flatterte vom Waschbecken zum Bett und zog sich unterwegs an. Als sie bemerkte, dass Anja nicht schlief, war sie sofort bei ihr: «Komm mit uns frühstücken!»
«Keine Lust.»
«Aber es ist lecker, ehrlich!»
«Ich hab einfach keine Lust.»
«Warum will nie jemand frühstücken …?»
«Lass sie doch in Ruhe, w-wenn sie gesagt hat, sie will nicht», zischte Natascha.

Irka ließ sofort ab, aber das selige Lächeln verschwand nicht von ihrem Gesicht. So sah sie normalerweise nur unter der Wirkung von Lyrica aus. Die bevorstehende Entlassung hatte offenbar eine ähnlich berauschende Wirkung.

Natascha und Irka gingen raus, in der Zelle trat wieder Stille ein. Anja merkte nicht, wie sie eindämmerte.

Wach wurde sie, als die Nachbarinnen zurückkamen. Nataschas Gesicht verriet nicht die geringste Antipathie gegen die Welt – wer ihre emotionale Bandbreite kannte, musste das für stürmische Freude halten. Triumphierend hielt sie eine frisch gefüllte Flasche mit Heißwasser in der Hand.

«Haben die Essensverteiler gegeben», erklärte sie Anja, die gar nicht gefragt hatte.

«Und wie geht es Andrej?»
«Wem?» Natascha blieb an Anjas Bett stehen und versuchte stirnrunzelnd, sich zu erinnern.

«Dem Essensverteiler, der sich gestern verbrüht hat», sagte Anja. Sogleich hatte sie wieder den dunklen Speisesaal voller Gespenster vor Augen. Natascha zuckte mit den Schultern.

«Ach, der ... Den haben wir nicht gesehen, weiß nicht.»
Natascha ging zum Regal und brühte sich ungerührt Tee auf. Anja sah ihr ärgerlich nach. Nataschas Gleichgültigkeit fand sie empörend. Sie war es doch gewesen, die ihre blöde Schnur so dämlich um die Flasche geflochten hatte, dass Andrej sich damit verbrüht hatte – und jetzt kümmerte sie das alles gar nicht mehr.

Dieser Morgen unterschied sich kaum von anderen. Allmählich wurden alle wach und setzten sich wie im Ritual auf, um zu rauchen. Anja kamen ihre Zellengefährtinnen vor wie die Indianer im Zeichentrickfilm: Vier Gestalten, in karierte Decken gehüllt, saßen sich auf zwei Betten gegenüber und qualmten. Natascha schimpfte, Tee schlürfend, aus irgendeinem Grund kraftlos über Irka – gar nicht böse, einfach aus Gewohnheit. Irka gackelte nur glücklich zur Antwort, heute mehr als sonst, und reizte alle mit ihrer ungetrübten Freude. Maja bat Diana um einen Kamm, warf ihr langes Haar auf eine Seite und beschäftigte sich damit wie Rapunzel. Für jemanden, der fünf Tage ohne Duschen in der Zelle gesessen hat, sah sie immer noch unverschämt gut aus.

Heute hatte die unangenehmste Schicht Dienst – die runde Roboterfrau und ihre breitfressigen Kollegen. Als sie die Zelle betraten und alle aufstanden, tat Anja es demonstrativ unlustig. Es gefiel ihr gar nicht, vor dieser Frau strammzustehen, aber sich mit ihr zu zanken, dazu hatte sie noch weniger Lust – allein durch ihr Aussehen weckte sie eine derartige Abneigung in Anja, dass sie am liebsten jeden Kontakt vermieden hätte.

Nachdem sie mit tonloser Stimme die Namen heruntergeleiert hatte, nickte die Diensthabende ihrer maulstarren Untergebenen zu, und die begann sofort, den Metalldetektor über die Betten huschen zu lassen. Anja spürte, wie ihr das

Blut zu Kopf stieg – auch wenn diese Durchsuchung nicht bedrohlich für sie war, fand sie allein die Tatsache, dass sie stattfand, auch jetzt noch so erniedrigend, dass sie am liebsten eine Szene gemacht hätte. Sie biss die Zähne zusammen und bemühte sich, all ihre Verachtung in ihren Blick zu legen.

Als die Beamten draußen waren und die maulstarre Frau mit dem Detektor die Tür schließen wollte, fragte Anja: «Sind im Arrest Zwiebeln erlaubt?»

«Was?», wunderte sich die Frau. Ihr steinernes Gesicht verlängerte sich.

«Ich frage, ob es erlaubt ist, Zwiebeln in die Anstalt zu schicken?»

«Normale Zwiebeln?»

«Ja.»

«Womit wollen Sie die denn essen?»

«Sagen Sie mir einfach, ob man darf oder nicht», sagte Anja scharf, noch immer sauer wegen der Durchsuchung. Die Frau zog unentschlossen die Schultern hoch und warf hin: «Ja, darf man.»

«Was willst du jetzt mit Zwiebeln?», wollte Katja wissen, als die Tür zu war.

«Hab Appetit darauf.»

«Und ich auf Quark», teilte Diana mit. Sie ließ sich mit solcher Wucht auf das Bett fallen, dass ihre mächtigen Brüste unter dem Kleid schaukelten, und fügte launig hinzu: «Wer hätte gedacht, dass sie mich mal so weit bringen, von ganz normalem Quark zu träumen?»

Jetzt kam das Gespräch darauf, wer gern was essen würde. Anja knurrte der Magen. Sie verschanzte sich hinter einem Buch und versuchte nicht hinzuhören, einzelne Wörter erreichten sie doch. Fünf Minuten später träumte sie von Kartoffelpuffern, Garnelen in Bier, Butter, gefüllten Paprika, Kirschen, Grundeln in Tomatensauce, Milch, gekochtem Mais, Torte Napoleon und Bulette nach Kiewer Art. Kaum hatte jemand von den Zellengefährtinnen irgendein Gericht erwähnt, da seufzten die anderen schon: «Ach, jaaa ...»

«Und ich werde heute wirklich nach Hause kommen?», hauchte Maja geradezu wollüstig. Ihr Haar, das sie die ganze Zeit kämmte, glänzte inzwischen seidig.

«Ich auch, ich auch», rief Irka freudig. «Mir haben sie gestern am Telefon gesagt, dass sie mich abholen.»

«Wer ist das, *sie*?», fragte Natascha und schlürfte vernehmlich am Tee. Mit grenzenloser Verachtung sah sie Irka an.

«Nun, meine Freunde ... Oj, ich bin hier so dick geworden, was werden die nur dazu sagen.»

Irka sprang auf und huschte zum Waschbecken. Sie drehte der Spiegelfolie mal eine, mal die andere Seite zu und schnalzte enttäuscht.

«*Was werden die sagen!* Wie eitel die plötzlich ist», Katja lachte verletzend. Anders als Natascha mit ihrem finsteren Groll verachtete sie Irka unverhohlen, fröhlich und böse. Sie saß auf dem oberen Bett und folgte ihr mit angriffslustigen, blauen Äuglein.

«Was sollen deine Alki-Freunde dir schon sagen?»

«Genau deshalb hab ich wahrscheinlich zugenommen: weil ich nichts getrunken habe», befand Irka. Sie drehte sich ins Profil, zog den Bauch ein und ließ ihn wieder locker. «Normalerweise fresse ich ja nicht, sondern saufe nur.»

Diana streckte sich graziös, auf der Seite liegend. Sie sah aus wie Rembrandts Danaë. Unter halbgeöffneten Lidern sah sie Irka träge zu.

«Seltsam, in der Tat», stellte Diana endlich fest. Alle wandten sich zu ihr und erwarteten eine Erklärung, sie aber hatte damit keine Eile – langsam klopfte sie ihr Kissen zurecht und stützte den Kopf auf den Arm.

«Was ist seltsam?», fragte Katja und ließ sich vom Bett herabhängen. Ihr Pferdeschwanz baumelte in der Luft.

«Nun, Irka – und sei jetzt nicht beleidigt, Irka – ist eine ganz gewöhnliche Alkoholikerin. Und trotzdem macht sie sich Sorgen, was ihre Saufkumpel zu ihren überflüssigen Pfunden sagen werden. Weiber bleiben doch Weiber.»

«Und du bist natürlich ein ganz besonderes Weib, oder?», zischte Katja. «Dein Gewicht macht dir überhaupt keine Sorgen!»

«Nein», fiel Diana hochmütig ein, «ich gefalle mir, so oder so.»

Katja kicherte diabolisch.

«Deine Lieblingsausrede! Und was wiegst du? Hundert Kilo?»

Diana trat von unten gegen ihre Matratze. Katja tat erschrocken und hörte nicht mehr auf zu lachen.

«Du bist einfach neidisch», sagte Diana gutmütig. «Guck dich selbst an, Haut und Knochen. Null Titten. Kein Vergleich zu mir!»

Sie klopfte sich vielsagend auf die Brüste. Katja gab ein höhnisches «Ts» von sich, diskutierte aber nicht weiter.

Während sie scherzhaft zankten, schwiegen die anderen und guckten sich nur ab und zu vielsagend an. Anja musste wieder an die Schule denken: In jeder Klasse gibt es unfehlbar zwei allseits beliebte Freundinnen, die stets im Zentrum der Aufmerksamkeit stehen. Die übrigen Mädchen teilen sich ein in jene, die mit ihnen befreundet sein wollen und sich einschleimen – und die anderen, die fürchten, von den beiden Stars verspottet zu werden, und sich deshalb abseitshalten. Anja gehörte immer zu den Letzteren.

«Überhaupt sind Plus-Size-Models gerade in Mode», belehrte Diana sie jetzt. «Besonders dunkelhäutige.»

«Und du bist Model?», fuhr Maja sie sogleich an. Sie war endlich mit dem Kämmen fertig und flocht ihr Haar zu einem Zopf. Als sie bis zu den Spitzen gekommen war, löste sie alles wieder auf und fing von neuem an. Anja schaute bezaubert zu, wie die dunklen, seidig glatten Locken durch ihre Finger glitten.

Diana hatte es nicht eilig mit einer Antwort. Sie veränderte die Pose, sodass alle in Ruhe ihre steile Hüfte und die Taille bewundern konnten, und sagte: «Ich verdien mir in einer Fotoagentur etwas dazu. Sie buchen mich für Werbeprospekte. Einmal ist mir vielleicht ein Ding passiert. Ich musste jobmäßig zu dem Tscherkison-Markt. Ich komme da an, also mit dem Auto. Damals fing ich gerade an zu fahren. Parke ein. Parke lange ein. Dann gucke ich hoch und bin baff. Direkt vor mir ein Pavillon, daran alle möglichen Plakate, und auf einem bin ich! Ich konnte mich sogar an die Aufnahme erinnern – wir schossen Fotos für ein Reisebüro, konkret jetzt in der Türkei, und ich machte Werbung dafür. War lange her gewesen. Übrigens sah ich da drauf wahnsinnig scharf aus, schwarz-weißes Kleid und Hut. Und jetzt stellt euch vor, da ist mein Foto mit schwarz-weißem Kleid und Hut, aber reinkopiert in ein anderes, mit blauem Himmel und Wolken, zu meinen Füßen ein Berg Wassermelonen, und darüber steht in Rot: *Die besten Wassermelonen aus Astrachan in Moskau!*»

«Sie haben dein Foto geklaut!», schrie Maja und ließ für einen Augenblick sogar von ihrem Zopf ab. «Albtraum! Ich würde sterben, wenn man mein Foto für Wassermelonenreklame benutzen würde!»

Diana ließ sie gnädig ausreden und fuhr fort: «Ich also sofort rein in den Pavillon. Direkt am Eingang ein riesiger

Stand mit diesen Melonen. Ich auf die Alte zu, die sie verkauft, und sage: Was zum Teufel? Sie: Ich weiß von nichts, ich verkaufe die nur, da müssen Sie den Chef anrufen. Her mit der Nummer, sage ich. Die redet sich natürlich raus: Wieso, und überhaupt, vielleicht bist du das gar nicht auf dem Foto. Komm raus auf die Straße, sage ich, dann können wir vergleichen. Schließlich hat sie mir die Nummer gegeben.»

«Und der Chef?», fragte Katja. Sie war, während Diana erzählte, nach unten geklettert und saß jetzt im Schneidersitz, auf die Knie gestützt und nach vorn geneigt. Die Geschichte interessierte sie offensichtlich.

«Na, der schwätzte zuerst auch was davon, er habe dieses Foto legal gekauft und das sei ein amerikanisches Modell. Ich sagte: Komm her, schau mich mal an, von wegen amerikanisches Modell. Wir stritten ziemlich heftig. Ich verlangte, dass er mir für die Nutzung des Fotos was zahlt, und er: Gar nichts würde er mir zahlen, er hätte das Bild ja sowieso schon gekauft.»

«Und wie ging es aus?»

«Mir wurde klar, dass ich keine Kohle von ihm kriegen würde, und ich sagte, ich wäre mit Naturalien einverstanden.»

«Wie jetzt?», fragte Maja. Sie sah Diana hingerissen an, und ihre Finger spielten weiter mit ihrem Haar, als hätten sie ein eigenes Leben. Anja konnte den Blick nicht von ihren raschen Bewegungen und den zwischen den Fingern durchgleitenden Haaren wenden. Sie musste an ihre Erscheinung denken und bekam eine Gänsehaut.

«Ich wollte, dass er mich mit Wassermelonen bezahlt.»

«Und, hat er?», meldete sich Natascha. Vor lauter Ungläubigkeit hörte sie sogar kurz auf zu stottern. Sie machte es sich auf Irkas Bett bequem, kam aus Versehen an Irkas Fuß und trat sofort nach ihr – mach Platz.

«Er hat ein bisschen rumgenölt, aber ich habe gedroht, ich verklage ihn. Ich war so sauer, dass er wohl Angst bekam und sagte, ich solle so viele nehmen, wie ich will.»

«Und wie viele hast du genommen?»

«Ich konnte ja überhaupt nichts mit diesen Melonen anfangen. Wollte dem Penner einfach nur einen Denkzettel verpassen. Die Scheißer glauben alle, sie können sich so Fotos einfach im Internet runterladen. Er sollte eine Lektion bekommen. Ich hab meinen Mann angerufen, der hat sich so ein Auto geborgt, bei einem Freund, mit Ladefläche, einen Pick-up. Den ganzen Kasten haben wir mit Melonen vollgestopft. Der Kerl hatte mir doch gesagt, ich soll so viele nehmen, wie ich will. Die Alte brüllte jetzt natürlich rum, rief den Chef, aber was sollte der uns tun, er war weit weg. Bevor er was unternehmen konnte, waren wir schon abgehauen.»

«Und was habt ihr mit all den Melonen gemacht?», fragte Maja. Sie hatte genug davon, einen dicken Zopf zu flechten, und flocht jetzt viele kleine.

Diana winkte ab – in der Fülle ihrer Formen bewegte sie sich erstaunlich geschmeidig – und sagte grinsend: «Wir haben am Ende die Hälfte weggeschmissen, wenn nicht mehr. Da lagen so viel bei uns rum, dass sie irgendwann vergammelten. Wir haben sie an Bekannte verteilt, den Eltern auf die Datscha gebracht, an Nachbarn verteilt. Haben uns selbst daran übergessen. Ich kann bis heute keine Wassermelonen sehen.»

«Waren sie wenigstens gut und süß?», fragte Katja.

«Nicht besonders. Die Reklame hängt übrigens bis heute da. Neulich war ich in der Gegend. Ist nur ausgebleicht.»

Die Türluke ging auf.

«Geht ihr telefonieren?», fragte einer der Polizisten unwirsch.

In der Warteschlange zum Telefon ging es diesmal besonders langsam voran – vielleicht auch, weil nur Anja so dringend telefonieren wollte. Jedes Mal, wenn die Diensthabende ohne Eile wie eine Gans in ihren Dienstraum watschelte, um den Beutel der nächsten Arrestantin zu holen, rollte Anja mit den Augen.

«Vielleicht teilen Sie einfach allen die Telefone auf einmal aus, und wir quittieren danach?», fragte sie die neben ihr stehende Granitfresse.

«Ist nicht vorgesehen», knurrte er, ohne sie auch nur eines Blickes zu würdigen.

Diese Schicht nervte Anja eindeutig am meisten von allen. Als sie das Telefon entgegennahm, fragte sie die Diensthabende: «Ich darf doch Besuch von Bekannten bekommen, oder?»

«In der Arrestzeit darf ein Besucher für die Dauer einer Stunde zu dem Gefangenen», leierte sie mechanisch herunter.

«Und etwas mitbringen?»

«Nicht mehr als dreißig Kilo.»

«Mehr brauch ich auch gar nicht», versicherte ihr Anja.

Die Diensthabende sah sie mit starren Augen und leerem Gesichtsausdruck an und wartete offenbar darauf, dass sie sich ihren Mitinsassinnen anschloss. Anja seufzte und begab sich in den Telefonierraum.

Sie schaltete das Handy ein und schrieb als Erstes den Freunden eine Nachricht. Aufgeregt von den kürzlichen Diskussionen über Essen, versuchte Anja gar nicht erst, ihre Phantasie zu zügeln. Außer um Zwiebeln bat sie auch um Chips, Zwieback, Kekse, Schokolade, Nüsse und geräucherten Käsezopf. Das war nur ein kleiner Teil dessen, was Anja sich gewünscht hätte, aber sie kannte den Arrest schon genug, um zu wissen, dass sie hier keine Napoleon-Torte hereinlassen würden. Wieder überkam sie ein Anflug von Selbstmitleid – so viele ganz normale, einfache Dinge waren ihr hier verwehrt! Und sogar jetzt musste sie sich für eine winzige Auswahl entscheiden, wie erniedrigend! In Freiheit hatte sie niemals Lust auf Chips oder Zwieback, hier wurden sie zum einzigen Trost. Nach kurzem Gram über ihr kärgliches Leben setzte sie noch «Ein paar Schachteln Zigaretten» dazu – sollten die Nachbarinnen auch etwas Gutes haben.

Als sie in die Zelle zurückkamen, dudelte dort schon das Radio, und durch das geöffnete Fenster hörte man Stimmen – irgendjemand wurde zum Spazieren geführt. Sie verteilten sich auf die Kojen, Katja kletterte sofort auf die Fensterbank und rauchte. Durch das Gitter hatte sie einen Überblick über den Hof, wie über ihre persönlichen Besitztümer. Irka zog indessen ihr Bettzeug ab, legte es zusammen und nahm auf der nackten Matratze Platz. Sie fand offenbar keine bessere Beschäftigung mehr, als Fäden aus der Matratze zu zupfen. Hatte sie einen, wickelte sie ihn um die Zeigefinger beider Hände, um ihn dann zu zerreißen. Dabei machte sie ein glückliches wie leeres Gesicht, als wäre sie in Gedanken schon ganz weit weg. Vermutlich stellte sie sich ihre Entlassung vor.

«Mädels, guckt», sagte Katja verblüfft. «Ein Kerl im Anzug!»

Natascha erhob sich auf ihrem oberen Bett und sah nach draußen.

«Stimmt», bestätigte sie wenig erstaunt. «Da läuft jemand im Jackett.»

Irka wollte auch einen Blick aus dem Fenster werfen, aber Diana, die sofort die ganze Sicht für sich beanspruchte, stieß sie zur Seite.

«Hat Stil, der Knabe», bemerkte sie und stupste Katja mit dem Ellbogen an, «lass mal ziehen.»

Katja reichte ihr die Zigarette und rief aus dem Fenster. «Eh Mann, wozu so in Schale? Bräutigam, oder was?»

«Nein, Zeuge», kam es von draußen.

«Was? Zeuge?», wollte Maja jetzt wissen und stieg zu Natascha aufs obere Bett. Sie bemühte sich weiterhin um graziöse Bewegungen und vergaß nicht einmal, beim Klettern den Fußspann zu strecken, obwohl weder Umstände noch Zuschauer diese Mühe lohnten.

Natascha war wie üblich nicht glücklich über die unerbetene Gesellschaft. Sie knurrte etwas Unverständliches und rupfte ihre Decke unter Maja hervor, verjagte sie aber nicht.

«Was, bist du jetzt von einer Hochzeit hierhergekommen?», staunte Katja.

«Jo.» Die Stimme klang näher. Sie war jetzt direkt unter dem Fenster. «Bin nachts Alk holen gefahren, da haben sie mich geschnappt. Aber offenbar sind fast alle deshalb hier.»

«Warst du besoffen?», fragte Katja verständnisvoll. «Steh nicht so rum, komm auf die Bank.»

Die Bank knarrte, und im Fenster erschien ein blendend roter Kopf.

«Stockbesoffen», bestätigte der Kopf. «Hab zehn Minuten versucht, den Bullen über die Höfe zu entkommen. Hey, Mädels.»

Anjas Mitinsassinnen grüßten disharmonisch.

«Und wie heißt du?», fragte Katja, nahm Diana die Zigarette ab und tat einen tiefen Zug.

«Kirill.»

«Und sie haben dich direkt von der Hochzeit hergebracht?», fragte Diana. Sie hatte die Arme über die Fensterbank gebreitet und das Kinn auf die Hände gelegt. Ihr Gesicht war jetzt nah an Kirills. Sie klimperte schmachtend mit den Wimpern.

«Ach wo, zuerst auf die Polizeiwache», sagte Kirill, der Dianas Interesse offensichtlich übersah, «dort hab ich mich ausgeschlafen. Dann ins Gericht. Dann hierher. Ich hatte noch Glück, das waren anständige Bullen, sie haben mich unterwegs bei der Bank vorbeigefahren.»

«Wie, Bank?», fragte Maja.

«Ich arbeite in einer Bank. Sie haben mich hingebracht, damit ich einen Urlaubsantrag stellen konnte. Ich soll hier zehn Tage hocken, wie erkläre ich das auf Arbeit? Danach ging's noch in einen Laden, erst dann hierher.»

«Da hast du ja echt Superbullen getroffen», meinte Katja ungläubig und blies den Rauch zur Decke.

«Ich hab ihnen Wodka spendiert. Wie ist es, wollt ihr auch?»

«Was?»

«Wodka!» Kirill hob die Arme und präsentierte den Insassinnen eine Flasche Mineralwasser, Marke «Schischkin-Wald».

«Du hast da Wodka drin?», flüsterte Diana, vergaß das Schmachten und sah ihn gierig an.

Irka, die die ganze Zeit erfolglos nach einer bequemen Position am Fenster gesucht hatte, warf sich nun wie gesengt ans Gitter.

«Wodka, echt jetzt?», rief sie.

«Leise doch», fauchte Diana und drängte sie elegant zur Seite.

«Na, und wollt ihr?», fragte Kirill und schüttelte den Schischkin-Wald.

Anjas Nachbarinnen musterten die Flasche und sagten nichts.

«Nee», antwortete Katja schließlich bedauernd im Namen aller. «Passt sowieso nicht durchs Gitter. Wie hast du ihn hierhergeschmuggelt?»

«Das war denen doch scheißegal. Ich habe ihn noch bei den Bullen im Auto umgegossen, und hier hat nicht mal jemand dran geschnuppert. Na gut, wenn ihr nicht wollt.»

Kirill schraubte die Flasche auf und nahm ein paar große Schlucke. Die Arrestantinnen sahen ihm wie hypnotisiert zu. Ohne auch nur das Gesicht zu verziehen, wischte er sich danach den Mund mit dem Handrücken ab und fragte unvermittelt: «Und Zigaretten, habt ihr welche?»

Katja reichte ihm wortlos die Schachtel.

«Oj, nur noch zwei übrig. Macht nichts, ich kriege morgen welche und bringe euch ein paar vorbei.»

Ohne zu fragen, streckte Kirill die Hand durchs Gitter und nahm sich das Feuerzeug von der Fensterbank. Nach dem ersten Zug schloss er die Augen und ließ genüsslich den Rauch hinaus. Er machte dabei ein derart verzücktes Gesicht, dass sogar Anja neidisch wurde, sie als Nichtraucherin.

«Na gut», sagte Kirill schließlich. «Danke. Ich bring euch morgen auch was mit.»

Mit diesen Worten sprang er von der Bank.

«Was will er uns morgen bringen?», fragte Irka hoffnungslos. «Vielleicht Wodka?»

«W-wozu brauchst du morgen W-wodka, blöde Kuh? Du kommst heute raus», rief Natascha.

«Ah, stimmt», Irka blühte auf, als hätten Nataschas Worte sie in die Realität zurückgeholt. «Ich werde dann mal packen.»

Sie löste sich vom Fenster, zog eine abgenutzte Plastiktüte unter ihrem Bett hervor und wühlte eifrig darin herum. Die anderen krochen auf ihre Betten zurück. «Wodka, ausgerechnet», brummte Diana.

Irka zog ein Paar zerknautschte gelbliche Turnschuhe aus der Tüte, ihre Latschen packte sie weg. Dann ging sie ans Waschbecken, löste ihr Haar und steckte es sofort wieder ordentlicher zusammen. Sie drehte ihren Kopf vor dem Spiegel.

Zufrieden mit dem Ergebnis, flatterte sie zurück zu der Tüte und fischte einen BH heraus. Jeden Schritt kommentierte Irka selbst halblaut, den BH bezeichnete sie als «Kugelschutz», ein Scherz mit «kugelsicher», offenbar. Sie legte ihre gesamte Jeansrüstung ab, zog dann den BH an und die Sachen wieder darüber, um erneut zum Spiegel zu rennen und ihre Frisur in Ordnung zu bringen. Natascha beobachtete ihre Vorbereitungen mit düsterer Miene und knurrte boshaft.

Beim Mittag waren von den Essensverteilern nur Wiktor Iwanowitsch und ein unauffälliger Unbekannter da. Auf Anjas Frage nach Andrej wurde Wiktor ernst und sagte: «Liegt in der Zelle. Der Rettungswagen hat ihn abgeholt und später wieder zurückgebracht. Er ist okay, aber stark verbrüht.»

Im selben Moment knallte der Neue den Teekessel auf den Herdring, Wasser spritzte auf die heiße Herdplatte. Man hörte es zischen.

«Vorsichtig! Was bist du für ein Tollpatsch!», herrschte Wiktor Iwanowitsch ihn an und hatte Anja sofort vergessen. Es gefiel ihm unübersehbar, den Küchenchef zu spielen.

Anja setzte sich an den Tisch und stocherte in ihrer Schüssel. Auf verklebten Makkaroni lag geriebene Mohrrübe. Nach gründlicher Inspektion des Gerichts seufzte Anja und hoffte noch mehr auf ihre Freunde und deren Mitbringsel.

Das Warten sollte nicht lange währen. Kaum waren sie vom Mittagessen zurück, kam die Granitfresse mit den geschminkten Augen in die Zelle.

«Besuch für Sie», sagte sie unfreundlich.

Anja sprang sofort auf, fand mit den Füßen auf Anhieb in die Flip-Flops und schlappte zur Tür. Die Frau beobachtete sie kühl. Vom Korridor bogen sie zum Telefonierraum ab. Im Dienstzimmer war niemand mehr, das Gitter davor war nicht versperrt. Die Frau schob es auf und ließ Anja vor. Die ging, beinahe tänzelnd vor Ungeduld, hinein und tat zwei Schritte über den kurzen Flur. Hinter ihr schlug das Gitter krachend zu. Anja trat über die Schwelle des Raumes.

Mit den Händen auf dem Holztisch saß da ihr Vater. Ihn hatte Anja so absolut als Allerletztes erwartet, dass sie ihn in der ersten Sekunde gleichsam nicht erkannte – sie glotzte nur wortlos.

Vater sagte traurig: «Tag, Töchterlein», dann kam er hinter dem Tisch hervor, umarmte sie und küsste sie auf die Wange.

Anja hob unsicher die Arme und versuchte so etwas wie die Andeutung einer Umarmung, ihre Lippen trafen ungeschickt irgendwo auf Vaters Hals. Ein leicht salziger Geschmack. Ihr Vater roch nach angenehmem Eau de Cologne und Waschmittel.

«Und, wie geht's dir hier?», fragte er mit einer Mischung aus Mitgefühl und Ärger in der Stimme.

Es war nicht klar, wem der Ärger galt: Anja – dafür, dass sie im Arrest gelandet war – oder der Regierung – dafür, dass sie sie hier eingebuchtet hatte.

«Du hast abgenommen.»

«Du hast mich einfach lange nicht gesehen», sagte sie schließlich und setzte sich unsicher auf einen Stuhl. Ihr Vater nahm auf der anderen Tischseite Platz und musterte sie weiter besorgt. «Ich bin schon okay. Wie kommst du hierher?»

«Ja, konnte ich dich in dieser Situation allein lassen!»

«Ich meine, was tust du überhaupt in Moskau? Ich dachte, du bist jetzt ...», Anja stockte, «gar nicht in Russland.»

Ihr Vater hatte schon früher jeden Sommer im Ausland verbracht, bis er dann endgültig nach Italien gezogen war. Anja hatte das erst ein paar Monate später erfahren, in den Mails davor war nie die Rede davon gewesen. Die ganze Zeit hatte ihr Vater, wie üblich, lieber von seinen kleinen Kindern erzählt, anstatt diese Tatsache zu erwähnen. Danach schickte er Anja natürlich Fotos von seinem neuen Zuhause, beschrieb den wunderlichen Lebensstil der Italiener und lud sie ein, dennoch wurde sie das Gefühl nicht los, dass sie von dem Umzug eigentlich nichts erfahren sollte. Ob ihr Vater nun mit den Jahren verschlossener geworden oder ob ihr Kontakt endgültig auf einige wenige formelhafte Themen zusammengeschrumpft war, Anja spürte deutlich, dass sie besser keine Fragen stellte. Sie wusste nicht, ob dieses Gespür wirklich gerechtfertigt war, aber da sie ihrem Vater wie üblich keine Unannehmlichkeiten bereiten wollte und daran gewöhnt war, dass ihr Kontakt über gefahrlosen Smalltalk nicht hinausging, hielt sie es für besser so. Seitdem stellte sie nicht nur keine Fragen nach Italien, sondern mied sogar den Namen des Landes und beschränkte sich auf «nicht in Russland».

«Ich bin geschäftlich hier, verstehst du. Reiner Zufall», seufzte ihr Vater. «In Moskau ist gerade eine Messe. Wir haben da einen Stand. Ich treffe hier Leute, muss mit einem neuen Lieferanten verhandeln. Hab dir einen Prospekt mitgebracht. Du hast hier bestimmt gar nichts zu lesen.»

Ihr Vater lachte wie über einen geistreichen Witz. Anja lächelte mechanisch und sagte zurückhaltend: «Ich hab was zu lesen.»

Sein Lachen brach ab, er setzte eine besorgte Miene auf und fragte noch einmal: «Wie geht's dir hier?»

«Normal.»

«Normal ... Bist du allein in der Zelle?»
«Nein, mit mir sitzen fünf Personen.»
«Und wie sind die?»
«Auch normal.»

«Ich mache mir große Sorgen um dich, Töchterlein», sagte er und beugte sich abrupt nach vorn – eine Sekunde lang glaubte Anja erschrocken, er würde sie gleich bei der Hand nehmen, aber falls er das vorgehabt hatte, hatte er es sich im letzten Augenblick anders überlegt. Anja zählte in Gedanken bis zwei, damit die Geste nicht zu unhöflich aussähe, dann zog sie die Hand vom Tisch und klemmte sie zur Sicherheit zwischen die Knie.

«Bei mir ist alles in Ordnung», wiederholte sie. «Du brauchst dir keine Sorgen zu machen.»

«Na, immerhin Gefängnis – das ist kein Spaß.»

«Das ist kein Gefängnis», korrigierte Anja ihn.

Er winkte ab.

«Ist doch egal, wie es heißt. Wichtig ist, dass du jetzt nicht mehr so einfach auf deine Demos gehen kannst. Sie haben dich auf dem Kieker. Jetzt wird es ernst.»

Anja jagten sofort viele Worte durch den Kopf: Sie wollte sich empören, wollte sagen, dass sie nie vorgehabt hatte, sich mit «unernsten» Methoden zu begnügen, halbe Sachen seien nichts für sie, wenn man kämpfen wolle, dürfe man sich von Schwierigkeiten nicht schrecken lassen – und viele andere, mehr oder weniger hochtrabende Erklärungen. Aber sie sagte natürlich kein Wort davon. Angesichts der Tatsache, dass sie ihren Vater so viele Jahre nicht an sich herangelassen hatte, wäre es seltsam gewesen, jetzt Verständnis von ihm zu erwarten. Sie selbst war doch schuld daran, dass sie beide jetzt in dieser falschen Selbstbeherrschung gefangen waren.

«Du denkst, Arrest, das ist was Schreckliches», versicherte

Anja. «In Wirklichkeit tust du hier nichts als schlafen und lesen. Also mach dir keine Sorgen um mich, es sind ja nur zehn Tage.»

«Und wenn sie dich beim nächsten Mal länger einsperren?», rief er pathetisch.

Anja hätte fast eine Grimasse gezogen, hielt sich aber zurück.

«Dann sitz ich eben ein bisschen länger», erwiderte sie mit einem sanften Lächeln.

Ihr Vater ließ sich zurück an die Stuhllehne fallen und sah Anja an, als würde er sie zum ersten Mal sehen.

«Das hat dir alles Mama in den Kopf gesetzt», sagte er bitter. Diese plötzliche Wende brachte Anja aus der Fassung.

«Was hat Mama mir in den Kopf gesetzt?»

«Das ist eben ihr Charakter. Unversöhnlich. Unverträglich. Immer muss sie mit allen kämpfen. Ich weiß noch, wie ich ihr einen Job bei einem Freund verschafft habe, als wir schon getrennt waren. Sie arbeitete da einen Monat und kündigte. Mir sagt sie: Er hat mich beleidigt, das war unter meiner Würde. Ich habe den Freund später gefragt, was passiert war, und der ... Aber was soll's, jetzt darüber zu reden. Sie hat sich irgendwas ausgedacht und war nur selbst beleidigt.»

Anja war überrascht, starrte ihren Vater an und vergaß ihre ganze antrainierte Leidenschaftslosigkeit. Seine Tirade brachte sie so aus dem genau definierten Kreis der erlaubten Themen, dass sie zunächst einmal gar nichts verstand.

«Was hat Mama jetzt damit zu tun?», fragte sie dumm.

«Verzeih.» Ihr Vater machte ein schuldbewusstes Gesicht. «Es ist nicht recht von mir, dir das zu erzählen. Und ich hätte es bestimmt nie getan, wenn ich nicht sehen würde, wie sehr sie dich beeinflusst. Aber verstehst du, in dieser Welt siegt, wer flexibel ist. Derjenige, der sich anpassen kann. Deine

Mutter ist anders, und ich weiß, wie viel du von ihr hast. Das ist bestimmt auch meine Schuld. Wenn ich bei euch gewesen wäre, hätte ich versucht zu korrigieren, hätte dir erklärt, dass es manchmal besser ist, einen Kompromiss einzugehen, abzuwarten, bevor man sich auf eine Konfrontation einlässt. Aber verstehst du, ich konnte leider nicht da sein, denn deine Mutter hat eines schönen Tages einfach beschlossen, mich aus ihrem Leben zu schmeißen.»

Wenn sie später an dieses Gespräch zurückdachte, kam Anja zu dem Schluss, dass sie sich bestimmt zusammengerissen hätte, wenn sie bei ihrem Vater zu Hause gesessen und brav am Tee genippt hätte. Ach was, wären sie zu Hause gewesen, hätte dieses Gespräch vielleicht so nie stattgefunden. Doch dieser schäbige, gefliese Raum mit dem zerkratzten Tisch und dem vergitterten Fenster war der Höflichkeit nicht förderlich. Anja war sowieso schon den ganzen Tag sauer, hier in der Arrestanstalt zu sitzen – das Auftauchen des Vaters mit seinen Angriffen und seinen fragwürdigen Lebensweisheiten brachte sie endgültig aus der Fassung.

«Sie hat dich nicht einfach so aus ihrem Leben *geschmissen*», sagte sie trocken. «Du hast sie betrogen.»

Ihr Vater seufzte wieder.

«Das gereicht mir nicht zum Ruhm, und ich bin überhaupt nicht stolz darauf. Aber mit deiner Mutter war es schwer auszuhalten. Sie hat diesen Charakter ... Sie ist zu stolz, immer weiß sie alles besser als andere. Mit so einem Menschen kommt man schwer zurecht.»

«Also warst du nun nicht bei uns, weil sie dich aus ihrem Leben geworfen hat – oder weil du es nicht mit ihr ausgehalten hast?» Anja bemühte sich um einen eisigen Ton, merkte aber, wie die Wut über die Ungerechtigkeit, Empörung und Hilflosigkeit in ihr wuchs – all das sollte besser nicht passieren, aber sie wusste, dass es nicht mehr aufzuhalten war.

Ihr Vater wurde ernst: «Töchterchen, ich möchte, dass es dir in allem gut geht. Die Umstände sind nun mal so, Hauptsache, man bemüht sich, dass sie für dich günstig oder wenigstens nicht schädlich sind. Du weißt, dass ich nicht begeistert bin von unserer Regierung und alle Probleme selbst sehe. Ich bin ja selber ausgewandert, weil ich verstehe, dass wir in Russland jetzt keine besonders gute Situation haben. Vielleicht solltest du das auch tun? Irgendwo im Ausland studieren?»

«Ich will nicht im Ausland studieren», sagte Anja scharf. «Du bist weggefahren, ich bleibe hier.»

Ihr Vater wiegte den Kopf. Die Strenge wich aus seinem Gesicht und machte der vorherigen Bekümmerung Platz. Anja ertappte sich dabei, dass sie ihm weder das eine noch das andere abnahm. Sie hatte schon immer den Eindruck gehabt, dass ihr Vater sie mit gespielten Emotionen auf Abstand hielt, so wie sie ihn durch ihre Kühle. Keiner von ihnen offenbarte dem anderen, was er wirklich fühlte.

«Ich mache mir Sorgen um dich», sagte Vater wieder. «Auf Demonstrationen zu gehen, ist heutzutage sehr gefährlich. Du siehst doch, was los ist? Und wenn sie dich wirklich ins Gefängnis stecken, was Gott verhüte? Wer holt dich dann da raus? Wer wird dir helfen? Freunde? Deine Mama? Nein, ich werde es sein.»

Er tobte jetzt fast, als er das alles sagte, Anja meinte für eine Sekunde, er hätte die Beherrschung verloren – doch schon im nächsten Moment setzte er wieder den Ausdruck tiefer Betrübtheit und Besorgnis auf.

«Ich lass dich niemals hängen. Aber denken musst du mit deinem eigenen Kopf. Wenn dir etwas passiert, wird niemand dir mehr helfen. Dann kommst du zu mir und sagst: Papa, Papa, hol mich raus! Papa, du hattest recht!»

Die letzten Worte sprach er mit hoher Stimme, als parodierte er sie. Anja kochte.

«Nein, werde ich nicht», sagte sie hart.

«Wer springt dir denn immer bei? Wer kommt dir immer zu Hilfe?» Er gab nicht klein bei. «Ich! Erinnerst du dich, wie du von zu Hause weggelaufen bist und ich dich gefunden habe? Und was hast du gesagt? *Bring mich nur nicht zur Mama zurück!* Und ich, habe ich das getan? Ich habe dich bei Irina Sergejewna untergebracht, habe für dich bezahlt!»

Anja spürte, wie sich Zorneshitze in ihrem ganzen Körper ausbreitete – sogar ihre Augen tränten, sie blinzelte zweimal, um diesen Schleier zu zerreißen. Innerlich tobte sie.

«Du kannst sicher sein, ich werde dich nie um Hilfe bitten», sagte sie noch einmal so beißend wie möglich.

Ihr Vater stutzte, als hätte er sie gerade zum ersten Mal gehört, und sah Anja an.

«Gut, dass du daran erinnerst. Als ich von zu Hause weggelaufen war, hast du mich ja nicht bei *dir* aufgenommen, sondern mich irgendeiner unbekannten Frau aufgehalst und ihr Geld bezahlt, nur damit ich dich in Ruhe lasse. Das ist deine ganze Hilfe.»

Ihr Vater schwieg einige Sekunden und sah sie erschüttert an.

«Wie kannst du so etwas sagen?», meinte er schließlich. «Wenn ich nicht gewesen wäre ...»

«Ich war dir nie gut genug», unterbrach Anja ihn. Eine Flamme loderte in ihr, dass die Worte wie von selbst aus ihrem Mund funkten. «Dir war das alles scheißegal. Was weißt du überhaupt von mir? Du erzählst mir ständig etwas von deinen Kindern, aber mich fragst du nicht *einmal*, wie es bei mir ist. Und jetzt, wo ich hier sitze, kommst du an und hältst Moralpredigten. Wo warst du vorher? Wo war deine Sorge, deine Aufregung? Einmal im Jahr falle ich dir ein, und du glaubst, du könntest mir das Leben beibringen.»

Ihr Vater sah sie weiter groß an, aber die Verblüffung war aus seinem Gesicht gewichen und hatte einer kaum merklichen Selbstzufriedenheit Platz gemacht – als hätte er die tiefere Bedeutung von Anjas Worten enträtselt und wäre stolz darauf. Als sie eine Sekunde Atem holte, teilte er mit: «Alles nur Eifersucht.»

Anja hatte schon angesetzt, um weiterzureden, fragte aber nun mit erstaunter Ruhe: «Was jetzt für Eifersucht?»

«Auf die Geschwister», erklärte ihr Vater freundlich. «Ältere Kinder sind immer eifersüchtig auf die jüngeren. Du bist neidisch auf ihre Erfolge und ärgerst dich, weil ich dir – angeblich – weniger Aufmerksamkeit schenke.»

Anja blinzelte mehrmals. Die Wut erfasste sie jetzt so vollständig, dass ihr schwarz vor Augen wurde – und war gleich darauf spurlos verflogen. Sie spürte, wie ihre Schultern sich lockerten und herabfielen; sie hatte gar nicht gemerkt, dass sie derart angespannt dasaß.

«Das ist alles, was du meinen Worten entnommen hast?», fragte sie erschöpft.

«Ich habe daraus verstanden, Töchterlein, dass du keine Dankbarkeit kennst. Und das tut mir sehr weh.» Er sagte das mit so bühnenreifer Bitternis und so vielsagendem Kopfschütteln, dass Anja begriff: Das Fenster war zugeschlagen, er hatte sich wieder in der Hand. An die Stelle der Offenheit trat die übliche Gefühlssimulation. Er hatte es nie verstanden, ein richtiger Vater zu sein, er simulierte Emotionen, die man seiner nebelhaften Vorstellung nach als Vater in bestimmten

Situationen haben sollten, und er ahnte nicht einmal, wie unecht das wirkte.

Anja ließ den Blick zum Fenster schweifen. Hinter dem Gitter wiegten sich die Kirschzweige mit winzigen, gerade erst angesetzten Früchten. Sie hingen verlockend nah, aber Anja wusste, dass sie mit der Hand nicht durch das Gitter kommen würde. Wenn einem so viele einfache Dinge verwehrt waren, durfte man sich wohl wenigstens den Luxus gönnen, ein unangenehmes Gespräch zu beenden. Sie stand auf: «Tschüss, Papa.»

«Warte, Töchterchen.»

Anja ging zum Gitter und rüttelte daran.

«Eh, aufmachen, wir sind fertig», sagte sie laut.

Die rundliche Diensthabende guckte herein und warf Anja einen leeren Blick zu.

«Fertig?», fragte sie teilnahmslos.

«Ja.»

Die Diensthabende wandte den Blick auf etwas hinter Anja – offenbar näherte sich dort ihr Vater.

«Wir sind noch nicht fertig. Meine Tochter hat es offenbar einfach eilig, zurück in die Zelle zu kommen», sagte er und lachte gezwungen. Er wollte den Eindruck vermitteln, alles sei in bester Ordnung.

Die Diensthabende sah ihn weiter mit nichtssagendem Blick an.

«Ist sie überhaupt ein Mensch?», dachte Anja wütend.

«Nein, wir sind fertig», wiederholte sie hartnäckig. Die Diensthabende schaute wieder sie an, rührte sich aber nicht. Jetzt ähnelte sie einem Huhn, das eben noch über den Hof getrippelt ist, nun erschrocken stehen bleibt und starr auf einen Punkt guckt. Was für Gedanken durch das winzige Köpfchen gingen und ob überhaupt welche, war unklar.

«Anja, komm bitte, wir müssen reden», sagte ihr Vater ernsthaft.

«Wir haben alles besprochen. Lassen Sie mich raus oder nicht?»

Der Luxus, das Gespräch aus eigenem Willen zu beenden, reichte also gerade bis zur Gittertür. Es war unerträglich, dem leeren Blick der Diensthabenden ausgesetzt zu sein, während Vater hilflos protestierte. Anja merkte, wie die Ohnmacht ihre Wut wieder hochkochen ließ.

«Lassen Sie mich jetzt raus oder nicht?», blaffte sie und riss am Gitter. Die Diensthabende tat unwillig einen Schritt zurück.

«Anja, mach keinen Quatsch», sagte ihr Vater und fasste sie an der Hand.

Anja zuckte vor Überraschung so heftig zur Seite, dass sie mit der Schulter gegen das Gitter fiel. Die Diensthabende blieb reglos einen Meter von ihnen stehen.

«Also wollen Sie sich weiter unterhalten?», fragte sie und sah einmal Anja, dann wieder ihren Vater an. Etwas wie Gereiztheit füllte das perfekte Vakuum ihres Blicks.

«Nein!», rief Anja und spürte, dass sie jetzt gleich auf der Stelle losheulen würde, vor Scham über sich selbst, ihren Vater, für diese ganze peinliche Unfreiheit. Da endlich steckte die Diensthabende den Schlüssel ins Schloss und drehte ihn mit schikanöser Gemächlichkeit um.

«Anja», sagte er noch einmal, doch sie war schon aus dem Raum in den Flur geschossen, der zur Zelle führte. Sie kam nicht weit – der Korridor war durch ein weiteres Gitter gesichert. Die Anstalt eignete sich offensichtlich nicht als Schauplatz für effektvolle Abgänge.

Die Diensthabende kam sehr langsam, mit wiegendem Schritt hinterher und fummelte mit dem Schlüssel im

Schloss. Die ganze Zeit schielte sie mit ihren undurchdringlichen Vogelaugen zu Anja. Anja konnte nicht einmal erraten, was sie dachte, und das machte sie noch wütender. Endlich ging die Tür auf.

«Bring sie in die Zelle», rief sie der maulstarren Polizistin zu, die auf dem Flur auf und ab ging.

«Tschüss, Papa», sagte Anja noch einmal, ohne sich umzudrehen, und ging rasch weiter.

Sie spürte, dass er ihr nachsah, und wurde ganz klein vor Angst, er könnte noch einmal nach ihr rufen, aber diesmal kam nichts mehr. Die Polizistin öffnete krachend die Tür vor ihr, und Anja huschte in die Zelle.

«Was ist passiert?», fragte Maja erschrocken. Anja schüttelte den Kopf. Ohne ein Wort ging sie zum Bett, legte sich hin und zog sich die Decke über den Kopf.

Die erste Zeit lag sie da, ohne etwas wahrzunehmen, weder den Zigarettenrauch oder das Rauschen des Wasserhahns noch die Gespräche der Nachbarinnen. Adrenalinwellen gingen durch sie hindurch, und irgendwo tief in ihr war absolute Leere, kein fassbarer Gedanke mehr. Es war sehr angenehm, so zu liegen und an nichts zu denken. Es bedurfte nur leider viel zu großer geistiger Akrobatik, um diese selige Ruhe länger aufrechtzuerhalten. Bald ertrug Anja das Gleichgewicht nicht und fing an zu denken. Sie konnte sich gut erinnern, wie sie mit vierzehn war. Damals kamen ihr zum ersten Mal Gedanken, die nicht gleich am nächsten Tag spurlos verschwunden waren, sondern über Jahre blieben. Davor hatte es Anja also quasi nicht gegeben – statt ihrer selbst existierte da nur eine flüchtige, schwer fassbare Substanz. Ab nun nahm diese Substanz allmählich Form an, härtete aus, und Anja konnte sich gewissermaßen vollständig erkennen – von diesem Moment an konnte sie in einen Dialog mit sich selbst treten, Eindrücke vergleichen, Änderungen wahrnehmen. Der Prozess der Festigung, in dem aus dem Gewimmel vereinzelter Impulse ein Charakter sich bildete, verlief nicht auf einmal und war begleitet von wahren Stürmen – man bezeichnet diese Periode meist nachsichtig als «Pubertät», das trifft es wohl zum Teil auch, aber bei Anja war es kein Übergang von der Kindheit zur Jugend, sondern vom Nichtsein zum Sein.

Es knirschte bei diesem Übergang ganz gewaltig. Normale Kinder werden so erwachsen: Von Geburt an experimentieren sie mit Gehorsamsverweigerung. Zum vierzehnten Lebensjahr erreichen sie bei diesen konsequenten Experimenten meist den Punkt, wo sie zum ersten Mal rauchen, ihre Eltern beschimpfen und mit den Zimmertüren knallen. In Anjas Fall war die Reihenfolge über den Haufen geworfen. Sie war das fügsamste Kind, das man sich denken konnte – nicht weil das ihrem Charakter entsprochen hätte, sondern weil Anja überhaupt keinen festen Charakter hatte. Ihre Meinung zu vertreten und die Grenzen ihrer Freiheit auszutesten brauchte sie nicht, weil nichts, kein Ereignis der äußeren Welt mit ihr in Konflikt geriet – für sie gab es einfach kein Gegenüber. Sie war gut in der Schule, weil ihr das Lernen leichtfiel. Sie las viel, weil das Lesen nicht langweilig war. Sie trieb sich abends nicht rum, weil die Gleichaltrigen sie nicht interessierten. Sie belog ihre Eltern nicht, hatte keine Angst vor den Ärzten, trug im Winter die verlangte Mütze und ging zeitig schlafen. Für Außenstehende musste Anja wie das Ideal eines Mädchens gewirkt haben.

Dann eines schönen Tages wurde sie erkennbar, wie die Gestalt auf einem Polaroidfoto, und zwar so rasch, dass es mit der Idylle auf einen Schlag vorüber war. Es zeigte sich, dass praktisch nichts von den täglichen Routinen des Lebens Anja gefiel. Der Unterricht wurde ab sofort vernachlässigt. Die Bücher auch. Anja begann, die Welt und die Menschen um sich herum aktiv zu erkunden. Alle Klassenkameradinnen interessierten sich für Jungs, und Anja tat es ihnen sofort enthusiastisch nach. Dabei entdeckte sie relativ bald, dass Mädchen sie nicht weniger interessierten. Besonders ihre Klassenkameradin Mascha.

Mascha hatte goldenes, glänzendes Haar und blaue Augen. Manchmal schminkte sie ihre Wimpern und betupfte dabei unausweichlich ihren goldenen Pony mit schwarzer Tusche. Für Anja war sie ein Ideal – schön, erwachsen (ein halbes Jahr älter) und mutig. Mascha kaufte manchmal Zigaretten, und Anja rauchte mit ihr – sie nahm Rauch in den Mund und blies ihn wieder heraus. Gemeinsam schwänzten sie die Schule. Einmal kauften sie eine Flasche Otwertka im Laden, Wodka mit Fanta, und tranken ihn gemeinsam. Mascha gab damit an, dass sie schon einige Male Alkohol probiert habe, für Anja aber war das ein epochales Ereignis, eine wahre Initiation, der Eintritt – wie sie glaubte – ins Erwachsenenleben. Sie lechzte so sehr nach Trunkenheit, dass sie sie sich geradezu einredete.

Das Verhältnis zur Mutter litt natürlich darunter. Die hatte ja keine Ahnung, dass ihre erwachsene Tochter gerade jetzt Gestalt annahm. Deren kleine Rebellion wollte sie im Keim ersticken – genauso hätte sie versuchen können, ein Feuer mit Benzin zu löschen. Beim ersten Mal verließ Anja das Haus für nur vierundzwanzig Stunden. Das war so: Am Morgen war sie, wie immer, zur Schule gegangen, hatte dann aber keine Lust mehr, zurück nach Hause zu gehen. Maschas Mutter war Krankenschwester und blieb diese Nacht im Krankenhaus – eine bessere Gelegenheit gab es nicht. Nach der Schule fuhr Anja mit Mascha nach Hause. Dort durchstöberten sie alle Schränkchen, fanden medizinischen Spiritus, verdünnten ihn mit Wasser und tranken ihn – Mascha einfach so, Anja als Mutprobe. Danach rief sie ihre Mutter an und erklärte, sie werde heute Nacht nicht nach Hause kommen. Die schrie in den Hörer – «Anja! Anja!», die aber traute sich, einfach aufzulegen. Dann schlüpften sie in die kürzesten Röcke, die sie bei Mascha finden konnten, und zogen los.

So seltsam es klingt, das hatte keine bösen Folgen – weder während des nächtlichen Ausflugs noch als Anja am nächsten Tag nach Hause zurückkam. Ihre Mutter war so verschreckt von ihrer Demarche und so glücklich, sie lebend und unversehrt zu sehen, dass es keine Szene gab. Anja wiederum schloss daraus, dass sie jetzt endgültig reif für das Erwachsenenleben sei.

Das zweite Mal ging sie drei Wochen später von zu Hause weg. Dieses Mal aber für immer und endgültig – sie hinterließ ihrer Mutter sogar einen Abschiedsbrief. Mit Mascha war sie im Stadtzentrum verabredet. Von dort wollten sie zuerst Maschas Freund auf der Arbeit besuchen. Der Freund war vier Jahre älter als sie und jobbte auf dem Rummelplatz. Seine extravagante Aufgabe bestand darin, in einem Schutzanzug zwischen zwei riesigen, mannshohen Kartonkakteen hin und her zu laufen, während die Besucher versuchten, ihn mit Paintball-Gewehren zu treffen.

Mascha teilte ihm mit, dass sie und Anja jetzt nach Petersburg ziehen würden. Der Freund äußerte mit einer Drehbewegung seines Zeigefingers an der Schläfe hochgradige Zweifel an diesem Plan, doch da kamen neue Besucher an den Stand, und das Gespräch musste unterbrochen werden. In den folgenden Stunden bemühten Anja und Mascha sich, es wieder aufzunehmen – ihre Idee war, dass der Freund ihnen helfen sollte, nach Piter zu kommen. Der aber teilte ihren Enthusiasmus nicht.

Schließlich wurde es dunkel, und Anja und Mascha überlegten, wo sie die Nacht verbringen konnten, da sie es heute wohl nicht mehr nach Piter schaffen würden. In dem Moment erblickte Anja unter den Rummelbesuchern ihre Eltern, die zielstrebig auf den Stand zueilten. Das Bild war so unvorstellbar – Papa und Mama zusammen, in einem Abstand von nicht mehr als einem halben Meter, dass Anja wie angewurzelt dastand. Ihre Eltern rannten jetzt praktisch schon, auf den Stand, auf sie zu – und Anja begriff endlich, dass sie sie suchten und unglaublicherweise gefunden hatten. Ohne zu überlegen, stürzte sie davon, aber bald ging ihr die Puste aus. Ihr Vater holte sie ein und brachte sie zum Auto. Später erfuhr Anja, dass Maschas Mutter ihnen den Tipp mit dem Rummeljob von Maschas Freund gegeben hatte.

Von da an stand Anja unter Hausarrest. Mama nahm ihr das Handy weg und sperrte, wenn sie zur Arbeit ging, auch das Festnetztelefon in die Speisekammer. Es war Sommeranfang, der Unterricht ging zu Ende, Anja saß den ganzen Tag allein zu Haus und grübelte über einem Fluchtplan. Sie versuchte, ins Internet zu kommen, wusste aber nicht, wie sie Mascha eine Nachricht schicken sollte – die hatte keine Mailadresse. Anjas Wohnung lag im sechsten Stock, eine Flucht aus dem Fenster kam nicht in Frage. Anja stocherte im Türschloss herum, begriff aber bald, dass Haarklammern nur im Film funktionieren.

Am Abend, wenn die Mutter kam, wurde es noch schlimmer. Nicht nur, dass sie nicht mit Anja sprach, sie schien ihre Anwesenheit überhaupt nicht wahrzunehmen. Fing Anja einmal einen ihrer Blicke auf, dann war der so eiskalt, dass sie ihn nicht aushielt. Die meiste Zeit saß sie deshalb in ihrem Zimmer und rätselte, wie das alles enden würde. Einige Male unternahm sie Vorstöße, um ihr Mobiltelefon in der

Handtasche ihrer Mutter zu finden, musste aber jedes Mal kurz vor Entdeckung aufgeben.

Schließlich begannen die Ferien – und die Tage wurden noch schrecklicher, weil die Mutter nun die ganze Zeit zu Hause war. In dem Wunsch, Anja so streng wie möglich zu bestrafen, strafte sie sich selbst – den Telefonapparat holte sie nicht aus der Kammer, die Tür hielt sie verschlossen, den Schlüssel versteckt.

Einmal lag Anja auf dem Bauch auf ihrem Bett und hörte zu, wie ihre Mutter die Wäsche auf dem Balkon aufhängte. In dem Moment läutete es an der Tür. Anja wusste nicht, wer es sein konnte – aber die Idee war sofort da. Sie sprang vom Bett auf und rief: «Ich mache auf!» Die Tür bedeutete einen Weg in die Freiheit.

«Ich mach selbst auf!», antwortete ihre Mutter kühl. Ohne die im Flur herumtrippelnde Anja zu beachten, guckte sie durch den Spion, kramte dann ohne Eile den Schlüssel aus ihrer Tasche, steckte ihn ins Schloss und drehte um. Nachdem sie sie aufgedrückt hatte, trat die Mutter zur Seite, um den Besucher einzulassen. In der Tür sah Anja eine Nachbarin von oben. Ohne zu überlegen, schoss sie wie eine Bowlingkugel nach vorn, fegte Mutter und die Nachbarin aus dem Weg und lief die Treppe hinab, fünf Stufen auf einmal springend.

Sie hörte die Mutter schreien, hörte das Schlappern ihrer Hausschuhe in der Kirchenstille des Treppenhauses, das Anrucken und Hochgleiten des Fahrstuhls in den sechsten Stock – aber Anja war nicht mehr einzuholen. Draußen auf der Straße nahm sie Kurs auf ein Gehölz in der Nähe. Wenn sie erst einmal zwischen den Bäumen war, glaubte sie, würde niemand sie mehr finden. Einen weitergehenden Plan hatte sie nicht. Handy, Geld, Papiere – alles war zu Hause geblieben, aber daran dachte Anja zunächst nicht, sie war getragen von einer Welle des Enthusiasmus.

In dem Wäldchen rannte sie ein paar hundert Meter und verfiel dann in den Schritt. Das Haus lag weit hinter ihr, die Mutter würde sie nun sicher nicht mehr einholen. Sie war so wütend auf ihre Mutter und so müde von den letzten Tagen, dass es schon ein Genuss war, nur unter Bäumen zu gehen. Der unbefestigte Weg, noch federnd weich vom Regen, ging in Kies über – erst jetzt merkte Anja, dass sie in Hausschuhen weggelaufen war. Das betrübte sie nicht, es amüsierte sie sogar ein bisschen, dann fand sie es absolut lustig.

Am Ende des Wäldchens war eine Straße mit Bushaltestelle – von hier aus kam man ins Zentrum. Anja beschloss, dorthin zu fahren und zu Maschas Haus zu gehen. Weiter als bis zu dem Treffen mit Mascha reichte ihr Plan nicht – gemeinsam würde ihnen schon etwas einfallen. Zwar musste sie damit rechnen, dass Mascha nicht zu Hause war; vielleicht hatte sie sie sogar ganz vergessen, schließlich waren sie all die Tage nicht in Kontakt gewesen. Doch solche Befürchtungen verbat Anja sich.

Sie trat aus dem Gehölz und ging an der Straße entlang. Die Haltestelle war noch hundert Meter entfernt, als sie im Augenwinkel ein dunkelgrünes Auto bemerkte. Es fuhr vorbei, drehte dann plötzlich um und fuhr auf sie zu. Anja versuchte, das Nummernschild zu erkennen. Auf dem schneeweißen, in der Sonne leuchtenden Schild erkannte sie eine 011. Ein Kreis und zwei Striche. Das war wie im Film, genauso unmöglich und hypnotisierend. Anja sah vom Nummernschild auf den Fahrer, obwohl sie schon wusste, wer das war. Durch die getönte Scheibe sah ihr Vater zu ihr her.

Sie rannte. Ihr Kopf war mit einem Schlag leer – das hier war so unwahrscheinlich, dass jede Logik versagte. Ihr Vater wohnte am anderen Ende der Stadt. Hier konnte er nichts verloren haben. Eigentlich durfte sich die kürzliche Hetzjagd nicht wiederholen. Dennoch rannte Anja jetzt am Randstreifen, ihr Vater schon hinter ihr her. Sie hörte seine Schritte näher kommen und wusste, gleich hatte er sie. Anja geriet in Panik. Die Unentrinnbarkeit war so erdrückend, dass jeder Widerstand zwecklos schien – Anja blieb stehen. Ihr Vater, davon überrascht, flog auf sie herauf, war da, ob er sie nun umarmte oder packte, und sie rief verzweifelt, mit dem Gesicht an seiner Brust: «Bring mich nur nicht zur Mama zurück, nicht zur Mama zurück, nur nicht zur Mama!»

Das tat er auch nicht. Er nahm Anja mit nach Hause, rief die Mutter an und sagte, dass mit ihr alles in Ordnung sei, aber fürs Erste bliebe sie bei ihm.

Vater war die Ruhe selbst. Er hielt Anja keine Strafpredigt, machte ihr keine Vorwürfe. Stattdessen gab es Mittagessen, er schenkte ihr sogar ein halbes Glas Wein ein. Anja empfand eine so erdrückende Dankbarkeit, dass es ihr die Sprache verschlug. Immer hatte sie sich ihren Vater als strahlenden Helden erträumt – und nun plötzlich war er es wirklich. Endlich konnte Anja sich entspannen, brauchte sich nicht mehr den Kopf zu zerbrechen, was sie tun sollte – ihr Vater war ja bei ihr, tapfer, resolut, verständnisvoll. Er nahm sie in Schutz, er ließ sie nicht in der widerlich gewordenen Wohnung mit der Mutter verrotten, er würde alles regeln. Ob die Kühlschrankmagneten, die Bulette auf seinem Teller, seine Frau, die ihr ab und zu einen raschen Blick zuwarf, das kleine Brüderchen, das aus dem Mittagsschlaf erwachte und jetzt durchs ganze Haus krakeelte – Anja war gerührt von allem und empfand tiefe Zuneigung.

Am nächsten Tag sagte Papa, sie würden picknicken fahren. Er war fröhlich und ungezwungen. Anja gab sich Träumen hin, wie sie zusammenleben würden, wie sie auf eine andere Schule gehen und dort neue Freunde finden würde. Am Vorabend hatte ihr Vater ihr sein Handy gegeben, damit sie Mascha anrufen konnte – die nahm ab, war aber nicht begeistert von ihrer erneuten Flucht. Anja war gekränkt und erleichtert zugleich. Jetzt hielt sie nichts mehr, jetzt konnte sie in ein neues Leben eintauchen.

Beim Picknick stellte sich heraus, dass sie nicht allein sein würden – überraschend gesellte sich eine Frau mit ihrer Tochter hinzu. Diese Frau, so Papa, sei das frühere Kindermädchen von Anjas Bruder. Die Tochter war zwei Jahre älter als Anja. Anja fand es überhaupt nicht lustig, dass gleich am ersten Tag irgendwelche Fremden sich in ihr neues Leben mit Papa drängten, nahm sich aber vor, das zu ertragen. Zumal das neue Mädchen nicht völlig abstoßend war. Es war lang und dünn, trug riesige Ohrringe und sah ihre Mutter mit solchem Hochmut an, dass Anja sie sofort unwillkürlich sympathisch fand. Sie hieß Dascha.

Gegen Abend war Anja schon ganz bezaubert von Dascha – wohl vor allem deshalb, weil sie überhaupt nichts von ihr wusste. Genau das glaubte Anja jetzt zu brauchen: neue, frische Menschen, die sich noch kein Bild von ihr gemacht hatten. Mit ihnen konnte man sein, wie man wollte – und da Anja gerade erst angefangen hatte, sich selbst zu erkunden, konnte sie experimentieren. Der Abschied von Dascha fiel ihr fast schwer – da sagte Papa, wenn sie wolle, könne sie bei Dascha übernachten. Er und Mama hätten nichts dagegen.

So landete Anja in der kleinen, altmodischen Wohnung ganz am Stadtrand. Auch wenn der Bezirk formal noch zur Stadt gehörte, wirkte er eher dörflich – die Häuser hier waren flach, auf den Höfen hing zwischen Bäumen die Wäsche, aus winzigen Kellerläden wurden Zigaretten einzeln verkauft, jeder kannte jeden, und man unterhielt sich lang auf der Straße, wenn man sich traf. Dascha lebte hier mit ihrer Mutter und ihrem Stiefvater – einem seltsamen, stillen Mann, der durch die Wohnung huschte, als wäre seine eigene Anwesenheit ihm peinlich. Niemand beachtete ihn, auch Anja nicht, bis zu einem Tag, an dem sie mit Dascha und ihren Freundinnen zum Baden an einen See fuhren. Anja bekam einen Sonnenbrand, und abends sagte Daschas Mutter, sie solle sich mit Kefir einreiben. Als sie im kurzen Röckchen und BH in der Küche stand, stöhnte Anja vor Schmerz, während der kalte Kefir ihr den verbrannten Rücken hinablief, da sah sie plötzlich den Stiefvater. Er stand im Flur hinter der Ecke, war aber im Spiegel zu sehen – und genau in diesem Spiegel beobachtete er wiederum Anja mit einem ekelhaften, schmierigen Blick. Sobald er gemerkt hatte, dass Anja ihn sah, schlug er die Augen nieder und verschwand im Zimmer. Seit jener Zeit ging Anja ihm aus dem Weg.

Abgesehen davon, gefiel ihr das Leben bei Dascha anfangs sogar – und als ihr Vater nach einigen Tagen vorschlug, sie könne doch für länger dorthin ziehen, war Anja sofort einverstanden. Dascha stellte sie ihren Freunden vor. Sie alle waren einige Jahre älter als Anja und behandelten sie ein bisschen von oben herab, doch das störte sie nicht – sie kam gut zurecht in der Gesellschaft von Älteren.

Das muss der erste Sommer in Anjas Leben gewesen sein, den sie so verbrachte, wie sie es wollte. Niemand kontrollierte, wie oft sie einfach nur herumsaß, womit sie sich beschäftigte, um wie viel Uhr sie nach Hause kam. Dascha und sie standen nicht vor elf Uhr auf, gingen dann in die Küche und aßen, was gerade da war, stehend am Kühlschrank. Irgendwann zogen sie sich an und gingen raus. Spazieren gehen könnte man hier sogar im Nachthemd, meinte Anja, so dünn schien die Grenze zwischen Haus und Straße zu sein. Draußen trieben sie sich meist einfach in der Gegend herum, manchmal aber fuhren sie auch weiter – bis zu besagtem See waren es fünfzehn Minuten mit dem Bus. Wenn sie Hunger bekamen, kauften sie sich ein Eis. Gegen Abend kehrten sie nach Hause zurück und schminkten sich – ein Pflichtritual – und dann wieder raus, jetzt aber ging's ab. Diese Abendausflüge sahen so aus, dass Dascha und ihre Freundinnen sich mit jungen Bekannten trafen und dann in deren Autos durch das nächtliche Viertel fuhren, bei voll aufgedrehter Musik. Am Anfang wartete Anja noch darauf, dass sie irgendwohin fahren würde, aber wie sich herausstellte, erschöpfte sich der ganze Spaß schon im Rumfahren. Erst konnte Anja damit nichts anfangen, allmählich gewöhnte sie sich daran und fand sogar Vergnügen dabei. Meist saß sie auf dem Rücksitz (vorn natürlich die beliebtere Dascha), kniff im warmen Fahrtwind die Augen zu, rauchte und dachte zufrieden, dass solche Fahrten sowohl draufgängerisch als auch romantisch waren.

Mit ihrer Mutter traf Anja sich nicht. Die wusste natürlich, wo sie war, Vater hatte es gesagt – aber was sie davon hielt, war unklar. Anja wollte es auch gar nicht wissen: Die paar Mal, die sie mit ihr telefonierte, behielt sie alle Einzelheiten ihres neuen Lebens für sich, als fürchtete sie, die Mutter könnte sonst sofort herkommen und alles kaputt machen. Das hatte die natürlich gar nicht vor, im Gegenteil, sie redete so ruhig und sanft, dass Anja ein bisschen Schuldgefühle bekam; sobald sie das merkte, versuchte sie, das Gespräch so rasch wie möglich zu beenden.

Papa besuchte sie den ganzen Sommer kein einziges Mal.

Mit der Zeit fielen Anja einige Kleinigkeiten auf, die sie am Anfang kaum wahrgenommen hatte. Das Hauptproblem war Daschas Mutter. Die war erstens mustergültig religiös.

Abends betete sie kniend im Flur. Die Wände waren gespickt mit Christusbildern und handgeschriebenen Gebeten – eins davon hing an der Toilettentür. Zweitens war Daschas Mutter, ohne hierin selbst einen Widerspruch zu sehen, geradezu lächerlich abergläubisch – zum Beispiel musste man den Klodeckel zumachen, damit «das Geld nicht dadurch aus dem Haus verschwindet». Anfangs verwirrten Anja diese beiden Eigenheiten für sich genommen und ihr paradoxes Nebeneinander nur, zu einem echten Problem wurden sie erst, als Daschas Mutter sich ihrer, Anjas, religiöser Erziehung annahm. Sie verbot ihr zum Beispiel, Fantasy-Literatur über die Abenteuer einer jungen Hexe zu lesen, denn Hexen waren ja Teufelsdienerinnen und eine Beleidigung des Herrn. Anja hörte sich die Predigt höflich an und ignorierte sie. Ein paar Tage darauf sah Daschas Mutter sie wieder mit diesem Buch und warf es nun schreiend weg.

Ziemlich bald kamen Glaubensbelehrungen und Versuche hinzu, Anja Gebete beizubringen, was umso absurder war, als Daschas Mutter in Wirklichkeit keineswegs eine sanfte, selbstlose Christin war. Von der ersten Woche an teilte sie Dascha und Anja Taschengeld zu – ziemlich großzügig, muss man sagen. Anja war gerührt und erstaunt von ihrer Güte, bis Dascha nebenbei erwähnte, dass dieses Geld ein Teil dessen war, was Anjas Vater jede Woche für ihren Unterhalt bezahlte. Anja machte sich erst einmal keine Gedanken darüber, bis die Beträge plötzlich knapper wurden. Genauer gesagt, mussten sie nun immer erst darum bitten – das war Daschas Aufgabe. Außer diesem seltenen Taschengeld ging es für Anja wenig luxuriös zu – vom ersten Tag an gab es Butterbrot zum Frühstück und Makkaroni oder Kartoffeln zum Abendessen. Wo das übrige vom Vater gezahlte Geld blieb, wusste sie nicht.

Ungeachtet dessen, dass Daschas Mutter sich wenig darum

kümmerte, was sie so den ganzen Tag trieb, entwickelte sie gern langfristige Pläne, über die sie laut sprach: wann sie und Dascha zur Abendschule gehen und wo sie tagsüber aushelfen könnten, um Geld zu verdienen – für ein so großes Mädchen sei es doch schon peinlich, Geld von den Erwachsenen zu nehmen; oder wie sie in einem Monat zur Erholung in ein Sanatorium bei Moskau fahren würden – Anja, Dascha und sie. Von diesem Sanatorium war vom ersten Tag an die Rede. Daschas Mutter träumte unübersehbar davon – verzückt sprach sie von den Schlammbädern, den Mineralquellen und sonstigen Reizen dieses Ortes. Anja hatte keine große Lust auf so ein Sanatorium, das war für sie eher etwas für alte Leute, doch bei diesen Gesprächen witterte sie noch keine Gefahr. Sie waren so abstrakt und unverbindlich, dass sie schon gar nicht mehr hinhörte.

Gleichwohl sollte alles mit dem Sanatorium zu Ende gehen.

Ihr Vater ahnte wohl, dass Anja in diesem Jahr keine besonders schönen Ferien bevorstünden, vielleicht machte er sich sogar Vorwürfe, dass er sich zu wenig um sein Töchterchen kümmerte. In einem Telefongespräch fragte er nebenher, ob Anja vielleicht Lust auf ein Sommerlager hätte. Das sah ihm wieder ähnlich: seine elterliche Pflicht formal erfüllen, indem er Anja noch ein Stück weiter wegschickte, aber damals dachte sie über so etwas nicht nach und freute sich darauf. Sie lebte jetzt zwei Monate bei Dascha und hatte den ungeregelten Alltag, die immer gleichen Vergnügungen und die Schrullen von Daschas Mutter allmählich satt. Anja wollte es sich selbst nicht zugeben, aber manchmal fühlte sie sich schon wie irgendwo abgelegt und von niemandem mehr gebraucht. Der ständige Saustall in Daschas Zimmer, der ihr anfangs noch als Symbol des Widerstands imponiert hatte, begann sie zu nerven. Die staubigen, quietschenden Möbel, die abblätternde Wandfarbe und die kaputte Tür des Schuhschranks, zuvor unbemerkt, fielen ihr jetzt ins Auge. Das Gerede von der Abendschule drohten ihre und ihrer Mutter frühere Träume von der Moskauer Universität zu verdrängen. Von Moskau war hier kein Hauch mehr – Dascha sollte auf die Berufsschule und Koch lernen. War Anja anfangs noch erleichtert gewesen, dass die Last übergroßen Ehrgeizes von ihren Schultern genommen war, fühlte sie sich ohne diese Last bald allzu schwerelos und unwohl. Es tat weh, dass niemand hier ihr eine glänzende Zukunft prophezeite, und als sie einmal selbst etwas von Studienplänen in Moskau erwähnte, wimmelte Daschas Mutter das ab wie Fliegengesumm und sagte, dafür werde nie Geld da sein.

Ein Licht am Horizont war die Fahrt ins Sommerlager, und Anja verkündete noch am selben Abend Dascha und ihrer Mutter, dass sie einige Wochen wegfahren würde.

Was da los war!

Die Mutter fing sofort an zu schreien. Noch nie hatte Anja gesehen, wie jemand von einer Sekunde auf die andere tobsüchtig wurde. Was für ein Sommerlager?, kreischte sie. Was bist du für ein undankbares Miststück? Wie kannst du es wagen, heimlich Pläne für einen eigenen Urlaub zu schmieden, wo Dascha und ich so viel für dich getan haben? Sie beließ es nicht bei der Schreierei, sondern rief sofort Anjas Vater an. Wissen Sie, dass Ihre Tochter eine Betrügerin ist? Sie wollte mit uns zusammen fahren, sie hat uns reingelegt!

Dascha schrie nicht. Mit herablassender Ruhe verfolgte sie das Geschimpfe ihrer Mutter und Anjas Rechtfertigungsversuche. Erst später am Abend, als sie mit Anja allein war, sagte sie: *Ich hatte nie einen Zweifel, dass du eine Verräterin bist. Deshalb hast du auch keine Freunde.*

Das raubte Anja den letzten Widerstandswillen. Dascha saß im Zimmer wie ein leibhaftiger Vorwurf, und Anja heulte bis spät in die Nacht, sie fühlte sich ausgenutzt, einsam, tief verletzt. Noch nie in ihrem vierzehnjährigen Leben hatte sie eine so zerreißende Verzweiflung gespürt. Am nächsten Morgen packte sie ihre Sachen und fuhr zu ihrem Vater.

Bei ihm war alles wie früher – sauber und kühl, am Kühlschrank hingen dieselben Magneten, das Brüderchen krabbelte vorm Fernseher herum, die Frau warf Anja rasche Blicke zu. Anja wartete darauf, dass die alte Magie einsetzte und sie ihren Papa wieder als strahlenden Helden sehen würde, in dessen Obhut ihr ein wunderbares, erstaunliches Leben bevorstand. Aber irgendwie nahm das Gefühl von Verlassenheit und Einsamkeit in dieser Wohnung nur noch zu. Ihr Papa war hier bei ihr, aber Anja hatte das Gefühl, er meide sie: Seine Witze waren bemüht, er antwortete unkonzentriert, erwiderte ihren Blick kaum noch. Zuerst dachte sie, er sei böse auf sie, dann, er fühle sich schuldig, und am Ende: Er wisse einfach nicht, was er jetzt mit ihr anfangen sollte.

Sie fuhr ins Ferienlager, und als sie zurückkam, zog sie wieder zu ihrer Mutter.

Unter ihrer Decke im Arrest starrte Anja mit trockenen Augen in die Dunkelheit. Bilder entfalteten sich: Sie sah den blauen, von Sprüngen überzogenen Becher vor sich, aus dem sie bei Dascha zu Hause heißes Wasser trank; die goldene Buddha-Figur, die ihr Vater von Bali mitgebracht hatte; sah, wie Dascha sich, mit einem runden kleinen Spiegel auf den Knien, einen Pickel am Kinn ausdrückte; ihren Vater insgesamt – einen hochgewachsenen, mutigen Mann mit schönem, schmalem Gesicht. Wie hatte sie sich jemals einreden können, dass er sie brauchte?

Jemand fasste Anja an der Schulter, sie grub sich aus ihrer Decke.

«Alles in Ordnung mit dir?», fragte Maja besorgt. «Du bist so still. Hat dich wer besucht?»

Anja setzte sich auf dem Bett auf. Zu antworten hatte sie keine Lust und winkte ab: «Ja, doch.»

In ihrer Abwesenheit hatten Katja und Diana irgendwo ein Damespiel aufgetrieben und spielten jetzt leidenschaftlich *Tschapajew*. Diana versuchte, die Steine ihrer Gegnerin vom Brett zu schnipsen, Katja nahm eindeutig Diana selbst aufs Korn. Natascha, wie üblich mit finsterer Miene, saß mit einem Kreuzworträtsel auf Irkas Bett.

«Und wo ist Irka?», fragte Anja.

«Entlassen worden, w-während du w-weg warst», erwiderte Natascha, ohne aufzublicken. «Hat mich fast wahnsinnig gemacht mit ihrem Genöle, *ich bin so dick gew-worden, so dick, was w-werden sie nur sagen.*»

«Ich hab im Gegenteil Angst, dass vom Fasten das ganze aufgespritzte Fett von meinem Hintern verschwindet», sagte Maja bedrückt. «Dabei habe ich mir den Hintern erst vor einem halben Jahr machen lassen.»

Sie ging auf dem Bett auf die Knie, zog die Hose runter und demonstrierte allen ihren entzückend runden Hintern im Stringtanga.

«Seht ihr», erklärte sie unbefangen, drehte sich und zeigte auf einen kleinen roten Fleck am Oberschenkel, den sie auch auf der anderen Seite hatte. «Hier haben sie mir das Fett gespritzt. Den Arsch kriegst du allein durch Sport nicht straff. Das heißt, schon ein bisschen, aber nicht komplett. Wenn der Oberschenkelumfang nicht reicht, kann man das nur chirurgisch ändern.»

«Und woher nehmen sie das Fett?», fragte Katja und musterte sie aus der Entfernung leicht angewidert, was ihre Schenkel keinesfalls verdient hatten.

«Vom einem selbst. Aber ich hatte so wenig Fett, dass es gerade so ausgereicht hat. Sogar aus den Knien haben sie was geholt!», teilte Maja stolz mit und zog mit größtmöglicher Grazie die Hose wieder hoch.

Katja schnipste mit Wucht gegen einen Damestein.

«Und früher warst du nicht schön?»

«Was, wieso? Schön war ich immer. Na, sagen wir, sympathisch.»

«Warum lässt du dann das alles mit dir machen? Wenn ich eine Tochter hätte, die würde ich umbringen dafür. Alle, die sich solche gleichförmigen, riesenhaften Titten und Ärsche machen lassen, die sehen doch aus wie vom Fließband. Mein Papa hat immer gesagt: Eine Frau sollte 'ne kleine Macke haben, eine große Nase oder eine Zahnlücke oder so.»

«Dann hat Irka eine Riesenmacke», grölte Diana und schnippte zielsicher einen von Katjas Damesteinen vom Brett.

«Ich meine das ernst, blöde Kuh!», lachte Katja. «Du hast es heute selbst gesagt – du bist vom Körper her eine Negrita. Das ist Macke genug. Aber die?» Katjas Hand wischte zu Maja. «Wie eine Barbiepuppe, die sehen alle gleich aus.»

«Genau so wollte ich aber immer sein», erwiderte Maja mit zusammengebissenen Lippen. Sie nahm ihre Lieblingspose mit über den Knien gefalteten Händen ein. «Mir gefällt das gut. Die Typen teilen sich sowieso in zwei Gruppen – die einen wollen Tuning, die anderen Naturell.»

«Wollen was?», fragte Anja begriffsstutzig. Sie war froh, dass dieses blöde Gerede sie von den Gedanken an ihren Vater ablenkte.

«Nehmt mich, ich bin getunt. Alles korrigiert und optimiert. Und dann gibt es die Naturell-Mädchen. Bei denen ist sozusagen alles echt. Die haben meistens kleine Brüste, ein Kindchengesicht. Naturell ist gerade mehr in Mode. Die arabischen Scheichs bevorzugen das auch. Für mich kam Naturell nie in Frage. Ich wollte von Anfang an, dass bei mir alles ideal ist – deshalb habe ich so viel in mich investiert.»

Schweigen war die Antwort.

«Einen Haufen Kohle zu investieren, nur damit sie dich ficken», sagte Natascha gedehnt und legte das Kreuzworträtsel weg. Das klang verwundert und abwertend zugleich. Offenbar war sie empört, dass man so unvernünftig mit seinem Geld umgehen konnte.

«Maja hat uns doch schon erklärt, dass die Frau für den Mann ein Objekt ist», sagte Diana verächtlich, zielte wieder gut und schnippte ihren Stein nach vorn. Es haute drei von Katjas Steinen weg. Die schnalzte ärgerlich.

«Wie eine Schubkarre oder eine Armbanduhr. Ist doch ganz klar.»

«Gar nichts ist euch klar», sagte Maja stur und blies die Lippen auf. «Ich mach das nicht für die Typen, sondern weil es mir selbst gefällt. Ich sag doch: Wenn ich nach der Mode ginge, würde ich ganz anders aussehen. Und überhaupt, mein Auto hab ich mir selbst verdient, die Wohnung auch.»

«Durchs Bett!»

«Was kann ich dafür, dass sie mir Geschenke machen! Dafür kann ich sehr gut mit Geld umgehen. Ich bin sparsam. Und überhaupt klug! Das verrat ich den Typen nur nicht.»

«Warum denn nicht?», fragte Katja mit konzentriertem Blick auf das Damebrett.

«Weil denen das am Arsch vorbeigeht. Ich hatte mal so ein Erlebnis. Sie wollten mich mit einem Mann bekannt machen. Angeblich gescheit hoch drei. Ein Einstein! Selfmademan. Da muss ich mich vorbereiten, dachte ich. Hab drei Tage lang Zeitung gelesen. Die Nachrichten auswendig gelernt, damit wir Themen hatten. Dann haben wir uns getroffen, alles sehr nett. Womit er auch anfing, ich bin darauf eingegangen und konnte das Gespräch aufrechterhalten. Hab mich den ganzen Abend bemüht, so gut ich konnte, hatte vor lauter Stress danach zwei Pfund weniger. Und was meint ihr? Er hat mich nie mehr angerufen. Nämlich weil die Kerls so was nicht brauchen. Damals war ich einfach noch klein, unerfahren und hab's nicht begriffen. Wichtig ist, dass man sie unterstützt. Im Alltag weiß, was sie wollen. Diese ganze Ökonomie, Politik – die sollen sie unter sich ausmachen.»

Anjas Nachbarinnen sahen Maja alle gleichzeitig an. Katja und Diana unterbrachen sogar für eine Sekunde ihr Spiel. Als wären sie nachdenklich geworden. Majas Gesicht war leicht gerötet vom Streit, und sie blickte ihre Mitinsassinnen mit gerunzelter Stirn an. Diese liebenswerte Ernsthaftigkeit stand ihr gut.

«Na ich weiß nicht», sprach Diana schließlich und warf sich aufs Kissen zurück, vom Spiel hatte sie wohl genug. «Unterstützen muss man die Kerls, da stimm ich zu. Und ja, sie sind beleidigt, wenn sie sehen, dass eine Frau sich irgendwo besser auskennt als sie. Aber das deshalb gleich ganz zu verbergen ... Ich habe das nie getan.»

«Ich sag ja nicht, dass man es verbergen soll!», rechtfertigte Maja sich. «Aber man soll auch nicht auftrumpfen, das bringt sie in Rage. Die wichtigste Waffe der Frau ist die List.»

Maja hob in naiver Selbstzufriedenheit einen belehrenden Zeigefinger, sie war offenkundig sehr stolz auf diese Weisheit.

«Mag schon sein, aber meine persönliche Waffe ist der rechte Haken», sagte Katja selbstbewusst. Sie verhakte die Finger und ließ demonstrativ die Gelenke knacken.

Diana lachte: «Ojojoj, was sind wir gefährlich! Musst du diese Waffe oft einsetzen?»

Katja wollte ihr eine langen, da hatte Diana sich lachend schon unter der Decke verkrochen. Katja pustete sich ein Haar aus dem Gesicht.

«Ich hab sogar mal einen Bullen verkloppt», erklärte sie und schaute der Reihe nach alle an, um sich zu vergewissern, welchen Eindruck ihre Worte machten. Ausgerechnet Natascha wurde sofort hellhörig. Auf ihr gewöhnlich misslauniges Gesicht trat sogar so etwas wie ein Lächeln.

«Und w-wie hast du das gemacht?»

Katja gähnte, als langweilte sie die Geschichte enorm.

«Hab einen Onkel, der ist Bulle», erklärte sie gleichmütig. «Leiter eines Reviers. Der hat mir quasi erlaubt, diese Bullen zu schlagen.»

«Wie das?»

«Das ist lange her, zehn Jahre bestimmt. Ich war nachts mit Freunden auf dem Heimweg. Drei Jungs und ich. Die waren alle achtzehn, neunzehn, ich fünfzehn. Wir gingen die Straße lang, grölten bisschen rum, machten aber nichts Besonderes. Waren nicht mal besonders betrunken. Hält neben uns eine Polizeikarre an, zwei Typen steigen aus. Machen uns an, dass wir nicht nüchtern wären und überhaupt, was wir genommen hätten. Dabei hatten wir jeder nur ein paar Dosen Bier, nicht der Rede wert. Da haben meine Jungs den Macker rausgelassen: Was fällt denen ein, wir gehen hier bloß spazieren, haben nichts getan. Irgendwer schubste – und los ging's. Sie haben uns alle an Ort und Stelle zusammengehauen, ins Auto verfrachtet und auf die Wache gebracht, wo sie uns einsperrten und weiter prügelten.»

«Grauenhaft!», rief Maja. Vor Aufregung wogte ihr getunter Busen auf und ab.

«Kurz gesagt, diese Bullen hatten keine Ahnung, wen sie festgenommen hatten, denn mein Onkel war zufällig Chef des Polizeiabschnitts. Aber wir haben nichts gesagt. Die Bullen steckten uns in die Zellen – genauer gesagt, mich allein in eine Zelle, die Jungs in den Affenkäfig. Dort saßen wir bis zum Morgen. Ich malte mir die ganze Zeit aus, was ich mit dem Bullen tun würde, der mich verdroschen hatte. Er war jung, ein Tadschi oder Usbeke, trug aber ein Kreuz, das hing ihm bei der Aktion unter der Uniform raus. Ich saß da und stellte mir vor, wie ich ihn mit dem Kreuzkettchen erwürge. Um es kurz zu machen, am Morgen kommt mein Onkel zum Dienst und sieht uns. Der war baff. Ich hatte echt einen blauen Fleck über die halbe Wange. Er lässt uns raus, wir sollen warten, dann kommt er und sagt – die euch gestern verprügelt haben, sind in diesem Zimmer dort. Geht rein, ihr habt fünfzehn Minuten. Und gab uns Gummiknüppel.»

«Was, echt, das hat er gesagt? Und euch Knüppel gegeben?» Diana war unter ihrer Decke vorgekrochen und lauschte Katja mit wachsender Skepsis. «Das glaub ich nie.»

«Musst du nicht! Ich sage, wie es war. Ich kann auch aufhören zu erzählen.»

«Nein, erzähl!», riefen alle.

Katja schwieg zur Strafe, dann erbarmte sie sich und fuhr fort: «Wir also rein in das Zimmer, dort saßen die beiden Bullen. Einer fing gleich an zu nölen, sie hätten ja nichts gewusst, der zweite aber, dieser Tadschi, hockte da und glotzte nur arrogant. Das machte mich so wütend, dass ich ihn mit diesem Knüppel verdrosch. Klasse Gefühl.»

Keiner sagte ein Wort.

«Mit dem Kreuz erw-würgt hast du ihn nicht?», fragte Natascha.

«Nein. Das hab ich ihm abgerissen. Gar nicht mit Absicht, es hing ihm nur wieder unterm Hemd raus, ist abgerissen. Geschah ihm recht, dem Scheißkerl, von wegen orthodox.»

«Und wie ging es aus?», wollte Anja wissen.

Katja zuckte mit den Schultern: «Ja, gar nicht. Dieser Tadschi ist eine Woche später gestorben.»

«Woran, weil du ihn geschlagen hast?!» Katja runzelte die Stirn.

«Ach woher denn, du Blöde! Er wurde von einem Auto angefahren, nichts weiter. Zufall. Der Onkel hat's mir gesagt. Leid hat es mir nicht getan.»

«Recht so», sagte Natascha grimmig, aber mit einem Hauch von Billigung. «Tod den Sch-schweinen. Haben wir noch Zigaretten?»

Diana warf einen Blick in die zerknitterte Schachtel und schüttelte den Kopf.

«Irgendwie sterben alle um euch rum», sagte Anja.

Katja drehte sich um. Anja fühlte sich von ihrem Blick wie ans Bett gepresst.

«Und bei dir so rum nicht, oder?»

«Nicht so», brachte Anja hervor. «Bei mir leben alle.» Katja drehte sich sofort wieder um, aber Anja war's, als spürte sie noch eine Weile den Abdruck ihres Blicks. Ihr wurde mulmig.

Die anderen erörterten unterdessen, wo sie Zigaretten auftreiben könnten. Die Idee, einen Flurbullen als Boten in eine andere Zelle zu schicken, wurde sofort verworfen: In dieser Schicht war es nicht üblich, den Leidenden beizustehen. Natascha schlug vor, Tee oder Besenhaare zu rauchen, was den anderen nicht besonders gefiel. Schließlich gab Katja auf und wühlte im Aschenbecher. Sie fand einen noch relativ langen Stummel, zündete ihn an und nahm leicht angewidert einen Zug. Natascha sah mit unverhohlener Abscheu zu – alte Kippen aufzurauchen, war mit ihrem Gefängnisethos wohl nicht vereinbar.

Gegen Abend wurden alle zum Hofgang gebracht. Anja wollte nicht, sie wollte allein sein, obwohl ihr klar war, dass die Einsamkeit unter dem Auge der Kamera sehr relativ ausfiel. Und das war nicht das einzige Problem: Kaum waren die anderen draußen und ihre Stimmen im Flur verhallt, füllte das Radiodudeln den Raum. Vorher war es von den Gesprächen neutralisiert worden, jetzt blieb Anja mit dem Radio allein. Dieses Duell war so hart, dass sie sich bald aufs Fensterbrett setzte und den Mitinsassinnen draußen lauschte. Die hatten gerade eine Zigarette aufgetrieben, rauchten sie abwechselnd und disputierten eifrig über Belanglosigkeiten.

Anjas Freunde waren immer noch nicht da gewesen. Mehrmals hatte es am Tor geklingelt, Anja war in Vorfreude hochgeschreckt, aber dann kam doch niemand zu ihr. Die Nachbarinnen waren schon zurück, als das Schloss knirschte und die Roboterwachfrau in der Tür erschien. Anja war bereit.

«Andersen, zur Entlassung», sagte die Polizistin. Maja sprang vom Bett und schien nun zum allerersten Mal nicht auf Grazie zu achten. Sie griff nach der Tüte, warf sie wieder hin und streifte ihre Sportbluse über, griff erneut nach der Tüte, rannte zum Spiegel, dann zu der Wachpolizistin. Schon auf der Schwelle, drehte sie sich mit einem «Oj!» noch einmal um und küsste alle zum Abschied, strahlend vor Glück. Dann trippelte sie auf ihren Plateauabsätzen rentiergleich zur Polizistin, sehr schnell, als fürchtete sie, diese könnte es sich noch mal überlegen und sie wieder in der Zelle einsperren. Sie winkte noch einmal und war draußen verschwunden.

«Die hat's gut», sagte Diana traurig. «Ich hab noch die Nacht heute und morgen vor mir.»

«Heute müssen wir um die Dusche bitten», sagte Natascha. «W-wenigstens die Haare will ich mir waschen, bevor ich rauskomme. Sonst erkennt mich mein eigener Mann nicht.»

Wieder drehte sich der Schlüssel im Schloss. Anja dachte im ersten Moment, Maja hätte etwas vergessen und wäre zurück, aber nein – in der Tür erschien der maulstarre Bulle, eine große weiße Tüte in den Händen. Er machte einen Schritt in die Zelle und stellte die Tüte auf den Boden. Ihm folgte die Diensthabende mit einem Zettel in der Hand.

«Romanowa, wer ist das?», fragte sie unlustig. Immerhin wohl überhaupt das erste Mal, dass so etwas wie Emotion auf ihr Gesicht trat.

«Ich», sagte Anja verwundert.

«Sendung für dich. Unterschreib.»

Anja nahm den Zettel und las. In der Absenderzeile stand der Name eines ihrer Freunde.

«Und der Besuch?», fragte Anja.

«Hast du schon gehabt», fuhr die Diensthabende sie an.

«Aber ...» Anja verstand erst nicht, was sie meinte. «Ich wollte gar keinen Besuch von meinem Vater! Ich habe nicht darum gebeten.»

Die Diensthabende zuckte mit den Schultern: «Woher soll ich wissen, was du willst und was nicht. Er hat als Verwandter einen Antrag gestellt. Den musst du übrigens noch bestätigen.» Anja stand da und guckte erschüttert auf das Blatt Papier.

«Wirst du nun quittieren?» Die Stimme der Diensthabenden jagte, wie auch früher schon, abrupt in die Höhe und fiel wieder ab, als wäre aus Versehen die Lautstärke aufgedreht worden.

Anja kochte. Nicht nur, dass ihr Vater ihr, ohne es zu

wissen, den Besuch gestohlen hatte, jetzt tat auch noch die Diensthabende so, als ginge das nicht anders. Und dabei war doch nur sie daran schuld – sie hätte ihr das erklären, sie warnen können; stattdessen hatte sie ihr die einzige, langerwartete Freude des Tages geraubt.

«Für Sie bin ich immer noch *Sie*!», bellte Anja.

Die Diensthabende guckte sie mit leerem Blick an und sagte nichts mehr. Ihr kleiner Mund war zugekniffen.

Anja unterzeichnete schwungvoll und streckte der Polizistin den Zettel hin. Die nahm ihn entgegen, faltete ihn einmal und strich langsam und sorgfältig mit den Fingern über den Falz. Ihre Lippen lockerten sich. Nach dieser bürokratischen Meisterleistung verließ sie ohne ein Wort die Zelle. Die Granitfresse folgte ihr.

«Was haben sie dir denn gebracht?», fragte Katja.

Anja winkte müde ab, *guckt selbst*, sollte das heißen. Katja ließ sich das nicht zweimal sagen. Behänd sprang sie von Dianas Bett und war mit zwei Sätzen bei der Tüte, um eifrig darin zu wühlen. Katjas Bewegungen und Gewohnheiten hatten wirklich etwas Raubtierhaftes. «Oh, Chips!», freute die sich und zog die Packung aus der Tüte, um sie zu bewundern und gleich wieder zurückzulegen. «Snickers! Zigaretten!»

Das war das Schlüsselwort für die anderen.

«Du rauchst doch gar nicht», stellte Diana fest und riss gekonnt die Packung auf, die Katja ihr zugeworfen hatte.

«Das ist für euch», erwiderte Anja bedrückt. Sie konnte sich gerade über gar nichts mehr freuen.

Doch langsam hellte ihre Laune sich auf. Erst handelte Natascha aus, dass sie heute duschen dürften; dann brühten sie Tee auf und veranstalteten eine wahre Fressorgie, Zwieback und Schokolade durcheinander. Ganz unten in der Tüte fand sich eine violette Zwiebel. Anjas Nachbarinnen machten sich darüber lustig.

«Morgen, wenn ich sie zum Mittag mitnehme, werdet ihr mich darum beneiden», erklärte Anja.

Natascha, besänftigt vom Essen, kündigte an, ihnen jetzt zu zeigen, was Tschifir-Trinken heißt. Sie leerte mehrere Teebeutel und schüttete den Inhalt in ein Glas, um ihn mit heißem Wasser zu übergießen.

«Das nenn ich jetzt natürlich nur so», erklärte sie, richtiger Tschifir werde über dem Feuer gekocht, aber in ihrer Situation gehe das auch so. Tschifir müsse man unbedingt aus einem Glas und der Reihe nach trinken – man nimmt kleine Schlucke und reicht es weiter. Anja schlürfte skeptisch – der Tee war heiß und so bitter, dass es ihr den Mund zusammenzog. Alle tranken der Reihe nach und verzogen jeweils das Gesicht. Natascha schien mit dem Effekt sehr zufrieden.

In der Dusche war ein weiterer Abfluss verstopft, nur noch drei Kabinen waren frei. Sie mussten also wieder nacheinander duschen gehen. Diesmal trat Anja leichten Herzens zurück – sie freute sich sogar, dass sie die Dusche jedes Mal ganz für sich allein hatte. Als sie so auf dem Bett lag, überkam sie eine erstaunliche Ruhe. Schließlich ging der fünfte Tag zu Ende, wenn man die Nacht auf dem Polizeirevier mitzählte, sogar der sechste. Bis zur Entlassung war es nicht mehr lange hin, und wenn man leckeres Essen und eine Dusche hat, kann man es im Arrest schon aushalten.

Die Mädchen waren bald zurück, erhitzt und fröhlich. Anja sprang vom Bett.

«Wohin jetzt?», fragte die Granitfresse mit den geschminkten Augen.

«Wieso wohin? Zum Duschen», sagte Anja beunruhigt.

«Zu spät. Hättest früher gehen sollen oder mit ihnen.»

«Es funktionieren doch nur drei Kabinen, wie sollte das gehen?»

«Davon weiß ich nichts», sagte die Frau scharf und ließ ihr Kinn Richtung Natascha zucken. «Die Diensthabende hat mir sowieso gesagt, dass ich eigentlich nur *sie* in die Dusche bringen soll, weil sie morgen rauskommt. Die ganze Zelle war gar nicht dran. Und jetzt ist Feierabend.»

Sie ließ Anja mit langem Gesicht stehen, ging und schloss ab.

«So eine Arschkuh«, sagte Diana und klopfte Anja mitfühlend auf die Schulter. Diana duftete empörend gut nach Shampoo.

«Alles diese Diensthabende», sagte Anja niedergeschlagen. «Das macht sie mit Absicht.»

«Gut möglich», sagte Natascha. Sie stand vor dem Spiegel und drehte ihr dünnes Haar zu einem winzigen, festen Knoten zusammen. «Sie m-mag dich nicht besonders, glaube ich.»

Anja ließ sich aufs Bett fallen.

«Mach dir nichts draus», sagte Diana. Sie war zu ihrem Bett zurückgegangen und trocknete sich den Kopf mit dem Handtuch. Ihre schwarzen Haarlocken wirbelten glänzend. «Morgen kommt eine normale Schicht, morgen gehst du.»

Anja nickte bedrückt.

Nachtruhe war noch lange nicht. Das war wieder nur Schikane von den Bullen gewesen. Anja wurde sogar schläfrig – ihr Tagesrhythmus passte sich wohl endgültig dem Ablauf in der Anstalt an. Beim letzten Rundgang schaute ein erschrecktes Mädchen bei ihnen herein. Diese Polizistin hatte Anja heute noch nicht gesehen. Stotternd fragte sie, ob bei ihnen alles in Ordnung sei, registrierte das dissonante «Ja» und war auch schon wieder draußen. Sofort danach ging das Licht aus, nur über der Tür brannte wie immer die schummrig rosige Lampe. Wenige Minuten später verstummte auch das Radio. Während sie langsam in den Schlaf glitt, hörte Anja ein Streichholz ratschen und Katja mit Diana flüstern.

Anja träumte, sie gehe über eine endlose, verschneite Ebene. Es war tiefe, mond- und sternenlose Nacht, doch der Schnee lag so rein vor ihr, dass er selbst zu leuchten schien. Seine unberührte ebene Decke wurde hier und da von Eisblöcken durchschnitten, die wie abgebrochene Zähne hervorragten. Anfangs meinte Anja, außer Schnee und Gletschern gäbe es hier weiter nichts, doch dann bemerkte sie in weiter Ferne den orangefarbenen Punkt eines Feuers. Anja ging darauf zu.

Ziemlich bald erkannte sie die dunkle Gestalt am Feuer. Aus der Entfernung konnte man nicht sagen, was das für ein Wesen war, einem Menschen jedenfalls ähnelte es nicht – Anja hätte schwören können, undeutlich Hörner an seinem Schädel zu erkennen.

Erst als sie ganz dicht herangekommen war, wurde klar, dass es sich doch um einen Menschen handelte. Er trug eine Rüstung, und auf dem gesenkten Kopf saß ein gehörnter Helm. Das Metall war so spiegelglatt, dass das Feuer sich wie Morgenröte darüber ergoss. Die Gestalt schien Anjas Erscheinen nicht zu bemerken.

Anja ließ sich auf einem Stein auf der anderen Seite des Feuers nieder, um dem Krieger ins Gesicht zu schauen.

Es war Katja, genauer, eine unmögliche, wunderschöne Version von ihr. Jeder Zug von Katjas Gesicht schien zu höherer, überirdischer Harmonie gesteigert. Ihre Haut war weiß wie Porzellan, Wangenknochen, Nase und Stirn makellos geformt, die Augen unvorstellbar blau. Sie schaute entrückt in das Feuer. Anja saß da, ohne den Blick von ihr zu wenden, reglos und mit angehaltenem Atem. Sie kam sich vor wie eine Wanderin in der Wüste – endlich hatte sie den Quell gefunden und konnte sich nicht mehr von ihm lösen. Katjas Schönheit war berauschend. Das eisige Reich, schweigend und menschenleer, bot ihr den idealen Rahmen.

Sie saßen sehr lange in völliger Stille da, bis Anja den Blick eine Sekunde lang von ihrem Gesicht abwandte und heruntersah.

Aus Katjas Händen glitt eine dünne Silberkette zu Boden, die Anja noch nicht bemerkt hatte. Katja hielt sie mit den Fingerspitzen, maß ein nicht sehr langes Stück ab und riss es ohne erkennbare Anstrengung ab. Die Kette war so lang, dass man ihr Ende im Schnee nicht sah. Sie schien aus winzigen, aufgefädelten Schellen zu bestehen, die im Licht des Feuers zitterten und glänzten. Da sah sie genauer hin und begriff, dass das keine Schellen, sondern kleine Kreuze waren.

«Was tust du da?», fragte Anja erstaunt und erschrak sogleich, wie grell ihre Stimme in der Stille ringsum klang.

Langsam, sehr langsam, als müsste sie unfassbaren Widerstand überwinden, hob Katja die Augen und sah Anja an.

Anja hatte den Eindruck, ein ganzer Berg wälzte sich auf ihre Schultern – ein gewaltiges Gewicht drückte sie zu Boden. Katjas Blick war geradezu körperlich, und er drückte Anja nieder, rieb sie in den Schnee. Sie wollte Katja bitten, sie nicht so anzusehen, bekam aber den Mund nicht auf – die Kiefer waren so fest aufeinandergepresst, dass die Zähne gleich zerbröckeln mussten. Anja rutschte von dem Stein in den Schnee und hatte nicht einmal die Kraft, einen Finger zu bewegen. Sie wollte Luft holen – aber die Brust hob sich nicht mehr. Ihr war klar, dass sie gleich sterben würde, aber dieser Gedanke machte ihr aus irgendeinem Grund keine Angst.

Katjas Schönheit war so viel mächtiger als alles ringsum, dass sogar die Angst vor ihr zurückwich. Anja sah sie an und an und an – bis sie endlich die Augen öffnete.

In dem Moment tauchte sie auf. Sie lag auf dem Bett in der Arrestanstalt, es war Nacht. Ihr war furchtbar kalt. Wieder hatten sie nachts das Fenster offen gelassen, da half nicht einmal die Decke – kein Wunder, dass sie von einer verschneiten Einöde geträumt hatte. Einige Minuten blieb sie zusammengerollt liegen in der Hoffnung, ihr würde wieder warm, dann gab sie auf. Sie warf die Decke zurück und lief über den eisigen Boden rasch zum Fenster. Draußen schien ein greller Mond. Anja schlug die Luftklappe zu und wandte sich um, um zurück ins Bett zu huschen.

Katja stand zwanzig Zentimeter von ihr entfernt.

Anja begriff zuerst gar nicht, wer das war – sie wollte der dunklen Figur impulsiv ausweichen, trat zurück und stieß mit dem Kopf an die Fensterbank. Der Schmerz vertrieb die Panik, Anja rieb sich mit leisem Jammern die Beule und vergaß Katja für den Augenblick. Die aber stand weiter wortlos vor ihr, und Anja richtete endlich den Blick auf sie.

Einen Moment lang dachte sie, der Traum ginge weiter und sie würde etwas Unglaubliches erblicken, doch nein – vor ihr stand ein gewöhnlicher Mensch. Anja spürte Katjas Körperwärme und sah die winzige Narbe über ihrer Oberlippe. Bestimmt war ihr ebenfalls kalt geworden, und sie war aufgestanden, um das Fenster zu schließen.

«Du hast mich erschreckt», flüsterte Anja.

In der nächsten Sekunde verzerrte sich Katjas Gesicht bis zur Unkenntlichkeit, als wäre sein raubgieriger Ausdruck maximal gesteigert – die Augen verengten sich, die Nase wurde spitz, und sie warf sich mit einem stumpfen, tierischen Brüllen auf Anja.

Anja prallte mit der Schulter gegen die Wand. Sie versuchte, sich loszureißen, doch Katja hielt sie im Würgegriff. Sie gingen zusammen zu Boden. Anja stieß und zuckte sinnlos, Katja legte sich mit ihrem ganzen Gewicht auf sie und drückte sie nieder – ein Gefühl, ganz wie in dem Traum, dachte Anja irgendwie neben sich. Ohne einen Laut kämpften sie auf dem Boden. Anja begriff nicht, was Katja vorhatte. Mit letzter Kraft wollte sie sich befreien, doch Katja hing schon wieder an ihren Schultern. Ihr Griff so hart, dass sie sich ihm nicht entwinden konnte.

Da hörte Anja plötzlich deutlich, wie Katja ihr ins Ohr zischte: «Gib sie mir zurück, sie gehört mir.»

Vor Überraschung erstarrte Anja, und Katja, so seltsam es war, erstarrte ebenfalls – das dauerte gerade mal eine Sekunde, doch die reichte Anja, um ihre letzte Kraft zusammenzunehmen und die Zellengefährtin zur Seite zu stoßen. Im selben Moment verspürte sie einen dumpfen Schlag gegen den Kopf, an der Stelle, wo sie ans Fensterbrett geknallt war.

Sie lag neben ihrem Bett auf dem Fußboden. Draußen schien die Sonne. Anja hörte die Spatzen tschilpen und über das Plastikdach im Hof trippeln. Niemand war in der Nähe.

Sehr langsam setzte sie sich auf. Sie merkte, dass sie sich den Kopf gestoßen hatte, auch die Schulter und die Hüfte – offensichtlich war sie aus dem Bett gefallen. Das war so peinlich und dumm, dass man schon wieder darüber lachen musste. Was für ein Glück, dass auch das wieder nur ein blödsinniger Albtraum gewesen war. Traum im Traum – so etwas kommt vor. Lächelnd und erleichtert hob Anja die Hand, um die Beule am Hinterkopf zu betasten.

Um ihren Zeigefinger war ein dünnes silbernes Kettchen gewickelt.

TAG SECHS

Anja riss sich die Kette vom Finger, als wäre sie vergiftet, und sprang auf. In der Zelle herrschte absolute Stille, durchbrochen nur vom gleichmäßigen Atem ihrer Nachbarinnen. Alle drei schliefen friedlich in den Kojen. Katja lag auf dem Rücken, hatte den Kopf zur Seite gedreht und den Mund ulkig offen stehen. Ihr Gesicht zeigte überhaupt nichts Beängstigendes, sie wirkte sogar noch jugendlicher als sonst. Draußen brach ein sonniger, ungetrübter Morgen an.

Anja ging zum Waschbecken und drehte das Wasser auf. In den Spiegel schaute sie nicht – aus Angst, sie könnte wieder etwas sehen, was gar nicht da war. Beim Händewaschen nahm sie im Augenwinkel rechts eine Bewegung wahr und trat erschrocken zurück, da wurde ihr auch schon klar, dass es nur ihre eigene Spiegelung auf der weiß gekachelten Waschbeckenwand war. Anja drehte sich zur Zelle um. Die strahlende Morgensonne reichte noch nicht herein, es war düster und kühl. Die Fenster stachen als blendend helle Flecken von der Wand ab, wie angestrahlte Gemälde im Museum. Der Himmel leuchtete unglaublich blau, das Laub an den Bäumen war giftgrün. Anja kniff leicht die Augen zu. Sie erinnerte sich gut, wie die Zelle sie am ersten Tag durch ihre Geräumigkeit beeindruckt hatte – jetzt war alles auf Schachtelgröße geschrumpft. Sogar die Eingeschlossenheit selbst hatte nun einen ganz anderen Geschmack für Anja. Vorher war sie im Rhythmus der Abläufe gar nicht so aufgefallen: Speisesaal, Hofgang, Telefonieren, Gespräche – abgesehen von der Tatsache, dass man hier nicht wegkonnte, war nichts an diesem Ort wirklich belastend. Jetzt fühlte sich Anja zum ersten Mal richtig eingesperrt, aber nicht in der Arrestanstalt, sondern in ihrem eigenen Kopf.

In Freiheit hätte man spazieren gehen, sich auslüften, sich um seine Angelegenheiten kümmern können, hier war sie dazu verdammt, ununterbrochen an ein und dasselbe zu denken. Völlig erledigt schlurfte Anja an ihr Bett und setzte sich. Sie wollte schlafen, wusste aber jetzt, dass der Schlaf nicht half – im Gegenteil, ihre Visionen wurden im Traum nur noch krasser. Ziellos schweifte ihr Blick über den Boden. Dort entdeckte sie das Kettchen. Es lag in einem Lichtquadrat vom Fenster und funkelte in der Sonne. Lange betrachtete Anja es, hob es dann auf und drehte es zwischen den Fingern. Wie kam es überhaupt hierher? Vielleicht hatte eine ihrer Nachbarinnen es verloren? Oder eine von denen, die hier früher gesessen hatten? Womöglich hatte Anja es heute Nacht in einem Anfall von Mondwandelei aufgelesen? Aber mit dieser Möglichkeit mochte sie sich trotz aller Erschöpfung dann doch nicht anfreunden. Andere, weniger absurde Erklärungen fielen ihr allerdings auch nicht ein.

Ich muss Katja geradeheraus fragen, beschloss Anja. Ist mir gleich, wie das ankommt und was die anderen denken. Schließlich werden sie alle bald entlassen, man würde sich nie wiedersehen, aber wenn sie mit diesem Teufelszeug jetzt nicht klarkam, würde sie sich nie befreien. Nur wie formuliert sie die Frage? *Hast du mich heute Nacht eventuell angefallen?* – Nein, das war zu krass. *Gehen mit dir in letzter Zeit seltsame Dinge vor?* – Das war zu nichtssagend. *Seit ich hier bin, habe ich ständig Albträume. Heute habe ich von dir ge-*

träumt, und du hast, glaube ich, verlangt, dass ich diese Kette hier rausrücke. Ich möchte wissen, was hier vorgeht. Auch das war schrecklich, wenngleich zutreffend.

Anja gab sich einen Ruck, stand auf und trat an Katjas Bett. Die schlief noch immer, und Anja wurde verlegen, als sie sie betrachtete. Im Schlaf war ihr Gesicht so wehrlos, dass es völlig unwahrscheinlich schien, sie könnte jemals jemanden angreifen. Anja zögerte. Vielleicht sollte sie warten, bis Katja von selbst aufwachte, um diese Aktion nicht noch unsinniger erscheinen zu lassen.

«Was machst du da?», flüsterte es hinter ihr. Anja sprang hoch und drehte sich um. Natascha lag auf dem oberen Bett nebenan und beäugte sie, schläfrig, aber beunruhigt. Ein Haarknoten hing ihr schief am Scheitel.

«Nichts», sagte Anja verlegen. «Wollte das Fenster aufmachen.»

Zum Beweis ging sie hin und öffnete den Flügel.

Natascha beobachtete sie weiter argwöhnisch, und so blieb Anja nichts übrig, als kleinmütig zu ihrem Bett zurückzugehen. Nach wenigen Schritten fiel ihr wieder ein, mit welcher Angst und Erschöpfung sie zwei Minuten hier gesessen hatte. Sie blieb stehen. Das wollte sie nicht noch einmal durchmachen. Sie kniff die Augen zu und platzte heraus: «Ist dir in letzter Zeit nichts Merkwürdiges passiert?»

Natascha, unwillig: «Was meinst du?»

«Na ja, so was, was du dir nicht erklären kannst?»

«Ich v-verstehe nicht.»

«Halluzinationen? Seltsame Träume?»

«Was?»

«Gut, vergiss es», Anja resignierte. Was hatte sie sich denn erhofft davon, über diese Dinge zu sprechen? Sie schleppte sich zu ihrem Bett.

«Aber echt jetzt, was ist los mit dir?», fragte Natascha und setzte sich im Bett auf. Sie sah Anja eindringlich an, vielleicht sogar besorgt. «Du redest nicht zum ersten Mal von so was.»

Anja zauderte. Nataschas Anteilnahme kam so überraschend, dass das Selbstmitleid, dass sie die ganze Zeit zurückgehalten hatte, sich mit einem Schlag in ihr löste. Ihre Augen füllten sich mit Tränen.

«Weißt du, ich glaube ständig irgend so was zu sehen», murmelte sie, beinahe schluchzend. «So Visionen, so Albträume.» Natascha sah sie unverwandt an, und Anja redete rascher: «Zum Beispiel habe ich vorhin geträumt, Katja hätte mich angegriffen, und als ich aufwachte, fand ich das hier.» Anja öffnete die Hand mit dem Kettchen. Natascha guckte das Kettchen, dann Anja an und sagte hingerissen: «Du bist ja echt weggetreten ...» Anja war, als würden ihr viele, viele kleine Nadeln ins Gesicht gesteckt. Vor Scham trockneten die Tränen sofort. Sie versteckte die Hand hinter ihrem Rücken und ging ohne ein weiteres Wort zu ihrem Bett zurück.

«V-vielleicht solltest du mal zum Arzt?», fügte Natascha an.

Anja ließ sich aufs Bett fallen, schlug ihre Decke wütend auf und verkroch sich darunter. Natascha legte sich aufs Bett und beugte sich runter, um sie noch mal anzusehen.

«Die Kette hab ich der Diensthabenden geklaut», teilte sie mit.

Anja erstarrte unter der angehobenen Decke.

«Der von gestern?»

«Na ja.»

«Woher? Warum?»

«Ja einfach so. Ich kann sie nicht leiden. Und die Kette hat mir am Anfang gef-fallen. Jetzt hab ich genauer hingesehen – ist Schrott. Viel zu dünn. Hab sie irgendwohin hin-gew-worfen und v-vergessen.»

Anja musste ihre Worte verarbeiten.

«Wie hast du das überhaupt geschafft?», fragte sie schließlich. Natascha sah sie so streng an, dass sogar ihr schiefer Haarknoten für eine Sekunde nicht mehr lächerlich wirkte.

«Kommt Alter, kommt Weisheit. Weißt du denn noch, wofür ich gesessen habe? Genau dafür.»

Nataschas Kopf verschwand aus dem Sichtfeld. Anja erinnerte sich. Diebstahl.

Nachdenklich wickelte sie das Kettchen um den Finger. Ob nun deshalb, weil sie den Albtraum langsam vergaß oder weil wenigstens ein kleiner Teil von ihm geklärt war (allerdings nicht sehr einleuchtend) – Anjas Angst ließ allmählich nach. Sie war für jede Pause dankbar. Sie streckte sich auf dem Bett aus und schloss die Augen.

«Frühstück!», brüllt der Bulle in die Türluke.

Natascha sprang, wie üblich, behänd von der Koje und zum Waschbecken. Erst rauschte Wasser, dann fiel etwas ins Becken. Anja blieb mit geschlossenen Augen liegen und hörte Natascha durch die Zähne fluchen. Katja rührte sich, dann rief sie flüsternd: «Diana!» Keine Reaktion. «Diana! Diana!!»

«Was willst du?», grummelte Diana schläfrig.

«Herzlichen Glückwunsch zum Geburtstag, Alte!», brüllte Katja fröhlich und sprang auf den Boden. Anja öffnete die Augen. «Komm her, lass dich umarmen!»

Diana brauchte ein paar Sekunden, dann entspannte sich ihr Gesicht, und sie rief: «Hurra! Ich habe Geburtstag!»

Sie harkte Katja in ihre Arme, dann sprang sie hoch und tanzte durchs Zimmer.

«Die spinnt», kommentierte Natascha, beobachtete Diana

in der Spiegelfolie und löste ihren Haarknoten am Kopf. «Herzlichen Glückwunsch!»

«Herzlichen Glückwunsch!», schloss Anja sich höflich an.

«Danke! Danke!» Diana tanzte weiter durch die Zelle. «Das wird mein irrster Geburtstag im Leben. Kommt, wir gehen alle frühstücken. Was gibt's dort?»

«Grießbrei», knurrte Natascha. Sie hatte endlich ihr Haar gelöst und schüttelte es. Die Tolle fiel in geraden Strähnchen, die übrigen Haare ringelten durcheinander. Natascha schien mit dem Ergebnis zufrieden.

«Wir stoßen mit Grießbrei an!»

«Eklige Scheiße», verzog Katja das Gesicht.

«Dafür zu deinen Ehren!» Gegen Dianas Lebensfreude half nichts, deshalb moserte Katja noch ein bisschen zum Schein und war einverstanden. Anja ging mit, sie hatte nicht die geringste Lust, allein in der Zelle zu bleiben. Je mehr der Traum in ihrer Erinnerung verschwamm, desto weniger Angst hatte sie vor ihren Nachbarinnen – umso mehr dafür vor sich selbst. Wenn sie mit sich allein bliebe, würde ihr Hirn sie wieder aufs Glatteis führen. Dazu wollte sie ihm keine Gelegenheit geben.

Das Frühstück bestand aus einem Klacks Haferbrei, darauf ein Stück Weißbrot. Anja stocherte wenig angetan darin herum und schob sich einen Löffel in den Mund. Der Haferbrei schmeckte überraschend viel besser als erwartet.

«Wie viele ihr heute seid!», sagte Wiktor Iwanowitsch mit gerührtem Blick auf die Arrestantinnen. «Ein wahres Blumenbeet!»

«Unsere Diana hat heute Geburtstag», teilte Katja stolz mit.

«Wie alt wird sie denn?»

«Fünfundzwanzig!», sagte Diana klangvoll. Sie strahlte so

vor Glück, dass Anja sie unwillkürlich beneidete – ihr eigener Geburtstag war bei ihr nie Anlass zu solch ungetrübter Freude gewesen.

Zurück in der Zelle jedoch, verschlechterte sich Dianas Laune auf einmal.

«Ich habe Geburtstag und kann nicht mal feiern! Ich will, dass alle mir gratulieren! Mir Geschenke machen! Und mir was Nettes sagen! Du hast es gut, Natascha, du kommst heute schon raus.» Natascha zuckte griesgrämig mit den Schultern, als könnte sie die Freude darüber nicht teilen.

«Wenn wir nur bald Hofgang hätten», nörgelte Diana weiter. «Ich muss alle Zellen abgehen und mir die Telefonnummern holen.»

«Wozu?», wunderte sich Anja.

«Viele wollten meine Bekanntschaft machen, und ich habe versprochen, dass ich mir am letzten Tag ihre Nummern hole.»

«Du bist doch verheiratet?»

Diana schenkt ihr einen derart verächtlichen Blick, als wüsste Anja nicht das Geringste vom Leben.

«Erstens, die Nummer verpflichtet zu gar nichts. Zweitens bin ich schon das dritte Mal verheiratet. Meinen dritten Mann habe ich bei der Beerdigung von meinem zweiten kennengelernt. Und wenn ich nicht die Angewohnheit hätte, bei jeder Gelegenheit jemand kennenzulernen, würde ich bald als alte Jungfer dasitzen.»

«Kannten sich deine Männer denn?», wollte Katja wissen. Sie hatte sich eine angesteckt und den Kopf ans Fußende von Dianas Bett gelehnt. Diana nahm die ihr gereichte Schachtel und rauchte ebenfalls lehnend.

«Sie saßen schließlich in ein und demselben Straflager. Nur war der, der jetzt mein Mann ist, schon rausgekommen, als der zweite starb. Aber er kam zur Beerdigung, und dort haben wir uns kennengelernt.»

«Und woran ist dein zweiter Mann gestorben?», fragte Anja vorsichtig. Sie ging davon aus, dass Leute im Straflager nicht einfach so sterben, und erwartete jetzt eine Geschichte, die das Blut in den Adern stocken ließ.

«Er war lange krank», zuckte Diana mit den Schultern. «Mal ging es ihm besser, mal schlechter. Am Ende dachte ich, nun entscheide dich endlich, hü oder hott, er und ich waren am Ende unserer Kräfte.»

Beim Morgenrundgang – heute war die Schicht des freundlichen Alten mit der Weihnachtsmannstimme – hatte Katja den Bullen erzählt, dass Dianas Geburtstag war, und die hatte es sich nicht entgehen lassen, für den Abend eine Dusche rauszuschlagen. Das heiterte sie sofort wieder auf, und als die Bullen weg waren, schlug Diana vor, *Krokodil* zu spielen. Anja lehnte wie üblich ab.

Das Spiel machte aber keinen Spaß – zu dritt war es einfach nichts. Anjas Mitinsassinnen überlegten gerade, womit sie sich sonst noch beschäftigen konnten, da tauchte Kirills Rotschopf im Fenster auf.

«Hey, Mädels», sagte er. «Ich hab mir gestern eine Zigarette von euch genommen, heute gebe ich sie zurück – hab welche gekriegt.» Er schob die Hand durch das Gitter und legte eine Zigarette auf die Fensterbank.

«Wie w-wohlerzogen, Respekt», sagte Natascha misstrauisch. «Brauchst wohl sonst noch was?»

«Überhaupt nicht», sagte Kirill verletzt. «Wollte sie einfach zurückgeben. Na, dann bis bald.»

«Warte!» Katja stürzte ans Fenster. «Hör mal, du hast uns doch gestern Wodka angeboten?»

«Ja ... aber der ist alle. Ausgetrunken.»

«Och ...», sagte Katja enttäuscht. «Ich dachte nämlich ... Diana hat heute Geburtstag, wir wollten feiern.»

«Diana, das bist du?», fragte Kirill.

Diana nickte träumerisch. Kaum war Kirill im Fenster erschienen, veränderte sie sich unmerklich: Sie hatte sich gelockert und lag seitlich, die Ellbogen aufs Bett gestützt, mit verführerisch gerundeter Hüfte, voller Erwartung, wann er sie endlich wahrnehmen würde.

Kirill zögerte, als überlegte er.

«Und wie alt wirst du?»

«Fünfundzwanzig», sagte Diana mit anderer als ihrer gewöhnlichen, nämlich tiefer Bruststimme.

Kirill überlegte weiter.

«Etwas hätte ich schon für dich», sagte er schließlich. «Hier Geburtstag feiern ist ja das Letzte. Deshalb teile ich mit dir.»

Er zog etwas aus der Tasche und legte es auf die Fensterbank. Anja reckte den Hals – da lag ein kleiner Fetzen Papier.

«Ich glaub, ihr wisst was damit anzufangen», grinste Kirill und ließ den Blick von Katja zu Diana wandern. Katja trat ans Fenster und wickelte das Papier auf.

«Wie hast du das hier reingekriegt?», zischte sie durch die Zähne. Diana sah ihr über die Schultern und staunte nicht weniger.

«Ihr wollt immer alles wissen», äffte Kirill ihren Tonfall nach. Natascha verfolgte das Geschehen wortlos, offenbar hielt sie es für ein Zeichen der Schwäche, neugierig zu sein – aber nun reckte auch sie sich in ihrer Koje und wollte sehen, was Katja da in der Hand hielt. Dann sagte sie drohend zu Kirill: «Du bist nicht zufällig ein Bulle?»

«Seh ich so aus?», fragte er beleidigt.

«Nein», gab Natascha nach kurzer Pause zu. «Aber auffällig benimmst du dich schon. Bringst uns Zigaretten, und jetzt das. Vielleicht willst du dich bei uns einschleimen. Oder uns reinlegen.»

«Einschleimen, mein Traum», erwiderte Kirill bissig. «Und euch reinlegen auch. Gebt's mir zurück, wenn ihr nicht wollt!»

Katja trat für alle Fälle einen Schritt vom Fenster weg, und Diana fragte – vor Verblüffung mit ihrer normalen Stimme: «Aber echt jetzt, wie kann es sein, dass sie dich damit nicht erwischt haben?»

«Seid ihr jetzt kleine Kinder, oder tut ihr so doof? Hier gibt's überhaupt keine Probleme mit so was. Unten in ein Kaffeeglas und fertig. Ihr stellt euch so an, dass ihr am Ende noch mich selbst auffliegen lasst.»

«Keine Angst», sagte Katja. Sie schloss ihre Faust und verbarg sie eilig hinter dem Rücken. «Kein Sterbenswörtchen.»

Kirill sah sie noch eine Weile mit unzufriedenem Blick an, bevor er sagte: «Na gut, dann tschüss. Alles Gute zum Geburtstag», er sprang von der Bank. Als seine Schritte sich entfernt hatten, guckten Katja und Diana sich an.

«Du wolltest deinen Geburtstag feiern? Na, dann los», sagte Katja und kicherte. Auch Diana musste kichern.

«So was habe ich noch nie erlebt», sagte sie aufgewühlt.

«Meint ihr das ernst?», sagte Natascha unlocker. «Und wenn sie uns erwischen?»

Anja, die die ganze Zeit auf ihrem Bett gesessen hatte, stand auf. Sie war auch neugierig, was da vor sich ging. Katja musterte sie kurz, als wäre sie unsicher, ob man ihr trauen könne. Dann zog sie die Faust nach vorn und öffnete sie. Anja nahm das Papier und wickelte es vorsichtig auf. Darin lag ein Stück Haschisch, erbsengroß.

«Nicht schlecht», sagte sie.

«Machst du mit?», fragte Diana.

«Weiß nicht», antwortete Anja und schielte zu der Kamera in der Ecke. Die anderen folgten ihrem Blick.

«Das kriegen wir hin», sagte Katja entschlossen. «Wir verhängen Irkas Bett mit Decken, dann sieht man nichts.»

«Dieser Knacker ist mit Sicherheit ein Bulle», entschied Natascha. Wie immer, wenn sie aufgeregt war, legte sich ihr Stottern. «Raucht nur, dann sind sofort andere Bullen hier. Er gibt euch das nur, um eine Falle zu stellen.»

Diana guckte hilflos zwischen Natascha und Katja hin und her. Sie wünschte sich natürlich, dass Natascha falschlag, aber besorgt war sie jetzt doch.

«Du hast doch selbst gesagt, er sieht nicht wie ein Bulle aus», erinnerte Katja.

«Stimmt», sagte Natascha. «Aber trauen tu ich ihm nicht. Das wird böse enden.»

«Quatsch», wehrte Katja ab. «Wozu sollte er uns reinlegen? Wir rauchen das rasch auf, niemand kriegt was mit. Du wolltest doch feiern!» Diana trat unentschlossen von einem Fuß auf den anderen.

«Und wenn nun wer reinkommt, während ihr qualmt?», fragte Natascha. «Der Geruch verfliegt auch nicht sofort.»

Das ließ Katja wohl für einen Augenblick zögern, aber sie fing sich rasch.

«Je länger wir warten, desto größer das Risiko, dass sie uns entdecken, und desto schlimmer. Los, Diana, du entscheidest. Entweder qualmen wir – oder wir werfen es aus dem Fenster.»

Diana sah unglücklich sie, dann wieder Natascha, dann Anja an. Katja wirkte verwegen. Natascha – unversöhnlich. Anja zuckte mit den Schultern.

«Na gut, lass uns qualmen», entschied sie schließlich. Katja lächelte, Natascha schnalzte unzufrieden.

«Ich habe euch gewarnt», krächzte sie von oben.

«Kein Druck!», sagte Katja freundlich. Sie ging zu dem Schränkchen, wo sie leere Plastikflaschen aufbewahrten, und nahm die am wenigsten zerdrückte. Diana verhängte das Bett, auf dem Irka geschlafen hatte – eine Decke ans Fußende, eine an die Seite, oben unter Nataschas Matratze gestopft. Die guckte missbilligend zu, sagte aber nichts mehr. Mit der Flasche wedelnd und insgesamt äußerst entspannt, setzte Katja sich in die entstandene Höhle. Sie steckte sich eine Zigarette an und brannte mit ihr ein Loch in die Plastikflasche. Diana setzte sich daneben, Anja in die benachbarte Koje.

Katja knipste ein kleines Stück Haschisch ab, zerrieb es zwischen den Fingern und platzierte es vorsichtig auf der glühenden Zigarette. Die steckte sie in das Flaschenloch, und Anja beobachtete gespannt, wie dicker, milchweißer Rauch die Flasche füllte. Dann zog Katja die Zigarette wieder raus und hielt die Öffnung mit dem Finger zu.

«Du bist die Erste», sagte Katja feierlich und reichte Diana die Flasche, das Loch zuhaltend.

Diana zögerte kurz, dann drehte sie die Kappe ab und nahm einen tiefen Zug. Das dichte Weiß verdünnte sich, wurde halb durchsichtig. Diana setzte den Flaschenhals ab, presste die Lippen zusammen und machte aus irgendeinem Grund Glupschaugen. Katja übernahm und inhalierte sofort den verbliebenen Rauch, als nehme sie einen tiefen Schluck. Schweigend, mit angehaltenem Atem, saßen die beiden einige Sekunden da und atmeten dann gleichzeitig geräuschvoll aus. Es roch nach Gras.

«Oj, stark», sagte Diana heiser und hustete.

Katja kicherte, knipste eine neue Portion Haschisch ab

und legte sie auf die glühende Spitze. Wieder füllte die Flasche sich mit Rauch, und jetzt reichte Katja sie Anja.

«Ich?», fragte die unsicher.

«Ja oder nein!»

Anja sah den Nebel in der Flasche und dachte: egal. Ohne länger zu zögern, beugte sie sich über die Flasche und nahm einen großen Zug.

Es kratzte in den Lungen, biss in die Augen, Arme und Beine wurden fast schlagartig watteweich. Anja hielt den Atem einige Sekunden an. Das Gefühl wolkiger Ohnmacht nahm rasant zu. Wie gut, dass sie saß. Anja ließ den Rauch heraus. Sie wäre gern auf dem Bett zerflossen, dabei hatte sie sich vorher gar keine besondere Entspannung erwartet. In Anja wurde mit einem Mal alles so schwerelos, dass schon der eigene Körper wie eine zu große Last wirkte. Sie warf sich aufs Kissen und betrachtete ihre Nachbarinnen. Die saßen malerisch auf zwei Etagen des Bettes vor ihr: Katja und Diana als Grundlinie des Dreiecks, Natascha dräuend darüber. Katja prustete immer wieder los und redete erregt auf Diana ein – Anja versuchte gar nicht erst zu verstehen, die Worte flossen ineinander wie das Rauschen eines Bachs. Diana saß schlaff und nickte nur ab und zu.

Selig schloss Anja die Augen. Aufstehen oder sich auch nur rühren kam jetzt überhaupt nicht in Frage. Alle Erscheinungen der Umgebung – Stimmen, die Rauheit des Lakens unter den Händen, ein Sonnenfleck, der das Knie wärmte –, alles kam von weit her.

Anja öffnete die Augen. Vor ihr saßen nicht ihre Nachbarinnen. Sobald sie sie ansah, hörten sie auf zu reden und guckten zurück. Dass es nicht ihre Nachbarinnen waren, spürte Anja eher, als dass sie es sah: Sie konnte sie nämlich gar nicht in Gänze wahrnehmen. Sie zerfielen in Teile, als wäre ihr Bild nicht mit einem Blick zu erfassen. Anja sah, wie blendend metallisch Katjas Haar in der Sonne schimmerte, sie sah Dianas Augen, tief wie Tunnel, Nataschas Schlüsselbeine, die so scharf unter der Haut hervorstanden, als würden sie sie gleich von innen aufschlitzen. Anja versuchte, ihren Blick verschwimmen zu lassen, um alle drei vor ihr Sitzenden auf einmal zu erfassen, aber ihr fielen immer nur Einzelheiten ins Auge – gelbe, spitzige Zähne, lange Wimpern, die sanfte Rundung einer Schulter, glanzhell wie Wachs. Anja wusste, dass die Wesen vor ihr keine Menschen waren, sie bekam Angst und konnte den Blick doch nicht von ihnen wenden. Sie erkannte immer wieder neue Details, bis sie begriff: Dieses zerstückelnde Kaleidoskop war ihre Rettung, ein Schutzmechanismus ihres Gehirns. Hätte sie diese Wesen mit einem Blick erfassen können – dann hätte sie den Anblick nie ausgehalten.

Anja kniff die Augen zu und wurde sofort wieder überflutet von sämtlichen Sinnen. Sie hörte Katja sagen: *Und was war das irrste Geschenk, das du je zum Geburtstag bekommen hast?*, sie merkte, wie steif ihr der Hals vom unbequemen Liegen auf dem Kissen geworden und wie verraucht die Zelle war.

Sie öffnete die Augen: Ihre ganz gewöhnlichen Nachbarinnen saßen vor ihr – Diana und Katja unten, Natascha oben. *Ich verliere den Verstand*, dachte Anja fast gleichmütig. Für einen richtigen Schreck hatte sie nach den Erlebnissen vom Morgen keine Kraft mehr, und das Haschisch dämpfte. Sie musterte die Arrestantinnen interessiert. Wie wunderlich ihr Kopf funktionierte – eben noch hatte sie sie nicht als Ganzes erfassen können, da waren sie wie Aliens aus einer anderen Welt gewesen, jetzt saßen sie normal vor ihr, wie auf dem Präsentierteller.

«Vor zwei Jahren hat mir eine Freundin einen Kurs fürs Blasen geschenkt», teilte Diana mit.

«Für was?», grölte Katja.

«Einen Blaskurs. Wir sind zusammen hingegangen.»

«W-was die sich nicht alles ausdenken», sagte Natascha angewidert.

«Und womit habt ihr geübt?», fragte Katja.

Diana nahm noch einen Zug und erklärte träge: «War totaler Mist. Trainiert haben wir an Gummidödeln. Wir saßen an Schulbänken, auf jeder war ein Dildo montiert. Die Trainerin war so eine Alte, die vor zwanzig Jahren das letzte Mal Sex hatte, nach ihrem Aussehen zu urteilen. Sie ging durch die Reihen und sagte, was man tun sollte – hier lecken bitte, dort was anderes.»

«Pfu-i!», rief Katja. «Horror! Und, hast du was gelernt?»

«Ich habe gleich am Anfang gesagt: Ich brauch keine Nachhilfe», sagte Diana überheblich. Sie sank träge in eine halb liegende Pose und seufzte entrückt. «Ich kann selbst eine Meisterklasse leiten. Und hab es bewiesen.»

«Wie denn das?», fragte Anja. Sie war weiter ungemein entspannt. Denkbare Angst oder Ungewissheit, was hier eigentlich mit ihr vorging, existierten vielleicht in einem anderen Universum – in diesem hier betraf sie das nicht. Zudem wirkte Diana sehr beruhigend auf sie – ihre gleitenden Bewegungen, ihre gurrende Rede waren in sich so stimmig, dass man ihr ewig hätte zusehen und -hören können.

«Diese Alte sagte, am Ende der Lektion würden wir einen *Deepthroat* versuchen. Wer das schafft und den anderen vorführt, der bekommt den Titel *Blaskönigin*. Dafür musste man so ein Gummiglied bis zum Ansatz reinstecken.»

«Und du …?», fragte Katja gebannt und hörte nun zum ersten Mal auf zu kichern.

Diana breitete die Arme aus und neigte den Kopf, wie eine Diva beim Applaus. Katja lachte wieder los.

«Alle pervers», Natascha von oben. «Da habt ihr ein Thema gefunden. Und euer Gras stinkt schon durch die ganze Bude.»

Katja steckte den Kopf raus und sah zum oberen Bett, blickte sie an und fragte: «Jetzt erzähl du mal eine Sexgeschichte. Irgendwas Peinliches.»

«Hab keine solchen Geschichten», sagte Natascha scharf.

«Na los, erzähl!», bettelte Katja, vom Gras verspielt wie ein Kätzchen. Sie hatte jetzt nichts Bedrohliches.

«Im Gefängnis ist doch bestimmt was gelaufen bei euch! Stimmt es, dass dort alle vergewaltigt werden?»

«Bekloppt, oder was?» Natascha ärgerte sich. Katja kicherte nur und nahm es sich nicht zu Herzen.

«Ich hab doch Hunderte Male gehört, dass in den Straflagern die Frauen zusammen sind.»

Mit deutlicher Unlust gab Natascha zu: «Stimmt schon. Viele. Wenn man lange sitzt, braucht man jemand. Ich war ja nicht so lange drin. Und ich habe einen Mann!»

«Du hättest es leicht im Knast, Katja», stellte Diana gewichtig fest. «Du gehst sowieso mit Mädchen».

Katja ließ sich wieder aufs Bett fallen.

«Ist nur noch ganz bisschen übrig», meldete sie und wickelte das Papier auf. «Das muss alle werden. Willst du?»

Anja schüttelte den Kopf.

«Na, dann erzähl du was von dir. Irgendwelche peinlichen Geschichten?»

«Ich bin mal beinahe von der Uni geflogen. Wegen Nacktfotos», sagte Anja selig lächelnd.

«Ihr seid ja alle so was von abartig!», schrie Natascha, fiel aufs Kissen und drehte sich weg.

«Erzähl!», Katja freute sich schon. Mit Juwelierspräzision ließ sie ein winziges Stück Haschisch auf die Zigarettenspitze fallen und steckte sie in die Flasche.

Nach Anjas Meinung begann dieser Abend in dem Moment schiefzulaufen, als sie die Phonokombination hervorholten. Nein, hätte vielleicht jemand anders gesagt, als sie die dritte Flasche Tequila öffneten, und das hätte auch gestimmt, aber nur zum Teil. Der Tequila provozierte den Wahnsinn, aber die Phonokombination gab den Takt vor. In dem Wohnheimzimmer wirkte sie so deplatziert und wild, dass ihr lasterhafter Schick auf alles ausstrahlte. Das Gerät war zufällig zu ihnen geraten. Anja hatte sie als Geschenk gekauft, aber eben noch nicht verschenkt. Eine einzige Schallplatte hatte sie dazu – und mit der gab sie jetzt vor den Gästen an. Und Gäste waren immer viele da: Ihr Zimmer war beliebt.

Sie lebten zu dritt hier – Anja, Sonja und Sascha. Inoffiziell, natürlich – offiziell war das gemischtgeschlechtliche Wohnen im Heim verboten, aber Sascha kam so oft, blieb so lange und hatte sich so rasch eingewöhnt, dass heimgehen irgendwann gar keinen Sinn mehr hatte. Erst war da der gemeinsame Alltag, später folgte, ganz natürlich, der gemeinsame Sex.

Anja selbst hatte Sonja und Sascha miteinander bekannt gemacht, noch im ersten Studienjahr. Anfangs trafen sie sich selten zu dritt – eher paarweise, und Anja war der unbestrittene Fixpunkt. Sie war mit Sascha befreundet, gelegentlich passierte auch ein bisschen mehr. Das war immer angenehm und unverbindlich. Befreundet war sie auch mit Sonja, und als sie sich verliebt hatte, verbrachte sie jede freie Minute mit ihr. Als Sonja und Sascha zueinanderfanden, freute sich Anja sogar darüber – es machte Spaß, Zeit zu dritt zu verbringen. Nur den Moment, als Sonja und Sascha sich so nahekamen, dass sie selbst überflüssig wurde, bekam sie irgendwie nicht mit.

Die Entdeckung dieser Tatsache war unfassbar quälend, und Anja ließ sie lange nicht an sich heran. Übrigens galt das für alle Beteiligten. Ihre Konstellation zueinander änderte sich von da an immer wieder mal, und diese Veränderungen gingen mit Verletzungen, Streitigkeiten und Eifersuchtsanfällen einher. Im fünften Studienjahr trat überraschend Ruhe ein. Sie hatten gerade angefangen, zu dritt zu leben, und Anja glaubte noch, das wäre die stabilste Verbindung. Natürlich war nichts Stabiles daran, im Gegenteil. Die Eifersucht wurde heftiger, sobald sie zusammengezogen waren. Wie im Modell einer Dreiecksbeziehung war man wechselseitig unglücklich ineinander verliebt. Anja hatte verzweifelte Sehnsucht nach Sonja, Sonja nach Sascha, und Sascha war viel zu sehr Luftikus, um sich überhaupt nach jemandem zu sehnen. Das machte die Sache nur dramatischer. Die Spannung wuchs.

Ihr Zimmer ähnelte einer Höhle. Es war vollgestopft mit allem möglichen Kram – einem Gipskopf von Lenin, so groß, dass er als Schemel herhielt; vollen und leeren Flaschen, ungewaschenen Teegläsern, Lampen und Kerzenhaltern, Fahrradklingeln, Geschichtsbüchern, Shisha-Zubehör, Kissen, Decken und der Phonokombination. Eines der Doppelstockbetten hatten sie auseinandergenommen und die Matratzen auf den Boden gelegt, sodass ein Lager für drei entstand. Ihr Zimmer war immer voller Leute, die rauchten, tranken, sangen und Gitarre spielten.

Als Anjas Gedanken in diese Zeit zurückkehrten, hatte sie nur endlose Düsternis vor Augen. Düster war ihre Wohnung, waren ihre Beziehungen, düster war alles, was Anja sah, wenn sie in sich selbst hineinschaute. Der einzige Lichtpunkt in dieser Düsternis war Sonja. Wie ein Leuchtturm, der in der Dunkelheit blinkte: Sonja setzte sich, Sonja stand auf, Sonja lachte. Anja haschte nach jeder ihrer Bewegungen. Sie wusste aber, dass sie sich dem Leuchtturm jetzt nicht mehr nähern durfte. Sonja entfernte sich, und das machte Anja wütend. Sie wollte sich rächen. Und das ging einfach, es genügte, Saschas Aufmerksamkeit auf sich selbst zu lenken. Diese Waffe setzte Anja häufig ein, sie zog ein ganzes Spektrum von paradoxen Emotionen daraus: Beim Anblick von Sonjas Leidensmiene empfand sie zugleich Triumph und Reue, Schadenfreude, Scham und Zärtlichkeit. Mit der Zeit wichen diese Gefühle dann gar nicht mehr – Sonjas bloße Existenz wurde für Anja zu einer klaffenden Wunde.

Eines Abends rief dann ein Freund aus dem Wohnheim Anja an und sagte: Hier ist eine Journalistin, sie macht eine Reportage über das Leben von Moskauer Studenten, und ich dachte – wer könnte ihr mehr darüber erzählen als ihr?

Eine Minute zuvor hatte Anja das erste Gläschen Tequila geleert (Alkohol war das Hauptbindemittel zwischen ihr, Sascha und Sonja) und hatte nichts gegen Gäste. Fünf Minuten später stand die Journalistin in ihrer Tür.

Sie war hager, trug einen Riesenschopf lockigen Haares – um ein hässliches Gesicht. Anja stellte mit Bedauern fest, dass dieses prachtvolle Haar einfach verschwendet war. Dabei machte sie einen kecken und zugleich hellen Eindruck, als wäre sie nicht ganz in ihrem Element, wollte sich das aber nicht anmerken lassen. Offenbar fühlte sie sich ein bisschen überfordert von ihrer Aufgabe, und dieser Eindruck, zusammen mit dem zweiten Gläschen Tequila, machte Anja selbstsicherer. Journalisten waren eine seltene Spezies, und natürlich wollte man Eindruck auf sie machen. Das tat jeder auf seine Art. Kaum hatte die Frau das Zimmer betreten, ging Sascha daran, sie zu bezirzen. Dass er ein derartiger Allesfresser war, schockierte Anja jedes Mal von neuem, sie beobachtete die Szene angewidert. Sonja wiederum machte sich nützlich, bot Tee an und war um größtmögliche Gastfreundschaft bemüht. Die Journalistin stellte sich mit dem Boheme-Namen

Ida vor und erklärte, sie arbeite an einer Fotoreportage für die Zeitschrift *Afischa* über das Leben von Moskauer Studenten. «Fotoreportage», sagte Anja enttäuscht. Jetzt würden sie die Frau mit dämlich-lustigen Anekdoten aus dem Wohnheim unterhalten müssen, dachte sie. Denn dass sie sich für ihren farblosen Alltag interessieren könnte, war schwer vorstellbar.

Ida indes setzte sich auf einen Stuhl und legte den immerhin analogen Fotoapparat neben sich.

«Du fotografierst analog?», fragte Sonja als pflichtbewusste Gastgeberin eifrig, um das Gespräch in Gang zu halten.

«Ja», antwortete Ida und ließ den Blick mit mehrdeutigem Gesichtsausdruck durch ihr Zimmer schweifen.

«Und was hast du schon geknipst?»

«Heute einen Geburtstag auf dieser Etage, hier genau gegenüber. Dort leben drei Mädchen, kennt ihr die? Erstsemester, glaube ich. Sie haben Torte gegessen, die eine ihrer Mütter gebacken hatte. Und dann ein anderes Mädchen unter der Dusche.»

«Unter der Dusche?», fragte Anja ungläubig.

«Na ja. Ich habe erst im Flur fotografiert, in der Küche, auf der Treppe. Dort habe ich ein Mädchen kennengelernt, das nichts dagegen hatte, beim Waschen fotografiert zu werden.»

«Und die *Afischa* bringt Nacktfotos von duschenden Studentinnen?», fragte Sonja verwundert.

«Darüber entscheidet der Redakteur.»

Niemand sagte etwas. Nach einer Pause fragte Sascha galant: «Einen Tequila gefällig?»

Ida ließ den Blick über alle schweifen und fragte zurück: «Wohnt ihr hier zu dritt?»

«Ja.»

«Dann gern.»

Die erste Flasche Tequila ging zu viert so schnell weg, dass sie es kaum bemerkten. Sascha lief los, eine neue holen. Ida betrank sich rasch und stakste unsicher durchs Zimmer, guckte in alle Ecken und studierte die Plakate an den Wänden. Mehrmals knipste sie. Anja und Sonja wollten posieren, doch das verbat sie. Höflich diskutierten sie das Studium an der MGIMO und die Arbeit in der *Afischa*. Sie tranken die zweite Flasche, eine dritte wurde geholt. Ida kreiste weiter unruhig durchs Zimmer, als könnte sie einfach nicht finden, was sie suchte; sie machte die eine oder andere Aufnahme, aber die Unzufriedenheit wich nicht aus ihrem Gesicht. Anja war schrecklich neugierig auf die Fotos, aber die waren beim analogen Film natürlich noch nicht zu sehen.

«Was habt ihr denn hier?» Ida zeigte in die Dunkelheit unter dem Tisch.

«Eine Phonokombination», sagte Anja leichthin. «Wir hören manchmal Jazz. Wenn du willst, können wir es anmachen.»

Das Gerät wurde ans Licht geholt. In seinem Anachronismus war es schon wieder richtig schön: ein klobiger brauner Kasten auf dünnen Beinchen, gelbe Kunststoffschalter, lackierter Deckel. Sie legten ihre einzige Platte auf, tranken. Duke Ellington spielte. Mehr Dekadenz war schwerlich denkbar – die knisternde Jazzaufnahme, das verschlampte Studentenzimmer, vom Alkohol gelöste junge Leute.

Während Ida die Phonokombination fotografierte, charmierte Sascha sie weiter. Sonja tat so, als würde sie nichts sehen. Anja hätte ihr gern einen Denkzettel für ihre Demut verpasst und sie zugleich gegen Saschas Herzlosigkeit in Schutz genommen. Sie drängte sich absichtlich zwischen Ida und Sascha und öffnete das Fenster.

«Seid ihr zusammen?», fragte Ida unvermittelt.

Anja drehte sich um, um zu verstehen, wem die Frage galt. Ida guckte von ihr zu Sascha und zurück.

Wie üblich, ein Schlag von zwei Seiten: einerseits die Freude, dass Sonja nicht einbezogen war, andererseits der Unmut genau darüber.

«Wir sind hier alle zusammen», verkündete Anja. Sie wandte sich zu Sonja. Die lächelte, höflich bis zum Zähneknirschen. Anja hätte ihr gern eine runtergehauen: Wie kannst du so ruhig bleiben? Stattdessen ging sie langsam zu Sonja und fasste sie sanft um die Taille. Wie um sie vor der ganzen Welt zu verstecken, sie in Schutz zu nehmen gegen diese windige Journalistin und ihre schlüpfrigen Absichten, gegen Saschas Gleichgültigkeit, gegen die eigene Eifersucht.

«Was ist denn?», flüsterte Sonja ihr zärtlich ins Ohr. «Bist du sauer?» Anja schüttelte den Kopf, froh, dass man in der Dunkelheit den verräterischen Flor in ihren Augen nicht erkennen konnte.

«Komm tanzen», sagte sie.

Durch den Jazz hörte sie den Auslöser klicken, aber Anja achtete nicht mehr darauf – ihr war inzwischen völlig egal, wie sie auf diesen Fotos aussehen und wie reißerisch ihr Leben wirken würde. Die Welt ringsum geriet aus dem Fokus, der einzige scharfe Punkt darin war Sonjas Gesicht. Anja küsste sie – der Auslöser arbeitete eifriger. Sie tranken noch einen Tequila. Das Zimmer lag im Dunkeln, einzig die drehbare Tischlampe brannte, gegen die Decke gerichtet – alle Gestalten und Gegenstände warfen daher lange, weiche Schatten an die Wand. Sie trat ans weit geöffnete Fenster und rauchte. Im Augenwinkel verfolgte sie, wie Sascha sich weiter an Ida heranmachte, die aber interessierte sich wenig für ihn – sie fotografierte Sonja. Anja blies den Zigarettenrauch aus dem Fenster – er wehte zurück, waberte ins

Zimmer. Sonja kam zu ihr, nahm ihr die Zigarette aus den Fingern. Anja sah, wie der Wind den leichten Haarringel an ihrer Schläfe bewegte. Sonja küsste sie. So selten tat sie das als Erste, dass Anja augenblicklich entwaffnet war – alle Bitterkeit und Wut verflogen.

Sie spürte eher, als dass sie es sah, wie Ida dicht an sie heranhüpfte, doch die Welt um sie herum hatte jede Bedeutung verloren. Anja zog Sonja nach unten, auf den Boden, die glattgewetzten Bohlen. Sonjas Haar fasste sich weich an wie Schaum. Anja begann, sie auszuziehen. In Trance von der wiegenden Musik, der Wärme, dem warmen Halbdunkel, dem Schwindel. Sie empfand nichts als seliges Glück. Mit geschlossenen Augen streichelte sie Sonjas Rücken, ihre Brust, wanderte tiefer und dachte, dass sie niemals glücklicher sein würde – «Mir wird gleich schlecht», teilte Sonja mit, setzte sich abrupt auf und schoss aus dem Zimmer.

In der Welt da draußen wurde Licht gemacht. Ida mit dem Fotoapparat war über sie gebeugt, im Zimmer war es kühl vom offenen Fenster. Anja setzte sich auf dem überraschend harten Boden auf und kam zu sich. Sascha goss Tequila ein, als wäre nichts, das musste schon die vierte Flasche sein. Anja wurde ekelhaft nüchtern, so deutlich sah sie jetzt alles. Sie kippte ihr Glas runter und reichte es zum Nachfüllen.

«Kann man bei euch übernachten?», fragte Ida und sah dabei Anja interessiert an. Es war verboten, im Wohnheim Gäste übernachten zu lassen, doch Mittel und Wege gab es immer – man konnte durchs Fenster einsteigen und sich am Hausverwalter vorbeistehlen. Sascha begleitete Ida, die eine Tasche aus dem Auto holen wollte, und half ihr, wieder nach drinnen zu kommen. Anja blieb allein zurück. Sie schloss die Zimmertür, damit es nicht zog, und steckte sich eine Zigarette an. Der Rauch stand in gebrochener Linie in der Luft – sie musste das Fenster wieder aufreißen. Ihr wurde kühl und gleichzeitig hundeelend zumute.

Die Tür ging auf, Anja sah hoch. Es wäre so schön, wenn Sonja zurückkäme. Nur eine Minute mit ihr allein sein. Und tatsächlich stand Sonja in der Tür. Anja wollte ihr entgegenwanken, doch bevor sie einen Schritt tun konnte, war Sonja mit einem Übelkeitslaut wieder aus dem Zimmer verschwunden.

Endlich kamen Ida und Sascha. Ida war völlig betrunken und dadurch fast schon attraktiv. Sie kicherte ununterbrochen, warf den Kopf zurück, und ihre Locken wirbelten im Lampenlicht. Sie war unsicher auf den Beinen und hing die meiste Zeit an Saschas Schulter, während der, selbstzufrieden grinsend, sie um die Taille fasste. Anja verfolgte das angewidert und goss sich ein. Plötzlich riss Ida sich von Sascha los und kam schwankend auf Anja zu, umarmte sie. Sie war so dünn und kantig, dass die Knochen durch ihre Kleider stachen. «Lässt du mich mal ziehen?», fragte sie. Anja reichte ihr die Zigarette. Ida nahm einen Zug und berührte dabei ihre Finger mit den Lippen. Anja spürte eine zunehmende böse, enthemmte Heiterkeit in sich aufsteigen.

Dann war es dunkel, Ida stöhnte betrunken, Sascha schnaufte irgendwo an ihrer Seite. Anja hatte fast ihre ganze Hand zwischen Idas Beine geschoben und tat es so blindwütig, dass sie nicht einmal aufgehört hätte, wenn Ida vor Schmerz aufgeheult hätte – Ida aber stöhnte nur noch langgezogener. Einige Male huschte schattengleich Sonja an ihnen vorbei – kaum war sie von der Toilette zurück, sauste sie schon wieder raus, aber Anja verbat sich jeden Gedanken an sie, Idas Stöhnen sollte alles Denken aus ihrem Kopf jagen. Es war, als sei alles Gute und Lichte aus ihrem Hirn gepumpt worden, doch diese neue Finsternis wollte paradoxerweise noch weiter verdichtet, ins Extrem getrieben werden, damit außer den nackten Instinkten nichts bliebe, kein Zweifel, erst recht keine Liebe.

Anja erwachte auf dem Hochbett, konnte sich aber nicht erinnern, wie sie dort hingekommen war. Sie lag allein. Ihr Kopf drohte zu zerplatzen, sie spürte den Schmerz bis in die Fingerspitzen. Sie öffnete die Augen einen Spalt weit. Sonja schlief unten, zur Wand gedreht. In der Nähe saß Ida – zerknittertes Gesicht, das Haar immer noch wild und üppig. Sascha war nicht zu sehen, doch Anja hörte hinter dem Schrank in der improvisierten Küchenecke den Teekessel summen und Löffel klirren. Bald erschien Sascha auf der Bildfläche mit zwei Tassen in der Hand – eine reichte er Ida, mit der zweiten setzte er sich an den Tisch. Ida sagte leise etwas, Sascha antwortete trübe. Anja hörte nicht hin. Ihr Kopf tat unerträglich weh, aber das war sogar gut – der körperliche Schmerz überdeckte alle sonstigen Empfindungen. Ein Blick auf Ida genügte, um die Ereignisse der vergangenen Nacht in ihr wachzurufen. Anja heulte lautlos auf und drückte ihren Kopf ins Kissen. Aufstehen und dem, was passiert war, Auge in Auge gegenübertreten konnte sie nicht. Deshalb grub sie sich noch tiefer in die Decke und schlief feige wieder ein.

Als sie das zweite Mal wach wurde, waren die anderen schon munter. Im Halbschlaf vernahm Anja als Erstes Sonjas Stimme – sie hätte sie unter Tausenden herausgehört. Sie klang erstaunlich fröhlich und leicht. Sich weiter zu verstecken, war sinnlos. Anja warf die Decke ab.

«Guten Morgen!», sagte Sonja. «Wie geht es dir?»

«Geht so», antwortete Anja. Die Tonart des Kopfschmerzes hatte sich nach einer Stunde Schlaf geändert, doch blieb er weiter gnadenlos. «Und euch?»

«Mir ganz gut», sagte Sascha.

«Ich habe Kopfweh», klagte Ida.

«Möchtest du Tee?», fragte Sonja.

Mein Gott, dachte Anja, warum bist du so? Zugleich nickte sie.

Sonja flatterte sofort vom Stuhl auf und rannte zum Schrank mit den Tassen. Anjas Blicke folgten ihr.

«Und du?», fragte sie.

«Ich? Gut. Alles, was rausmusste, ist gestern raus», sagte Sonja und lachte. Ihre Aufrichtigkeit wirkte so unverblümt, dass man nicht wusste, ob sie den wahren Sinn von Anjas Frage absichtlich ignorierte. Oder ihn nicht verstand? Erinnerte sie sich an gestern oder nicht?

«Hast du alles fotografiert, was du wolltest?», fragte Sascha Ida. Anja glaubte sofort, auch hier eine zweite Bedeutung herauszuhören.

«Aber ja. Ich schicke den Film an die Redaktion, die sollen auswählen.»

«Du schickst denen den ganzen Film?» Anja begriff mit Verspätung. «Mit allen Fotos?»

«Ja, schon. Aber keine Angst, sie werden nichts davon ohne euer Einverständnis drucken. Einer von euch gibt mir seine E-Mail, ich leite sie weiter, und sie werden sich vor der Veröffentlichung mit euch in Verbindung setzen.»

Alle benahmen sich, als wäre überhaupt nichts passiert, und Anja machte das so unsicher, als hätte sie womöglich alles nur geträumt.

Ida ging schließlich – unter Saschas Geleit schlich sie am Wachschutz vorbei und ward nie mehr gesehen. Als Sascha weg war, fragte Anja Sonja: «Bist du wirklich in Ordnung?»

«Ja, ja», erwiderte Sonja sogar leicht erstaunt. «Wir haben gestern ganz schön getrunken!»

«Ich meine nicht das. Bist du sauer?»

«Worauf?»

«Na ja ...», Anja fragte sich eine Sekunde erschrocken, ob es gut war, Sonja an die Geschehnisse zu erinnern, falls sie sie wie durch ein Wunder vergessen hätte.

«Darauf, dass du –», präzisierte Sonja und senkte die Stimme, «mit Ida Sex hattest? Nein! Ist nur schade, dass mir schlecht wurde und ich nicht mitmachen konnte.»

Mit diesen Worten verließ Sonja das Zimmer mit einem Stapel schmutzigen Geschirrs – Anja blieb allein zurück mit ihrem Gefühl von Ohnmacht und Unverbesserlichkeit. Seit jenem Tag veränderte sich ihre Beziehung wieder, anfangs unmerklich. Sonja schien ihr jetzt aus dem Weg zu gehen – auf den ersten Blick war alles wie früher, aber Anja bemerkte kaum sichtbare Zeichen. Wenn sie zusammen einen Film guckten, setzte Sonja sich an Saschas Seite. Wenn sie sich mit Sascha unterhielt, wurde ihr Gesicht schöner, vor Anja blieb es gewöhnlich. Sonja war weiterhin zärtlich und aufmerksam, sie lachte über Anjas Witze, ging mit ihr in den Vorlesungspausen rauchen und essen, doch Anja spürte, dass sie das aus Gewohnheit tat, einfach keinen Streit wollte. Im Herzen lebte sie ganz für Sascha. Sobald sie ihn sah, ging bei ihr quasi ein Lämpchen an. Neid und Eifersucht zehrten an Anja, sie verlangte hartnäckiger nach Aufmerksamkeit, versuchte sich einzureden, dass ihr das alles nur so vorkam – es half nichts. Sie fühlte sich, als bildeten Sascha und Sonja eine Achse, um die sie sich drehte und von der sie durch die Fliehkraft weggeschleudert wurde. Anja zürnte – wenn diese Entfremdung die Strafe für die betrunkene Nacht war, dann hatte Sascha sie ebenso verdient, wenn nicht noch mehr. Tatsache aber war, dass Sonja sich weiter von Anja entfernte und ihm näherkam, und dagegen war nichts zu tun. Zwei Wochen vergingen, von der *Afischa* meldete sich natürlich niemand. Das hatten sie auch nicht ernsthaft erwartet – wer glaubt denn, dass sein Foto in einer richtigen Zeitschrift erscheint? Dann fuhren sie zur Konferenz nach Nowosibirsk und verbrachten eine Woche bei Saschas Verwandten.

In Nowosibirsk erhielt Anja eine E-Mail. In dem Moment schaukelte sie gerade mit Sonja auf dem Hof von Saschas alter Schule. Er selbst war drin – die Lehrer hatten ihn gebeten, eine Stunde für die Neuntklässler zu geben. Anja öffnete die Mail und glaubte ihren Augen nicht – tatsächlich fragte die Fotoredakteurin der *Afischa*, ob man die Fotos wohl verwenden dürfe. Anja staunte nicht schlecht, als sie die Bilder in der Anlage durchsah. Überall war sie mit Sonja zu sehen – bekleidet und beim Küssen, ausgezogen und auf dem Fußboden, alles in dramatischem Schwarz-Weiß. Sofort erwachte Anjas Eitelkeit – gern hätte sie alles sofort genehmigt, um mit der Publikation anzugeben. Wie berauschend, diese Verwegenheit! Andererseits wollte Anja nach dem Uniabschluss, schon in zwei Monaten, beim Außenministerium anfangen. Das holte sie wieder runter. «Was tun, was tun», jammerte Anja, während Sonja die Fotos sichtete. «Nur Ausschnitte zeigen», befand die besonnene Sonja.

Eine halbe Stunde später hatten sie die Fotos auf einem vorsintflutlichen Schulcomputer in Paint geöffnet und suchten nach einem Kompromiss zwischen Leichtsinn und Vorsicht – sie bastelten an den Bildausschnitten. «Mehr, nimm mehr», zischte Anja, während Sonja unsicher mit der Maus hantierte. «Jetzt machen wir bis zum Bauchnabel», brummte Sonja zurück. Die Vorsicht siegte dann doch – ein Foto, auf dem ihre beiden Gesichter zu sehen waren, schnitten sie in Schulterhöhe ab und entfernten die anstößige untere Hälfte. Ein anderes beschnitten sie oben, ihre Gesichter fehlten nun, und warfen zusätzlich einen Teil von Saschas Kopf raus. Ein weiteres Foto mit Kuss sortierten sie ganz aus – es gefiel ihnen auch nicht besonders. Sie überprüften noch einmal alle Änderungen und antworteten der Fotoredakteurin: «in dieser Form zu verwenden». Gut gelaunt, hofften sie auf baldige Berühmtheit. Wie drastisch diese Berühmtheit ausfallen sollte, konnten sie nicht ahnen.

Eine Woche später flogen Anja und Sonja nach Moskau und fuhren direkt vom Flughafen zum Abschlussexamen in Englisch an die Uni. Nach der so lala bestandenen Prüfung gingen sie raus auf die Treppe, und Sonja bat jemanden um eine Zigarette. Ringsumher standen viele Raucher. Aus einem der Grüppchen löste sich einer und ging direkt auf Sonja zu. Anja kannte ihn, ein Student jüngeren Semesters.

«Hey», sagte er. «Gibst du mir ein Autogramm?»

«Wo denn?», wunderte sich Sonja. Der Junge schlug gewandt die Zeitschrift auf, er hatte schon einen Finger zwischen den Seiten, und reichte sie ihr. Über die ganze Doppelseite waren sie zu sehen – auf dem Fußboden, in enger Umarmung, in jenem dramatischen Schwarz-Weiß. Noch dazu in voller Pracht – die Bilder zeigten beileibe nicht nur ihre Schultern. Sprachlos musterte Anja die Fotos, sah ihre auf dem Boden ausgebreiteten Haare, die Ritzen zwischen den Bohlen, Sonjas nackte Brust. Über der ihren verlief ein weißer Textbalken (der leider nicht viel verdeckte). Anja überflog: Eine gewisse Natalja erklärte da, ihr Wohnheim sei das versoffenste und ausschweifendste des MGIMO. Sonja nahm die Zeitschrift und blätterte. Auf allen Fotos schüchterne Jungs und Mädchen diverser Hochschulen, mit Kochtöpfen in der Küche, mit Gitarren auf der Treppe, mit Sportzeug und Büchern im Arm. Nett und furchtbar langweilig. Auch der Teil über das MGIMO fing harmlos an, mit einem Mädchen im rosa Kittel, mit selbstgebackener, kerzengeschmückter Torte – buntes Foto auf glanzweißem Papier. Blätterte man um, kam der Absturz in die Hölle: dunkle Fotografien, auf denen nichts als entblößte weibliche Körper zu sehen waren, Anjas Hand auf Sonjas Unterleib, umgekippte Tequila-Flaschen, und dann diese glanzvolle Doppelseite. Von allen Fotos war nur eins beschnitten – die Hälfte von Saschas Kopf hatten die Redakteure der *Afischa* großzügig weggelassen –, dafür war alles Übrige, wirklich Provozierende, schwarz auf weiß zu sehen.

«Was ist jetzt, kriege ich das Autogramm?», fragte der Kerl grinsend. Sonja schlug das Heft zu und reichte es zurück. Anja fasste sie am Handgelenk – Sonja nach all diesen Fotos vor aller Augen bei der Hand zu nehmen, kam ihr zu schamlos vor – und zog sie weg, weg von der Universität. Sie fühlte sich überall beobachtet. Erst gingen sie schnell und wortlos, dann, in sicherer Entfernung, wo niemand sie mehr hören konnte, sagte Anja: «Ich glaub nicht, dass sich das groß rumspricht. Wer liest denn schon die *Afischa*.»

Am nächsten Tag wussten es alle.

Im Laden, bei den Zeitungen und Zeitschriften, glänzte das Fach der *Afischa* durch Leere. Anja begegnete zwei ihr unbekannten Studenten auf der Vortreppe, die das Heft studierten. Zurück im Wohnheim, sah sie, dass jemand die ausgeschnittene Doppelseite ins Treppenhaus geklebt hatte, das verbotenerweise als Raucherraum diente. Scans der Fotos wurden in der MGIMO-Gruppe bei VKontakte gepostet; in den Kommentaren wurde hauptsächlich diskutiert, welche Strafe die fotografierten Mädchen verdient hätten, zu den Vorschlägen gehörte «verbrennen» oder «mit dem Messer aufschlitzen». Zu den gnädigsten Ratschlägen zählte der Ausschluss von der Uni. Ein Teil der Posts hielt die Veröffentlichung der Fotos für abartig, ein anderer Teil war der Meinung, die Frauen hätten ein Recht auf die eigene Brust, aber nicht nackt. Im Zusammenhang mit dem gerade diskutierten Gesetz gegen Schwulenpropaganda fragten sich viele, ob das ein politischer Protest sein sollte – wohlgemerkt, der Redaktion von *Afischa*, nicht der Modelle. Häufig fielen die Wortverbindungen «liberale Hipster» und «kämpferische Homogays», einer meinte, die «Pseudofreiheit im Internet hat den Begriff des Anstands unterwandert».

Saschas Beteiligung übergingen die Kommentatoren ebenfalls nicht, was besonders ungerecht war, da seine ganze Schuld darin bestand, dass er bekleidet und kopflos in der Ecke eines einzigen Fotos posierte. Nichtsdestotrotz forderte ein Zimmernachbar im Wohnheim Sascha zu einem förmlichen Duell heraus, um den guten Namen der Universität zu verteidigen, und die beiden prügelten sich zwanzig Minuten lang auf dem Hinterhof.

In jenen Tagen hörte Anja in Dauerschleife «500» von Boris Grebenschtschikow, darin gab es die Zeile «beim Fahrstuhlabsturz wird's mit jeder Sekunde leichter». Sie wünschte sich so sehr, dass es ihr leichter würde, sei es auch nur durch die schiere Ohnmacht, doch dazu kam es nicht. Anja glaubte die Wellen der Abscheu bei jedem zu spüren, dem sie unter die Augen kam, jedem und jeder, wer immer ihr auch nur kurz begegnete. Das Schamgefühl wurde unerträglich. Die Fotos selbst waren für sie weiter nur ein harmloser Ulk, doch jedes Mal, wenn sie einen neuen Kommentar auf VKontakte las, bekam sie Beklemmungen und fühlte nur Leere – Leere wie vor einem Sprung aus großer Höhe. Sie, die Kluge und Gute, wurde von diesen Menschen nun ganz anders wahrgenommen, und diese Sicht lastete wie eine schwarze Wolke über den Fotografien, über ihrer Beziehung zu Sonja, über ihrem ganzen Leben. Die Tatsache, dass sie liebte, war nun vergiftet von der Verachtung der anderen, und indem sie sich dieser unterwarf, begann sie sich selbst zu verachten.

Einen Tag nach dem Erscheinen der Zeitschrift lud der Leiter des Wirtschaftsreferats der Universität Sascha, Anja und Sonja zu sich. Diese Einladung kam überraschend, der Grund stellte sich erst später heraus: Er war auch für die Studentenwohnheime zuständig. Verständlich, dass die Leitung des MGIMO in der zersetzenden Strahlkraft dieses Ortes die Wurzel allen Übels sah. Das Gespräch mit dem Leiter dauerte lange, war aber wenig konstruktiv; sie wahrten das Schweigen, der Leiter ließ sich darüber aus, welch nicht wiedergutzumachenden Schaden sie dem Ansehen der Universität zugefügt hätten. Mehr als die entblößte Brust empörte ihn dabei die Zeile darüber: «versoffenstes und ausschweifendstes Wohnheim». Das war umso ungerechter, als niemand von ihnen das so gesagt hatte – insgeheim aber musste Anja zugeben, dass die Beschreibung der Wirklichkeit entsprach.

Am anderen Tag wurden sie ins Dekanat gerufen und bekamen mitgeteilt, dass sie relegiert würden. Von diesem Tag behielt Anja nur das nebelhafte Gefühl in Erinnerung, dass ihr der Boden unter den Füßen wegglitt. Sie versuchte sich vorzustellen, wie sie ihre Mutter anrief und sagte: Ich bin einen Monat vor dem Diplom von der Universität geflogen, wegen Fotos, auf denen ich ein Mädchen küsse. Schwer zu sagen, welcher Teil dieses Satzes ihrer Mutter mehr zu schaffen machen würde.

Einen Tag später wurde ihnen zugesteckt, dass der Rauswurf überdacht worden sei, und obwohl damit der Anruf bei der Mutter vorerst entfiel, konnte Anja sich nicht recht freuen. Tatsächlich rief der Leiter des Wirtschaftsreferats sie dann erneut zu sich und beschied, dass für diesmal beschlossen wäre, sie nur des Wohnheims zu verweisen – wegen «unangemessenen Verhaltens». Kurz darauf waren Anja und Sonja schon dabei, ihre Sachen zu packen, als die Wohnheimdirektorin das Zimmer betrat und erklärte, sie dürften bleiben – wenn sie jetzt sofort ihre Sünden am äußeren Ansehen des Wohnheims wiedergutmachen, und das hieß den Zaun streichen, würden. Während sie mit dem Pinsel über die Eisenstangen strich, kam sich Anja vor wie ein unzüchtiger Tom Sawyer.

Der Mai verging ruhig – die öffentliche Empörung flaute ab, die Dozenten taten gnädig so, als wüssten sie von nichts, Anja und Sonja schrieben an ihrer Diplomarbeit. Neben den Abschlussprüfungen trat Anja auch zu den Aufnahmetests im Außenministerium an. Alles lief ausgezeichnet, sie musste am Ende nur noch eine Studienbestätigung ihrer Lehranstalt vorlegen. Diese Bescheinigung stellte der Dekan aus – ein dicker, fröhlicher und noch keineswegs alter Mann, den die Studenten für seine demokratische Art vergötterten. Überzeugt, dass sie das Papier so gut wie in der Tasche hätte, ging Anja ins Sekretariat – und hörte, dass sie nichts bekommen würde. Der Dekan habe es verboten.

Anfangs wollte sie das nicht glauben. Während des Skandals um die *Afischa* war der Dekan, schien es, der Einzige gewesen, der sich nie persönlich geäußert hatte. Wenn er Anja im Korridor begegnete, grüßte er höflich wie immer. Wäre Anja nicht überzeugt gewesen, dass alle von *Afischa* wussten, hätte sie gedacht, die Geschichte sei an ihm vorbeigegangen. Jetzt stellte sich heraus, dass er nicht nur alles wusste, sondern sie auch bestrafen wollte. Also wartete sie vor dem Büro des Dekans auf ein Gespräch.

«Ich bin beschäftigt», sagte er knapp, und Anja argwöhnte

zum ersten Mal, dass er sie vielleicht gar nicht so freundlich gegrüßt hatte, wie ihr immer schien.

«Ich stehle Ihnen nur ganz wenig Zeit, ich komme wieder, wenn es Ihnen passt», sagte Anja unterwürfig.

«Reden Sie mit dem Sekretariat!»

Anja begab sich sofort dorthin, erfuhr aber nur, dass der Terminkalender gerade jetzt schrecklich voll sei. Ihr blieb nichts, als dem Dekan erneut aufzulauern. Als er sie diesmal vor seiner Tür sah, trat er unwillkürlich einen Schritt zurück und runzelte die Stirn.

«Kommen Sie morgen um zwölf», sagte er gereizt.

Um zwölf kratzte Anja schüchtern an der Tür zum Dekanat.

«Igor Jewgenjewitsch ist beschäftigt!», sagte die Sekretärin empört. Anja nahm gehorsam auf der Bank im Korridor Platz und wartete.

Im Film wird so ein Warten gewöhnlich mit Uhrzeigern veranschaulicht, die rasend um das Ziffernblatt kreisen, in der Realität blickte Anja so oft auf die Uhr, dass der Zeiger stillzustehen schien. Nach anderthalb Stunden nahm sie einen erneuten Anlauf, die Sekretärin sagte nur: «Sie werden gerufen.» Weitere anderthalb Stunden vergingen. Dann noch einmal anderthalb. Der Korridor leerte sich. Der Dekan wagte sich nicht aus seiner Festung.

Schließlich rief man Anja herein. Im Kabinett des Dekans war sie noch nie gewesen. Hier war alles massiv und weinrot, die riesige Ledercouch, der lackierte runde Tisch davor, ein klobiger Bücherschrank, der Dekanstuhl am Fenster. Anja setzte sich auf den äußersten Rand der Couch. Durch die Klimaanlage war es hier kühl wie in einem Gefrierschrank, auch die Couch war kalt.

«Also, worüber wollten Sie sprechen?», fragte der Dekan,

wandte sich vom Computer ab und faltete die Hände auf dem Bauch. Seine Stimme so eisig wie alles hier.

«Ich hätte gern eine Bestätigung von der Lehranstalt. Für das Außenministerium.»

«Die Universitätsleitung hat es abgelehnt, Ihnen eine auszustellen.»

«Aber die kriegen doch alle. Es ist ja keine Empfehlung, sondern nur die Bestätigung, dass ich hier studiere.» Anja appellierte an den Gerechtigkeitssinn.

Der Dekan seufzte, erhob sich und rollte seinen Stuhl an den Tisch. Jetzt saßen sie sich gegenüber.

«Wir können nicht zulassen, dass Sie im Außenministerium arbeiten», sagte der Dekan beschwörend.

«Warum?», fragte Anja verblüfft. Dass er so gar nicht darum herumreden würde, hatte sie nicht erwartet.

«Wissen Sie nicht, warum?»

«Aber das sind doch nur Fotos! Darauf ist nichts Besonderes. Nicht einmal mein Name steht dabei!»

«Ein Diplomat ist eine Person von allerhöchsten moralischen Maßstäben», sagte der Dekan streng. «Halten Sie sich für so jemand?»

«Aber sicher! Und diese Fotos beweisen nicht das Gegenteil.»

Der Dekan lehnte sich in seinem Stuhl zurück und musterte Anja. Sie hatte den Eindruck, er begänne zu schwanken, und erklärte hitzig: «Ich will nach Afrika. Egal welches Land, egal wie krisengeschüttelt. Das wollte ich immer, deshalb will ich auch im Außenministerium arbeiten ...»

«Was sucht ein junges Mädchen in Afrika? Dort ist es gefährlich.»

«Ich will es wirklich. Und ich fürchte nichts – weder Krankheiten noch Revolten, ich bin überhaupt mutig ...»

«Das haben Sie bewiesen.»

Anja wurde rot.

«Ich meinte, ich werde gut arbeiten», murmelte sie. «Und bei einer Entsendung nach Afrika schrecken mich die Dinge nicht, vor denen man gewöhnlich Angst hat.»

«Lobenswert. Aber ich sage noch einmal: Wir können Sie nicht zum diplomatischen Dienst zulassen.»

«Aber warum?», rief Anja verzweifelt.

Sie wollte einfach nicht an die Absage glauben. Es sollte wie im Kino sein: Sie tritt ein, beeindruckt den Dekan durch ihre Furchtlosigkeit und ihre edle Motivation, er lässt sich umstimmen und gibt ihr die Bescheinigung. Jetzt aber nahm sie wahr, wie er sie ansah – ohne großes Interesse, sogar mit einer Spur Schadenfreude –, und begriff, es würde ganz bestimmt nicht wie im Film ausgehen.

«Wer weiß, was Sie noch alles anstellen.» Der Dekan zuckte mit den Schultern. «Nackttanz auf dem Tisch in der Botschaft?»

Anja spürte, dass sie wieder rot wurde – wieder dieser Eindruck, ihr Gegenüber sehe nicht sie, wie sie selbst sich kannte, sondern einen anderen, lasterhaften und unwürdigen Menschen. Mit Mühe ertrug sie die Erniedrigung und sagte: «Ich glaube, nach diesem Skandal können Sie absolut sicher sein, dass ich nichts dergleichen mehr tun werde. Ich weiß jetzt besser als alle anderen, was die Folgen sind.»

«Und dennoch.» Der Dekan schlug sich auf die Schenkel. «Wir müssen auf unsere Reputation achten. Und Sie mit Ihren Eskapaden können unser Land nicht repräsentieren.»

Mit diesen Worten erhob er sich und schaute Anja vielsagend an. Reflexhaft stand sie ebenfalls auf und wollte noch etwas sagen, doch nach einem letzten Blick in sein Gesicht verließ sie wortlos das Büro.

Zurück im Studentenwohnheim, hatte Anja sich wieder gefasst. Sie steckte Niederlagen überhaupt leicht weg und suchte dann mit verdoppelter Energie nach einem Ausweg. Ganz filmreif war es vielleicht nicht gelungen, doch noch war nicht alles verloren. Großes Kino würde es vielleicht erst, wenn sie jetzt nicht aufgäbe und es einfach noch mal versuchte.

Aber zunächst fuhr Anja zum Außenministerium und fragte, ob man sie ausnahmsweise ohne die Bestätigung aufnehmen würde. «Nein», sagte die Frau aus der Personalabteilung bedauernd. «Wir haben eine Standardliste von Dokumenten für die Aufnahme. Aber keine Sorge, die Bescheinigung kriegen alle!» Anja fuhr nach Hause und tüftelte an möglichen Varianten. Es gab aber letztlich keine andere Möglichkeit, als den Dekan erneut aufzusuchen. Diesmal konnte er einfach nicht nein sagen. Sie musste durch diese Wand.

«Igor Jewgenjewitsch ist nicht da», blockte die Sekretärin ab, kaum hatte sie sie in der Tür gesehen.

Anja setzte sich auf die ihr gut bekannte Bank im Korridor. Es war Pause, Studenten liefen vorbei, die Sonne sengte durch die riesigen Fenster. Und da sah Anja den Dekan auch schon – wie ein riesiger, dickbauchiger Kreuzer durchschritt er eine Studentengruppe und näherte sich. Sie sprang auf und lief ihm entgegen.

«Igor Jewgenjewitsch! Ich bin's noch mal, wegen der Bestätigung. Darf ich Sie noch einmal ...»

Der demokratische Igor Jewgenjewitsch, Freund aller Studenten, erbebte, wurde puterrot und brüllte: «Die Ehre der Universität! Haben Sie besudelt! Sie sollten dankbar sein, dass man Sie ausstudieren lässt! Und Sie wollen ins Außenministerium! Nur über meine Leiche! Fort mit Ihnen! Niemals! Bleiben Sie mir gestohlen mit Ihrer Bettelei ...! Niemals ...!»

Die letzten Worte schrie er im Gehen, ohne sich noch einmal umzudrehen. Die Tür des Dekanats schlug zu, absolute Stille folgte. Anja sah sich um: Die Studenten im Flur standen starr wie Wachsfiguren, die Köpfe zur zugeschlagenen Tür gedreht. Es dauerte einige Sekunden, bis alle wieder auftauten und still ihrer Wege trotteten.

Auch Anja ging nach Hause. Damit war ihre diplomatische Karriere zu Ende.

«Na Mensch!», sagte Katja begeistert.

Diana wirkte vom Gras bematscht und abwesend, aber auch sie nickte enthusiastisch. Sogar Natascha, die sich am Anfang der Geschichte demonstrativ weggedreht hatte, lag auf dem Rücken und wandte Anja nun das Gesicht zu.

«Man denkt ja, du bist so eine ganz Brave», fuhr Katja fort. «Und dann solche Hämmer. Es stimmt wohl doch, stille Wasser sind tief.»

«So still bin ich auch nicht», lächelte Anja.

«Jetzt ist alles klar! Ich hätte nie geglaubt, dass du was an Mädchen findest.»

«Ich schon», stellte Diana selbstzufrieden fest. Sie streckte ihre Hand aus und betrachtete sie, die Finger klimpernd. In diesem Zustand war sie offenbar nicht nur auf ihre Beobachtungsgabe, sondern überhaupt auf alles an ihr stolz.

«Nein, bist nicht typisch», knurrte Natascha von oben. «Solche wie du tun das aus jugendlicher Dummheit. Sie experimentieren. Du hast experimentiert?»

«Nicht doch!», empörte sich Anja und konnte nicht fassen, warum sie sich hier für ihre Orientierung rechtfertigen sollte.

Natascha schien das nicht zu überzeugen.

Das Haschisch war längst aufgeraucht, die anfängliche Lockerheit verging. Sie rissen das Fenster auf, Katja, Diana und Natascha rauchten Zigaretten, um «den Geruch zu überdecken». Die Flasche zerdrückten sie gründlich und warfen sie in den Eimer, zur Sicherheit ganz tief unter den Müll. Als der Polizist kam, um sie zum Hofgang zu führen, sah die Zelle so idyllisch aus, wie das in einem russischen Gefängnis nur möglich ist. Im Hof holte Diana sofort ihre Netze ein. Anja sah, wie sie zu dem entferntesten Fenster ging, mit unsichtbaren Häftlingen sprach, durchs Gitter griff und etwas entgegennahm. Diese Aktion führte Diana dann an jedem Zellenfenster durch und kehrte zufrieden zurück.

«Na, wie ist die Ausbeute?», fragte Katja träge. Sie saß zurückgelehnt auf der Bank und blinzelte in die Sonne.

Diana zählte die Zettel.

«Acht Nummern», resümierte sie. «Sogar ein Tadschike namens Ikram.»

«Und was willst du jetzt mit denen anfangen?», fragte Natascha.

«Na, nichts Großes. Das ist nur, damit ich nicht außer Übung komme.»

Natascha ließ nicht locker.

«Und dein M-mann erlaubt dir das?»

Diana hob trotzig das Kinn.

«Der hat mir gar nichts zu erlauben, ich bin erwachsen. Außerdem», fügte sie nach kurzem Nachdenken hinzu, «beabsichtige ich nicht, ihm davon zu erzählen.»

«Hast du denn deinen Mann schon mal betrogen?», fragte Katja.

«Nur meinen ersten. Mit dem, der dann mein zweiter wurde.»

«Und den dritten hast du auf der Beerdigung des zweiten kennengelernt?»

«Ja. Ihr seht, ich bin in solchen Dingen sehr konservativ. Ich hab mal von einer alten Hollywood-Diva gelesen, die jeden ihrer Liebhaber geheiratet hat. Das trifft so ungefähr meine Einstellung.»

«Aber sich ständig scheiden lassen ist doch auch traurig, oder?», fragte Anja.

«Weiß ich nicht, ich bin nur einmal geschieden», wiegelte Diana ab. «Das war nicht besonders traurig. Aber wenn die Männer sterben – das ja, das hat gar nichts Gutes.»

Zum Mittag gab es Plow. Was im Übrigen egal war, denn nach dem Haschisch hatten sie solchen Appetit, dass sie auch trocken Brot verschlungen hätten. Zumal das Essen sich verzögerte und sie in der Wartezeit endgültig alle übrig gebliebenen Gaben von gestern verputzten. Natascha sah Diana und Katja mit unverhohlener Verachtung dabei zu, wie die mit ihren Löffeln hantierten.

Anders als alle, die bisher entlassen worden waren, schien Natascha nicht begeistert von dieser Aussicht. Sie suchte nicht ihre Sachen zusammen, fragte nicht, wie spät es sei, und zeigte überhaupt Desinteresse an ihrem Schicksal. Anja fiel jedoch auf, dass sie ein paarmal zum Spiegel ging und ihre lockige Frisur zurechtrückte – einzig diese Geste verriet, dass auch Natascha ihrer Entlassung entgegenfieberte.

Schließlich ging die Zellentür auf, und der Bulle sagte, Natascha habe noch fünfzehn Minuten zum Packen. Natascha sprang von der oberen Koje, ihr unzufriedener Gesichtsausdruck blieb unverändert.

«Man könnte meinen, du willst gar nicht raus!», meinte Diana. «Ich wollte schon die Stunden bis zu meiner Entlassung zählen, und du freust dich nicht mal!»

«Doch», sagte Natascha mit einer Stimme, die das genaue Gegenteil besagte. «Was soll ich machen, an die Decke springen?»

Sie warf ihre Sachen in eine Tüte.

«Wenigstens ein netteres Gesicht machen könntest du!», sprang Katja Diana bei.

«Ihr stellt euch alle vor, es wäre eine Riesenfreude, hier rauszukommen», sagte Natascha durch die Zähne. «Aus dem Straflager ja, da ist man froh. Aber hier, das ist doch praktisch ein Sanatorium. Ich habe mich wenigstens von zu Hause erholt.»

Diana pfiff: «Na, bei dir möchte ich nicht zu Hause sein.»

«Ist ganz okay bei mir zu Hause! Ihr nölt hier nur ständig: *Wann komm ich raus, wann komm ich raus!* Bringt doch nichts!»

Natascha packte ihre Tüte an den Ecken, schüttelte sie und stellte sie aufs Bett. Bei einem Koffer hätte sie jetzt den Deckel zugeschlagen.

«Ziemlich komisch, die», stellte Katja fest, als die Tür hinter Natascha zugefallen war. Zuvor hatte sie allen ein «Tschüss» zugeworfen und war verschwunden.

«Komisch waren hier alle. Die Normalsten sind noch da», sagte Diana.

Anja hatte Zweifel sowohl an ihrer eigenen Normalität als auch der ihrer Nachbarinnen, sagte aber natürlich nichts. Den ganzen Tag hatte sie keine Gelegenheit gefunden (in Wirklichkeit fehlte ihr der Mut), Katja eine direkte Frage zu stellen, doch nach so vielen Stunden schien das nicht mehr nötig. Tagsüber fiel es sowieso leichter, mutig zu sein. Was sie in der Nacht erwartete, daran dachte Anja lieber nicht.

In der leerer gewordenen Zelle wurde es sehr viel ruhiger. Diana und Katja saßen auf ihren Betten und beschäftigten sich schweigend – ohne Publikum gab es offenbar wenig Anreiz zu einer Unterhaltung. Anja vertiefte sich in ihr Buch. Heute spielte Radio Like FM, das rettete den Tag schon fast – hier liefen fast nur englische Songs, die konnte man, anders als die russischen, leicht ignorieren.

Ein paar Stunden später wurden sie zum Telefonieren gebracht, dann zum Abendessen. Neben Wiktor Iwanowitsch und dem eigenschaftslosen Essensverteiler tummelte sich ein Neuer in der Küche – schwarze Hose, kurzes schwarzes Haar, erstaunlich blasses Gesicht. Er war offenbar erst seit kurzem hier, hatte sich aber schon eingewöhnt – mit dem armen Wiktor Iwanowitsch sprach er im Befehlston, mit Anjas Nachbarinnen kokett, das Essen klatschte er mit demonstrativer Flapsigkeit in die Schüsseln. Kaum hatten die Mädchen sich an den Tisch gesetzt, kam er aus der Küche und gesellte sich dazu. Er selbst aß nichts, schwatzte dafür ununterbrochen; erst fragte er sie aus, wofür sie hier waren, dann fluchte er auf die Bullen oder bot aufdringlich Tee oder Brot an. Anja konnte ihn auf Anhieb nicht leiden und schwieg – das merkte zum Glück niemand, weil Katja und Diana dem Neuen nur zu bereitwillig antworteten. Abends in der Zelle sprachen sie darüber, wovor sie sich als Kinder gefürchtet hatten. Katja sagte, ihre Mutter habe immer gedroht, sie an die Zigeuner wegzugeben, wenn sie etwas ausgefressen hatte; als sie dann in der S-Bahn einmal tatsächlich Zigeunerinnen begegneten, wurde die kleine Katja derart hysterisch, dass sogar der Zugführer angelaufen kam. Diana meinte, sie habe auch eine Geschichte über Zigeuner – nur viel jüngeren Datums und deshalb peinlicher: Sie war auf dem Rückweg von einem kurzen Besuch bei ihrem Mann in der Strafkolonie, in der Nähe von Brjansk. Diana nahm bis Brjansk den Zug und von dort den Bus. Die Busse fuhren ungünstig selten, deshalb musste sie bei der Rückreise jedes Mal drei Stunden am Bahnhof warten. Diana war ohnehin nicht begeistert davon, ständig schwer mit Mitbringseln bepackt ans Ende der Welt zu fahren, und diese Zwangspause brachte sie erst recht auf die Palme. Diesmal hatte sie genau zweitausend Rubel im Portemonnaie, die ihr die nächsten Tage bis zur Lohnzahlung reichen mussten. Damit macht man keine großen Sprünge, deshalb ging Diana nicht in ihr Quasi-Stammcafé um die Ecke, sondern blieb im Wartesaal. Hier wurde sie von einer Zigeunerin angesprochen. Die war abstoßend – alt, zahnlos, in dreckigem Kopftuch, doch ihre Zigeunermagie beherrschte sie: Ungeachtet ihrer Hässlichkeit, streckte Diana ihr die Hand zum Wahrsagen hin und gab ihr dann die zweitausend Rubel.

Als sie zu sich gekommen war, rannte Diana zum Bahnhofspolizisten. Der wollte es erst nicht glauben: *Sind Sie noch bei Trost, Sie haben ihr das Geld freiwillig gegeben? War Ihnen nicht klar, was Sie tun?* Diana beteuerte unter Tränen, sie habe unter Hypnose gestanden: Hunderte Male habe sie von solchen Zigeunertricks gehört, aber nie daran geglaubt, jetzt sei sie selbst zum Opfer geworden. Der Bulle seufzte und versprach, nicht sehr engagiert, die Frau zu suchen. Diana ging schniefend an ihren Platz zurück und verfluchte sich selbst für ihre Dummheit. Sie rechnete schon nach, wie lange ihre häuslichen Vorräte an Gries und Makkaroni reichen würden, das Ergebnis war wenig tröstlich.

Zwanzig Minuten später, als Diana ihren angeborenen Optimismus wiedergewonnen, das Vertrauen in Recht und Ordnung ihres Landes dagegen verloren hatte, kam der Polizist auf sie zu. Am Ellbogen führte er die Zigeunerin, die zornig und erschrocken wirkte, aber keine Anstalten zu fliehen machte. «Ist es die?», fragte der Polizist. «Ja!», freute sich

Diana. «Gib ihr das Geld zurück», sagte der Polizist. Die Alte brummelte in sich hinein und fand in ihren unzähligen Röcken die zusammengerollten zweitausend Rubel. Diana nahm das Geld glücklich zurück und bedankte sich bei dem Bullen. Der tat das bescheiden mit einem Scherz ab, ging aber zufrieden. Die Zigeunerin durfte gehen und zog eilig davon. Doch nicht für lange – auf einmal sah Diana sie an der gegenüberliegenden Wand des Wartesaals stehen und ab und zu böse zu ihr herschielen. Die Alte wartete ein paar Minuten, bis der Polizist sicher verschwunden war, und kam zu Diana herüber.

«Soll ich dir einen Zaubertrick zeigen?», fragte sie.

«Bist du verrückt? Hau ab, sonst ruf ich wieder die Polizei», blaffte Diana.

«Aber ich will dir wirklich nur einen Trick zeigen. Nichts Böses, wozu? So ein Kunststück hast du im Leben noch nicht gesehen.»

Was weiter passierte, konnte Diana schwer beschreiben – ob es wieder Zigeunermagie war oder ihre eigene unstillbare Neugier, jedenfalls ließ sie sich in ein Gespräch verwickeln, und als die Zigeunerin sie um einen Fünfhundert-Rubel-Schein bat, um ihr den Trick zu demonstrieren, griff sie ins Portemonnaie und gab ihn ihr. Die Zigeunerin wedelte mit dem Schein vor ihrer Nase, als beschnüffelte sie ihn, dann pfiff sie leise und vollführte magische Bewegungen mit den Händen. Die fünfhundert Rubel lösten sich zwischen den Fingern in Luft auf. Mit einem spöttischen Blick auf Dianas verdutztes Gesicht drehte sich die Zigeunerin um und spazierte stolz und gemächlich davon.

«Und du hast sie einfach gehen lassen?», rief Katja. Sie hatte sich auf Dianas Matratze gesetzt und lauschte begierig, nach vorn gebeugt.

Diana selbst war längst vom Bett in die Mitte der Zelle gewechselt, wo sie die Geschichte vorspielte. Anja war wie üblich bezaubert von ihr – Diana war so authentisch und unterhaltsam, dass man sich nicht losreißen konnte. Sie ging hin und her, stellte einmal den Bullen, dann die Zigeunerin dar, fuchtelte mit den Armen, verstellte die Stimme – sie spielte regelrecht Theater.

«Was hätte ich denn tun sollen?», lachte Diana. «Noch mal zu dem Bullen rennen? Er hätte mich für verrückt gehalten – der ein zweites Mal Geld zu geben!»

«Und warum hast du es dann getan?»

«Weiß ich doch nicht! Wer konnte denn wissen, dass die so rotzfrech ist und mich noch mal ausnimmt?»

Diana klatschte in die Hände und lachte weiter. So ungespielt, dass Katja ebenfalls lachen musste. Auch Anja lachte und genoss Dianas Anblick, bis sie etwas Seltsames seitlich an der Wand bemerkte und erst gar nicht sagen konnte, was ihr da auffiel.

Der Schatten, den Diana warf, war nicht möglich. Er gehörte zweifellos zu Diana – die gleiche Figur, die gleiche Silhouette der Frisur –, aber er war riesengroß, reichte fast bis zur Decke. Dabei gab es überhaupt keine Lichtquelle, der ihn hätte erzeugen können. Während Diana mit Katja redete und dabei wild gestikulierte, blieb der Schatten hinter ihr fast unbewegt. Er war in einer Pose erstarrt – der linke Arm erhoben, der rechte gesenkt, zwischen ihnen ein Faden gespannt. Dann wurde der Faden auf einen dünnen, an seinem Sockel dicker werdenden Gegenstand gewickelt. Mit der gesenkten Hand drehte der Schatten diesen Gegenstand flink um seine Achse. Ungeachtet dessen, dass Diana nicht nur mit den Armen fuchtelte, sondern in der Zelle umherging, blieb der Schatten wie angeklebt an der Wand und ließ nur leicht die Hand kreisen.

Anja drehte langsam den Kopf zu Katja – die hörte Diana zu und merkte offensichtlich nichts. In der heimlichen Hoffnung, nun dort nichts mehr vorzufinden, guckte Anja wieder zur Wand. Der riesenhafte, regungslose Schatten wickelte weiter behände den Faden auf den seltsamen Gegenstand. «Es ist eine Spindel», dachte Anja überrascht. Sie hatte nie eine Spindel gesehen, und die einzige Assoziation, die das Wort in ihr weckte, war das Märchen von Dornröschen und das Lied der Band «Alissa». Der Gedanke an «Alissa» erheiterte sie fast. Angst spürte sie keine, aber wohl nicht, weil sie aufgehört hätte, sich zu fürchten, sondern weil alle Emotionen in ihr weggetrocknet waren. Sie betrachtete den Schatten an der Wand weiter, wie ein 3-D-Bild – solche hatte sie als Kind in Büchlein gehabt. Hob man sie an die Nase und ließ den Blick unscharf werden, dann traten aus dem flachen Muster dreidimensionale Dinge hervor, alle möglichen Schlösser und Schiffe. Wenn sie jetzt nur lange genug auf den Schatten schauen würde, dachte Anja, dann wird auch er weichen und sein wahres Wesen zeigen.

«Da ist er dann auch gestorben», hörte sie Diana sagen und kam zu sich.

«Wer?», fragte sie.

«Na mein Mann.» Diana tat einige Schritte und setzte sich auf ihr Bett. Der Schatten rutschte mit ihr nach unten und verschwand. «Hast du nicht zugehört? Ich hab es doch gerade erzählt.»

«Ich war in Gedanken. Wie ist er denn gestorben?»

Diana sah sie befremdet an: «Na, zu Silvester. Er hatte noch einen Monat bis zur Entlassung, ich bastelte ihm ein Geschenk, und kaum hatte ich es fertig – riefen sie am nächsten Tag an und sagten, es ist vorbei.»

«Was für ein Geschenk?», fragte Anja. Sie hatte so eine Ahnung, als könnte ihr im nächsten Moment alles klarwerden. Als liefe sie durch eine dunkle, menschenleere Gasse, hörte aber schon das Stimmengemurmel um die Ecke – im nächsten Moment würde sie dort abbiegen und auf einen riesigen, lärmigen Platz treten.

«Na, einen Schal hab ich ihm gestrickt. Er moserte immer, er wolle mal was Selbstgemachtes von mir bekommen. Dabei habe ich nie Nadel und Faden, geschweige denn Stricknadeln in den Händen gehabt. Was gibt's da noch – diesen Haken? Aber dann war ich im September lange zu Besuch bei ihm, das war schön. Er war damals zum ersten Mal krank, er tat mir so leid, und ich wollte ihm etwas Gutes tun. Da habe ich angefangen, ihm diesen verflixten Schal zu stricken. Was hab ich geflucht. Erst kam nur Mist raus, ich musste dauernd alles aufribbeln und neu anfangen. Und er war dauernd krank. Wenn es ihm besser ging, lief alles gut bei mir, wenn schlechter – dann konnte ich's vergessen. Trotzdem habe ich ihn fertig gekriegt. Puh. Hab ihn weggeschmissen, als ich es erfuhr. Konnte diesen Schal nicht mehr sehen, dabei hatte ich so viel Herzblut reingelegt ...»

Bei den letzten Worten brach Dianas Stimme, und sie fing an zu weinen. Katja setzte sich linkisch zu ihr und streichelte ihr den Rücken.

«Na, na», sagte sie verlegen, wusste offenbar nicht recht, wie man einen weinenden Menschen tröstet, «ist doch nicht deine Schuld. Was kommt, das kommt. Schicksal, der Schal hat damit nichts zu tun.»

«Warum hab ich nur davon angefangen», heulte Diana. «Heute ist mein Geburtstag, ich sollte mich freuen, stattdessen heule ich ...!»

«Na, na», sagte Katja noch mal verlegen und strich ihr weiter mechanisch über den Rücken.

Anja sagte nichts. Sie schaute die vor ihr sitzenden Mädchen an, sah sie aber nicht. Sie hatte die Ecke erreicht und war abgebogen, doch der Platz lag leblos vor ihr. Alle Türen verrammelt, nirgends ein Licht, keine Menschenseele. Die Wahrheit, die Anja am Schwanz packen wollte, war ihr erneut entglitten. Sie schaute auf die Wand – keine Schatten mehr, woher hätten die auch kommen sollen, wenn alle Lampen schlicht von der Decke nach unten leuchteten? Hier, der winzige Schatten vom Schränkchen, vielleicht drei Zentimeter breit, und dort der Schatten der leeren Plastikflaschen.

Und wenngleich kein Zweifel an der Unwirklichkeit ihrer Visionen sein konnte – alle Beweise lagen auf der Hand, und jeder normale Mensch, sie eingeschlossen, hätte auf diese Vermutung hin einen Vogel gezeigt –, fragte sich Anja zum ersten Mal wirklich ernsthaft: Was, wenn all diese Visionen wahr sind?

TAG SIEBEN Anja erwachte von Dianas und Katjas lauter Unterhaltung und vom Tütenrascheln: «Ich ruf dich diese Woche an, dann machen wir was aus», sagte Katja. «Vielleicht können wir am Wochenende saufen gehen.»
«Am Wochenende bin ich vielleicht auf der Datscha. Aber ruf an, wenn nicht dieses, dann nächstes.»
«Du hast eine Datscha?»
«Nicht ich, mein Mann. In der Oblast Twer.»
Anja zog sich die Decke über den Kopf, aber mit Schlaf war es nun vorbei. Sie fing die aufgeregten Stimmen der beiden auf und versuchte, durch ihre Geräusche zu erraten, was sie gerade taten: Jetzt ging eine ans Waschbecken, hantierte mit dem Seifenbehälter, der Deckel ging nicht gleich auf, die andere schüttelte ihre Turnschuhe aus der Tüte, sie fielen federnd zu Boden. Anja war neidisch – weniger weil ihre Zellengefährtinnen freikamen, sondern weil sie das gemeinsam erlebten. Sie zu zweit waren jetzt gewissermaßen auf der anderen Seite, einen Schritt voraus, während sie trostlos hinterherzottelte.
Endlich ließ Anja sich vom Druck dieser tatkräftigen Energien bewegen, sich nicht mehr schlafend zu stellen und im Bett aufzusetzen.
«Packt ihr schon?», fragte sie rhetorisch mit Blick auf die über die Betten verstreuten Sachen.

«Ich hab hier, wie sich herausstellt, viel Gerümpel», teilte Diana mit und schaute in die nächste Tüte. «Soll ich dir meine Flip-Flops dalassen?»

«Nein danke.»

«Shampoo hätte ich noch und Handcreme.»

«Die Handcreme kannst du mir lassen.»

Katja zog die Jeans an, zog ihre Schirmmütze in die Stirn und ließ sich in die leere Koje fallen. Diana kommentierte sarkastisch: «Du hast noch zwei Stunden bis zur Freiheit.»

«Die vertreibe ich mir, so gut es geht.»

Die Morgenvisite kam gewöhnlich um neun Uhr, Katja sollte um neun Uhr fünfzehn entlassen werden. Keine fünf Minuten hielt es sie auf dem Bett, dann sprang sie auf und tigerte in der Zelle auf und ab. Bei jedem Quietschen des Tores, jedem Scharren im Korridor, jedem Schlüsselklirren zuckte Katja zusammen und sah zur Tür. Natürlich kam niemand. Die Morgenstunden vergingen sonst schneller als der Rest des Tages – im schläfrigen Dämmer, in Gesprächen, ohne nerviges Radio. Heute hatte sogar Anja den Eindruck, dass sich die Zeit bis zur Visite endlos hinzog.

Endlich hörte man im Flur Türenschlagen und laute Stimmen – die Zeichen für den beginnenden Rundgang. Katja, die sich gerade erst wieder hingesetzt hatte, sprang auf. Die Tür wurde geöffnet, und sie war mit zwei Sätzen dort.

«Wie spät?», rief sie.

Der pausbäckige Diensthabende, mit einem Fuß schon in der Zelle, wich zurück.

«Acht Uhr dreißig», sagte er.

«Nicht möglich! Noch fünfundvierzig Minuten!» Katja schlurfte zurück ans Bett, und der Diensthabende betrat mit wichtiger Miene die Zelle. Schließlich hatte er hier das Sagen.

Nachdem er die drei Namen aufgezählt und etwas in sein Heft notiert hatte, fragt er: «Und du, Wilkowa, kommst heute also raus?»

«Ja!», erwiderte Katja.

«Ich komme auch heute raus», meldete Diana besorgt, «mich haben Sie nicht vergessen?»

«Alle kommen irgendwann raus», sagte der Diensthabende beruhigend. Sonst war er nicht sehr gesprächig. Vielleicht hatte er heute gute Laune. «Dann bleibst du ganz allein bei uns?»

Anja zuckte mit den Schultern.

«Nicht traurig sein, wir setzen dir jemand rein, hehe. Du kriegst Gesellschaft!»

Der Diensthabende verließ die Zelle. Anja dachte betrübt, wie sehr sie in den letzten Tagen davon geträumt hatte, allein hier zu sitzen. Der Arrest lehrte einen immerhin, die kleinen Freuden zu schätzen.

Die nächste halbe Stunde verging unter Katjas endlosem Genöle – sobald die Tür hinter dem Bullen zugefallen war, fragte sie, wie viele Minuten nach Meinung ihrer Nachbarinnen vergangen seien; sie rauchte, fragte erneut, zog Turnschuhe an, dann wieder die Flip-Flops, dann wieder die Turnschuhe, fragte noch einmal, rauchte, trippelte vor dem Spiegel auf und ab, fragte noch einmal, zankte sich mit Diana, weil die nicht mehr antworten wollte, und verstummte endlich. Das Schweigen hielt nicht lange an: Bald lief sie wieder herum und zeterte bitter über das Fehlen einer Uhr. Als die Zellentür aufging und die Blondine, die Anjas Fingerabdrücke genommen hatte, Katja ein Zeichen gab, atmeten alle drei auf.

Katja stürzte zu Diana und umarmte sie heftig. Sie werde sie heute noch anrufen und sich mit ihr verabreden. Sehr viel zurückhaltender fiel die Umarmung bei Anja aus. Schon als sie näher kam, hatte Anja den Eindruck, ihr kürzlicher Albtraum könnte sich wiederholen. Ein Flimmern schien über Katjas Gesicht zu huschen, für einen Sekundenbruchteil wurde es wieder spitz und bedrohlich, doch dieser Eindruck verwehte so rasch, wie er gekommen war. Katja drückte Anja und trat sofort einen Schritt zurück. Als sie sich weggedreht hatte, schüttelte Anja kaum merklich die Schultern – nicht dass sie es unangenehm oder abstoßend gefunden hätte, doch Katjas Berührung beängstigte sie auf undefinierbare Weise.

Ohne die Freundin wurde Diana nun sehr viel ernster. Sie machte es sich auf dem Bett gemütlich und schrieb mit ernster Miene etwas in ihren Notizblock.

«Wann kommst du denn raus?», fragte Anja. In der Stille klang ihre Stimme unsicher, fast erbärmlich. Das ärgerte sie selbst.

«Um zehn.»

«Du wartest sehr geduldig.»

«Wozu die Aufregung? Früher lassen sie dich sowieso nicht gehen.»

Anja wartete, ob Diana noch etwas sagen würde, doch die ließ nur konzentriert den Stift übers Papier gleiten. Anja nahm ihr Buch und begann zu lesen.

Diana wahrte majestätische Ruhe bis zu dem Moment, als das Guckfenster in der Tür aufging und die Blondine hereinrief: «Orlowa! Entlassung in fünfzehn Minuten!» Da sprang sie auf und sammelte ihre Sachen, genauer gesagt, legte sie von einer Stelle an die andere, denn gepackt hatte sie ja schon am Morgen. Anja verfolgte es über ihr Buch hinweg. Als der Schlüssel in der Tür knirschte, strahlte Diana.

«Na, dann tschüss!», sagte sie aufgeregt und lief zu Anja.

Die stand auf, sie umarmten sich, und Diana griff sich ihre Tüten. «Die Creme habe ich dir ans Waschbecken gelegt!»

«Danke!», rief Anja ihr nach, doch Diana war schon raus, die Tür schlug zu. Endlich war Anja allein.

Etwas verloren betrachtete sie den Raum, tat einige Schritte und blieb in der Mitte stehen. Mit gemischten Gefühlen. Einerseits empfand sie eine Leere – all die Tage war die Zelle mit Arrestantinnen gefüllt gewesen, lebhaft und lärmend. Jetzt spürte sie plötzlich Einsamkeit. Etwas Ähnliches hatte sie empfunden, als sie aus diesem Sommerlager heimgekehrt war – selbst wenn sie keine konkreten Personen vermisste, sehnte sie sich doch nach der zurückliegenden Zeit. Andererseits fühlte sich Anja in dieser Einsamkeit wie erhoben. Jetzt gehörte alles ihr. Sie konnte auf jedem beliebigen Bett liegen, am Fensterbrett sitzen, dort rauchte ja niemand mehr, das Fenster nach Lust und Laune öffnen und schließen. Sie brauchte nicht mal das Wasser aufzudrehen, bevor sie aufs Klo ging. Anja spazierte nachdenklich durch die Zelle und musterte ihr kleines Reich. Nach kurzer Überlegung befand sie, dass Dianas Platz an der Wand der beste war, und schleppte ihr Bettzeug dorthin. Anschließend betastete sie jedes Kopfkissen und suchte sich das dickste aus. Dann inspizierte sie die Essensvorräte – sie hatte noch Instantnudeln, eine Tüte Kekse, Konfekt und ganz viel Tee. Gewohnheitsmäßig ging Anja an das Bett, in dessen Deckengewühl die Flasche mit Heißwasser aufbewahrt wurde. Sie war leer – niemand hatte sie beim Frühstück aufgefüllt. Die letzten Tage würde sie solche Alltagsdinge selbst erledigen müssen. Das hatte etwas Angenehmes. An ihrem neuen Schlafplatz öffnete Anja die Packung Kekse und las.

Bald quäkte das Radio los. In ihrer heiteren Gemütsverfassung ließ sich leicht darüber weghören. Doch nach einer halben Stunde stellte sie fest, dass sie in der Zeit nicht mehr als zwei Seiten weitergeblättert hatte. Mit den anderen Frauen zusammen war das Radio leichter zu ertragen, jetzt drang jeder Laut direkt in Anjas Kopf. Sie stand auf und inspizierte den Lautsprecher. Er war zu hoch über der Tür angebracht, um ranzukommen. Selbst wenn, das Schutzgitter, das über ihn geschraubt war, wirkte sehr stabil. Anja kehrte zum Bett zurück, legte sich auf das Kissen, drückte ein Ohr fest daran. Zu ihrer Enttäuschung hörte das andere Ohr weiterhin ziemlich gut. Anja nahm ein Kissen vom anderen Bett und drückte es aufs obere Ohr. Alles wurde dämmriger, leiser und unbequemer. Lesen ging in dieser Position gar nicht.

Anja wühlte in ihren Sachen und fand ein Päckchen Wattepads – die ihr in den Arrest geschickt worden waren, nebst dazu gedachter Kosmetika, die wegen undurchsichtiger Verpackungen nicht in die Zelle durften. Aus den Wattepads drehte sie sich Ohrstöpsel und nahm sich das Buch wieder vor. Mit zugestopften Ohren zu sitzen, war auch nicht das Wahre – jetzt hörte Anjas nichts außer ihren eigenen Körpergeräuschen. Sie klangen dumpf von innen. Die Entscheidung zwischen dieser Unbequemlichkeit und dem ewig dudelnden Radio traf Anja ohne viel Nachdenken.

Das Lesen hatte sie jedoch auch bald satt. Der Hunger wurde übermächtig, die Teigringe stachelten ihn nur an. Um sich abzulenken, ging Anja in der Zelle auf und ab, wusch sich die Hände und cremte sie. Als sie vor dem Waschbecken mit der trüben Spiegelfolie stand – spiegelte sich darin nichts außer ihrem eigenen Gesicht.

Anja wusste nicht, weshalb sie so sicher war, dass zusammen mit ihren Nachbarinnen auch die Halluzinationen verschwunden waren. Sie meinte, jetzt klarer zu denken, und das war so eine Erleichterung, dass sogar der Aufenthalt im

Arrest besser zu ertragen war. Ihre gestrige Vermutung, dass ihre Visionen überhaupt keine, sondern Wirklichkeit wären, war natürlich ein Verzweiflungssymptom. Schließlich wird sich kaum jemand seinen Irrsinn einfach so eingestehen, nein, man sucht sich ein Schlupfloch. Heute aber, dank dieser unerwarteten Klarheit, begriff Anja deutlich: In den letzten Tagen waren die Nerven mit ihr durchgegangen, und deshalb war ihr Gott weiß was erschienen. Das lag natürlich nicht an den Nachbarinnen, sondern am Stress in der Haft. Daran hatte sie sich gewöhnt, außerdem wurde sie bald entlassen – sofort besserte sich auch ihr Befinden.

Anja lächelte in sich hinein und drehte sich vom Waschbecken weg – um kreischend zurückzuspringen und gegen das Becken zu stoßen. Einen Meter von ihr stand eine dunkle Gestalt. Die Gestalt zuckte ebenfalls zurück, und Anja erkannte jetzt, dass es nur der junge Bulle war. Mit zitternden Händen nahm sie die Ohrstöpsel heraus. Der Polizist sah sie völlig entgeistert an.

«Was schreien Sie denn?», fragte er heiser. Anja lief rosa an.

«Entschuldigung», murmelte sie. «Ich hab nichts gehört. Meine Rettung vor dem Radio.»

Sie sah zum Lautsprecher hoch, der Junge folgte ihrem Blick.

«Ich wollte nur um ein bisschen Tee fragen», stieß er hervor, weiter auf den Lautsprecher stierend.

«Was?»

«Tee. Nur falls Sie welchen übrig haben. Sonst nicht. Anatoljitsch hat heute Geburtstag. Der Diensthabende, meine ich. Es gibt Torte. Und niemand hat Tee.»

Der Polizist sah sie jetzt an und lächelte unsicher. Anja starrte weiter erschrocken, bis sie begriff.

«Ja, nehmen Sie, natürlich.» Sie ging rasch zum Regalschränkchen und reichte ihm eine Schachtel.

«So viel brauchen wir gar nicht», wehrte er ab, «nur ein paar Beutel!»

Er zog sorgfältig sechs Teebeutel heraus und zeigte sie ihr auf seiner Handfläche.

«Da, das reicht uns. Danke. Wir würden Ihnen ein Stück Torte bringen, aber das ist nicht vorgesehen.»

«Dann schalten Sie vielleicht wenigstens das Radio aus?»

Der Junge wiegte unglücklich den Kopf.

«Ist auch nicht vorgesehen.»

«Gibt es denn bald Mittag?»

«Sehr bald!», erklärte er erfreut. «Ich bringe Sie als Erste hin!»

Als er gegangen war, kehrte Anja aufs Bett zurück und legte sich auf den Bauch, das Kinn auf eine Faust gestützt. Wenigstens kochendes Wasser sollte sie von denen bekommen. Aber vielleicht war auch das *nicht vorgesehen*? Und dann diese Torte. Ohnehin war sie hungrig, der Gedanke an Torte – unbedingt fett, weiß, mit dicken Cremetupfern – wurde geradezu quälend. Bis zur Entlassung waren es noch knapp zwei Tage, und die versprachen jetzt die längsten in ihrem Leben zu werden.

Bis man sie endlich zum Mittagessen brachte, hatte Anja noch auf der Fensterbank gesessen, gelesen, ihre Sachen sortiert, Liegestützen am Bett gemacht und den Inhalt des Schränkchens inspiziert. Darin fand sich die Zeitschrift *Lisa* vom Dezember letzten Jahres, und Anja lenkte sich mit Rezepten für den Neujahrstisch ab, bis auch diese Ablenkung zur Folter wurde.

«Oj, wen haben wir denn da», säuselte der weißgesichtige Essensverteiler von gestern. Anja konnte mit Mühe eine saure Miene unterdrücken. «Wo sind denn deine Freundinnen?»

«Raus.»

«Und du bist jetzt ganz allein? Bestimmt langweilig, oder? Dann werd ich dir Gesellschaft leisten.»

«Was gibt's denn als Erstes?»

«Borschtsch.»

Anja stöhnte innerlich auf.

«Und als Zweites?»

«Buletten mit Buchweizengrütze.»

«Gib mir nur das Zweite.»

Der Junge schöpfte Grütze aus dem Kübel und klatschte sie in den Napf.

«Vor fünf Minuten geliefert, noch heiß», gab er an, als wäre die Temperatur der Grütze sein ganz persönliches Verdienst. «Komm, ich tu dir ein bisschen mehr auf. Willst du zwei Buletten?»

«Dann geht jemand anders leer aus?», fragte Anja argwöhnisch.

«Ja, was macht das schon! Irgend so ein Alki oder Junkie oder was hier sonst noch sitzt. Um die ist es nicht schade, da füttere ich lieber dich!»

«Ich brauche keine zweite Bulette», fuhr Anja ihm fast ins Wort und riss ihm die Schüssel aus der Hand. Am Tisch setzte sie sich so, dass sie ihn im Blick hatte. Dem den Rücken zuzuwenden wäre unheimlich.

Der Junge kam aus der Küche und setzte sich zu ihr.

«Wie heißt du?», fragte er mit ölglatter Stimme.

«Anja.»

«So ein schöner Name. Anjuta. Ich werde dich Anjuta nennen. Ich bin Sergej.»

«Ich will nicht Anjuta genannt werden.»

«Wie denn sonst? Wie magst du es? Njuta? Njuscha? Anita?» Er kicherte wie über einen tollen Witz.

Anja strafte ihn mit einem eisigen Blick.

«Hast du einen Freund?», ging Sergej zum Angriff über.

Anja blieb die Grütze im Hals stecken.

«Was geht dich das an?», fragte sie, unhöflicher, als sie gewollt hatte.

«Nun, du bist eine Schönheit. Wir werden ein hübsches Paar.»

Sergej grinste breit wie ein vollgefressener Zeichentrick-Kater.

«Wir werden kein Paar», stellte Anja klar, so überflüssig das sein mochte.

«Was bist du denn so?», fragte Sergej tiefgründig und lächelte weiter. Dann setzte er sich rasch neben sie auf die Bank. «Gefall ich dir nicht?»

Anja war perplex von dieser Frechheit. Sie brauchte eine Sekunde, um den Teller von sich zu schieben und sich einen halben Meter wegzusetzen.

«Nein, tust du nicht.»

«Kommt schon noch», erwiderte Sergej leichthin, rückte ihr wieder näher und fasste sie um die Hüfte.

Anja sprang auf und blickte hilflos zur Kantinentür. Dort wachte normalerweise auf einem Stuhl einer der Bullen, heute nicht. Entweder galt Anja als ungefährlich, oder alle waren bei der Geburtstagsfeier, jedenfalls hatten die Bullen sich nach dem Gang zum Essen in Luft aufgelöst. Zum ersten Mal freute sich Anja nicht über die Abwesenheit der Wachleute.

Zum Glück kam in diesem Augenblick Wiktor Iwanowitsch mit einer Schüssel Borschtsch aus der Küche, gefolgt von dem unauffälligen Essensverteiler. Anja wusste nicht, wie er hieß, und hatte noch immer kein einziges Mal seine Stimme gehört.

«Hör mal, Iwanitsch, bring mir mal Borschtsch», befahl Sergej frech.

«Das fehlte noch», knurrte Wiktor Iwanowitsch. «Hol dir selbst. Ich bin hier nicht dein Diener.»

«Was denn, was denn? War doch nur eine Bitte. Gut, geh ich selbst. Siehst du nicht, dass ich hier mit einem hübschen Mädchen im Gespräch bin?»

Sergej stand auf und schlenzte zur Küche, Anja setzte sich wieder. Die Gesellschaft anderer, besonders des vertrauten Wiktor Iwanowitsch, machte sie wieder selbstbewusster.

Leider ließ Sergej nicht lange auf sich warten und hockte nach einer Minute wieder auf der Bank neben Anja. Sie setzte sich demonstrativ von ihm weg.

«Jetzt bist du allein geblieben, ja?», fragte Wiktor Iwanowitsch gutmütig. «Musst du hier noch lange sitzen?»

«Hör mal, Alter, red nicht mit der», unterbrach Sergej ihn frech. «Die will mit niemandem reden, nur mit mir. Stimmt's, Häschen? Zwischen uns läuft doch was.»

Anja war völlig aus dem Häuschen. Nie zuvor hatte sie Derartiges erlebt – oder wenn, dann war das so lange her, dass sie vergessen hatte, wie man darauf reagiert. Sergejs Verhalten schien ihr unmöglich. Sie kam sich vor wie eine Adlige, der eine Küchenschabe auf den Tisch flatscht: Vor Schreck weiß sie nicht, ob sie aufkreischen und den Schuh draufknallen darf oder sich zusammenreißen und das Vieh ignorieren muss.

«Ich bin nicht dein Häschen», murmelte Anja und ärgerte sich sofort über diese schlechteste aller möglichen Antworten.

«Was bist du denn?», fisperte Sergej und hob die Brauen, als amüsierten ihn ihre Worte ungemein. «Ein Kätzchen? Goldfisch? Ich nenn dich, wie du befiehlst.»

«Du sollst mich gar nicht nennen», knurrte Anja. «Am besten überhaupt nicht mit mir reden.»

«Uh-uh-uh, was für ein starker Charakter! Ich mag solche Mädchen!» Sergej rückte wieder so dicht an sie heran, dass sein Oberschenkel den ihren berührte.

Wieder sprang Anja auf und setzte sich ans andere Ende des Tisches, wo Wiktor Iwanowitsch und der blasse Essensverteiler saßen.

«Lass sie ihn Ruhe», sagte Wiktor Iwanowitsch. «Siehst du nicht, sie läuft vor dir weg.»

«Misch dich nicht in unsere Beziehung ein, guck auf deinen Teller», sagte Sergej und wandte Anja wieder sein sattes Lächeln zu. «Wofür bist du hier, meine Schöne?»

Anja wollte ihn abwimmeln. Dann dachte sie plötzlich: ob die Wahrheit ihn nicht schrecken könnte?

«Wegen Politik. Ich gehe auf Demos.»

«Poli-tik? Ich auch!»

«Du auch?», fragte Anja beinahe erschrocken.

«Natürlich. Mich haben die Bullen ohne Führerschein geschnappt, und Papa wollte sie nicht schmieren. Aus politischer Haltung nicht!»

Sergej kicherte dünn. Anja nahm den letzten Löffel Grütze und stand energisch auf.

«Gießen Sie mir Heißwasser ein, bitte?», bat sie Wiktor Iwanowitsch.

«Klar, gib her.» Er nahm die Flasche.

«Ich mach's ihr!», fuhr Sergej dazwischen und riss ihm die Flasche aus den Händen. «Für dich tu ich alles, meine Schöne, siehst du», fügte er süßlich hinzu. Zum Glück verschwand er gleich in der Küche. Anja hörte das Wasser in die Flasche laufen und dachte erleichtert, dass sie sich jetzt in ihre Zelle zurückziehen könne, endlich wieder allein.

Sergej stellte die Flasche aufs Brett des Ausgabefensters und sah Anja vieldeutig an. Sie musste hingehen und danach greifen.

«Na-ein!», sagte Sergej verspielt und legte die Hand um den Flaschenhals. «Für einen Kuss.»

«Was?»

Sergej drehte ihr eine Wange zu und tippte zweimal mit dem Finger darauf.

«Bist du jetzt völlig bekloppt?» Anja rastete aus. «Was machst du mich an? Gib her!»

Sie riss am Griff der Flasche – die vollführte einen Halbkreis in der Luft und blieb in Anjas Hand. Zum Glück war der Verschluss zugedreht. Mit blitzend bösen Augen sprang sie aus der Kantine und hörte Sergej noch «Bis zum Spaziergang!» rufen.

Unten an der Treppe stellte Anja fest, dass der Ausgang zum Zellenflur verschlossen war. Sie rüttelte wütend an dem Gitter, auch vor Angst, der nervige Sergej könnte ihr folgen und sie nicht mehr weg.

«Sollten Sie mich nicht bewachen, solange ich beim Essen bin?» Sie ging den jungen Polizisten an, als der endlich am Gitter aufgetaucht war. Nach seinem Gesichtsausdruck zu urteilen, saß der Vorwurf.

«War es denn nötig?», fragte er verwirrt.

Anja verzichtete im letzten Moment auf die Beschwerde, dass in seiner Abwesenheit ein Idiot sie belästigt habe. Petzen war das Letzte. Sie setzte eine hochmütige Miene auf und trat an dem Polizisten vorbei durchs Gitter, wartete, bis er umständlich die Zellentür geöffnet hatte, und verschwand.

Allein in der Zelle, brühte sie sich einen Tee auf, machte sich das Bett zurecht und nahm sich das Buch vor. Doch Sergej und seine Belästigungen gingen ihr nicht aus dem Kopf.

Seltsam, dass sie dem so große Bedeutung beimaß, aber der Kontrast zwischen dem, was Anja für beleidigend hielt, und dem, was der Mehrheit dafür galt, war allzu krass.

Als Feministin verstand sich Anja etwa seit jener Zeit, als sie auch anfing, sich mit Politik zu beschäftigen. Heute erklärte sie sich das damit, dass sie eben ständig für etwas kämpfen musste – für ein freies Russland oder für die Rechte der Frauen, das war ein und dasselbe. Man konnte nicht sagen, dass sie vorher konservativ gewesen wäre – Anja dachte überhaupt nicht über solche Dinge nach. Erst jetzt, da sie sich klar zur sozialen Gruppe *Frau* zählte, setzte sie sich auch kämpferisch für ihre Rechte ein – solange sie sich nirgendwo zugehörig fühlte, fühlte sie sich auch nicht benachteiligt.

Es gab nach Anjas Beobachtung zwei Sorten von Problemen, mit denen die Frauen sich herumschlagen mussten: Die einen wurden allgemein klar verurteilt, für die anderen wurden diejenigen verlacht, die sie ansprachen. Zu den ersteren gehörte die häusliche Gewalt und die weibliche Beschneidung, zu den zweiten viele weniger offensichtliche und daher strittigere Dinge. Darf ein Mann einer Kollegin auf der Arbeit ein Kompliment für ihr Aussehen machen? Darf man das Wort «Prostituierte» als Schimpfwort benutzen? Ist es okay, mit Hilfe halbnackter Models Reklame für Autos zu machen? Das wurde auf Facebook diskutiert, und Anja las die Posts fasziniert. Es gab dann zwar auch immer jemanden, der das satte Moskauer Publikum dafür rügte, dass es die Zulässigkeit des Wortes «Stute» für eine Frau diskutierte, während anderswo in Russland Frauen vergewaltigt und umgebracht würden. Immer mussten sich die streitenden Parteien dann rechtfertigen, was Anja ärgerte: Sie war keineswegs der Meinung, dass das eine Problem realer wäre als das andere, wusste aber sehr gut, dass sie selbst Glück gehabt hatte. Sie war oben an der Spitze einer Pyramide, wo man aufgeklärte Diskussionen führen und sich für feinsinnige Probleme interessieren konnte. Dieser Gipfel war dünn wie eine Nadel, und weiter unten tobte der wahre Horror, wo die Frauen um ihr Recht auf Unversehrtheit und Leben kämpfen mussten. Anja war sich dessen bewusst und doch zugleich froh, dass sie sich in einer so privilegierten Position befand.

Nach all den Jahren oben auf dieser Spitze hatte Anja fast die Angst verloren, von dort herunterzufallen. Ihre Verwandten, Freunde und Bekannten schützten sie wie eine Mauer, hinter der sie sich sicher fühlte und keinen Gedanken darauf verschwendete, dass sie auch einmal in ungemütlichere Situationen geraten könnte. Die Arrestanstalt machte ihr nun gerade klar, dass das ziemlich leicht passieren konnte. Gar nicht, weil dieser konkrete Ort besonders furchtbar wäre. Die meisten Orte sind ziemlich furchtbar, wenn man sie danach beurteilt, wie dort Frauen behandelt werden. Es spielt keine große Rolle, wie gebildet oder wie erfolgreich die Menschen sind, noch nicht mal, welchen Geschlechts – die Vorstellung der Überlegenheit der Männer wird fast allen eingebläut.

Anja dachte an ihr Praktikum beim Außenministerium zurück, noch vor dem Studienabschluss. Das Personal dort unterschied sich merklich von dem im Gefängnis, aber der Sexismus war fast noch stärker ausgeprägt. Die Einteilung nach dem Geschlecht galt dort als ungeschriebenes Gesetz. Männer mit Diplomatenrang bildeten die oberen Kasten, Frauen in technischen und bürokratischen Positionen die unteren. In dem Departement, dem Anja zugewiesen wurde, gab es nur eine einzige Diplomatin. Sie sah älter aus, als sie war, redete nicht viel, trug Brille und im Winter eine altmodische Pelzmütze. Anja ging ihr aus dem Weg und hatte sogar ein bisschen Mitleid mit ihr – so menschenscheu und unglücklich wirkte sie.

Alle anderen Mädchen hier arbeiteten als Buchhalterinnen, Schreibkräfte und Sekretärinnen. Alle waren jung, adrett gekleidet, liefen immer in Gruppen und erinnerten Anja an Schwärme von kleinen, bunten Fischen. Als Aquarium diente ihnen vor allem ein großes Kabinett. Es gab dann noch eine geheimnisvolle Abteilung von Frauen, die die Auslandspresse lasen und zusammenfassten, doch die arbeiteten nur zwei Stunden am Tag und galten sogar nach Maßstäben des technischen Personals als Parias. Das Außenministerium erwachte nach vier Uhr nachmittags, wenn das Ende des Arbeitstages dämmerte und alle entspannter und lockerer wurden.

Die meiste Zeit tummelten sich die Zierfische in ihrem großen Kabinett hinter dem Schrank, wo sie diverse Lebensprobleme diskutierten und Tee mit Konfekt konsumierten. Bisweilen arbeiteten sie ein bisschen, aber das galt schon fast als anstößig – richtig lag, wer sich den Netzen jeglicher Dienstpflichten so weit wie möglich entzog. Manche von ihnen rauchten. Die Raucherecke befand sich im Treppenhaus vor einem riesigen Bodenfenster, an dem es im Winter sehr kalt war. Anja rauchte auch und ging deshalb mit allen auf die Treppe. Die Zierfische akzeptierten sie rasch als ihresgleichen. Mit ihnen hinter dem Schrank zu sitzen und ihren Gesprächen zuzuhören, war der angenehmste Teil von Anjas Arbeitstag. Es bezauberte sie geradezu, welch simple Alltagsfragen sie beschäftigten.

Die Mehrzahl der Mädchen im Departement war unverheiratet, deshalb kreisten all ihre Gespräche um zwei Ziele: einen Diplomaten zu heiraten oder ins Ausland entsandt zu werden und dort einen Diplomaten zu heiraten. Tagein, tagaus erörterten sie, ob irgendwo in einer Botschaft eine Stelle frei wurde oder wie nah eine von ihnen dem zweiten Sekretär Iwanow im Fahrstuhl gekommen war.

Das Problem bestand darin, dass das Durchschnittsalter der Männer in ihrem Departement bei etwa fünfzig lag, was die Zielgruppe der Heiratskandidaten erheblich einengte. Ein zweites Problem war, dass das Alter der Herren ihre Flirtlust nicht im Geringsten beeinträchtigte – die älteren Diplomaten kokettierten nur zu gern mit den Zierfischen, und die hatten quasi gewohnheitsrechtlich zurückzukokettieren. Wenn der Flirt zum Arbeitsklima gehört, darf man nicht wählerisch sein.

Weniger alte Diplomaten gab es im Departement vier, und die Zierfische interessierten sich vor allem für sie. Als vorteilhafteste Partie galt Anjas Praktikumsbetreuer – ein junger, vielversprechender Diplomat, der mit seinen dreiunddreißig Jahren schon erster Sekretär war (nach den Maßstäben des Außenministeriums eine atemberaubende Karriere). An zweiter Stelle stand ein seriös wirkender Mann mit romantischen dunklen Locken, der Anja an den älteren Lenskij erinnerte. An dritter ein gutmütiger, pummliger Onkel, von dem Anja nur wusste, dass er einige Jahre in Simbabwe gewesen und sich dort die Malaria geholt hatte. Der vierte war der jüngste und geheimnisvollste – über ihn gingen Gerüchte, er habe etwas derart Verbotenes getan, dass man ihn vom zweiten zum dritten Sekretär herabgestuft habe (nach den Maßstäben des Außenministeriums eine drakonische Strafe). Unter seinen wollüstigen Blicken erröteten und kicherten die Zierfische. Anja fühlte sich unwohl in seiner Nähe. Sie dachte dann ständig, etwas an ihr stimme nicht – ihre Frisur sitze schief oder die Bluse sei nicht richtig zugeknöpft.

Anjas Arbeit bestand darin, in einer winzigen Kammer im

Souterrain zu sitzen und Anrufe zu beantworten. Das Telefon läutete ununterbrochen: Meist riefen Leute an, die bei der Auskunft nicht durchkamen. Anja sprach immer freundlich und manchmal länger mit ihnen – sie hatte sonst außer den Sitzungen hinter dem Schrank keine Ablenkungen. In ihrer Kammer stand ein vorsintflutlicher Computer mit Internetzugang über ein Telefonmodem, bei dem jede Seite mehrere Minuten zum Laden brauchte – aber immerhin hatte sie Internet, womit sich sonst niemand rühmen konnte. Für die Ausstattung im Informations- und Presse-Departement war das nun wahrlich kein Ruhmesblatt.

Abgesehen vom Telefondienst, half Anja den Diplomaten bei der Akkreditierung ausländischer Journalisten. Das war keine aufwendige Sache, man musste nur ein paar Seiten ausfüllen. Fast alle Diplomaten kamen damit allein klar (die Papierflut hielt sich in Grenzen), außer einem. Vom ersten Tag Anjas im Departement klettete er sich an sie. Boris Borissowitsch war alt, herrisch und übervoll von Weisheiten, die er an Anja weiterzugeben bemüht war. Wenn er ihr die Akkreditierungspapiere brachte, ließ er sie nicht einfach auf dem Tisch, sondern trat hinter ihren Rücken, legte eine Hand auf ihre Stuhllehne und verfolgte genau, wie sie sie ausfüllte. Bisweilen beugte er sich über Anja (immer viel zu nah) und wies mit seinem kurzen Finger auf einen Fehler hin. Ständig rief er sie in ihrem Arbeitszimmer an und beorderte sie zu sich. Einmal musterte er Anja streng von Kopf bis Fuß und belehrte sie, sie als künftige Diplomatin dürfe keine Jeans tragen. Ein anderes Mal überreichte er ihr eine Einladung zu einem Fest in der indischen Botschaft (Anja grübelte lange darüber, ob das eine Aufforderung sein sollte, gemeinsam hinzugehen). Ein drittes Mal wurde er unerwartet wehmütig und schwelgte beim Blick aus dem Fenster in der Erinnerung, wie auf dem Ledersofa, wo Anja saß (und er selbst sie platziert hatte, trotz des Stuhls an seinem Tisch), einst Margaret Thatcher gesessen habe.

Nach zwei Wochen begann Anja, Boris Borissowitsch aus dem Weg zu gehen, nach einem Monat zuckte sie jäh zurück, wenn sie ihn im Korridor erspähte. In dem Versuch, seiner lästigen Aufmerksamkeit zu entkommen, füllte sie die Akkreditierungspapiere fehlerhaft aus und hoffte, er würde sie dann in Ruhe lassen, erzielt aber den umgekehrten Effekt – er lud sie noch öfter zu sich und wies sie genüsslich zurecht.

Während einer dieser Moralpredigten betrat der geheimnisumwobene junge Diplomat das Kabinett. Er ließ sich so selten im Departement blicken, dass Anja ihn nach einem Monat noch gar nicht kennengelernt hatte. Im Türrahmen lehnend, hörte er eine Weile zu, wie Boris Borissowitsch Anja Lebensunterricht gab, bis der es nicht mehr aushielt und gereizt fragte: «Wolltest du was?»

«Ich wollte zu Fjodorow», sagte der geheimnisvolle Diplomat und sah kurz zu einem der leeren Tische. Fjodorow war Anjas Betreuer. Der kam nie so früh – wie übrigens alle Diplomaten, die in diesem Kabinett saßen. Nur Boris Borissowitsch erschien schon im Morgengrauen, was Anja zusätzlich ärgerte – wenn sie zu spät kam, gab es wieder eine Predigt.

«Ist nicht da», konstatierte Boris Borissowitsch trocken.

«Das seh ich», antwortete der Geheimnisvolle, ohne sich zu rühren. Er verschränkte die Arme vor der Brust und sah Anja und Borissowitsch grinsend zu.

«Noch was?», fragte Boris Borissowitsch feindselig. Zuschauer verdarben ihm ganz offensichtlich das Vergnügen der Maßregelung, und diesen hier wollte er rasch loswerden.

«Ich brauche sie», sagte der Diplomat und wies mit dem Kopf auf Anja. Sie spürte ihre Wangen heiß werden – es war schrecklich peinlich, zum Objekt seiner Aufmerksamkeit zu werden.

«Sobald ich mit Anna gesprochen habe, schicke ich sie zu dir.»

«Ich brauche sie jetzt», sagte der Diplomat, ohne dass das Grinsen von seinem Gesicht verschwand.

Boris Borissowitsch bekam vor Unmut sogar Farbe, aber er sagte mit zusammengebissenen Zähnen zu Anja: «Wenn das so ist, können Sie gehen.»

Anja huschte dem Diplomaten durch die offene Tür hinterher. Im Flur sah sie ihn erwartungsvoll an. Er studierte sie mit belustigtem Interesse. Anja schlug unwillkürlich den Blick nieder und strich nervös ihr Haar hinter das Ohr.

«Nun», meinte er schließlich, «sag danke.»

«Danke», murmelte Anja.

«Du bist die neue Praktikantin?»

«Ja.»

«Vom MGIMO?»

«Ja.»

«Wie heißt du?»

«Anja.»

«Ich bin Andrej.»

«Und der Vatersname?», stammelte Anja, sah ihn an und schlug die Augen gleich wieder nieder – der geheimnisvolle Diplomat betrachtete sie weiter. Sie fühlte sich wie Schaufensterware.

«Was, bin ich schon so alt?», lachte er.

«Nein, aber ich kann Sie doch nicht ohne Vatersnamen ansprechen.»

«Pawlowitsch. Aber sprich mich ruhig so an. Wer ist dein Betreuer?»

«Fjodorow.»

«Ein vorzüglicher Mann. Er wird dir nur Gutes beibringen.» Andrej Pawlowitsch sagte das so kokett, dass Anja die Doppeldeutigkeit seiner Worte nicht entging.

Sie trat unsicher von einem Bein aufs andere.

«Ich gehe dann, wenn Sie mich nicht brauchen?»

«Und wie arbeitet es sich hier?», fragte Andrej Pawlowitsch, ohne auf ihre Frage einzugehen.

«Ganz gut.»

«Übrigens, ein paar Kollegen wollen heute Abend zusammensitzen. Kommst du mit? Trinkst du überhaupt?»

Anja machte große Augen und wusste nicht, was sie mehr wunderte – dass sie eingeladen wurde oder dass man sie für eine Abstinenzlerin halten könnte.

«Ja.»

Andrej Pawlowitsch lächelte sein breites und gar nicht gutmütiges Lächeln.

«Ich hole dich ab. Du bist in der Sekretariatskammer? Dann bis heute Abend.»

Den ganzen Tag saß Anja wie auf Kohlen. In der ersten Stunde fühlte sie sich angenehm erregt davon, dass man sie beachtete. Später wich die Erregung Zweifeln. Der geheimnisvolle Diplomat hatte sie eingeladen, aber die anderen? Die würden vielleicht gar nicht begeistert sein von ihrer Gesellschaft. Und auch sie selbst – was sollte sie mit älteren, erfahrenen Männern rumsitzen und den Mund nicht aufbringen? Die Zweifel wuchsen, je näher der Abend rückte, und Anja fasste schließlich den reifen, ausgewogenen Entschluss, nicht mitzugehen. Sie wartete nur noch auf Andrej Pawlowitsch, um sich zu entschuldigen und nach Hause zu gehen, doch er kam nicht. Je länger sie wartete, desto größer wurde die Sorge – hatte er sie vielleicht vergessen? Das wäre unschön. Eine Sache ist es, abzusagen, die andere, vergeblich zu warten.

Der Tag kam ihr schrecklich lang vor, aber das hatte auch sein Gutes: Jedes Mal, wenn Anja auf die Uhr in der Bildschirmecke guckte und feststellte, dass es noch zu früh für eine Party war, beruhigte sie sich ein wenig. Ständig lauschte sie auf Stimmen im Flur. Aber was dort auch passierte, zu ihr in die Kammer kam niemand. In ihrem Ärger nahm Anja sich vor, noch bis halb sieben zu warten und dann auf jeden Fall zu gehen.

Kaum hatte sie sich das versprochen, materialisierte sich auf der Türschwelle Andrej Pawlowitsch.

«Wir gehen jetzt einkaufen. Was trinkst du?»

«Wein», entfuhr es Anja, bevor ihr einfiel, dass sie hatte absagen wollen.

Eine halbe Stunde später saß sie im Kabinett von Boris Borissowitsch mit einem Becher in der Hand und sah sich schüchtern die Versammelten an. Boris Borissowitsch war längst gegangen, nur die «Heiratskandidaten» und ein paar Anja unbekannte Diplomaten saßen noch hier – ganz offenbar aus einem anderen Departement. Sie schenkten Anja entweder gar keine Beachtung oder bezeigten ihr abstrakte Freundlichkeit, was ihr ganz recht war. Einzig Andrej Pawlowitsch kümmerte sich um sie, schenkte ihr Wein nach und erkundigte sich ab und zu leicht scherzhaft nach ihrer Arbeit.

Auf dem Höhepunkt des Abends öffnete sich die Tür des Kabinetts, und ihr Betreuer eilte herein. Anja wollte vor Schreck im Sofa versinken und hätte fast ihren Becher in der Hand zerdrückt. Wären ihre Eltern auf dieser Party aufgetaucht, sie wäre nicht weniger erschrocken. Der Betreuer war zwar jung, behandelte sie aber immer so streng und trocken, dass Anja Angst vor ihm hatte. Sie wollte sich gar nicht ausmalen, was er von ihr denken und was er ihr sagen würde, nachdem er sie hier erwischt hatte. Er trat an den Tisch und setzte knallend die Aktentasche darauf ab. Als er Anja unter den Versammelten entdeckte, räusperte er sich verwundert. Ihr wurde vor Angst schwarz vor Augen. Jemand reichte ihm ein Glas, doch er lehnte würdevoll ab. Anja schielte erschrocken zu Andrej Pawlowitsch. Er hatte sie ins Kabinett von Boris Borissowitsch eingeladen, das auch das ihres Betreuers war. Trinken war hier selbstverständlich nicht erlaubt. Andrej Pawlowitsch wirkte aber völlig unbefangen, als wäre nichts.

In diesem Moment öffnete Anjas Betreuer mit einem Ruck die Aktentasche. Zwei glänzende Flaschen Krepkij Arsenal'nyj schauten daraus hervor.

Dank Andrej Pawlowitschs unermüdlicher Fürsorge betrank Anja sich an diesem Abend gründlich. Als sie ging, war sie fast die Letzte. Ihr Betreuer fläzte mit hochroten Wangen wie ein schielender Renaissance-Engel am anderen Ende des Thatcher-Sofas.

Gegen Anjas schwächliche Proteste begleitete Andrej Pawlowitsch sie hinaus. Vor dem Taxi drückte er ihr mit trockenen Lippen einen Schmatzer auf die Wange, was sie in nüchternem Zustand mehr gewundert hätte.

Am anderen Tag erwachte Anja eine halbe Stunde vor Dienstbeginn mit einem furchtbaren Kater. Eiligst zog sie sich an und raste zum Außenministerium. Sie ahnte, was für eine Folter Boris Borissowitschs Belehrungen heute sein würden. Unterwegs quälte sie sich mit der Erinnerung, was gestern passiert war: wie sie mit ihrem Betreuer zum «Du» wechselte (heute unvorstellbare Anbiederung), wie sie gewettet hatte und einen riesigen Krug Wein auf einmal runterstürzte (kein Wunder, dass ihr so schlecht war), wie sie mit Andrej Pawlowitsch ihr Privatleben erörterte. Als sie zu dieser Stelle gekommen war, erstarrte Anja. Wie war sie überhaupt dazu gekommen, mit ihm über so etwas zu sprechen? Gestern hatte ein Verehrer aus dem Studentenwohnheim sie mehrmals angerufen, Andrej Pawlowitsch hatte den Namen auf ihrem Handy aufleuchten sehen und das neugierig kommentiert. Aber sie, sie selbst – warum hatte sie, statt zu schweigen oder scherzend darüber hinwegzugehen, solche persönlichen Dinge mit ihm besprochen?

In der Metro fasste Anja sich mit beiden Händen an den Kopf. Andrej Pawlowitsch nie mehr unter die Augen kommen. Keinen Schluck mehr trinken, schon gar nicht mit Diplomaten. Hoffen, dass die ihr Benehmen gestern vergessen, und nach dem Ende des Praktikums weg aus diesem Departement, so weit weg wie möglich.

Der Erste, dem Anja im Außenministerium über den Weg lief, war Andrej Pawlowitsch.

«Oh, oh, oh», freute er sich, «na, wie geht's dir?»

Er sah zerknitterter aus als sonst und schob einen Einkaufswagen von Perekrestok mit einem Haufen Akten vor sich her (der Name des Ladens stand auf dem Handgriff).

Anja hatte nur einen Wunsch: auf der Stelle im Boden zu versinken. Doch solche Wunder gab es nicht. Im Versuch, so sorglos und entspannt wie möglich zu wirken, verzog sie nur grauenhaft das Gesicht und zuckte mit den Schultern. Den Mund wollte sie möglichst nicht noch einmal aufmachen, um ihr Gegenüber nicht mit dem Restalkohol anzuhauchen.

«Gestern haben wir wohl ein bisschen übertrieben», stellte Andrej Pawlowitsch fest. «Du hättest Dima sehen sollen – er ist ganz krank. Das müssen wir auskurieren. Trinkst du Bier?»

Anja nickte perplex.

«Na ausgezeichnet. Ich hole dich ab.»

Während sie in ihre Kammer trottete, fragte Anja sich gequält, was sie nur dazu gebracht hatte, gleich noch mal in dieselbe Falle zu tappen. Aber ein tröstlicher Gedanke überlagerte den Ärger schnell: Wenn man sie erneut einlud, hieß das, sie brauchte sich gar nicht so für den gestrigen Abend zu schämen.

Diesmal ließ Andrej Pawlowitsch nicht nur nicht auf sich warten – er erschien mitten am Arbeitstag in ihrem Kabinett.

«Na, gehen wir?»

«Wohin?», fragte Anja erschrocken. «Und die Arbeit? Man wird mich suchen.»

«Ich hab bei Fjodorowitsch für dich freigenommen», winkte er ab. «Er träumt nach dem gestrigen Abend selbst von einem Bier, kann aber noch nicht weg.»

Unter Andrej Pawlowitschs eindringlichem Blick machte Anja sich fertig. Ihr war irgendwo sehr unwohl bei dem Gedanken, dass er sie bei ihrem Betreuer entschuldigt hatte. Wie hatte er das begründet? *Ich möchte mit Anja ein Bier trinken gehen?* Wohl kaum. *Gib ihr frei, sie hat einen Kater?* Brr. Was er auch gesagt haben mochte, die Situation ließ sie moralisch in höchst fragwürdigem Licht dastehen.

«Und wohin gehen wir?», fragte Anja, als ihr klar war, dass sie dem Ausgang des Ministeriums zustrebten.

«Es gibt hier ganz in der Nähe ein nettes Lokal.»

Sie gingen den Arbat hinunter und betraten eine Bar mit Namen Schiguli.

«Hier sitze ich oft mit den Kollegen nach dem Arbeitstag», erklärte Andrej Pawlowitsch. «Oder währenddessen, wie jetzt.» Er lachte.

Anja ertappte sich zum zweiten Mal bei dem Gedanken, dass sogar eindeutig freundliche Gesten wie ein Lächeln, ein Lachen oder eine besorgte Nachfrage bei ihm einen unguten Beigeschmack hatten.

Anja hielt nach jenen Kollegen Ausschau, mit denen Andrej Pawlowitsch hier angeblich oft saß. Sie konnte kein bekanntes Gesicht entdecken.

«Wo sind denn alle?», fragte sie unsicher.

«Wer alle?»

«Na, die anderen.»

«Die anderen arbeiten noch. Schwänzen tun wir. Setz dich, ich bringe dir was.»

Anja nahm vorsichtig an einem klebrigen Tisch Platz und sah sich noch einmal um. Sehr wenige Leute waren hier, und die wirkten ziemlich betrunken. Das Tageslicht vor den Fenstern ließ die Szenerie erst recht heruntergekommen wirken. Genau gegenüber von Anja hing ein riesiges Foto von Breschnew mit einem Wodkaglas an der Wand. Anja suchte nach Gründen für ihre Unruhe und fand keinen rationalen. Sie hatte den Arbeitsplatz nicht eigenmächtig verlassen, sondern war mit einem Vorgesetzten gegangen. Auch er hatte das nicht heimlich getan, sondern sie bei ihrem Betreuer entschuldigt. Außer mit ihm in einer Bar zu trinken, tat sie nichts Unrechtes. Was also nagte so an ihr?

Andrej Pawlowitsch kehrte mit zwei Gläsern Bier auf einem Plastiktablett zurück. Anja nahm einen zaghaften Schluck. Der Alkohol stieg ihr sofort zu Kopf, als aktiviere er alles gestern Getrunkene – kein angenehmes Gefühl. Trinken auf den Kater hatte ihr nie Spaß gemacht: Die versprochene Linderung blieb immer aus, der neuerliche Rausch trat umso eher ein. Jetzt, da Anja fest entschlossen war, einen nüchternen Kopf zu wahren und, falls möglich, rasch zu gehen, war das umso unpassender. Sie wollte nicht, dass Andrej Pawlowitsch dachte, für sie wäre es ganz normal, einen über den Durst zu trinken.

Anjas Sorge um die eigene Reputation ging jedoch mit

einer tiefen Befriedigung einher. So schlecht konnte Andrej Pawlowitsch nicht von ihr denken, wenn er den zweiten Tag hintereinander ihre Gesellschaft suchte. Seine Zuneigung schmeichelte Anja ungemein – er als ausgewachsener Diplomat wollte mit einem Grünschnabel wie ihr trinken. Wer von ihren Freunden hätte das von sich sagen können? Wie sie da im Schiguli saß, fühlte sich Anja sehr nah an den Staatsgeschäften und internationalen Beziehungen. Andrej Pawlowitschs Diplomatenstatus schüchterte sie ein bisschen ein, doch sie tröstete sich damit, dass sie selbst auch bald im Außenministerium arbeiten würde und allen gleichgestellt wäre.

Doch etwas anderes schüchterte Anja weiterhin ein. Andrej Pawlowitsch musterte sie die ganze Zeit. Es war nicht nur, dass er sie ansah – schließlich saßen sie sich am Tisch gegenüber –, sondern die Art. Anja hatte den Eindruck, die untere und obere Hälfte seines Gesichts existierten jede für sich: Während die Lippen sich zu einem Lächeln verzogen und ein flüssiges Gespräch führten, blickten die Augen kühl und hart. Sie wirkten keine Sekunde lang warm, auch nicht, wenn er lachte. Sie prüften sie. Dieses unaufhörliche Examen belastete. Sie war Andrej Pawlowitsch dankbar für die Aufmerksamkeit und bemühte sich, besonders nett, klug und interessant zu erscheinen, um ihn nicht zu enttäuschen, aber sie fühlte, ihre Bemühungen waren vergeblich – sein Blick veränderte sich nicht. Er stellte viele Fragen, aber bei den Antworten hörte er schon nicht mehr genau hin. Wenn das Gespräch Andrej Pawlowitsch offenbar gleichgültig war, warum hatte er sie dann überhaupt eingeladen?

In der Zeit trank er ein Glas nach dem anderen und ermunterte Anja, das Gleiche zu tun, aber diesmal war sie fest entschlossen, der Versuchung nicht zu erliegen. Nachdem sie die Einladung zu einem dritten Glas dezidiert abgelehnt hatte, verging Andrej Pawlowitsch offenbar die Lust. Bald darauf sah er auf die Uhr und sagte, er müsse zurück ins Ministerium. Sie verließen die Bar und verabschiedeten sich. Er wandte sich energisch zum Ministerium, Anja trottete niedergeschlagen zur Metro. Es war klar, dass sie ihn doch enttäuscht hatte – wodurch, blieb rätselhaft.

Die nächsten zwei Monate ließ Andrej Pawlowitsch sich nicht blicken – jemand sagte Anja, er sei auf Dienstreise, jemand anders meinte, im Urlaub. Er hatte sich auch davor nicht allzu häufig im Departement blicken lassen, deshalb fiel sein Verschwinden gar nicht so auf. Anja war zuerst verstimmt, dann, im Gegenteil, froh – seine Abwesenheit fühlte sich besser an, als ausbleibende Einladungen zu neuerlichen Diplomatenumtrünken es täten. Denn daran, dass sie nicht mehr eingeladen werden würde, zweifelte sie nicht.

Andrej Pawlowitsch tauchte eine Woche vor Silvester auf – skandalös braun gebrannt und flirtend wie immer. Die Zierfische kicherten schon affektiert, wenn sie ihn von weitem sahen. Anja war verkrampft, als sie ihm im Flur wiederbegegnete. Er sah sie so selbstzufrieden-herablassend an wie ein Kater den Vogel. Anja hatte glücklich vergessen, wie ungehobelt sie selbst sich in seiner Gegenwart vorgekommen war.

Ein paarmal kam Andrej Pawlowitsch in ihre Sekretariatskammer, um ein Fax abzuschicken. Jedes Mal wechselte er ein paar lockere, unverbindliche Worte mit ihr, und Anja redete wie auf Zuruf lauter, scherzte, lachte. Bei Andrej Pawlowitsch hatte sie das Bedürfnis, attraktiver und eindrucksvoller zu wirken als sonst, und je gekünstelter seine Versuche, desto mehr bemühte sich Anja.

Der letzte Freitag des Jahres 2011 war Anjas letzter Arbeitstag im Ministerium. Für den Abend war eine Silvesterparty geplant, doch die Feierstimmung wurde gestört: Irgendwo bei Murmansk brannte schon seit zwei Tagen ein U-Boot mit Atomsprengköpfen, und das benachbarte Norwegen war höchst beunruhigt. Das Informations- und Presse-Departement kam seiner üblichen Aufgabe nach: die Verbreitung jeglicher Nachrichten und Informationen über die Vorfälle zu unterbinden, damit das Land nicht kurz vor Neujahr von der Gefahr eines zweiten Tschernobyl beunruhigt wurde. Den ganzen Tag zogen die Diplomaten mit sorgenvoller, konzentrierter Miene durch die Flure.

Mit dem Trinken begann man aus lauter Nervosität bereits um Mittag, sodass das Problem des brennenden U-Boots gegen Abend schon sehr viel entspannter gesehen wurde. Anfangs saß Anja mit den Zierfischen hinter dem Schrank. Je betrunkener die Mädel waren, desto öfter hockten sie rauchend auf der Treppe – wo sie bald den tüchtig geröteten Herren begegneten, die soeben bei Boris Borissowitsch getagt hatten. Sofort wurde Gemeinschaft beschlossen. Die Mädchen griffen ihre halbvollen Gläser mit Sekt und zogen in das andere Kabinett um. Hier wimmelte es von lauten, betrunkenen Menschen, es duftete nach Mandarinen, und aus jedem Papierkorb ragten, raketengleich, leere Flaschen. Ungesunde Begeisterung schlug den Mädchen entgegen.

Die Zeit verging, die Gespräche wurden hitziger, das Lachen lauter. Man hatte es bald satt, zum Rauchen immer ins Treppenhaus zu gehen, jemand schlug vor, das Fenster zu öffnen und es hier zu tun. Ein Glas zerklirrte. Ein Mann, den Anja nicht kannte, war total besoffen und wurde hinausgeführt. Im Kabinett war es sehr hell – das elektrische Licht spiegelte sich in den polierten Tischchen und den Glasflaschen, und dann wurde es sehr kalt. Obwohl nun alle hier rauchten, stahl sich Anja mehrmals auf die Treppe. Dort hatte man das Licht ausgemacht, nur die Straßenlaternen schienen noch durchs Fenster. Anja rauchte in absoluter Stille, lauschte den gedämpften Lachsalven und wiegte sich in alkoholischer Seligkeit. Der Gartenring, lichtgeflutet von Autoscheinwerfern, die fröhlichen und erhitzten Menschen im Kabinett, das perlglänzende Fenster auf halber Treppe – sie fand alles festlich und schön. Wie viel Sekt sie schon intus hatte, wusste sie längst nicht mehr.

Sie merkte zu spät, dass sie das einzige verbliebene Mädchen im Kabinett war, das sich fast geleert hatte. Die letzten Stunden lagen für Anja in einem Nebel. Doch der lichtete sich plötzlich: Ihr wurde klar, dass sie hier nur noch zu viert saßen – sie, Andrej Pawlowitsch, der Diplomat Lenskij und ihr Betreuer, der jetzt endgültig einem gefallenen Renaissance-Engel glich. Die Männer führten ein saftlos-trunkenes Gespräch. Andrej Pawlowitsch saß so nah bei ihr auf der Thatcher-Couch, dass er sie fast berührte.

Sie griff nach ihrem Glas – es war leer. Andrej Pawlowitsch goss ihr mit wendiger Geste den Rest einer Flasche ein, die neben der Couch stand. «Die letzte», erklärte er und wedelte mit der Flasche. Lenskij und der Betreuer rüsteten sich, wie auf Stichwort, zum Aufbruch. Anja wusste, dass auch sie besser gehen sollte, doch es rauschte in ihrem Kopf, jede Bewegung war zu viel, zudem hatte sie noch überhaupt keine Lust auf ein Ende des Abends. Am Rande ihres Bewusstseins lauerte ein verwegener, verbotener Gedanke: Es wäre doch angenehm, mit Andrej Pawlowitsch allein zu bleiben. Durch den Sekt fühlte Anja sich endlich attraktiv und wollte mit dieser Schönheit freigebig sein. Aber natürlich nicht für alle. Weder Lenskij noch der Betreuer wussten sie zu schätzen, Andrej Pawlowitsch dagegen sehr wohl – nicht umsonst hatte er ihr vorher so viel Aufmerksamkeit geschenkt, nicht umsonst sah er sie jetzt so gespannt an.

Anja sah zu, wie Andrej Pawlowitsch den Diplomaten zur Tür folgte und diese hinter ihnen abschloss. Als er den Schlüssel im Schloss drehte, tat Anjas Herz einen Sprung – eine Sekunde lang war sie fast panisch ängstlich und aufgekratzt heiter zugleich, wie kurz vor einer steilen Abfahrt auf der Achterbahn. Andrej Pawlowitsch ging ohne Eile an den Schrank und fand darin noch eine Flasche, offenbar Wein. Er hob sie fragend hoch, Anja nickte. Er goss ihnen ein und ließ sich langsam auf dem Sofa nieder. Anja roch sein Eau de Cologne. Andrej Pawlowitsch wandte sich halb zu ihr und legte die Hand auf die Sofalehne. Seine Langsamkeit und der kalte Blick strahlten eine so unverkennbare Bedrohung aus, dass Anja sich innerlich zusammenzog und jeden Antrieb verlor.

«Also heute ist dein letzter Praktikumstag?», fragte Andrej Pawlowitsch. Anja nickte. «Kommst du dann später zu uns?»

«Ich hoffe.»

«Das ist gut. Solche wie dich brauchen wir.»

«Was denn für welche?»

«Mutige», sagte Andrej Pawlowitsch und lächelte. Er hob sein Glas, stieß mit ihr an und trank.

Anja nahm eine aufrechtere Haltung ein und tat auch einen Schluck. Langsam kehrte ihre Selbstsicherheit zurück. Es passierte ja nichts Besonderes. Gut, sie saßen vielleicht zu dicht beieinander, das nervte ein bisschen, mehr auch nicht. Anja fand, dass Andrej Pawlowitsch sie wohlwollend ansah. Ihre Schultern lockerten sich. Es war ihr angenehm, wieder im Zentrum seiner Aufmerksamkeit zu stehen.

Im nächsten Augenblick warf sich Andrej Pawlowitsch auf sie, mehr beißend als küssend, und streckte sie aufs Sofa.

In der ersten Sekunde war Anja starr vor Überraschung und rutschte an der Rückenlehne nach unten. Dann machte sie eine Bewegung, als wollte sie sich losreißen – mehr instinktiv als geplant, doch Andrej Pawlowitsch drückte sie mit seinem Gewicht nieder, küsste sie weiter und riss ihr die Bluse aus dem Rock. Dann fuhr er mit der Hand darunter und krallte die Finger so grob in ihre Haut, dass sie einen halbherzigen Schmerzenslaut von sich gab. Eine Vielzahl von Gedanken jagten ihr durch den Kopf. So was gibt's gar nicht, das darf nicht passieren – und passiert jetzt doch: Sie liegt auf dem Sofa, auf dem Margaret Thatcher gesessen hat, im russischen Außenministerium, während irgendwo vor Murmansk ein U-Boot brennt, und Andrej Pawlowitschs Hand ist schon gefährlich weit unten.

Wieder spürte Anja diese Mischung aus Panik und rebellischer Lebenslust. Schließlich hatte sie nichts zu verlieren, sie war niemandem etwas schuldig. Wie das hier enden würde, war klar, so naiv war sie nicht, dass sie es nicht vom ersten Moment an geahnt hätte. Schon dass er sie zum Ausgehen eingeladen hatte … Wollte sie es denn nicht selbst? Hatte nicht sie selbst das geplant?

Andrej Pawlowitsch ließ eine Sekunde von ihr ab, knöpfte hastig sein Hemd auf. Sein Blick so klammernd, als wollte er Anja damit festhalten. Sie dachte aber gar nicht an Flucht. Als sie ihn beobachtete, hatte sie wieder den Eindruck, er schätze sie unentwegt ab, sogar jetzt. Ihr wurde unangenehm. Sie beugte sich hoch und küsste ihn, damit er nur einen Moment aufhörte, sie zu taxieren. Und Andrej Pawlowitsch hörte auf. Er warf sich erneut auf Anja und riss ihr grob die Kleider vom Leib. Mit seinem Gewicht erdrückte er sie fast, ihr Bein wurde taub. Das Sofa war kurz und, wie sich jetzt zeigte, sehr unbequem. Anja kam der Gedanke, was für ein Bild sie hier wohl für Dritte abgaben – in den Kabinetten des Ministeriums gab es bestimmt Kameras.

Plötzlich hatte sie überhaupt keine Lust mehr auf Sex mit Andrej Pawlowitsch. Seine Grobheit und Hast, das klebrige Ledersofa, die Tatsache, dass sie vielleicht beobachtet wurden, spornten sie nicht gerade an.

Anja empfand eine merkwürdige Distanz zu ihrem eigenen Körper. Der lag hier auf dem Sofa, etwas geschah mit ihm, aber im Kopf war sie anderweitig beschäftigt: Anja stellte sich vor, wie sie aufsteht und weggeht. Dieser Gedanke erleichterte sie so sehr, dass sie keinen Zweifel hatte: Das ist das Richtige. Das musste sie jetzt tun. Aber sie konnte nicht. Es wäre ja feige gewesen, im letzten Moment zu kneifen. Was würde Andrej Pawlowitsch sagen, wenn sie jetzt ginge? Und vor allem – sie wusste, dass sie selbst das schon in der Sekunde bereuen würde, in der die Tür hinter ihr zufiel. Nicht den entgangenen Sex – sondern die entgangene tolle Geschichte, die verpasste Erfahrung, die Chance, etwas Neues über sich selbst zu erfahren.

Anja ging nicht.

Spät in der Nacht brachte Andrej Pawlowitsch sie ins Wohnheim. Der verschlafene Pförtner wollte Anja nicht reinlassen – die Pforte war von Mitternacht bis fünf Uhr morgens geschlossen, aber Andrej Pawlowitsch hielt ihm ärgerlich seinen Dienstausweis unter die Nase und erklärte, Anja habe ihm bis spät im Ministerium geholfen. Sie war ihm dankbar, aber auch froh, ihn loszuwerden. Das Ganze war ihr doch sehr peinlich.

Weitere Peinlichkeiten blieben ihr erspart, da sie Andrej Pawlowitsch nie wieder über den Weg lief. Das Ereignis selbst war in Anjas Erinnerung bald nur noch eine Anekdote. Eine Praktikantin vernaschen, was für ein Klischee, sagte sie lachend zu Sonja und Sascha. Es war leicht, alles ironisch zu sehen: Letztlich hatte sie ja wirklich nichts verloren. Nur die Erinnerung daran, wie wertend Andrej Pawlowitsch sie gemustert hatte, als beäugte er ein verzehrfertiges Gericht, ließ Anja bis heute erschaudern. Je mehr Zeit verging, desto besser verstand sie, dass er sie einzig für ihre Offenheit geschätzt hatte – weil sie eben zu haben war. Auch wenn sie sich nicht als Opfer fühlte, schmeichelhaft war diese Erkenntnis nicht.

Anja stand auf und ging durch die Zelle. Da ihr nichts Interessantes einfiel, kletterte sie auf die Fensterbank und schaute hinaus. Auf der Bank lag eine Schachtel Zigaretten – Anja öffnete sie gedankenlos, sie war leer. Die Sonne brannte heiß durch das transparente Dach, die Pappelblätter glänzten raschelnd im Wind.

Eine Tür im Hof ging.

«Ah, du wartest schon auf mich, du Schöne!», hörte sie eine fröhliche Stimme.

Unten stand mit hochgerecktem Kopf und einem Grinsen der Essensverteiler Sergej. Sie sprang wortlos von der Bank und schloss das Fenster.

Die zweite Tageshälfte verging schneller. Erst brachte man Anja zum Telefonieren und schien sie dort zu vergessen: Jedenfalls kam sie statt der vorgesehenen fünfzehn ganze fünfundzwanzig Minuten in den Genuss des Internets – in ihrer Situation ein merklicher Unterschied. Dann führte man sie zum Spazieren, ganz allein – stolz betrat Anja den Hof mit einem Buch und einem Glas Tee. Spaziergang konnte man es ja schwerlich nennen: Hatte sie vorher in der Zelle auf dem Bett sitzend gelesen, so tat sie es jetzt unter dem Transparentdach, auf einer Bank. Immerhin dudelte im Hof kein Radio, das allein machte das Leben angenehmer.

Zum Abendessen ging sie natürlich allein, fest entschlossen, sich gegen Sergej zu wehren, falls er sie erneut anmachen sollte. Doch von Sergej im Speisesaal keine Spur. Dafür wartete vor dem Ausgabefenster eine Unbekannte mit strengem Gesicht.

Anja ging näher und begriff nicht, wer das sein konnte. Wenn es eine neue Insassin war, wie kam sie an der Zelle vorbei zum Abendessen? Sie mochte etwa vierzig sein, sah sehr erschöpft aus – verschlafene Augen, bleich verwitterte Lippen – und wirkte dennoch schön. Als Anja näher kam, streckte die Frau ihr hoheitsvoll die Hand hin. Ihre Finger waren lang und dünn und fassten sich sehr heiß an.

«Alissa», stellte sie sich vor.

Anja nannte ihren Namen.

Der unauffällige wortlose Essensverteiler stellte eine Schüssel auf die Lade. Alissa griff sie mit beiden Händen – die sichtbar zitterten – und entschwebte zum Tisch. Ihr Haar war hinten zu einem langen Zopf gebunden. In ihrem Rock, mit Schal und Zopf wirkte sie auf Anja wie die sprichwörtliche russische Filmschönheit – es hätte nicht viel gefehlt, und sie würde gleich eine Romanze vortragen.

Anja nahm ihr Abendessen und setzte sich gegenüber. Alissa aß betont behutsam – sie bewegte den Löffel sorgfältig und führte ihn ganz langsam zum Mund.

«Du sitzt auch hier?», fragte Anja unsicher. Alissa nickte.

«Wofür?»

«Ich bin eine Überwachte», sagte Alissa, ohne sie anzusehen, und tauchte sachte den Löffel ein.

«Hm», machte Anja undeutlich, denn das sagte ihr nichts. «Und wie viele Tage?»

«Fünfundsiebzig.»

Anja verschluckte sich an den Makkaroni.

«Wie viele?!»

«Genauer gesagt, fünf Mal fünfzehn Tage lang.»
«Werden die denn nicht auf einmal gerechnet?»
«Nein, der Reihe nach, hat das Gericht extra festgelegt.»
«Das ist ja bis zum Ende des Sommers ...»
Alissa sagte nichts. Mit dünnen Fingern nahm sie ein Stück Brot, brach es über der Schüssel und steckte es in den Mund.

Aus der Küche kam Wiktor Iwanowitsch mit einem Tablett Tee.

«Bedient euch, Mädels», sagte er gutmütig, als wäre er hier der Hausherr und würde Gäste bewirten. Alissa, weiter schweigend, nahm ein Glas und setzte es präzise auf dem Tisch ab, der Henkel parallel zur Schüssel.

Wiktor Iwanowitsch setzte sich dazu.

«Wie spät ist es? Bestimmt schon sieben, oder?» Er schaute ins Fenster und erklärte: «Heute um zweiundzwanzig Uhr fünfunddreißig komme ich raus. Schaffe es gerade noch in den Laden. Wenn sie mich rechtzeitig entlassen.»

«Wiktor Iwanowitsch, nervt Sie das Radio in der Zelle nicht?», fragte Anja.

«Das haben wir längst zugeklebt.»

«Wie zugeklebt?»

«Ah», stöhnte Wiktor Iwanowitsch, «sitzt du etwa immer noch mit Radio? Warum hast du nicht früher gefragt? Pass auf, das geht so: Du nimmst ganz viel Toilettenpapier, machst es nass, Seife dazu – aber geht auch ohne – und überklebst das Ding damit.»

«Und das hält?», fragte Anja ungläubig. «Und wird leiser?»

«Und wie!»

«Und wenn es trocknet, fällt es nicht ab?»

«Nein, nein. Klar, ab und zu muss man es erneuern.»

In der Tür zum Treppenhaus erschien keuchend und mit Geduldsmiene Sergej. Ganz allein schleppte er eine riesige

Kanne. Hinter ihm stieg die blonde Polizistin die Treppe hoch.

«Könntest mal helfen, Alter!», rief Sergej sauer. Wiktor Iwanowitsch verspannte sich sofort und guckte ein paar Sekunden untätig zu, bevor er sich aufraffte, Sergej mit der Kanne beizuspringen.

Anja stand ebenfalls auf und sah Alissa fragend an. Die nippte geräuschlos am Tee, ohne den Blick zu heben. Die Polizistin begleitete Anja in die Zelle.

«Wo sitzt die denn?», fragte Anja mit einer Kopfbewegung zum Speisesaal, als sie draußen waren.

«Na mit dir. Die Aufnahme dauert nur so lange, da haben sie sie vorher zum Essen gelassen.»

«Hat sie wirklich fünfundsiebzig Tage zu verbüßen?»

«Richtig.»

«Und was heißt *Überwachte*?»

«Das heißt, sie ist aus der Strafkolonie entlassen, steht aber unter Aufsicht. Man kontrolliert, ob sie nachts zu Hause bleibt, nicht zu Massenveranstaltungen geht. Bei Verstößen kriegt sie mehr Tage. Sie kann auch in die Kolonie zurückgebracht werden.»

«Irgendwie ungerecht», bemerkte Anja. «Man hat seine Strafe abgesessen und kriegt noch neue aufgebrummt.»

«Nicht alle, die gesessen haben», beruhigte die Polizistin. «Nur bei schweren Taten.»

Anja stöhnte lautlos.

An der Tür war die Blondine lange mit den Schlüsseln zugange, und Anja konnte sich umsehen. Ihr Blick fiel zum wiederholten Mal auf die merkwürdige, hüfthohe Röhre mit breitem Trichter, die neben der Zelle an die Wand geschweißt war. So etwas gab es auch vor den anderen Zellen. Sie waren Anja schon am ersten Tag aufgefallen, damals hatte der strenge kleine Polizist es ihr nicht erklären wollen. Weil die Blondine heute offenbar gesprächig war und Anja besonders wissbegierig, fragte sie: «Und wofür ist das?»

Die Blondine warf einen kurzen Blick auf die Röhre und hantierte weiter mit ihren Schlüsseln.

«Falls ein Aufstand ausbricht», sagte sie und hatte endlich den richtigen aus dem Bund gefischt.

«Ein Aufstand?»

«Ja doch. Da werden die Zellenschlüssel reingeworfen, damit die Aufständischen nicht rankommen.»

Anja schielte ehrfurchtsvoll zur Röhre: Offenbar war die Arrestanstalt nicht immer so ein müder, langweiliger Ort, wie sie ihn erlebte.

In der Zelle wollte Anja vor allem gleich Wiktor Iwanowitschs Ratschlag ausprobieren. Sie rollte Toilettenpapier ab, legte es schichtweise zusammen, machte es nass, goss sicherheitshalber Flüssigseife darüber – ein feuchter Brei entstand. Wenig zuversichtlich hüpfte Anja hoch und pappte ihn auf das Schutzgitter. Der Ton wurde sofort leiser, klang jetzt wie durch ein Kissen. Vor Dankbarkeit legte Anja sogar die Hand auf die Brust und sendete Wiktor Iwanowitsch gerührte Grüße.

Sie ging auf ihr Bett und öffnete das Buch. Nur mit Mühe konnte sie sich konzentrieren – gelesen hatte sie an dem Tag schon genug, zudem horchte sie auf Geräusche vom Flur in der bangen Erwartung, dass man Alissa zu ihr bringe. Zu zweit mit dieser schweigsamen, strengen Frau zu sitzen, wäre noch ungemütlicher als mit fünf hibbeligen Arrestantinnen, von den seligen Stunden der Einsamkeit ganz zu schweigen.

Alissa kam in die Zelle, als es draußen schon stockdunkel war. In den Händen hielt sie eine kleine Tüte, so abgewetzt, dass nicht mal die Farbe zu erkennen war. Der Schal lag wie vorher um ihre Schultern, obwohl Anja hätte schwören können, dass sie ihn nach irgendwelchen absurden Gefängnisvorschriften gar nicht mit in die Zelle nehmen durfte.

Alissa ließ den Blick über den Raum schweifen und fragte: «Wo kann ich mich hinlegen?»

«Überall», Anja zuckte mit den Schultern. Alissa tat ein paar Schritte und setzte sich in die untere Koje, eine neben Anjas. Dann stellte sie die Tüte vorsichtig an der Wand ab, hob langsam, als fürchtete sie, sich durch eine hastige Bewegung weh zu tun, die Beine aufs Bett und lehnte sich ans Kopfende. In dieser Position seufzte sie, schloss die Augen und ließ die Fransen ihres Schals durch die Finger gleiten.

«Möchtest du Tee?», fragte Anja, um den Kontakt herzustellen. Alissa rührte sich nicht, öffnete nicht einmal die Augen, sie fuhr fort, die Fäden am Schal zu verflechten und wieder aufzulösen.

Nach einer Stunde wurde Alissa die Bettwäsche gebracht – sie legte sie in die Koje nebenan, ohne sie auszubreiten. Anja bedauerte fast, dass die Bullen sofort wieder gingen – das waren immer noch angenehmere menschliche Wesen als diese Nachbarin.

Als das Licht ausgeschaltet wurde, blieb Anja nichts übrig, als sich schlafen zu legen. Alissa saß weiter götzengleich auf dem Bett, kaum erkennbar im Halbdunkel. Anja hatte sich unter der Decke verkrochen, sodass ihr nur eine kleine Spalte zum Atmen blieb, und tröstete sich damit, dass sie hier nur noch einen Tag und eine Nacht aushalten musste.

Einige Stunden später wurde sie von etwas geweckt, doch begriff sie auch mit aufgeschlagenen Augen nicht gleich, von was. Es war still und dunkel, einzig das Lämpchen über der Tür glomm vor sich hin. Scheinbar passierte nichts. Anja drehte sich auf die andere Seite, in eine bequemere Lage, und ihr Blick traf auf Alissa, die in der Nachbarkoje saß. In derselben Sekunde begriff Anja, dass ihre Stimme sie geweckt hatte – Alissa redete.

«Was?», fragte Anja erschrocken.

«Siehst du es?»

Alissa hockte nach vorn gebeugt da und blickte Anja mit weit aufgerissenen Augen an.

«Wen?», flüsterte Anja und spürte eine Gänsehaut vom Kopf über den Rücken.

«Das!»

Anja stützte sich auf den Ellbogen und sah sich in der Zelle um, ohne Alissa aus den Augen zu lassen.

«Ich sehe nichts.»

Alissa streckte langsam eine Hand unter dem Schal hervor und zeigte mit dünnem, langem Finger auf die gegenüberliegende Wand. Dabei sah sie Anja weiter durchdringend an. Anja drehte sich zu der Wand. Dort war nichts.

Alissa lachte laut auf, warf den Kopf nach hinten, setzte sich dann aufrecht und verstummte. Eine Haarsträhne rutschte ihr aus dem Zopf ins Gesicht.

«Ich werde es dir gleich zeigen», sagte sie überraschend ruhig.

Flink stand sie auf und ging zur Wand. Nach kurzem Zaudern streckte sie einen Arm aus und vollführte einige Bewegungen in der Luft, als streichelte sie einen Hund. Anja merkte, wie sie panisch wurde – das Gefühl kannte sie mittlerweile gut, nur hatte sie diesmal keinerlei Zweifel, dass das, was sie sah, absolut real war.

Alissa ging ohne Eile an der Wand entlang durch den Raum und blieb dann zu Anja gewandt stehen. Sie sah beinahe fröhlich aus. Ein Bein hatte sie vorangesetzt und tippte leicht mit dem Fuß auf den Boden, hielt Daumen und zwei Finger beider Hände zusammen und bewegte sie abwechselnd vor und zurück. Anja folgte diesem seltsamen Tanz wie hypnotisiert. Mehr als nur ein Hauch von Wahnsinn lag in der Luft. Anja wagte keine Bewegung. Alissa lächelte und gab keinen Laut von sich, schaute sie nur weiter fröhlich an.

Schließlich hielt sie inne, tat zwei Schritte zur Seite und fragte: «Willst du probieren?»

Anja fürchtete, ihre Stimme könnte ihre Angst verraten, von der Alissa nichts ahnen sollte. Deshalb schüttelte sie schweigend den Kopf.

Alissa tat einen Satz nach vorn und war jetzt nur noch Zentimeter von Anjas Gesicht entfernt. Der Irrsinn glomm tief in ihrem Blick.

«Du musst es probieren», flüsterte sie erregt. «Es steht hier für dich!»

Sie ist nicht normal, aber man sieht uns ja durch die Kamera, sagte sich Anja und versuchte, unauffällig auf dem Bett zurückzukriechen, weg von Alissa. *Sie werden mitbekommen, dass etwas nicht stimmt, und herkommen. Alles wird gut.*

Alissa packte sie plötzlich am Handgelenk. Ihre Finger brennend heiß.

«Du musst es berühren», flüsterte sie drohend und sah abwechselnd in das eine, dann in das andere Auge Anjas, wodurch ihr Blick etwas vom Pendel eines Metronoms hatte, «ich zeige es dir.»

Sie zog Anja hoch, die schließlich aufstand, weil sie Angst hatte, Widerstand könnte alles nur verschlimmern. Sobald Anja ihr folgte, entspannte sich Alissa – der drohende Ausdruck schwand aus ihrem Gesicht, sie guckte wieder fröhlich, geradezu listig. Anjas Handgelenk kräftig umklammernd, führte sie sie an die Wand und zog sie dicht hin, als wollte sie Anja zwingen, etwas zu berühren. Doch da war nur Leere.

Anja konnte den Wahnsinn wieder fast riechen. Sie entriss ihre Hand. Alissas Gesicht verzerrte sich vor Wut. Anja wich zurück. Mit einem verrückten Menschen in der Zelle zu sein, ist eine Sache – wenn dieser Mensch dann auch noch aggressiv wird, ist das etwas anderes. Es blieb keine Zeit, abzuwarten, bis die Bullen etwas merken würden. Anja blickte sich um und sah den Alarmknopf an der Tür. Er war ihr gleich am ersten Tag aufgefallen – danach übersah sie ihn in der Hoffnung, sie würde ihn nie brauchen. Jetzt konnte er die Rettung sein. Anja stürzte zu ihm und schlug mit voller Kraft die Handfläche darauf.

Nichts. In der Arrestanstalt herrschte weiter absolute Stille. Anja hämmerte auf den Knopf, um ihn vielleicht doch zum Leben zu erwecken, aber mit jedem hysterischen Drücken wurde die Stille nur erdrückender.

Alissa krallte erneut die Finger um Anjas Handgelenk. Die war endgültig gelähmt vor Angst. Niemand würde sie hören, niemand ihr helfen. Diese Erkenntnis ließ sie völlig erschlaffen. Wehrlos drehte sie sich zu Alissa. Ob nun wegen der von ihr ausgehenden Hitze oder wegen des milden Leuchtens ihres Haars unter der dämmrigen Lampe, auf Anja wirkte Alissa wie ein lebendes Feuer, eine Kerze, die gleich zerschmelzen würde.

«Fass es an», wiederholte Alissa.

Anja tat gehorsam einen Schritt, dann einen weiteren, behielt dabei ihre eigene, kraftlose Hand im Auge, die Alissa jetzt anhob und auf etwas auflegte.

Unter ihrer Hand spürte Anja glattes Holz. Sie zuckte wie verbrüht zurück, doch Alissa hielt sie, hielt Anjas Hand weiter fest gepackt und drückte sie auf das unsichtbare Etwas.

Anja fühlte eine weiche Rundung unter den Fingern. Wieder zog Alissa sie nach vorn, und Anja, die eben noch gezappelt hatte wie ein Vogel, senkte nun auch die andere Hand auf den unsichtbaren Gegenstand.

Das war ein Rad. Anja ertastete seine Rundung, fuhr mit den Fingern darüber, erspürte die polierten Speichen. Ohne zu wissen, warum, drehte sie leicht daran – es ging schwer, wie gebremst. Mit angstweiten, blinden Augen fuhr Anja langsam weiter über das Rad und ertastete einen Faden, der straff von ihm fortführte. Sehr langsam drehte sich Anja wieder zu Alissa. Die war deutlich zu sehen. Sie standen nebeneinander vor der Leere, doch Anja wusste, dass ihre Augen sie trogen.

Sie hielt es nicht mehr aus. Riss ihre Hände los wie vom Feuer, stürzte an die Tür und hämmerte mit den Fäusten dagegen. Die Eisentür bebte nur dumpf. Jetzt trat Anja mit den Flip-Flop-bewehrten Füßen, warf sich mit der Schulter dagegen – lieber wollte sie sich den Kopf einschlagen, als einen Albtraum wie diesen länger auszuhalten.

Die Tür ging auf, der junge Polizist stürzte in die Zelle.

«Was ist passiert?», brüllte er. «Was geht hier vor?»

Anja konnte nichts sagen, sie zeigte nur mit dem Finger dorthin, wo Alissa stand.

Die hatte vor einer Sekunde noch schweigend zugesehen, wie Anja gegen die Tür hämmerte, jetzt kreischte sie los und stürzte sich auf Anja. Der Polizist bekam Alissa im letzten Moment zu fassen. Sie schrie wild und wollte sich losreißen. Der Polizist schleppte sie Richtung Tür. Aus dem Korridor hörte man Getrampel – weitere Beamte liefen herbei. In der Tür erkannte Anja das verschlafene, erschrockene Gesicht des Diensthabenden. Alissa wurde über den Korridor geschleppt, nicht einen Moment lang hörte sie auf zu kreischen. Anja vernahm Trampeln in den Nachbarzellen. «Was ist passiert? Was ist los?», rief es durch die Türen.

Anja ließ sich an der Toilettenwand zu Boden gleiten. Ihre Zellentür stand offen. Alissas Schreie klangen dumpfer, wurden übertönt von anderen Stimmen, hektischem Schlüsselgeklirr, Türenschlagen. Nach einem letzten Knallen war Ruhe, nur in den Nachbarzellen regten die Insassen sich weiter auf.

Anja saß noch auf dem Boden, als im Flur Schritte laut wurden.

«Ruhe! Ruhe!», rief der Diensthabende. «Alles in Ordnung! Geht schlafen.»

Vor Anjas Tür blieb er stehen.

«Leg dich schlafen», brummte er.

Anja rührte sich nicht.

«Was war das?», fragte sie.

«Alkoholdelirium. Schlimme Sache. Wir rufen den Notarzt und bringen sie ins Krankenhaus.»

Anja hob den Blick. Der Diensthabende guckte etwas freundlicher: «Bist erschrocken, was? Schlimme Sache, sag ich ja. Aber wird alles gut. Kannst dich hinlegen, die schicken wir dir nicht mehr rein.»

Er schloss die Tür und drehte den Schlüssel. Anja hörte, wie seine Schritte sich entfernten. Noch eine Weile saß sie auf dem Fußboden, dann stand sie auf und ging zielstrebig zu der Stelle, wo das unsichtbare Rad stand.

TAG ACHT Anja tat kein Auge mehr zu. Am Morgen saß sie auf dem Bett und starrte in die Leere. Die übrige Anstalt war ebenso schlaflos geblieben: Die ganze Nacht hörte Anja immer wieder Schritte auf dem Korridor und sah das Guckloch an der Tür aufgehen. Dass sie unter ständiger Beobachtung stand, nervte sie und beruhigte sie zugleich, denn es verschaffte ihr eine Illusion von Sicherheit – dass es Illusion war, wusste auch sie.

Das Rad war nicht mehr da. Anja schritt extra mehrmals die Wand ab und betastete sie, fuhr mit den Händen durch die Luft, um vielleicht auf einen unsichtbaren Gegenstand zu stoßen – vergeblich. Im ersten Moment war sie versucht, sich einzugestehen, dass ihr Bewusstsein wieder mal gestört gewesen sei, doch nach kurzem Schwanken verbat sie sich diese Annahme. Sie wusste: Was heute mit ihr geschehen war, war real. Alissa existierte wirklich, und was sie Anja hatte spüren lassen, ebenfalls. Nur vermochte sie ohne Alissa diese Schichten, unter denen die Wahrheit verborgen war, nicht zu durchdringen, daher blieb ihr jetzt nichts übrig, als schlaflos dazusitzen, im Wissen, dass sich in der Zelle weiterhin etwas Jenseitiges, Ungreifbares befand. Mit diesem Gedanken musste Anja sich abfinden, auch wenn sich ihr dabei die Kopfhaut zusammenzog.

Je länger sie nachdachte, desto klarer wurde ihr die Bedeutung der Ereignisse dieser Woche. Mehrere Male wollte

Anja instinktiv zum Handy greifen, um ihre Vermutungen zu überprüfen. Dass sie kein Telefon hatte, ärgerte sie jetzt mehr als an den ersten Tagen in der Anstalt. Sie ahnte, dass sie kurz vor des Rätsels Lösung stand, wollte aber keine voreiligen Schlüsse ziehen. Um wirklich sicher zu sein, brauchte sie das Wissen Dritter, etwas Schriftliches, in dem sie die eigenen Gedanken bestätigt fand – ohne wagte sie nicht, sich diese Schlüsse einzugestehen. In der Nacht auf dem Bett sitzend, hatte sie immer wieder durchdacht, was mit ihr passiert war, bis ihr von den Gedankenschleifen schwindlig wurde.

Das Frühstück brachte endlich Erleichterung, sie rannte fast die Stufen zum Speisesaal hoch. Sogar der nervige Sergej kam ihr jetzt erträglicher vor als die unabwendbare Erkenntnis dessen, was sich da gnadenlos auf sie zubewegte, während sie allein in der Zelle saß. Anja nahm eine Schüssel Grießbrei und setzte sich an den Tisch. Der Brei war sehr süß, deshalb nahm Anja auch den Tee, vor dem die Nachbarinnen sie gewarnt hatten. Die Flüssigkeit aus der zerbeulten Kanne schmeckte tatsächlich eher nach dem Aufguss eines Saunabesens, doch Anja war jetzt tollkühn, Hauptsache, sie musste nicht in die Zelle zurück.

Die Geräusche des Speisesaals erreichten sie wie durch eine Wattedecke. Anfangs schenkte sie dem keine Beachtung, aber als Sergej sich vor ihr auf die Bank fallen ließ und etwas sagte, begriff sie verwundert, dass sie ihn wirklich fast nicht hörte. Ein Ohr war zu.

«Was?», fragte Anja.

«Du bist immer so allein. Wo ist deine Nachbarin, schläft sie noch?»

«Sie haben sie ins Krankenhaus gebracht. Delirium.»

«Schade», sagte Sergej mitfühlend. «Wieder niemand zum Reden.»

Anja zupfte an ihrem Ohr. Es half nichts.

Zurück in der Zelle, untersuchte sie das Ohr aufmerksam vor der Spiegelfolie und reinigte es mit einem Wattestäbchen. Das half nicht auf Anhieb, es war aber auch so still, dass sich die Wirkung nicht leicht überprüfen ließ.

Müde war Anja aber überhaupt nicht. Das Einzige, woran sie denken konnte, war das Handy. Wenn sie noch ein paar Stunden ohne Internet bliebe, drohte ihre Vermutung sie zu zerreißen. Sie ging in der Zelle auf und ab und bemerkte auf dem Boden das Kettchen, das Natascha der Diensthabenden gestohlen hatte. Sie hob es auf, ließ es durch die Finger gleiten und hängte es an das Bettgestell über der Koje. Sie musste sich irgendwie beschäftigen. Anja schlug das Buch auf und wollte lesen, merkte aber bald, dass sie die Seiten mechanisch umblätterte und die Wörter gar nicht begriff. Sie gab auf, vergrub ihr Gesicht im Kissen. Die Müdigkeit – vor fünf Minuten noch keine Spur davon – überkam sie jetzt unerwartet stark, und sie schlief fast augenblicklich ein. Unruhiger Schlaf. Anja träumte, sie laufe vor jemandem weg, jage wem hinterher. Sie spürte, dass jemand ihr auf die Schultern klopfte, drehte sich abrupt um und sah ganz nah Alissas Gesicht mit den glühenden Augen. Sie wich zurück und versank in tieferer Dunkelheit. Erneut rüttelte jemand grob an ihrer Schulter. Sie öffnete die Augen und fuhr hoch.

Über ihrer Koje sah sie die schlimme Diensthabende, die mit den leeren Augen. Ihr Gesicht wütend und dennoch ausdruckslos – während sich bei den meisten Menschen der Unmut aus mehreren sichtbaren Emotionen zusammensetzt, zeichnete sich auf dem Gesicht dieser Frau nur eine einzige ab und füllte es dennoch nicht aus. Anja hatte völlig vergessen, dass heute ihr Dienst war.

«Aufstehen!», sagte sie schroff. «Oder brauchst du eine Extraeinladung? Ich schrei hier schon die ganze Zeit.»

Anja kroch widerwillig vom Bett und stellte betrübt fest, dass sie auf dem Ohr immer noch schlecht hörte.

«Name!»

«Romanowa, eh», knurrte Anja. Jetzt, da sie allein in der Zelle war, kam ihr dieser Formalismus noch unsinniger vor.

«Beschwerden, Wünsche?»

«Wann kommt die Ärztin?»

«Was für eine Ärztin jetzt?» Die Diensthabende glotzte begriffsstutzig.

«Na, die von hier. Ich habe was mit dem Ohr.»

«Du willst zum Arzt?»

Anja seufzte: «Sag ich doch. Und bitte siezen Sie mich.»

Die Diensthabende sah sie wortlos mit leeren Augen an.

«Das kann dauern», sagte sie durch die Zähne und ging oder vielmehr wälzte sich mit schaukelnden runden Hüften aus der Zelle.

Als sie fort war, trat Anja ans Waschbecken und wusch sich. Nach dem kurzen, beunruhigenden Traum war ihr Kopf so schwer wie bei einem Kater. *Morgen, morgen ist das alles vorbei*, dieser eine Gedanke pulsierte darin. Es war, als sei sie von der Wirklichkeit getrennt – da draußen herrschte wohl endlich Sommerwetter, man hörte das Wasser durch die Rohre rauschen, vom Korridor kamen ruhige Stimmen, nur ihr war kalt vor Unruhe. All diese materiellen, vertrauten Erscheinungen schienen ihr wie Attrappen, die ihre Wachsamkeit einschläfern und verwirren sollten. Sie musste wehrhaft bleiben, durfte sich nicht einlullen lassen.

Sie versuchte, wieder einzuschlafen, doch fast im selben Moment ging das Radio an. Durch die Papierauflage war es zwar kaum zu hören, auch erwies sich Anjas ertaubtes Ohr jetzt als Vorteil – der aber begrenzt war: Das schlechte Gehör veranlasste sie dazu, unwillkürlich noch genauer hinzuhören. Nach wenigen Minuten hielt Anja es nicht mehr aus und wanderte wieder auf und ab.

Kirills Rotschopf erschien am Fenster.

«Wie jetzt, ganz allein?», fragte er und versuchte, durch das Gitter in alle Kojen zu sehen.

«Hast du Zigaretten?» Anja stürzte fast ans Fenster. Kirill zog eine hinter seinem Ohr vor und legte sie auf die Fensterbank.

Anja steckte sie gierig am hergehaltenen Feuerzeug an und bekam fast sofort einen Hustenanfall. Kirill sah sie nachsichtig an.

«Hab lange nicht geraucht», erklärte sie. Von den ersten Zügen wurde ihr leicht schwindlig. «Und, was anderes hast du nicht zu rauchen?»

Kirill guckte argwöhnisch.

«Nein. Hab euch sowieso ein Drittel abgegeben.»

Anja wollte nicht mit ihren Gedanken allein sein, sie war froh über jede Gesellschaft. Zum ersten Mal in diesen Tagen hatte sie Lust zu reden.

«Erzähl was Interessantes», bat sie.

Kirill zog erstaunt die Brauen hoch.

«Bei uns in der Zelle sitzt jemand mit einem eisernen Kiefer», sagte er.

«Sieht man den?»

«Nein, natürlich nicht. Da ist so eine Schiene, im Gesicht innen drin. Hat einen Unfall gehabt.»

«Schlägt der Metalldetektor darauf an?»

«Hab ich nicht gefragt. Und er hat eine Frau und eine Geliebte. Besuch darf er nur von einer bekommen. Er überlegte die ganze Zeit, wen er einladen sollte. Schließlich kam die Geliebte von allein als Erste. Jetzt braucht er eine Ausrede vor seiner Frau. Er sagt ihr, sie braucht nicht zu kommen und nichts zu bringen, die Verpflegung sei sehr gut.»

«Ist auch gar nicht so schlecht», meinte Anja. «Hab's mir übler vorgestellt.»

«Ja, ich hab mal im Krankenhaus gelegen, da gab es vielleicht einen Schweinefraß. Ist lange her. Soll ich dir eine Zigarette dalassen?»

«Ja.»

Kirill schob ein zerknittertes Päckchen durch das Gitter, winkte zum Abschied und sprang von der Bank.

Nach der schlaflosen Nacht hatte Anja den Eindruck, der Tag ziehe sich ewig hin. Es war natürlich zu dumm, in ihrer Situation nachts nicht zu schlafen – im Schlaf spürt man wenigstens die Zeit nicht. Jetzt konnte sie vor Anspannung wieder nicht einschlafen, so angestrengt sie sich auch bemühte. Kaum waren im Korridor Schritte zu hören, horchte sie hin. Die Ungeduld zehrte an den Nerven. Das Watteohr nicht weniger. Nach mehreren Stunden fruchtlosen Wartens fühlte sich Anja so zerschlagen wie nach körperlicher Arbeit. Sie versuchte, sich damit zu trösten, dass heute der letzte volle Tag war, doch gerade der schien einfach nicht enden zu wollen. Alle bisherigen Tage seit ihrer Festnahme schienen ihr rascher vergangen zu sein als dieser eine, dabei hatte es ja noch nicht einmal Mittag gegeben.

Aus Untätigkeit rauchte sie noch eine von Kirills Zigaretten – im Päckchen waren zwei. Wieder wurde ihr schwindlig, sie hatte das Bedürfnis, sich hinzulegen, aber sobald sie das tat, wurde es nur schlimmer. Sie musste sich aufsetzen. Wieso fängt man überhaupt mit dem Rauchen an, wenn der Weg zur Abhängigkeit mit solchen Qualen gepflastert ist? Anja konnte sich nicht erinnern, was sie beim allerersten Mal gedacht hatte: Vielleicht hatte sie sich vorgestellt, dass die Quälerei der Preis für das Erwachsenwerden war. Erwachsene zwingen sich überhaupt gern zu unangenehmen Sachen, sie trinken Bier oder essen Oliven.

Anja konnte sich zwar nicht erinnern, was sie dachte, als sie mit dem Rauchen anfing – aber wie sie aufhörte, wusste sie noch genau. Das kam zufällig. Sie waren auf der Rückfahrt von Nowosibirsk, von der Konferenz, nach Moskau. Eine lange Reise. Zuerst ging es mit der Vorortbahn von Saschas Dorf in die Stadt, dann mit dem Taxibus zum Flughafen, dann musste man fliegen. Sascha hatte zudem noch in Nowosibirsk zu tun, deshalb brachen sie in aller Herrgottsfrühe auf.

Die Vorortbahn schunkelte durch die Wälder. Die Gleise verliefen auf einem Bahndamm, so schmal, als vollführte die Bahn einen Seiltanz. Überall wuchsen Kiefern. Durch größere Siedlungen kamen sie nicht, kein Bahnsteig war mehr als ein asphaltiertes Rechteck mitten im Wald. «An der nächsten Haltestelle kommen wir ganz nah an einem Stausee vorbei», sagte Sascha mit Blick auf die Karte. Sonja wollte gern aussteigen und sich das ansehen, aber Sascha hatte es eilig in die Stadt, um Papiere abzuholen. «Dann steigen wir beide aus und kommen nach», sagte Anja.

An der Haltestelle stiegen sie aus und gingen durch den Wald. Gras wuchs hier keines, unter den Füßen federte Sand. Knorrige Kiefernwurzeln krochen über den Boden. Sonja sagte, Sand und Kiefern hätte sie immer gemocht, die hätten so etwas von Küste. Sie rutschten den Hang hinunter und gelangten tatsächlich an ein Ufer. Der Stausee war riesig und glitzerte so blendend in der Sonne, dass es in den Augen weh tat. Sie staksten am Ufer zum Wasser. Anja grub mit den Zehen im Sand und dachte, wie widernatürlich es war, hier in Segeltuchschuhen zu laufen, fast so wie angezogen in die Badewanne zu steigen. Kein Mensch war in der Nähe. Überall lagen Bierflaschen herum, auch sie glänzten bunt in der Sonne. Auf dem schneeweißen Sand sahen sie beinahe wieder schön aus. Sonja erreichte das Wasser als Erste, fasste hinein und sagte, es sei eiskalt.

Dann saßen sie auf einem umgestürzten Baum, schauten auf den See und wechselten nur selten ein paar Worte, gingen dann weiter am Ufer entlang. Anja zog ihr vorsintflutliches Handy heraus und fotografierte Sonja, die vor ihr ging und es nicht bemerkte. Die Aufnahme war überbelichtet – Sand und Wasser wirkten aschhell, sogar die Flaschen hatten ihre grelle Farbe verloren, einzig Sonjas Silhouette im Mantel zeichnete sich schwarz ab. Anjas Blick blieb auf dem Foto hängen: Irgendwie hatte sie den Eindruck, Sonja liefe hier nicht einfach am Ufer weiter, sondern weg von ihr. Das Wetter war wunderbar, die Sonne wärmte, ein frischer Wind wehte, sie verbrachten die Zeit mit ungezwungenen Gesprächen, stiegen dann in die nächste Bahn wie geplant – ideale zwei Stunden, nach denen Anja endgültig verstanden hatte, dass Sonja sie nicht mehr liebte. Im Rückblick amüsierte es sie sogar, dass sie ausgerechnet den Moment festgehalten hatte, in dem Sonja, vielleicht ohne es zu wissen, sie endgültig verließ.

In der Bahn merkten sie, dass Anja die Zigaretten aus der Tasche gefallen sein mussten, vermutlich auf dem Baumstamm. Die Zeit drängte, sie mussten zum Flughafen, in einen Laden schafften sie es nicht mehr. Am Flughafen, bereits in der Sicherheitszone, wurde ihr Flug mehrere Stunden verschoben – am Ende kamen sie frühmorgens in Moskau an und mussten sofort zur Englischprüfung. Als dann auf der Univortreppe der Skandal mit der *Afischa* anfing, wollte Anja so rasch weg, dass sie das Rauchen vergaß. Wie es ihr dann wieder einfiel, dachte sie unerwartet trotzig, dass sie jetzt schon mehr als vierundzwanzig Stunden nicht rauchte – länger als in allen Jahren zuvor – und es jetzt auch gleich ganz aufgeben könne. Was sie tat.

Auf dem Höhepunkt der *Afischa*-Affäre beraumte die Verwaltung Kontrollen an und versetzte sie in Angst und Schrecken. Sascha musste sofort in sein Männerzimmer ziehen, Anja und Sonja wurden gezwungen, ihr Zimmer zu renovieren. Sonja beteiligte sich großzügig an der Reparatur der Betten und dem Streichen der Wände, um dann, als die Aufregung sich gelegt hatte, still und heimlich zu Sascha zu ziehen. Nur alle paar Tage kam sie noch zum Übernachten her.

Obwohl Anja in dieser Zeit immer ungeduldig auf sie wartete, empfing sie Sonja doch jedes Mal mit Nörgeleien. Ihre Vorwürfe waren ebenso absurd wie taktlos: Ihr gefiel nicht, was Sonja aß, wie sie ihre Freizeit verbrachte, sich auf die Prüfungen vorbereitete, mit Sascha umging. Sonja tat alle Vorwürfe mit stoischer Liebenswürdigkeit ab. Sie wehrte sich nie und ließ sich nicht auf Streit ein – manchmal dachte Anja sogar entsetzt, Sonja könnte Mitleid mit ihr haben. Wie zu erwarten, ließ sich Sonja immer seltener im Zimmer blicken.

Nunmehr allein, riss es Anja hin und her zwischen ohnmächtiger Wut und Niedergeschlagenheit. Mal verfluchte sie Sonja und träumte schadenfroh davon, sie könnte sich von Sascha trennen, dann ertrank sie wieder in Selbstmitleid und wollte für Sonjas Glück und Wohlergehen ihr Leben lassen.

Je stärker die Spannung zwischen ihr und Sonja wurde, desto mehr wuchs die Sympathie zwischen ihr und Sascha. Diese Zuneigung ging nicht über einen Plausch auf der Treppe oder eine herzliche Umarmung bei der Begrüßung hinaus, aber Anja war dankbar dafür. Sascha gab deutlich zu erkennen, dass er sich aus dem Konflikt heraushalten und Sonjas Abkühlung durch seine eigene Wärme wettmachen wollte.

Einmal trafen sie am Eingang eines Ladens aufeinander: Anja wollte mit Tüten ins Wohnheim zurück, Sascha nahm sie ihr hilfsbereit ab. Die Einkäufe waren nicht schwer, der Weg nicht weit, doch Anja wollte dem Freund nicht die Gelegenheit zu helfen verwehren. Auf ihrem Zimmer bot Anja ihm Tee an. Es war Sommeranfang, draußen herrschte furchtbare Hitze, Tee war jetzt nicht ganz das Richtige, doch Sascha nahm ihn gern. Sie beide hatten nicht wirklich was zu tun, deshalb beschlossen sie, etwas zu gucken. Setzten sich aufs Bett, stellten das Notebook auf den Stuhl. Sascha wollte ihr eine amerikanische Komödie zeigen, die er als Kind gemocht hatte, Anja war alles egal. Zehn Minuten später hatte er schon den Arm um sie gelegt und Anja den Kopf auf seiner Schulter. Sie dachte: *Wie gut, dass wir uns schon so lange kennen und so viel erlebt haben, dass wir hier ganz unverkrampft miteinander sitzen können.* Sascha küsste sie auf die Stirn, sie umarmte ihn dankbar dafür. *Was für eine ganz besondere Beziehung wir haben*, dachte sie sogar dann noch gerührt, als er sie auf den Mund küsste, und erst als seine Hand unter ihrem Höschen war, sah sie ein, dass sie diese Besonderheit wohl doch überschätzt hatte.

Sie sagte *nein*. Sascha sagte *gut*. Fünf Minuten später fing alles von vorne an. Nach weiteren fünf Minuten – noch einmal. Jedes Mal sprach Anja das Nein eine Spur später. Das ist ein Spiel, beruhigte sie sich. Solange die letzte Grenze nicht überschritten ist, ist das Ganze gar nicht schlimm.

Anja wusste nicht, in welchem Moment sie das Spiel satthatte. Sie begriff nicht einmal sofort, wovon ihre Entscheidung bestimmt war. Ganz sicher nicht von Sascha – obwohl er direkt beteiligt war, hatte er wenig Einfluss auf die Situation. Denn der Kampf ging zwischen Anja und dem wahrhaft Bösen, das sie Sonja antun konnte. Das Böse siegte.

Das Geheimnis erst macht den Sex zum Verrat. Als Sascha gegangen war, dachte Anja lange nach. Sie horchte auf einen Reflex von Reue oder den Wunsch nach sofortiger Beichte, spürte aber etwas ganz anderes: Die Niedertracht ihrer Tat erhob sie paradoxerweise vor sich selbst. Sie gehörte jetzt gewissermaßen zur Kategorie der echten Bösen. Davor war Anja wie alle anderen gewesen – zappelte sich ab in einer Grauzone von subjektiv schlechten und guten Taten. Jetzt hatte sie zum ersten Mal etwas getan, was sie aus diesem Graubereich löste und in einen anderen Teil des Spektrums erhob. Es war beinahe tröstlich, dass ihre neue Position so definiert schien.

Begeistert nahm sie diese Rolle an. Als sie einmal wieder mit Sascha allein blieb und die Dinge sich wiederholten, zögerte sie keinen Moment. Es bereitete ihr Vergnügen, ihren verbrecherischen Charakter immer neu zu bekräftigen. Nicht weniger Vergnügen fand sie daran, das alles geheim zu halten, zu verbergen, sich vor Entdeckung zu fürchten.

Manchmal glaubte Anja, Sonja müsste längst etwas gemerkt haben – so schaute sie Sascha oder Anja zumindest an, wenn sie zu dritt waren; schien auch unklare Andeutungen zu machen. Doch falls Sonja etwas ahnte, dann sprach sie nicht direkt darüber. Ihr Verhältnis entspannte sich sogar: Seitdem sie ihre Freundin betrog, konnte Anja sich den Luxus erlauben, sie nicht mehr ständig zu triezen. Bisweilen durchspielte sie in einem Gedankenexperiment, was wohl passieren würde, wenn sie Sonja die Wahrheit sagen würde. Keine große Katastrophe – Anja zweifelte nicht, dass

Sonja ihr verzeihen würde, dennoch hatte sie Spaß an diesen Phantasien. Es genügte ihr nicht, sich an der eigenen Schmutzigkeit zu berauschen – gern hätte sie sich auch noch damit gebrüstet. Was sie dann übrigens nie tat, nicht direkt zumindest.

Nach dem Abschluss der Universität und dem Auszug aus dem Studentenheim kamen Anja und Sonja bei Sonjas Bruder unter. Der hatte ein Zimmer in einer Kommunalwohnung – zu dritt war es dort unglaublich eng, aber so hatten sie wenigstens etwas Luft für die richtige Wohnungssuche. Anja und Sonja suchten getrennt. Sascha, der noch ein Studienjahr vor sich hatte, konnte im Wohnheim bleiben. Sobald Sonja etwas gefunden hätte, würde er zu ihr ziehen.

Weil sie kein richtiges Zuhause hatten, trafen sie sich diesen Sommer viel seltener zu dritt – besonders Anja und Sascha, die sich verstecken mussten. Einmal beschlossen sie sogar, in ein Hotel zu gehen. Aus Filmen glaubte Anja zu wissen, dass das der Gipfel der Verruchtheit war – sich heimlich mit dem Liebhaber in einem Hotelzimmer zu treffen. Zugleich glaubte sie, dass ihr Niedergang nicht vollständig wäre, wenn sie nicht auch das am eigenen Leibe ausprobieren würde, und wollte daher, so wie mit Andrej Pawlowitsch, nicht auf halbem Wege stehen bleiben.

Der Beschluss fiel spontan. Sie kamen aus einer Bar im Zentrum und schlenderten drauflos, zuversichtlich, gleich um die Ecke etwas Passendes zu finden. Weder um diese noch um die nächste Ecke gab es ein Hotel, und in dem, auf das sie dann stießen, war kein Zimmer frei. Schließlich landeten sie vor dem Außenministerium und sahen direkt gegenüber zwei gleichartige Hochhäuser von eindeutigem Hotelgepräge. Sie strahlten jenen teuren sowjetischen Chic aus, den sich die arbeitslosen Anja und Sascha nicht leisten konnten, aber weiterzusuchen hatten sie auch nicht die Kraft. Das eine Hotel hieß «Goldener Ring», das andere «Belgrad». Sie entschieden sich wegen des eigenwilligen Namens für das «Belgrad» und gingen hinein.

Anja durchlebte einige erniedrigende Minuten – als sie vor der Rezeption stand andere trat, kam es ihr vor, als müssten alle sie so argwöhnisch wie tadelnd ansehen. Sie wusste nur nicht, ob mehr wegen ihrer offensichtlichen Absichten oder eher wegen ihrer ebenso sichtlichen mangelnden Bonität. Das Zimmer kostete neuntausend Rubel – fast alles Geld, das Sascha und sie dabeihatten. Sie bezahlten. Kein Muskel zuckte im Gesicht des Mädchens an der Rezeption, als sie zusah, wie sie die Scheine abzählten. Anja drehte sich im Innersten alles um.

Ihr Zimmer war im elften Stock – von dort aus ging der Blick auf den «Goldenen Ring» gegenüber sowie auf ein Stück des grell angestrahlten Außenministeriums. Das Bett war hoch und straff mit einem schneeweißen Laken bezogen. Anja erinnerte sich nicht, wann sie das letzte Mal in einem Hotel gewesen war, das Weiß des Bettes beeindruckte sie. Ordinär konnten Hotels wohl nur die finden, die häufig darin abstiegen – für Anja war alles hier ein Abenteuer.

In der Nacht taten sie fast kein Auge zu. Anja und Sascha verließen das Hotel um elf Uhr am anderen Morgen, schwankten leicht über den Arbat zur Metro. Es war der erste September, feierlich gekleidete Kinder mit Blumen und Luftballons liefen ihnen über den Weg, aus den öffentlichen Lautsprechern tönte muntere Musik, und alles ringsumher wirkte sehr festlich, beinahe wie Karneval. Sie fuhren zu Sonjas Bruder nach Hause. Der war auf der Arbeit, Sonja dagegen war da. Als sie über die Zimmerschwelle trat, dachte Anja: Jetzt ist alles aus. Man würde ihr und Sascha auf jeden Fall anmerken, wie sie die Nacht verbracht hatten. Wobei Anja so erschöpft war, dass sie nicht einmal die Kraft zu lügen gehabt hätte.

Sonja fragte, wie es gestern Abend gewesen sei. Sie wusste, dass sie mit gemeinsamen Freunden in eine Bar wollten, und war selbst nicht mitgegangen, weil sie heute ein Vorstellungsgespräch hatte. Anja hatte vor, einsilbig zu antworten und die nächste Frage abzuwarten, da ergriff Sascha überraschend das Wort. Anja staunte nur so. Er log derart kunstvoll, dass Anja sich inspirieren ließ und mitmachte. Sie war selbst verblüfft, wie sie in den nächsten zehn Minuten, abwechselnd mit Sascha, immer neue Einzelheiten der letzten Nacht aus dem Hut zauberte. Dazu gehörte der Versuch, ins Wohnheim zu gelangen, ein Streit mit den Pförtnern, Übernachtung auf der Parkbank und die morgendliche Fahrt zum MGIMO zur Feier des 1. September. Ihre Erzählung war derart gespickt mit den unwahrscheinlichsten und ganz überflüssigen Details, dass sie eigentlich vollkommen unglaubhaft klang – vermutlich genau deshalb glaubte Sonja sie, jedenfalls hörte sie mit aufgerissenen Augen zu und stellte keine weiteren Fragen.

Das Verhältnis von Anja und Sascha endete wenige Monate später ganz unmerklich: Sie trafen sich einmal wieder allein, und das sollte das letzte Mal sein. Dabei hatten sie weiterhin Kontakt, wie früher, zu dritt, in Gesellschaft. Gewissensbisse hatte Anja nicht – wenn Sonja von ihrem Verhältnis nicht verletzt worden war, dann gab es – sagte sie sich ganz rational – keinen Grund für Selbstvorwürfe. Auf diese Weise, in höflicher Distanz, aber doch nahe, lebten sie ein paar Jahre.

Heraus kam dann alles ganz blöd: Sascha hatte sich betrunken, warf Sonja einen vermeintlichen Seitensprung vor und drohte, sie zu verlassen. Anja erkannte, ganz Don Quichotte, eine Chance, die Gerechtigkeit wiederherzustellen. Sie war sogar froh, Sonja die Wahrheit sagen zu können, denn das hieß am Ende ja, ihr zu bedeuten, dass Sascha sie gar nicht verdient hatte. Auch wenn Anja nach wie vor ein gutes Verhältnis zu Sascha pflegte und gar keinen Anspruch mehr auf Sonjas Liebe stellte, ärgerte es sie maßlos, dass die die einfache Wahrheit nicht sehen wollte. Indem sie ihr alles erzählte, kam Anja sich ein bisschen wie eine Heldin vor, die Sonja die Augen öffnet und sich selbst dafür opfert – im Innersten war sie dennoch unbesorgt und wusste, dass ihr nichts geschehen würde. Es gab nichts auf der Welt, was Sonja ihr nicht verzeihen würde.

Und Sonja verzieh ihr tatsächlich. Sie hörte Anja wortlos an, und als die anfing zu weinen (mehr aus Rührung über sich selbst als aus Reue), umarmte sie sie und streichelte ihr tröstend den Rücken. Sie redeten drei Stunden, aber je länger das Gespräch ging, desto unbehaglicher wurde Anja. Sie hatte angenommen, diese Erkenntnis würde wie eine Bombe bei Sonja einschlagen, sie würde sich so richtig verletzt fühlen, keine weiteren Fragen mehr stellen und sofort mit Sascha Schluss machen. Stattdessen fragte Sonja sie gründlich aus: wann das angefangen und wie lange es gedauert habe, warum es zu Ende gegangen sei – und auch wenn sie dabei überhaupt nicht böse wirkte, wurde Anja mit jeder neuen Frage blümeranter zumute.

Sie umarmten sich noch einmal zum Abschied, und Sonja ging. Hätte nicht doch ein Rest von Gewissen an ihr genagt, dessen Quelle Anja nicht verstand, wäre sie absolut ruhig gewesen. Sie wusste nicht, was nun kommen würde, aber sie war überzeugt, dass sie zum ersten Mal seit Jahren ehrlich zu sich selbst wie zu ihren Freunden war und alles Weitere nicht von ihr abhing.

Sie sahen sich ein paar Monate gar nicht, schrieben nur gelegentlich. Sascha machte seine Drohung wahr und ging tatsächlich – allerdings weniger von Sonja weg als vielmehr in die Trunksucht hinein. In der Anfangsetappe führten diese Wege in die gleiche Richtung. Sonja litt und versuchte, ihn zurückzuholen. Anja bekam nur einen Widerhall dieses Dramas mit, sie verfolgte es unentschlossen und von außen: irgendwelche Trümpfe, den Ausgang zu beeinflussen, hatte sie nicht mehr im Ärmel. Dann lud Sascha sie auf die Datscha vor Moskau ein, wo er die letzten Tage trinkend verbracht hatte. Anja fuhr hin und erschrak: In dem verfallenden, dunklen Haus war es dreckig und ungemütlich und roch widerlich nach Äpfeln. Außer den Besitzern und Sascha war auch Sonja da – Anja hatte gleich geahnt, dass Sascha sie ebenfalls eingeladen hatte, um die Situation aufzuheizen. Doch es kam nicht zum Skandal: Sascha schlief bald ein, Sonja und Anja unterhielten sich höflich bis zum Abend. Die gründlich betrunkenen Besitzer brachten Anja zur Vorortbahn, Sonja begleitete sie – sie selbst hatte vor, über Nacht zu bleiben. Als sie am Bahnhof angekommen waren, umarmte Anja sie und stieg aus dem Auto. Es wäre gelogen gewesen, zu behaupten, in diesem Moment habe sich etwas in ihrem Inneren verkrampft – da verkrampfte nichts. Nur als die Tür zugefallen war, drehte Anja sich noch einmal um und sah Sonjas weißes Gesicht im dunklen Fenster. Sie konnte damals nicht wissen, dass sie Sonja hier zum letzten Mal sah. Später fragte sie sich, warum sie sich überhaupt noch einmal umgewandt hatte.

Sonja und Sascha versöhnten sich bald darauf, und Anja bekam eine Nachricht von ihr, sie habe noch einmal über alles nachgedacht und sei zu dem Schluss gekommen, dass sie ihr nicht verzeihen könne. Das war so unerhört, dass Anja anfangs nicht nur sauer, sondern richtiggehend wütend war. Sie konnte nicht glauben, dass gerade dieser Betrug Sonja so verletzt haben sollte – Sascha betrog sie doch die ganze Zeit. Anja war sicher, dass Sonja etwas anderes gegen sie hatte, sprach das aber nicht an, sondern verschanzte sich hinter verletzter Eitelkeit. Sie wartete großzügig, bis Sonjas Zorn sich gelegt hatte, und schrieb ihr, bekam aber nur eine höfliche Absage zur Antwort.

Die Monate vergingen und wurden, zu Anjas Erstaunen, zu Jahren. Bei der Erinnerung an ihren letzten Tag auf der Datscha fragte sie sich oft, was sie wohl empfunden hätte, hätte sie damals auch nur geahnt, dass sie Sonja zum letzten Mal sah? Vermutlich das Gleiche wie jetzt: Sonjas Gesicht im Autofenster hatte mit den Jahren ein so großes Gewicht bekommen, dass ihr Bild zentnerschwer auf Anjas Phantasie lastete. Sie fragte sich auch, ob sie Sonja noch einmal den Betrug beichten würde, wenn sie die Zeit zurückdrehen könnte. Ihre Antwort lautete – nein. Mit solchen Geständnissen ist niemandem geholfen. Doch ändern ließ sich das nicht mehr. Welche Gründe Sonja in Wirklichkeit auch haben mochte, eines stand fest: Anja selbst war es, die all diese Gründe höchstpersönlich fabriziert hatte.

Das Radio in der Zelle wurde abrupt auf volle Lautstärke und dann wieder heruntergedreht. Anja fuhr vor Schreck auf dem Bett hoch. Das Unangenehme war, dass sie dadurch an ihr Ohr erinnert wurde. Sie stampfte laut auf, ging zur Tür und hämmerte dagegen.

Das Guckloch öffnete sich.

«Wann werde ich zum Arzt gebracht?», fragte sie hart.

«Warten Sie», antwortete eine gereizte männliche Stimme. Der Deckel des Gucklochs fiel schaukelnd zu.

«Und wann zum Telefonieren?», rief Anja ihm nach, aber eine Antwort bekam sie nicht mehr.

Bebend vor Zorn, kehrte sie auf das Bett zurück. Eine Stunde später ging die Tür auf, und die erschrockene junge Polizistin erschien.

«Gehen Sie spazieren?», fragte sie schüchtern.

«Wann kann ich zum Arzt?», antwortete Anja streng.

«Weiß ich nicht», das Mädchen erschrak noch mehr. «Das hat man mir nicht gesagt. Ich soll Sie nur zum Hofgang bringen.»

Anja seufzte. Der Spaziergang interessierte sie jetzt am wenigsten, aber verzichten wollte sie auf diese Stunde der Ruhe auch nicht.

Draußen war es heiß und windstill, durch die Dachritzen schwebte Pappelflaum in den Hof. An den Ecken am Boden, wo das Gras durch den Asphalt brach, hatten sich schon ganze Wolken von diesem Samenflaum gesammelt. Anja zog die Füße hoch auf die heiße Bank, lehnte sich gegen die Mauer und wollte lesen. Hier war es tatsächlich still, nur ab und zu hörte man Stimmen aus den Zellen.

Kaum zwanzig Minuten schienen vergangen zu sein, als der maulstarre Bulle auf den Hof kam.

«Mittag», stieß er aus.

«Ha?» Anja hatte nicht verstanden.

«Mittag, sage ich.»

«Was für Mittag jetzt?! Ich bin gerade zum Spazieren gebracht worden.»

«Und jetzt ist Mittag.»

«Ich will nicht zum Essen. Ich will zum Arzt. Wenn Sie mich jetzt nicht dorthin bringen, bleibe ich hier die vorgesehene Stunde sitzen.»

Der Bulle sah sie unsicher an.

«Also Sie gehen nicht?», fragte er endlich.

«Jetzt ganz bestimmt nicht.» Anja blieb hart. Fünfzehn Seiten kam sie weiter, da tauchte der Bulle erneut auf. Anja versuchte sich zu sperren, doch diesmal gab er nicht nach. Hinter ihm her schleppte sich Anja in den Speisesaal. Als sie am Ärztekabinett vorbeikamen, fragte sie: «Vielleicht darf ich jetzt endlich da rein, wenn wir schon da sind?»

«Ist nicht vorgesehen», antwortete der Bulle. «Wenn die Diensthabende zustimmt, bringe ich Sie hin.»

«Und wann wird das sein?»

«Weiß nicht.»

«Und wann ist Telefonieren?»

«Weiß ich nicht.»

Im Laufe des Tages wurde Anja immer gereizter. Sie war sicher, dass die Diensthabende sie absichtlich nicht zum Arzt ließ, als Strafe für ihre Unbotmäßigkeit am Morgen. Auch zum Telefonieren durfte sie nicht, weil die Diensthabende gewiss ahnte, wie dringend Anja jetzt an ihr Handy wollte. Sie fragte sich schon, ob sie denn zum Duschen gelassen würde – vor der Entlassung hatten eigentlich alle Anspruch darauf, doch die Diensthabende würde bestimmt auch diese Gelegenheit nutzen, sie zu schikanieren.

Sie rauchte die letzte Zigarette auf der Fensterbank. Die schmeckte ihr überraschend gut, und Anja bedauerte, dass keine mehr da waren – wenigstens eine Ablenkung. Das Licht draußen veränderte sich – noch ging die Sonne nicht unter, doch es wurde abendlich. Der letzte Abend, den sie in der Zelle verbringen sollte, dachte Anja und konnte sich doch irgendwie nicht freuen. Wenn man irgendwann bekommt, was man sich wahnsinnig gewünscht hat, ist die Freude am Ende immer kleiner als vorgestellt.

Anja nahm gerade die letzten Züge, da drehte sich der

Schlüssel in der Tür. Sie purzelte von der Fensterbank und stand starr in der Zellenmitte.

Die feengleiche Staatsanwältin trat ein, hinter ihr wälzte sich die Diensthabende. Die Staatsanwältin wirkte heute nicht weniger elegant als beim letzten Mal – höchstmögliche Absätze und ein geblümter Sarafan, so unglaublich sommerlich und leger, dass Anja neidisch wurde.

«Guten Tag», sagte die Staatsanwältin sanft. «Sie sind hier allein? Haben Sie vielleicht Beschwerden oder Wünsche?»

Anja sah die Diensthabende mit zusammengekniffenen Augen an und erklärte: «Ja. Ich habe schon am Morgen gesagt, dass ich zum Arzt will, und nichts passiert.»

«Die Ärztin war seit heute Morgen nicht da», erklärte die Diensthabende eilfertig. Auch wenn sie sich vor der Staatsanwältin sichtlich anstrengte, traten alle Regungen immer noch nur halb so stark auf ihr Gesicht wie bei anderen Menschen.

«Aber jetzt ist die Ärztin doch da?», fragte die Staatsanwältin streng.

«Ja, ja», versicherte die Diensthabende pflichtschuldig.

«Sie werden sofort zum Arzt geführt. Noch etwas?»

«Ich komme morgen raus und hatte gehofft, ich könnte duschen», sagte Anja. Sie glaubte nicht, dass die Staatsanwältin auch fürs Duschen zuständig wäre, wollte es aber versuchen.

Die Staatsanwältin sah die Diensthabende an.

«Duschen ist bei uns donnerstags, heute ist Montag», teilte die muffig mit.

«Duschen außerhalb der Reihe ist Ermessenssache der Zuständigen», musste die Staatsanwältin zugeben. «Noch etwas?»

«Nein», sagte Anja nach kurzem Zögern.

Die Staatsanwältin flatterte aus der Zelle und nahm den

göttlichen Duft ihres Parfüms mit sich. Die Diensthabende folgte ihr, ohne Anja anzusehen. Der blieb wieder nur das Warten.

Das brauchte sie aber diesmal nicht lange. Keine zehn Minuten später erschien die junge Erschrockene in der Tür, und Anja konnte zum Arzt.

Der Speisesaal sah seltsam verwaist aus, jetzt, da keine Fütterung bevorstand. In der Stille hörte man den Wasserhahn in der Küche tropfen. Anja tat ein paar Schritte auf die Tür des Ärztezimmers zu und zögerte unwillkürlich. Die Angst vor staatlichen Behandlungszimmern, in denen alles unangenehm glänzte und unangenehm roch, saß tief. Anja holte tief Luft, klopfte kurz und öffnete die Tür.

Drinnen strahlte alles weiß und neu, wie frisch renoviert, doch Anja überraschte das nicht: Es war genauso, wie sie es sich vorgestellt hatte. Am Eingang stand ein weißer Garderobenständer mit abgespreizten Kleiderhaken, daneben eine braune Wachstuchbank, erniedrigend durch seinen bloßen Anblick, sodann ein weißer Schrank, in dem allerlei Glaszeug glänzte. Das Fenster stand offen, draußen schien warm die Sonne, der Raum selbst aber war natürlich kalt, wie es sich für solche Orte gehört. Das typischste und zugleich angsteinflößendste Element der ganzen Ausstattung nistete im Zentrum: Hinter einem schulbankähnlichen Tisch hockte eine winzige alte Frau mit einer Haut wie Baumrinde, flammend rotem Kurzhaar und einem Gesicht, das so viel Hass und Verachtung signalisierte, dass Anja ein Stück zurückwich. Sie hatte diese Frau schon einmal gesehen, sie war es, die Irka Lyrica gegeben hatte. Gern hätte Anja jetzt schnell gelogen, dass ihre Beschwerden plötzlich von selbst vergangen seien – zu spät.

«Hier, dieses Mädchen», sagte die Polizistin mit zitternder

Stimme, und Anja hatte sogar mit ihr Mitleid – diese Alte konnte einem wirklich Angst einjagen. «Das Ohr, sagt sie, tut ihr weh.»

«Das Ohr!», knirschte die Frau Doktor durch die Zähne und erhob sich mühsam vom Tisch. Auch in voller Größe reichte sie Anja gerade einmal über den Ellbogen. Die musste sich dennoch zwingen, ruhig zu stehen. «Die Ohren muss man reinigen!»

«Das tue ich», sagte Anja beleidigt.

Die Doktorin krächzte unzufrieden und humpelte zu ihr. Sie erinnerte an eine dürre Spinne.

«Setz dich!», befahl sie und zeigte auf den Stuhl neben ihrer Bank.

Anja gehorchte. Keuchend und brummend wühlte die Doktorin im Medikamentenschrank.

Endlich nahm sie etwas aus einer Schachtel und schlurfte zu Anja. Die verkrampfte auf ihrem Stuhl. Die Ärztin bog Anjas Kopf zur Seite und führte einen kleinen glänzenden Trichter in ihr Ohr ein, der natürlich eiskalt war. Dafür, dass die Doktorin sich mühsam im Kabinett bewegte und kaum die Füße vom Boden hob, waren ihre Bewegungen unerwartet kräftig, fast grob. Anja runzelte die Stirn, nicht vor Schmerz, sondern vor Widerwillen.

Ohne ein Wort zog die Doktorin den Trichter wieder heraus und schlurfte zurück zum Schrank.

«Und?», fragte Anja vorsichtig. Die Alte antwortete nicht, warf nur gereizt den Trichter in eine weiße Schale von halbrunder Embryoform und suchte erneut im Schrank.

«Schmerzt das Ohr?», knurrte sie.

«Nein, es ist verstopft.»

Frau Doktor fauchte erneut, nahm ein Gläschen aus dem Schrank und begab sich auf die Rückreise zu Anja. Der eine

Meter machte ihr so viel Mühe, dass Anja sich schon fragte, ob sie ihn schaffen würde.

Wieder bog sie Anjas Kopf unsanft zur Seite und tröpfelte ihr ohne Vorankündigung eine Flüssigkeit ins Ohr – selbstverständlich eiskalt. Anja ruckte, die Flüssigkeit rann über ihren Hals.

«Was ist das?», ächzte Anja.

«Borsäure. Sitz ruhig, zappel nicht. Und, ist es jetzt frei?»

Anja richtete sich vorsichtig auf und schüttelte den Kopf, wie man es tut, wenn man aus dem Meer kommt. In dem Ohr rauschte es weiterhin.

«Nein.»

«Dann warte», sagte die Doktorin knapp. «Geh duschen und wasch es, vielleicht hilft das.»

Sie kroch zu ihrem Arbeitsplatz, ließ sich auf den Stuhl fallen und begann, irgendwelche Papiere auszufüllen. Mit ihrer ganzen Pose gab sie zu verstehen, dass die Behandlung beendet war.

Als sie mit der verängstigten Polizistin die Treppe hinabstieg, sagte Anja grinsend: «Dafür hat mir die Frau Doktor jetzt die Dusche verschrieben.»

«Das hängt von der Diensthabenden ab», wisperte die Polizistin.

In der Zelle streckte Anja sich in der Koje aus und musterte die Decke, das heißt die Unterseite des oberen Betts. Besondere Gedanken kamen ihr nicht in den Sinn – sie hatte schon lange festgestellt, dass die Morgenstunden hier für sie viel beunruhigender waren als die Abende – gegen Abend hatte sie einfach keine Kraft mehr, sich Sorgen zu machen. Sie griff nach dem Kettchen, dass an den Stangen über ihr hing, und wickelte es mechanisch um ihren Finger. Seltsamerweise beruhigte sie diese Bewegung.

Anja dämmerte weg. In einem Traum, der klebrig und zäh verlief, ganz anders als der vom Morgen, sah sie sich einen Faden, dick wie ein Seil, auf eine riesige Spule aufrollen.

Als sie die Augen aufschlug, war es draußen dunkel.

Anja fuhr erschrocken hoch, wusste nicht, wie lange sie geschlafen hatte, wie spät es war. Das Radio summte weiter kaum hörbar durch den Papiermull. Sie reckte den Kopf, um irgendwie die Uhrzeit herauszufinden. Ein Gedanke beruhigte sie: So spät konnte es nicht sein, denn man hatte sie ja noch nicht zum Abendessen geholt. Oder hatte sie das vielleicht im Schlaf überhört? Sie ging energisch zur Tür und schlug mit der Handfläche dagegen.

«Wer klopft?», piepste die erschrockene Polizistin im Flur.

«Die Drei», rief Anja.

«Was ist?»

«Wie spät ist es?»

«Viertel vor acht.»

Anja guckte auf das Blatt mit dem Tagesablauf, das neben der Tür hing. Telefonieren durfte man bis einundzwanzig Uhr.

«Wann bringen Sie mich zum Telefonieren?», fragte sie streng durch die Tür.

«Nach dem Abendessen.»

«Und die Dusche?»

«Ich habe die Diensthabende gefragt, sie hat nicht geantwortet.»

Anja trottete bedrückt zum Bett zurück. Seltsam, dachte sie, nicht mal acht Uhr und schon so dunkel draußen. Vom Fensterbrett sah sie in den Hof und verstand. Während sie schlief, hatte das Wetter sich verschlechtert: Der Himmel war nicht nachtdunkel, sondern von Regenwolken verdüstert. Wind kam auf, und die Pappelsamen segelten, wie Schnee, böig am Fenster vorbei. Unten auf dem Boden sammelten sie sich wie in Wehen.

Anja versuchte zu lesen, begann aber stattdessen, in sich hineinzuhorchen. Ihre innere Uhr zählte die Minuten ab, und ihre Unruhe wuchs. Was war, wenn die Diensthabende das Abendessen absichtlich hinauszögerte, um ihr dann zu sagen, dass es zu spät zum Telefonieren sei? Anja legte das Buch weg und wanderte in der Zelle auf und ab. Sie bekam Hunger. In der Tüte war noch eine Handvoll Teigringe. Als Anja darauf auf das Regal zutrat, flitzten darunter Küchenschaben in allen Richtungen hervor und verschwanden in den Bodenritzen.

Sie trat erschrocken zurück. Der Appetit auf die Kekse war ihr endgültig vergangen. Das hatte noch gefehlt, Küchenschaben! Als sie hier noch mit den anderen lebte, war kein Ungeziefer zu sehen gewesen. Hielten sie sich aus Angst vor all den Menschen verborgen? Anja fühlte sich plötzlich einsam und wehrlos gegen diese Heerscharen ekliger Insekten.

Es schien eine Ewigkeit zu dauern, bis sie zum Abendessen geführt wurde. Im Speisesaal verschlang sie rasch ihren Reis mit Bulette und stand gleich auf. Ihr war klar, dass die Telefonierzeit sowieso von der Laune der Diensthabenden abhing, dennoch musste sie die Ereignisse einfach zu beschleunigen versuchen. Ihre innere Uhr tickte nicht mehr, dort schrillte jetzt hysterisch ein Wecker – wenn sie nicht sofort ein Handy in die Hand bekäme, würde etwas Schlimmes passieren.

Als zehn Minuten nach dem Abendessen ein Polizist kam, um sie zum Telefonieren zu bringen, war sie erleichtert und zugleich erschrocken. Den ganzen Tag hatte sie sich auf dieses bedeutsame Ereignis eingestimmt, jetzt wurde ihr die Verantwortung fast zu schwer. Wenn sie es nun nicht schaffen würde, alles zu lesen und herauszufinden, wonach sie suchte? Wenn plötzlich alles anders war, als sie dachte? Oder, mein Gott, *genauso* wie gedacht? Anja atmete langsam aus und folgte dem Polizisten.

Nach Erledigung aller Formalitäten – Name, Telefon im gestreiften Säckchen, Quittierung, Warten, bis das Gitter aufgemacht wird – ging sie eilig ins Telefonierzimmer und schaltete schon unterwegs das Handy ein. Hier war es kalt: Das Fenster stand offen, von draußen wehte ein für den Sommer viel zu kühler Wind. Anja sah den Kirschzweig vor dem Fenstergitter schwanken. Sie warf die Flip-Flops ab und setzte sich bequem auf den Stuhl. Die Glühbirne an der Decke sirrte leise.

Anja gab in die Suchleiste drei Wörter ein – «Spinnrad Faden Schicksal» – und las. Las von Penelope, die jede Nacht das tagsüber gewebte Leintuch auftrennte, von slawischen Gottheiten, die Neugeborene beschützen, Dornröschen, die sich an der Spindel stach, nordischen Nornen, die das Schicksal spannen, römischen, griechischen Göttinnen. Von den griechischen wusste Anja noch aus der Schule – den Moiren. Sie war frappiert von den unzähligen Analogien: Ob die slawischen Richterinnen, Schicksals- und Geburtsgöttinnen, Nornen, Parzen, ob eine Göttin, drei, eine Vielzahl – von Homer bis zu den Gebrüdern Grimm, von den heidnischen bis zu den Kirchentexten stieß sie immer wieder auf die Vorstellung höherer Mächte, die der Menschen Schicksal mittels Spinnrad und Schere bestimmten.

Anja suchte Bilder von Spindeln und, noch wichtiger, Spinnrädern. Sie überflog den Wikipedia-Artikel über die Moiren und ihre diversen Anverwandten. Scrollte durch Illustrationen. Sie hatte das deutliche und keineswegs mystische Gefühl, dass sie all das schon wusste, schließlich hatte jeder schon einmal von irgendwelchen Göttern gehört, die den Menschen durch Abschneiden eines Fadens zu Tode bringen. Dennoch zitterte sie geradezu beim Anblick der Bilder, beim Lesen dieser Namen, ihr war, als verstecke sich die Wahrheit, nach der sie all die Tage getastet hatte, nicht in der grundsätzlichen Vorstellung an sich, sondern in ihren unzähligen Formen und Details.

Anja hob den Blick vom Handy und ließ ihn auf dem Zweig vor dem Fenster ruhen. Auch wenn die Informationsfetzen in ihrem Kopf wild durcheinanderwirbelten, irgendwo tief im Innern hatte sie längst begriffen. Sie brauchte nur ihre Gedanken zu ordnen, dann würden die Zusammenhänge klar an die Oberfläche treten.

Das Gitter scharrte, die Diensthabende betrat den Raum.

«Wir geben das Handy ab», sagte sie trocken.

«Lassen Sie mich duschen?», fragte Anja, selbst erstaunt, wie unaufgeregt ihre Stimme klang. Die Diensthabende schaute eine Weile, dann sagte sie: «Heute ist kein Badetag.»

«Na toll!» Anja rastete aus. «Alle dürfen vor der Entlassung duschen. Das kostet Sie doch nichts!»

Die Diensthabende schwieg.

«Na gut», sagte sie schließlich. «Vor der Nachtruhe. Und jetzt das Handy.»

Anja reichte ihr das Telefon und verließ den Raum. Zurück in der Zelle, wollte sie sich Tee machen und griff schon nach dem Becher im Schränkchen, da fielen ihr die Küchenschaben ein. Sie stieg auf die Fensterbank und starrte hinaus in die Dunkelheit.

Ihre Ahnung hatte Zeit zu reifen, und als Diana vom Stricken erzählt hatte, war sie endgültig konkret geworden: Alle ihre Mitinsassinnen waren durch vergleichbare Geschichten verbunden – in denen stets Menschenleben von Fäden, Seilen, Schnüren abhingen, alles Dinge, die man zerreißen konnte. Diana strickte einen Schal für ihren Mann und ribbelte ihn wieder auf, und er wurde abwechselnd krank und genas. Dann ließ sie das Stricken sein, und er starb. Sein Leben hing so offensichtlich von den Fäden in ihren Händen ab, dass man es als drolligen Zufall hätte sehen können – wären da nicht die anderen Übereinstimmungen: Katja hatte dem Bullen das Kreuz abgerissen, und der verunglückte bald darauf. Dem Essensverteiler Andrej riss die selbstgemachte Schnur um Nataschas Flasche, und er verbrühte sich.

Irka und Maja blieben rätselhafter. In Irkas Fall jedenfalls spielten der Tod sowie die Schere eine Rolle. Aber hatte Irka damit etwas abgeschnitten? Anja erinnerte sich, dass Irka sie in einem Schrank gefunden und dann, kurz bevor sie aus dem Fenster sprang, auf den Boden geworfen hatte. Was hatte Irka von jener Nacht noch erzählt? Man hatte ihr Geld versprochen. Hatte sie betrunken gemacht. Auf die Datscha gefahren. Wollte sie vergewaltigen. Sie riss sich los – wovon? Richtig, man hatte sie ans Bett gefesselt, und sie zernagte die Schnur, um sich zu retten.

Anja sprang vom Fensterbrett und schritt in der Zelle auf und ab. Und Maja? Bei ihr starb niemand. Sie hatte eine lustige Geschichte über den Typen erzählt, der sie betrog. Über ihren kassierten Führerschein. Von Toten keine Rede.

Anja blieb vor dem Waschbecken stehen und blickte in die Spiegelfolie. Dann bewegte sie sich ein paar Zentimeter zur Seite, um die ganze Zelle im Spiegel zu sehen. Genau wie an dem Tag, als sie jene andere, unheimliche Maja mit den Spinnenfingern im lebendigen Wasserfall erblickt hatte. Anja schauderte es von der bloßen Erinnerung, aber jetzt fiel es ihr ein: Maja hatte unaufhörlich mit ihren Haaren gespielt, flocht und löste sie wieder auf. Damit musste es etwas auf sich haben.

«Meine Schwester wollte schwanger werden, aber sie konnte nicht und glaubte, ich hätte sie behext. Da habe ich ihr ein Haar ausgerissen, es zu einem Knoten gebunden, hab den gelöst und gesagt – siehst du, jetzt wirst du schwanger. Und sie wurde tatsächlich schwanger.»

Es war Anja, als würden diese Worte dicht an ihrem Ohr gesprochen, sie drehte sich erschrocken um – die Zelle war leer.

Ja, natürlich. Als Maja es erzählte, hatte sie dem keine Bedeutung beigemessen. Aber jetzt war es klar: Während alle anderen in Todesfälle verwickelt waren, war Maja an einer Geburt beteiligt. Schließlich waren die Schicksalsgöttinnen für das ganze Leben des Menschen verantwortlich, vom Anfang bis zum Ende.

Der Wind riss laut am Fensterflügel. Anja zuckte. Sie zitterte, vor Kälte wie vor Aufregung, schloss das Fenster und setzte sich aufs Bett.

Glaubte sie jetzt allen Ernstes, die Frauen, die mit ihr eingesessen hatten, hätten die magische Gabe, Leben zu geben und zu nehmen? Blödsinn. Bodenständigere Wesen als die konnte man sich gar nicht vorstellen. Anja wurde böse auf sich selbst. Die bescheuerte Irka oder die zahnlose Natascha – welche von ihnen hatte weniger Ähnlichkeit mit einer Göttin?

Beim Blick auf das Nachbarbett, das Irkas gewesen war, dachte Anja an die Haschischrunde. Sie bekam eine Gänsehaut, als ihr einfiel, wie sie ihre Nachbarinnen nicht in einem Blick hatte fassen können. Damals hatte sie doch gespürt, dass sie, auch wenn sie hier vor ihr saßen, den gesamten denkbaren Raum füllten und dass die Einzelheiten, die sie an ihnen wahrnahm, keineswegs menschliche Züge waren. Sie hatte das ihrer Benebelung zugeschrieben –

aber was, wenn es ihr in Wirklichkeit umgekehrt gelungen war, für eine Sekunde ihre wahre Gestalt zu erkennen?

Anja sprang wieder auf und lief Runden durch die Zelle. Von diesen Teufelsideen konnte sie sich nur lösen, wenn sie sich auf die offensichtlichen Fehler besann, auf das, was die Zufälligkeit all dieser scheinbaren Koinzidenzen bewies. Warum zum Beispiel waren alle Opfer gestorben, nur Andrej nicht? Opfer – wie suchten die sich die Moiren überhaupt? Aber nein, es war ja anders: Die Moiren suchten überhaupt niemanden. In allen Ländern, zu allen Zeiten, waren sie nur Ausführende eines höheren Gesetzes, weder von Mitleid noch von Rachsucht getrieben. Blinde Waffe in der Hand des Schicksals, ohne eigenen Willen.

Einmal angenommen, die Zellengefährtinnen seien tatsächlich Moiren gewesen (oder Nornen oder Schicksalsgöttinnen) – töteten sie dann nur Menschen, deren Stunde ohnehin geschlagen hatte? Verhalfen nur jenen auf die Welt, die geboren werden sollten?

Katja hatte dem Polizisten, der sie geschlagen hatte, ganz zweifellos Böses gewünscht, auch Irka war vermutlich froh, sich von der Datscha zu retten, und sei es um den Preis eines anderen Lebens. Diana hatte aber gesagt, dass sie ihren Mann liebte, er war bestimmt nicht ihr auserkorenes Opfer. Und erst recht Andrej – Natascha hatte ja überhaupt keinen Grund, ihm zu schaden. Warum war er dann, als die Schnur riss, am Leben geblieben? Natascha hatte den Flaschenwickel nicht für Andrej gefertigt und ihn nicht selbst zerrissen, war sogar sehr verärgert darüber. Konnte es sein, dass Andrej verunglückt war, weil er mit eigener, magieloser Hand sich versehentlich in Menschengeschicke eingemischt hatte? Und er war eben nicht gestorben, weil seine Stunde noch nicht schlug, aber auch nicht verschont geblieben, weil die Magie doch wirkte?

Das alles natürlich nur unter der theoretischen Annahme – diese Einschränkung dachte Anja, sonst wäre ihr das alles sogar vor sich selbst zu peinlich gewesen –, die Zellennachbarinnen würden tatsächlich über besondere Kräfte verfügen.

Maja – sie hatte ihrer Schwester ein Haar vom Kopf gerissen. In den Märchen brauchen die Hexen gewöhnlich einen Gegenstand, etwas von dem Menschen, auf den ihre Zauberei wirken soll ... Das Haar von Majas Schwester, das Kreuz des Polizisten, das Seil des erfolglosen Vergewaltigers. Selbst Dianas Schal war ja ein Geschenk für ihren Mann, er gehörte ihm also sozusagen.

Anjas Blick überflog die Zelle. Draußen regnete es. Tropfen auf dem Hofdach.

Ich habe den Verstand verloren, befand Anja. Ich habe mehrere Tage hintereinander Halluzinationen gehabt, und jetzt rede ich mir hier was von Magie ein. An derlei Spinnereien durfte man nicht ernsthaft glauben. Zauberei existiert nicht, Denkstörungen existieren sehr wohl. Schizophrenie auch. Vielleicht jubeln sie den Gefangenen hier im Arrest etwas unter, um ihre Psyche durcheinanderzubringen? Sogar diese Erklärung war realistischer als die völlig unannehmbare Möglichkeit der Magie. Gab es vielleicht psychische Störungen in ihrer Familie, von denen sie keine Ahnung hatte?

Und doch war es so verlockend, über die Moiren nachzudenken. Wie oft begegnet man schon auf einem Haufen so vielen Frauen, in deren Umfeld die Männer starben wie die Fliegen? Diese Tatsache einfach auf Halluzinationen zurückzuführen, das ging nun auch nicht. Und hatte Anja nicht eine Schere in Irkas Händen zu sehen gemeint, bevor sie ihre Geschichte erzählte? Keine Form der Schizophrenie erlaubt es einem, in die Zukunft zu blicken.

Anja blieb an der Stelle stehen, wo ihr gestern das Holzrad erschienen war. Die Wichtigste war Alissa. Sie war ja nun absolut real, wenngleich, ohne Zweifel, krank. Sie war erst nach den anderen Insassinnen hierhergekommen, kannte deren Geschichten und Gewohnheiten nicht, und dennoch fing sie im Delirium an, ein nicht existentes Spinnrad zu drehen. Kann es solche Zufälle geben?

Vorsichtig streckte Anja die Hand aus und rechnete damit, jeden Moment auf glattes Holz zu stoßen. Die Finger fuhren durch die Luft, ohne Widerstand. Anja kehrte in ihre Koje zurück. Trotz dieses Misserfolgs und entgegen allem gesunden Menschenverstand: Sie hatte gestern doch tatsächlich etwas gespürt. Wie hätte sie sich denn ein Spinnrad auch ausdenken können? Sie hatte nie im Leben eins gesehen. Anja stöhnte und warf sich mit bedecktem Gesicht aufs Bett. Warum passierte ihr das hier?

Es steht hier für dich.

Der Gedanke kam so unerwartet, dass Anja die Hände vom Gesicht nahm, etwas in ihrer Brust verkrampfte, wie vor einem Verzweiflungssprung: *Was, wenn sie selbst eine von ihnen war?*

Anja setzte sich auf und schüttelte den Kopf, als könne sie so ihre Gedanken zurechtrütteln. Das funktionierte nicht, deshalb ging sie zum Waschbecken und drehte das Wasser auf. Es rauschte kraftvoll ins Becken. Sie wusch sich und sah in den Spiegel. Völlig normal sah sie aus, lediglich erschöpft. Noch vor einer Minute hatte sie sich gesagt, dass sie sich die Mystik nur einbilde – und jetzt probierte sie schon die Rolle einer Göttin aus.

Anja drehte sich unwillig vom Spiegel weg, setzte sich ans

Fenster. Blödsinn, nicht zu fassen. Sie war achtundzwanzig, eine erwachsene, zurechnungsfähige Frau, der nie etwas Übernatürliches widerfahren war, und jetzt sollte sich herausstellen, dass sie über fremde Schicksale bestimmte? Aber wenn es mit den Moiren nun so war, dass sie erst zu einer bestimmten Zeit von ihren Fähigkeiten erfuhren? Wie viele Schicksalsgöttinnen gab es denn auf der Welt? In Griechenland drei, im alten Russland ganze Heerscharen. Woher sollte sie wissen, wessen Schicksal zu entscheiden ihr bestimmt war? Darf man sich Fehlversuche erlauben? Können sich die Moiren gegenseitig erkennen?

Sie lachte nervös. So viele Fragen, keine Antworten. Und so ein Zufall aber auch: Gerade als sie alles begriff, war keine einzige Moira mehr in der Zelle. Warum waren sie überhaupt alle hier zusammengekommen? War das ein spezieller Ort? Ein Moiren-Inkubator?

Anja sprang von der Fensterbank. Sie musste diese Gedanken endlich abschütteln. Wenigstens hatte sie jetzt die ganze Zeit nicht an ihr verstopftes Ohr gedacht. Zum Duschen hatte man sie bisher nicht gebracht. Sie ging zur Tür und trat mit den Latschen dagegen.

Zuerst ging, wie üblich, das Guckloch auf, dann quietschte ein Schloss, und das Türfenster wurde geöffnet. Anja bückte sich und erkannte sofort die Diensthabende: Durch die Luke war ihr dicker Bauch zu sehen, der sich unter dem blauen Hemd spannte. Sie machte sich nicht einmal die Mühe, sich zu Anja zu bücken.

«Bringen Sie mich duschen?»

Pause.

«Gleich ist Feierabend. Hätten Sie früher damit ankommen sollen.»

Anja erstarrte. Diese Ungerechtigkeit war unfassbar. Das

Gesicht der Polizistin konnte sie nicht sehen, entnahm aber schon ihrem Tonfall, mit welcher Genugtuung sie das sagte. Ohne Antwort abzuwarten, schlug die Diensthabende die Luke zu.

Anja wollte mit den Fäusten gegen die Tür trommeln. Es ging ja nicht um die Dusche, es ging um ihre Erniedrigung. Anja sollte um etwas betteln, was anderen ohne weiteres zugestanden wurde, und eine widerwärtige Frau durfte willkürlich entscheiden, ob Anjas Wunsch erfüllt wurde oder nicht. Sie ballte die Fäuste. Nur die Einsicht, dass das der Diensthabenden gerade recht gekommen wäre, hielt sie davon ab, gegen die Tür zu hämmern und Aufruhr zu machen. Diese Frau wollte ja nichts anderes als ihr das Leben schwer machen, und je lauter Anja jammern würde, desto befriedigter wäre sie.

Anja biss also die Zähne zusammen, warf sich aufs Bett und verkroch sich unter der Decke. Was war ihr nur eingefallen mit diesen blödsinnigen Moiren? Es gibt keine Moiren, und sie selbst verfügt erst recht über keine besonderen Kräfte. Schluss jetzt. Sie kniff die Augen zusammen und befahl sich, einzuschlafen. Erst schien es ihr unmöglich, so aufgewühlt war sie von ihrer Wut. Sie drehte sich auf eine Seite, dann auf die andere und fiel plötzlich, wie auf Knopfdruck, in tiefen Schlaf.

TAG NEUN Als Anja die Augen öffnete, fiel ihr als Erstes ein: Heute komme ich raus.
Sie setzte sich in der Koje auf und sah sich um. Die Zelle kam ihr heute so gemütlich vor wie nie. Hier könnte man auch noch zehn weitere Tage aushalten, dachte sie großmütig. Ihr gefiel alles. Diese orange gestrichenen Wände – so ein angenehmer Ton, seltsam, dass er ihr nicht vorher aufgefallen war. Und so geräumig. Die Betten gar nicht so schlecht, jedenfalls bekam man nicht sofort Rückenschmerzen. Draußen war es trübe – sogar das fand sie heute nicht schlimm, wenigstens keine Hitze. Anja setzte die Füße vom Bett und tastete nach den Flip-Flops. Sie fühlte sich ausgeschlafen und erholt, und zum ersten Mal in den zehn Tagen, seit dem ersten auf dem Polizeirevier, war sie gut gelaunt. Sie wollte aufstehen, da fiel ihr Blick auf das Kopfende des Betts.

Neben ihrem Kissen lag das Kettchen. Gestern vor dem Einschlafen hatte sie es mechanisch zwischen den Fingern bewegt.

Auf einen Schlag war ihr die Laune verdorben. Die Grübelei setzte wieder ein. War ihr das alles nur so vorgekommen, oder war es wirklich passiert? Sollten die Frauen in ihrer Zelle wirklich Moiren gewesen sein? War sie eine von ihnen? Das kranke Ohr, das sie schon vergessen hatte, ertaubte plötzlich wieder – trotz der Stille in der Zelle merkte Anja deutlich, dass sie auf einer Seite nichts hörte.

Als sie vom Bett aufstand, fühlte sie sich alt und kaputt. Keine Spur von Munterkeit mehr. Anja schlurfte ans Waschbecken und musterte sich nach dem Waschen lange in der Spiegelfolie, in der Hoffnung, sichtbare Beweise ihres göttlichen Wesens zu entdecken. Doch ihr blickte ein ganz gewöhnliches Gesicht entgegen: braune Augen, blasse Lippen, sommersprossige Wangen. Können Göttinnen Sommersprossen haben? Anja fragte sich das wirklich und prustete laut – als ob es überhaupt Göttinnen gäbe!

Auch wenn sie sich jede Minute sagte: *Es gibt keine Magie* – sie konnte es nicht lassen, mit dem Gedanken zu spielen. Sie versuchte sich zu erinnern, ob ihr je etwas Übersinnliches widerfahren war. Was, wenn sie nun seit ihrer Kindheit fremde Schicksale lenkte, ohne davon zu wissen? Da sie nicht wusste, wonach genau sie suchte, sprang sie rasch von Erinnerung zu Erinnerung, wie über die Eisschollen auf einem reißenden Fluss.

Universität. Schule. Die Freundin Sveta aus dem sechsten Stock – sie hatte Haar wie das Goldene Vlies, und einmal, auf einem Spaziergang, pflückte sie eine Rose und steckte sie sich hinters Ohr – Anja fand das damals schöner als alles, was sie im Leben je gesehen hatte. Der Klassenkamerad, der sie wegen ihrer Brille hänselte – einmal wurde er besonders lästig, sie haute zurück, lief dann vor Angst davon und weinte den ganzen Tag. Dann, sie war neun, wachte sie einmal mitten in der Nacht auf und hörte die Eltern reden: Die Mutter bat Vater, eine Glühbirne im Flur zu wechseln, ihre Stimme klang dabei vollkommen fremd. Anja schlief wieder ein. Am anderen Morgen sagten die Eltern ihr, dass sie sich scheiden ließen. Sie ist zehn, sitzt in einem Kindertheater und hat schrecklich kalte Füße, trotz der Fellschuhe – sie würde so gern diese Schuhe ausziehen und die Füße in den Händen wärmen, aber das darf man im Theater nicht. Sie ist neunzehn, ein Sommerabend, sie steigt mit Sonja aufs Dach des Wohnheims und schaut in den Himmel, der in Moskau sogar nachts rauchig-rosa schimmert, von den Leuchtreklamen. All diese Bilder flimmerten ihr durch den Kopf wie Dias, kostbar – und absolut leer. Antworten gaben sie nicht.

Anja beschloss, an etwas Naheliegenderes zu denken – zum Beispiel an den Tod. Wenn im Umfeld ihrer Zellennachbarinnen so viele starben, vielleicht lag darin die Lösung des Rätsels?

Als sie dreizehn war, starb ihr Wellensittich. Anja ging morgens auf den Balkon, da lag er mit komisch gespreizten Flügeln auf dem Käfigboden. Sie erinnerte sich, wie sie ihn lange betrachtete und Angst hatte, dabei von Mama überrascht zu werden – Anja schien dieses Interesse am Tod, wenn auch nur eines Wellensittichs, ganz unanständig, aus unerfindlichen Gründen.

Sofort dachte sie daran, wie ihre Großmutter gestorben war: In ihren letzten Tagen war sie nicht mehr zu Bewusstsein gekommen und lag, schwer und röchelnd atmend, in Mamas Schlafzimmer. Dann eines Morgens wurde Anja wach und erschrak, dass es so still in der Wohnung war – die Großmutter war gegangen. Sie wartete auf ein Gefühl von Schmerz und Verlassenheit und spürte stattdessen etwas Neues – der Tod schien ihren Gefühlen etwas hinzugefügt, nichts genommen zu haben. Früher war die Großmutter ein normaler Mensch gewesen, jetzt war sie in einen neuen Zustand übergegangen, und die Beziehung zu ihr wurde schwieriger. Anja versuchte, einen Sinn darin zu entdecken, und konnte es nicht. Wie jetzt – es gibt dich nicht mehr? Sie war fünfzehn und ganz von pubertärem Nihilismus durchdrungen, mit billigem Trost wollte sie sich nicht zufriedengeben. Sie trauerte nicht und weinte nicht, sie lag auf dem Bett und zürnte sich selbst für diesen Mangel an Phantasie, weil sie sich nicht vorstellen konnte, was das heißt – sterben. Dass die Großmutter nach Afrika gefahren wäre, für immer, das konnte sie sich vorstellen. Oder dass sie in den Kosmos geflogen sei. Alles Mögliche konnte Anja sich vorstellen, das verhindern würde, dass sie die Großmutter noch einmal sähe, mit ihr spräche, aber dass es sie einfach nicht mehr gab – das nicht.

In diesen zwei Toden erschöpfte sich Anjas Erfahrung mit dem Ende, und an keinem hatte sie selbst irgendeinen Anteil. Sie wusste nur, dass sie niemandem den Tod wünschte und, ehrlich gesagt, sich auch nur schwer vorstellen konnte, wie man jemandem so etwas wünschen sollte.

Dann grub sie in ihren Erinnerungen, wie Menschen auf die Welt kamen, doch mit Säuglingen hatte sie auch nicht mehr Erfahrung als mit Verstorbenen. Es gab ebenfalls zwei – ihre Halbgeschwister aus Vaters neuer Familie, aber da sie in den neun Monaten vor der Geburt nicht das Geringste vom jeweils bevorstehenden Ereignis geahnt hatte, konnte sie es schwerlich beeinflusst haben.

Wohl oder übel musste sie anerkennen, dass das Göttliche, wenn es denn in ihr existierte, so tief schlummerte, dass man es nicht einmal schnarchen hörte.

Der maulstarre Bulle brachte sie zum Frühstück. Heute Morgen war er aus irgendeinem Grund besonders streng, erwiderte ihren Gruß nicht, guckte zu Boden. Während sie die Treppe hochstiegen, freute sich Anja, dass sie sehr bald, nach ihrer Entlassung, diese widerliche Schicht und besonders die Diensthabende nie mehr im Leben würde sehen müssen.

Auch der Essensverteiler Sergej begrüßte Anja kühler als sonst. Das tat ihr sogar weh. Aber auch ihn würde sie bald nicht mehr sehen müssen, das machte sie nachsichtig und hob ihre Stimmung. Sie hätte Sergej jetzt sogar mit einem Gespräch beglücken können. Doch der, unausgeschlafenes Gesicht, klatschte ihr den Grießbrei auf den Teller und sparte sich sogar seine üblichen Witzchen.

Fast alles, was Anja tat, tat sie mit Vergnügen – sie verzehrte langsam die viel zu süße Grütze und tröstete sich damit, dass sie auch so etwas nicht mehr vorgesetzt bekommen würde. Alles, was sie geärgert hatte, leuchtete schon milde in nostalgischem Licht; sogar die müde zankenden Essensverteiler, sogar die abschreckende Tür zum Medizinzimmer. Einzig der Saunabesentee war und blieb widerlich.

Zurück in der Zelle, musste Anja die Zeit totschlagen. Zum Packen war es zu früh, auch wenn sie es kaum noch aushielt. Das Buch lag aufgeschlagen da, aber sie wusste, dass sie jetzt nicht würde lesen können. Langsam, aber sicher stieg die innere Anspannung. Mehrmals ging sie auf und ab. Jedes abgesplitterte Stück Fliese, jede Ritze im Fußboden wollte sie sich einprägen, um ihren Freunden alles in allen Einzelheiten zu erzählen. Sie stellte sich den heutigen Abend in Freiheit vor – sie würden zu ihr kommen, Wein trinken und ihre Geschichten anhören.

Sollte sie auch von ihren Halluzinationen erzählen, fragte sich Anja und antwortete sich selbst: natürlich nicht. Unabhängig davon, wie real sie gewesen sein mochten, das war peinlich. Überhaupt wollte sie diese ganze Mystik aus dem Kopf haben und sich nicht noch weiter damit beschäftigen.

Sie konnte nicht ruhig sitzen und begann nun doch zu packen. Ich mache nur Ordnung, sagte sie sich, in Wirklichkeit reihte sie alle Sachen sorgfältig auf dem Bett auf und warf Unnötiges weg. Aus der Zelle mitnehmen wollte sie nichts – alles trug Spuren von hier. Sie wäre am liebsten ganz ohne Gepäck gegangen, ahnte aber, dass man ihr nicht erlauben würde, alle Sachen hier zu «vergessen». Deshalb versuchte sie loszuwerden, was in den Müll konnte. Wieder fiel ihr das Kettchen in die Augen – sie drehte es zwischen den Fingern, wusste nicht, wohin damit, und ließ es in die Tasche gleiten.

Dabei überraschte sie die Morgenkontrolle. Anja stand gerade mit dem Rücken zur Tür, hörte das vertraute Rasseln, drehte sich um und erstarrte.

In die Zelle wälzte sich die Diensthabende von gestern, ein Heft in der Hand. Ihr folgten zwei Frauen – eine maulstarre, die Anja in der vorherigen Schicht nicht gesehen hatte, und die Blondine, die ihre Fingerabdrücke genommen hatte. Die Diensthabende nahm ihre Lieblingshaltung ein – breitbeinig wie ein Torwart in der Zellenmitte –, sah Anja mit leerem Blick an und sagte: «Name.»

Anjas Bestürzung entflammte zu purem Hass – irgendwo aus dem Bauch schoss er ihr in den Kopf. Im Kino zeigen sie so das Feuer in einem Bergwerk: Aus der Tiefe wallt es in Sekunden den ganzen Schacht hoch. Anja wollte nicht glauben, dass sie hier tatsächlich genau diese Diensthabende vor sich sah – sie hatte sich doch gerade noch gefreut, ihr nie wieder zu begegnen!

Sie nahm sich zusammen.

«Ich bin die Einzige in dieser Zelle. Meinen Namen werden Sie wohl inzwischen gelernt haben.»

Die Diensthabende sah sie weiter mit glasigen Augen an, blinzelte langsam und sagte: «Name.»

«Romanowa», presste Anja durch die Zähne. Ihre Hände wurden kalt vor Wut.

Die Diensthabende gab der Maulstarren einen Wink, und die nahm den Metalldetektor vom Gürtel. Sie schob Anja von der Koje weg und durchwühlte die Bettwäsche. Alle sorgfältig ausgebreiteten Sachen flogen auf einen Haufen.

«Beschwerden, Wünsche?», fragte die Diensthabende, als wäre nichts.

Ihrer Miene fehlte es wie üblich an jeglichem Ausdruck. Anja war versucht, auf sie zuzugehen und ihr ins Gesicht zu schlagen – nur damit es lebendig werde. Dabei hatte sie sich vor einer Stunde noch an ihre Tränen erinnert, damals, als sie ihren Klassenkameraden geschlagen hatte.

«Sie haben heute wieder Schicht?», fragte Anja.

Die Diensthabende antwortete nicht, aber die Blonde mischte sich ein: «Sie vertritt Jurij Aleksandrowitsch», sagte sie, wie Anja schien, wie zur Entschuldigung.

Die Diensthabende wandte leicht den Kopf zu ihr, um sie zu stoppen, behielt Anja aber im Auge. Die Granitmäulige war mit der Koje fertig und trat zurück. Zu dritt sahen sie sich noch einen Moment wortlos um, um womöglich Verbotenes in der Zelle zu entdecken, dann drehte die Diensthabende sich um und wogte hinaus. Die anderen folgten ihr.

Anja ließ sich auf ihre durcheinandergeworfenen Sachen fallen. So froh war sie am Morgen gewesen, diese widerwärtige Kuh nie mehr sehen zu müssen, jetzt fühlte sie sich betrogen und erniedrigt und konnte gar nicht sagen, wodurch. Oder doch, gestern hatte die Diensthabende sie nicht duschen lassen. Diese Ungerechtigkeit trieb Anja beinahe die Tränen in die Augen.

Als sie erneut ans Packen ging, machte es nicht mehr so viel Spaß. Der Tag heute hatte ein einziger Abschied sein sollen. Anja zählte im Kopf ab, was sie nun zum letzten Mal sah – einmal musste sie noch in den Speisesaal, einmal zum Telefonieren, einen Spaziergang im Hof. Die Diensthabende hatte alles verdorben, weil sie sie eigentlich gestern schon hinter sich gelassen hatte – nun tauchte sie wieder auf und verdarb das Ritual.

Das Radio ging an. Trotz ihres Ohrs hatte Anja den Eindruck, es spiele mit voller Lautstärke – offenbar nützte das endgültig ausgetrocknete Papierpflaster nicht mehr viel. Sie versuchte, es abzureißen, konnte aber nicht hoch genug springen. Also nahm sie den Schrubber und kratzte das Papier vom Gitter. Der hart gewordene Klumpen krachte ihr vor die Füße. Sofort war das Radio lauter. Mit einem Seufzer warf Anja das Papier in den Eimer. Schließlich war das bald alles vorbei.

Zu allem Übel lief auf diesem Sender eine endlose Hitparade der Achtziger – abgesehen von der unerträglichen Musik bedeutete das auch, dass es keine Nachrichten gab. Nur durch sie aber könnte Anja herausfinden, wie spät es war, und daran lag ihr heute ganz besonders.

Um sich zu beschäftigen, machte Anja dennoch Ordnung in der Zelle – warf übrig gebliebene Pralinen, unbenutzte Plastikbecher und leere Flaschen weg. Sie setzte sich aufs Bett und sah sich um. Abgesehen von ihrer Ecke wirkte der Raum leer und unbewohnt. Anja fühlte sich wie in einem Zug, der sich der Stadt nähert – der Wald wird abgelöst von kleinen Häuschen, die immer höher und höher wachsen, bis schließlich Straßen, Brücken und Autos in den Blick kommen. Die Mitreisenden knüllen hastig ihr Bettzeug zusammen und tragen es zum Zugbegleiter. Auch Anja hätte gern ihre Bettwäsche zusammengeknüllt und weggeworfen, um die Aufbruchszeremonie zu vollenden, sie hatte aber keine Lust, die letzten Stunden auf der nackten Matratze zu sitzen.

Draußen wurden Stimmen laut – sie führten jemanden auf den Hof. In der Hoffnung, es sei Kirills Zelle, drückte Anja sich ans Fenster. Bei dem konnte man wenigstens Zigaretten schnorren. Unrasierte, verschlafene Männer schlurften über den Hof. Kirill war nicht darunter. Enttäuscht wollte Anja sich schon abwenden, da fing sie den Blick eines nicht sehr großen, dunkeläugigen Kerls auf, der gleich in ihre Richtung kam.

«Du Schöne!», sagte er mit Akzent und entblößte lächelnd seine Goldzähne. «Wie geht es dir, Hübsche?»

«Ganz gut», sagte Anja, zog sich vom Fenster zurück und setzte sich aufs Bett, um zu demonstrieren, dass sie keine Lust auf ein Gespräch hatte.

Den Mann hielt das nicht ab. Er stieg auf die Bank und klammerte sich schnaufend ans Fenstergitter.

«Seid ihr viele hier, ihr Schönen?» Er versuchte, in die Zelle zu gucken.

«Ich bin allein.»

«Allein!», sagte der Mann enttäuscht. «Nicht langweilig?»

«Nein.»

«Und was machst du?»

«Ich lese.»

«Hast du einen Mann?»

«Was?»

«So ein schönes Mädchen muss einen Mann haben», grinste der Kerl sein goldenes Lächeln.

«Ich habe keinen. Und auch keine große Lust, mich zu unterhalten.»

«Wieso denn, wenn du alleine sitzt? Und was ist mit deinem Mann? Gestorben?»

«Ich hatte nie einen!»

Wieder war der Mann merklich verstimmt.

«Wie denn so!», sagte er geknickt. Er schien verständnislos die Arme ausbreiten zu wollen, was nicht ging, weil er sich am Gitter festhalten msste. «Und wie alt bist du, Hübsche?»

Sie sagte es ihm, und er zog ein langes Gesicht.

«Achtundzwanzig ...», sprach er traurig nach. «Und nie verheiratet! Kinder hast du bestimmt auch keine?»

«Nein.»

«Sei nicht verzagt», sagte er mit dünnem Lächeln und einer solchen Leichenrednerstimme, dass Anja gar nicht mehr verzagt sein konnte. «Ich habe drei Frauen. Wenn du in einem Jahr immer noch nicht verheiratet bist, ruf mich an. Ich heirate dich. Ist mir egal, ob du achtundzwanzig bist. Du bist schön. Wie heißt du?»

«Anja», sagte Anja, die das Gespräch jetzt sogar amüsant fand.

«Ich bin Ikram. Hier hast du meine Nummer.» Er wollte sich mit einer Hand am Gitter festhalten und mit der anderen in die Hosentasche greifen, verschwand aber aus dem Blickfeld. Eine Sekunde später landete ein Papierfetzen auf Anjas Fensterbank, und auch sein Gesicht kam wieder hoch. «Ruf mich an, wenn du rauskommst. Ich bringe dich nach Tadschikistan. Dort ist es schön, weißt du?»

«Danke», sagte Anja, schon fast lachend. «Darf ich jetzt vielleicht lesen?»

«Klar, lies. Mensch, achtundzwanzig ...», brummelte Ikram bitter und sprang runter.

Als er weg war, schloss Anja sicherheitshalber das Fenster.

Nach einer endlosen Parade von Achtziger-Hits, bei denen Anja ernsthaft überlegte, ob sie nicht besser auch noch auf dem anderen Ohr ertauben sollte, kam die Blondine und führte sie auf den Hof. Draußen war es viel kühler, als es ihr drinnen vorgekommen war. Anja zog ihren Hoodie bis zum Hals zu und schritt von Wand zu Wand. Aus den Fenstern meldeten sich sofort die Leidenden auf der Jagd nach Zigaretten, und sobald Anja geantwortet und damit ihr Geschlecht verraten hatte, wurden der Leidenden noch viel mehr. Sie ertrug das Gejaule von «Mädel!» und «Na, Hübsche!» nicht und zog sich auf die Bank unter ihrem Zellenfenster zurück, wo man sie nicht sehen konnte. Bald wurden ihr die Füße in den Flip-Flops kalt, und sie umfasste sie mit den Händen, froh, nicht in einem Theater zu sein.

Ist es möglich, dass ein Gott nicht weiß, dass er ein Gott ist? Kann er leben wie ein gewöhnlicher Mensch, ohne eine Ahnung von der in ihm verborgenen Kraft zu haben? Wussten ihre Zellengefährtinnen, dass sie magische Fähigkeiten besaßen? Angenommen, es waren wirklich Moiren, wie waren sie hierhergekommen? Woher kommen Moiren überhaupt? Haben sie Eltern? Anja jedenfalls hatte welche. Sie stellte sich ihren Vater in einer altgriechischen Toga vor und prustete. Und ihr Bruder, ihre Schwester? Wird diese Gabe nur über die weibliche Linie weitergegeben? Gibt es überhaupt männliche Moiren? In den Mythen kamen Männer offenbar nicht vor.

Durch die Dachöffnung wehte ein kalter Wind und ließ die Pappelsamen wirbeln. Anja streifte welche von ihrem Gesicht. Es gäbe da schon eine Methode, um ihre göttliche Kraft festzustellen …! So absurd es sein mochte, der Gedanke hatte sich in Anjas Kopf festgesetzt und ließ ihr keine Ruhe. Weshalb hatte sie das alles nicht früher begriffen! Sie hätte ihre Mitinsassinnen direkt fragen können. Nein, das hätte sie sich nicht getraut. Alissa dagegen hätte man fragen können, die war so wahnsinnig, dass sie keine Scham kannte. Vielleicht nicht wahnsinnig, sondern göttlich.

«Das war mein letzter Hofgang», dachte Anja, zurück in der Zelle. Wenn sich das Warten schon nicht in Stunden messen ließ, dann eben in letzten Ereignissen.

«Bringen Sie mich vielleicht zum Telefonieren?», fragte Anja die blonde Polizistin, die die Tür zuschloss.

«Du kommst doch heute raus», wunderte die sich.

«Egal. Sie wissen, wie langweilig es ist, besonders kurz vor Schluss.»

Die Blondine zögerte.

«Um wie viel Uhr wirst du entlassen?»

«Eigentlich um drei», sagte Anja. «Um die Zeit hat man mich festgenommen.»

«Na, bis drei wirst du noch mal gebracht», beruhigte sie die Blondine, und Anja wurde klar, dass es bis drei noch ziemlich lange hin war.

Trotz des quälenden Wartens verging die Zeit heute viel schneller als gestern, womöglich konzentrierten sich ja alle Abwechslungen des Gefängnisalltags in der ersten Tageshälfte. Sie konnte sich zum Lesen zwingen, wurde aber bald darauf zum Mittag geführt. Als ersten Gang gab es Erbsensuppe, als zweiten das geheimnisvollste aller Arrest-Menüs, Makkaroni mit Sauerkraut. Anja aß Suppe und Kraut, die Makkaroni rührte sie nicht an. Sie fühlte sich wie ein Kind, dem zum Geburtstag erlaubt wird, ein ungeliebtes Gericht stehenzulassen – sie hätte überhaupt nicht zu essen brauchen, sie würde ja bald in Freiheit kommen und dann essen können, was ihr schmeckte. Was wäre das Erste? Ihre Mitinsassinnen hatten von McDonald's geschwärmt. Können Moiren von McDonald's träumen? Anja selbst hatte am meisten Lust auf ganz gewöhnlichen Kefir.

«Mein letztes Mittagessen», dachte Anja, als sie die Treppe hinabstieg.

In der Zelle nahm sie sich wieder ihr Buch vor. In die Seite hatte sie das Kettchen gelegt, das sie jetzt, wie dauernd, auf den Finger wickelte. Das hatte eine so beruhigende Wirkung, dass Anja überlegte, es als Talisman mitzunehmen und als Andenken.

Als sie zum Telefonieren gerufen wurde, bekam sie Herzklopfen: Dies war das letzte Ereignis in der Abfolge des Gefängnisalltags, das sie noch von der Freiheit trennte. Anja folgte der maulstarren Frau aus der Zelle und nannte sogar anstandslos Namen und die Nummer des gestreiften Säckchens. Die Diensthabende wälzte sich raus und kam mit ihrem Handy zurück. Ohne ihr ins Gesicht zu sehen, huschte Anja damit ins Telefonierzimmer.

Zuerst rief sie ihre Mutter an – die wusste aber schon, dass sie heute rauskam. Dann rief sie einen Freund an, damit er sie an der Pforte abholte, er hatte sich das Datum ebenfalls gemerkt. In die sozialen Netze wollte sie gar nicht erst: Vergeudete Zeit, was konnte sie in zehn Minuten schon lesen – schon bald würde sie ja wieder den ganzen Tag dafür haben. Für eines war die Arrestanstalt doch gut – von hier aus gesehen, bekam der normale Alltag etwas Aufregendes.

«Das war mein letzter Anruf», dachte Anja auf dem Flur.

Zurück in der Zelle, fing sie an, richtig zu packen – das heißt, die Sachen so in die Tüte zu stopfen, dass sie nicht nur sortiert waren, sondern dass es auch Zeit in Anspruch nahm. Vor ein paar Tagen noch hatte sie über ihre Nachbarinnen gelacht, jetzt tappte sie in dieselbe Falle. Jogginghose. Unterhemden. Bücher. Flip-Flops. Nein, zuerst die Bücher. Dann die Jogginghose. Unterhemden. Flip-Flops. Wozu überhaupt die Flip-Flops mitnehmen? Besser unterm Bett stehen lassen. Die Jeans anziehen. Turnschuhe. Kämmen.

Anja sah in den Spiegel und konnte nicht glauben, dass es endlich so weit war. So viele Tage hatte sie sich diesen Moment ausgemalt – nicht die Entlassung selbst, sondern die Vorbereitung darauf –, dass es fast unvorstellbar schien, freizukommen. Die Hände zitterten ihr vor Aufregung. Sie strich das Haar glatt und setzte sich in die Koje. Endlich konnte sie diese bescheuerte Bettwäsche abziehen und wegwerfen – was sie mit ganz besonderem Vergnügen tat. Die nackte Matratze wirkte trostlos, aber Anja war wirklich zufrieden damit, all ihre Sachen sortiert und gepackt oder weggeworfen zu haben. Alles bereit für die Entlassung.

Sie ließ sich aufs Kissen fallen und den Blick durch die Zelle schweifen. Langsam näherte ihr Zug sich der Endstation.

Wenn sie erst draußen wäre, würde sie mehr Zeit haben, diese ganze Geschichte mit den Moiren aufzuklären. Sie würde richtige Bücher lesen, vielleicht sogar eine ihrer Mitgefangenen ausfindig machen. Sie kannte ihre Vor- und Zunamen, konnte sie also im Netz finden und sich sogar mit ihnen treffen, um etwas aus ihnen herauszubekommen. Könnte funktionieren, wenn sie nur die richtigen Fragen stellte. Hätte sie Alissa bloß die richtigen Fragen gestellt!

Und dann könnte sie noch ein Experiment machen. Eine Schnur flechten und sie von jemandem durchreißen lassen – ein ziemlich blutrünstiger Versuch: Wenn sich einer dabei schon mit kochendem Wasser verbrüht hatte, mochte es einen anderen viel schlimmer erwischen. Aber wie wäre es, umgekehrt, Leben nicht zu beenden, sondern in die Welt zu setzen? Anja kicherte bei der Vorstellung, wie sie Jagd auf Haare ihrer Freundinnen macht, um sie zu verknoten. Das hatte ja nun wirklich etwas von Schizophrenie. Wie würde sie denn, wenn sie wirklich eine Moira war, sich ihre Opfer aussuchen? Wachst du eines Morgens auf und weißt: Dieser Mensch ist dem Tode geweiht? Oder – bald wird ein neues Leben geboren werden? Wie erfährst du den Namen deines Ziels, wie machst du dich mit ihm bekannt? Und wenn es ein guter Mensch ist, was fühlst du, wenn du sein Schicksal beendest? Näherst du dich ihm, erschleichst dir sein Vertrauen, um ihn dann zu erledigen?

Woher überhaupt die Gewissheit, dass jemandem die Stunde geschlagen hat? Das konnte sich Anja sich nun gar nicht vorstellen. Wie ging man mit Zweifeln um? Wenn du nun wen aus Versehen umbringst? Ist natürlich schwierig, wenn man nur einen Faden zerreißt, aber auch dabei kann man sich irren. Anja schloss die Augen und versuchte sich vorzustellen, wie das war – die Kraft zu haben, jemandem das Leben zu nehmen. Das konnte man sich viel leichter vorstellen als den Tod selbst. Anja sah sich, wie sie die Schnur zerreißen würde.

Für den Anfang suchte sie mit geschlossenen Augen nach irgendwem, den zu töten ihr nicht leidtäte. Sie fand niemanden. Sie versuchte, sich eine unbekannte Person zu denken, deren Zeit gekommen ist. Das war leichter – wäre sie tatsächlich von göttlichem Wissen über deren Schicksal erleuchtet, könnte sie es wahrscheinlich auch umsetzen. In allen Einzelheiten malte sich Anja aus, wie sie die Schere nehmen und den Faden zerschneiden würde. Sie glaubte sogar zu hören, wie die Klingen sich schließen, zu sehen, wie der abgeschnittene Faden vor ihre Füße sinkt. Und daraufhin stirbt jemand? Nein, unvorstellbar. Wer war sie, um über das Leben anderer zu bestimmen? Sie spürte wachsenden Ärger auf sich selbst und riss die Augen auf. Ist doch alles nur Phantasie, sagte sie sich, fällt es dir jetzt schon schwer, zu träumen? Ja, das fiel ihr schwer.

Sie wickelte mechanisch das Kettchen um ihren Zeigefinger. Aber der darauffolgende Gedanke ließ es ihr eiskalt werden: Sie konnte das doch alles jetzt schon testen, noch vor der Entlassung. Sie war ja im Besitz eines Gegenstands, der einem anderen Menschen gehörte.

Verwundert ließ Anja die Kette über ihren Finger gleiten. Da war es, ein fremdes Schicksal, in ihrer Hand. Einen Knoten reinmachen? Selbst wenn die Diensthabende, was schwer vorstellbar war, schwanger werden sollte, würde Anja das nach ihrer Entlassung nicht mehr erfahren.

Was also, sie zerreißen? Die Kette war ganz dünn, schwierig wäre das nicht. Anja nahm sie vom Finger und hob sie vor die Augen. Schwach glänzte sie im Halbdunkel. Zerreißen – und die Diensthabende würde sterben. Anja erschauderte. Rasch schloss sie die Hand um das Kettchen und schob sie unter sich. Nein, der Tod einer anderen, das ging zu weit. Mit einer Mischung aus Erleichterung und Ärger dachte sie, dass aus ihr niemals eine Moira werden würde. Die bloße Vorstellung, sie besäße eine solche Kraft, war erschreckend. Wenn es auf der Welt den einzig wahren Moirentest gab, dann genau diesen: Anja konnte schon deshalb keine göttliche Gabe besitzen, weil sie sich nie überwinden würde, sie auch einzusetzen.

Die Tür ging auf, Anja sprang hoch und stieß sich den Kopf am oberen Bett, dass sie Sternchen sah. Während sie die Beule rieb, überhörte sie, was die blonde Polizistin sagte.

«Drei Uhr», wiederholte die. «Sie werden entlassen.»

Mit schmerzverzerrtem Gesicht griff Anja ihre Tüte und schritt zur Tür. Die Blonde sah lächelnd zu. Als sie im Flur waren, schloss sie ab. *Diese Tür schließt sich zum letzten Mal hinter mir*, dachte Anja.

Sie betraten die Diensträume.

«Setzen Sie sich», sagte die Blondine und zeigte auf einen Stuhl, «es gibt noch etwas Papierkram.»

Sie holte irgendwelche Hefte aus dem Kabinett und legte sie Anja vor. Die Diensthabende war nicht an ihrem Platz.

«Wo ist sie denn?», fragte Anja.

«Beim Leiter. Kommt gleich, sie muss Ihnen ja die Entlassung bestätigen. Kann etwas dauern. Füllen Sie schon mal das hier aus, ich bringe Ihnen das Handy.»

Anja unterschrieb mehrmals neben ihrem Nachnamen, ohne sich zu setzen. Die Blonde brachte ihr Telefon, dann öffnete sie die Depositenkammer und half ihr mit der Tasche. Anja sah sich mit Ungeduld nach der Diensthabenden um: *Wo trieb sie sich nur rum?* Aber vor Vorfreude konnte sie sich nicht richtig ärgern.

Im Beutel fand Anja ihre Schnürsenkel und fing an, sie in die Turnschuhe zu fädeln. Das lenkte sie eine Weile ab, bis im Flur Schritte zu hören waren.

Das Gitter quietschte, die Diensthabende tauchte aus den Tiefen der Anstalt auf. Um sogleich wie angewurzelt stehen zu bleiben. Anja wurde beim Anblick ihrer leeren Vogelaugen beinahe schlecht.

«Was macht sie hier?», fragte die Diensthabende.

«Sie wird entlassen», antwortete die Blondine. Die Diensthabende setzte ein Bein vor und verschränkte die Arme auf dem Bauch.

«Nein», sagte sie sehr bestimmt. «Heute nicht.»

«Wie?», flüsterte Anja tonlos, dachte es vielleicht auch nur.

«Wie?», fragte die Blondine starr. Die Diensthabende lächelte. Anja sah nur diesen kleinen Mund, der sich unerwartet in verschiedenen Richtungen verzog.

«Ich habe gerade mit der Anstaltsleitung gesprochen», sagte die Diensthabende selbstzufrieden. «Das Gericht hat ihr den Tag auf dem Polizeirevier nicht angerechnet. Sie bleibt noch.»

Dafuq. Anja war, als würde in ihrem Innern alles einstürzen und nackte, gleißende Wut sie vom Kopf her fluten. Sie hätte die Diensthabende an der Kehle packen, mit den Füßen treten, zuschlagen wollen. Sie zuckte sogar nach vorn, tat aber keinen Schritt. Ihr Körper gehorchte ihr nicht, er war wie taub. Die Diensthabende lächelte weiter, und Anja starrte auf ihren Mund. Aller Hass, zu dem sie fähig war, konzentrierte sich auf diese auseinandergezogenen Lippen. Sie versuchte erneut einen Schritt, war aber so schwach, dass sie sich stattdessen nur hinsetzte.

Ringsherum geriet alles in Bewegung – der Tisch ruckte über den Boden, als die Blonde sich beim Aufstehen daraufstützte, die Hefte, in denen Anja gerade eben unterschrieben hatte, flatterten erst in die Hände der einen, dann der anderen Polizistin, Papier raschelte, Überraschung wurde laut, das Handy glitt zurück ins gestreifte Säckchen, die Tasche mit den Sachen wurde angehoben und verschwand aus ihrem Blickfeld. Anja selbst wurde auch angehoben – sie wollte sich losreißen, schreien, aber sie hatte nicht die Kraft. Im Flur eine Tür, die zweite. Die dritte blieb direkt vor ihr stehen, schmatzte mit dem Schlüssel, öffnete sich.

Anja stand in ihrer Zelle. Der Wasserhahn tropfte kaum hörbar. Musik der achtziger Jahre dudelte. Draußen wogte die Pappel. Es war nicht zu glauben. Diese Tür, die sich vorhin zum letzten Mal hinter ihr geschlossen hatte? All das, von dem sie Abschied genommen hatte?

Anja schob die Hände in die Taschen des Kapuzenpullis und stand erstarrt da, ließ den Blick zwischen den Betten, dem Fenster, der Wand wandern. In der Tasche war etwas. Sie zog die Kette heraus und stierte sie an. Reglos wie Trümmer nach einem Schiffsunglück ruhten die Gedanken in ihrem Kopf. Sie sah nichts anderes mehr als das Gesicht der Diensthabenden mit diesem selbstzufriedenen Lächeln vor sich.

Ihr Kopf dachte nichts, er glühte. Sie spürte nur noch den unüberwindlichen Wunsch nach Rache. Die Kette lag zusammengeringelt in ihrer Hand.

In diesen Kettengliedern lag die Lösung. Plötzlich war ihr das klar. Ist ja lachhaft, rügte Anja sich selbst und dachte doch sofort: Und was, wenn es wahr ist? Mit angehaltenem Atem sah sie auf die Kette. Wenn sie zerreißt, wird nichts passieren. Und wenn doch? Würde sie es wagen? Ihr Herz hämmerte. Wieder sah sie das Lächeln der Diensthabenden und entbrannte vor Wut. Die Kette war zwischen ihren Zeigefingern gespannt. Eine Sekunde – und Anja würde die Wahrheit erfahren. Sie ballte die Fäuste. Natürlich wäre sie nie zu so etwas fähig. Natürlich wird sie so etwas nie tun. Natürlich nicht … Sie riss, so fest sie konnte.

KIRA JARMYSCH, geboren 1989, studierte Journalistik an der Diplomaten-Kaderschmiede MGIMO in Moskau – ohne Aufnahmeprüfung, da sie Siegerin der landesweiten «Intelligenz-Olympiade» war. Ihr hochgelobter Debütroman erschien im Herbst 2020 in einem regimekritischen russischen Verlag. Seit 2014 arbeitet Kira Jarmysch als Sprecherin des prominentesten Oppositionspolitikers in Russland, Alexej Nawalny. Nach Nawalnys Rückkehr nach Moskau im Januar 2021 wurde auch Kira Jarmysch wegen Aufrufs zu Demonstrationen festgenommen.

Die Rowohlt Verlage haben sich zu einer nachhaltigen Buchproduktion verpflichtet. Gemeinsam mit unseren Partnern und Lieferanten setzen wir uns für eine klimaneutrale Buchproduktion ein, die den Erwerb von Klimazertifikaten zur Kompensation des CO_2-Ausstoßes einschließt.
www.klimaneutralerverlag.de